CORRA, ABBY, CORRA!

Tradução de
RYTA VINAGRE

1ª edição

EDITORA RECORD
RIO DE JANEIRO • SÃO PAULO
2015

CIP-BRASIL. CATALOGAÇÃO NA FONTE
SINDICATO NACIONAL DOS EDITORES DE LIVROS, RJ

C88c
Costello, Jane
Corra, Abby, corra! / Jane Costello; tradução de Ryta Vinagre. – 1ª ed. – Rio de Janeiro: Record, 2015.

Tradução de: Girl on the Run
ISBN 978-85-01-09731-6

1. Ficção inglesa. I. Vinagre, Ryta. II. Título.

14-17540

CDD: 823
CDU: 821.111-3

Título original em inglês:
GIRL ON THE RUN

Copyright © Jane Costello, 2011

Texto revisado segundo o novo Acordo Ortográfico da Língua Portuguesa.

Todos os direitos reservados. Proibida a reprodução, no todo ou em parte, através de quaisquer meios. Os direitos morais da autora foram assegurados.

Direitos exclusivos de publicação em língua portuguesa somente para o Brasil adquiridos pela
EDITORA RECORD LTDA.
Rua Argentina, 171 – Rio de Janeiro, RJ – 20921-380 – Tel.: 2585-2000, que se reserva a propriedade literária desta tradução.

Impresso no Brasil

ISBN 978-85-01-09731-6

Seja um leitor preferencial Record.
Cadastre-se e receba informações sobre nossos lançamentos e nossas promoções.

Atendimento e venda direta ao leitor:
mdireto@record.com.br ou (21) 2585-2002.

Este livro é dedicado à minha amiga Debbie Johnson.
Obrigada por tudo, Debbie...
Tenho certeza de que você sabe o porquê.

Agradecimentos

Não tenho como agradecer o suficiente a todas as pessoas incríveis que trabalharam nos bastidores dos meus livros e contribuíram imensamente para o sucesso deles.

A sensatez e o apoio do meu agente Darley Anderson ainda são tão inestimáveis hoje como no dia em que nos conhecemos — e por isso sou grata a ele e à sua equipe, especialmente a Maddie Buston e a Kasia Thompson.

Como sempre, foi uma alegria trabalhar com os amigos da Simon & Schuster, e gostaria de agradecer especialmente a Suzanne Baboneau e a Libby Yevtushenko pelo entusiasmo e carinho que continuam a dispensar a meus livros. Sou muito grata às duas.

Precisei de certa orientação técnica em alguns aspectos de *Corra, Abby, corra* e devo muito a Phil Wolstenholme (vulgo papai) por ajudar a dar forma às questões profissionais de minha heroína Abby, bem como a Richard Price por seu conhecimento sobre esclerose múltipla.

Durante o tempo em que passei escrevendo *Corra, Abby, corra*, uma série de acontecimentos em minha vida ressaltou várias verdades importantes para mim, e a maior delas foi o valor da família e dos amigos.

Meus pais mostraram mais amor e apoio do que eu podia pedir e quero agradecer aos dois e aos meus filhos, Otis e Lucas, que simplesmente estão cada dia mais lindos.

Tive muita sorte no ano passado, em especial por estar cercada de amigos — principalmente amigas — com lealdade, paciência, força e bom humor infindáveis. Sinceramente, não sei o que teria feito sem eles.

Por esse motivo, gostaria de agradecer de coração a Alison Bellamy, Emma Blackman, Debbie Johnson, Nina Owens, Rachael Tinniswood, Rachael Bampton-Smith, Cath O'Grady, Madeleine Little, aos integrantes do Friday Night Book Club e a um monte de gente com quem conversei, ri e tomei uma ou duas (arrã) taças de vinho. Vocês todos são maravilhosos — e eu jamais me esquecerei disso.

Capítulo 1

Vivo com medo de uma palavra de seis letras. Uma que sibila em meu cérebro quase constantemente, implicando comigo e me atormentando com o fato de que, mais cedo ou mais tarde, vai me dar uma rasteira.

A palavra? *Atraso.* Por exemplo, vou me atrasar. Em geral catastroficamente.

Tudo bem, então as consequências ainda não precisam ser catastróficas, mas tornam-se inevitáveis, uma vez que ultimamente o atraso e eu flertamos com uma frequência escandalosa.

Nesse meio-tempo, eu me meto em apresentações em cima da hora, cheia de desculpas e com a testa pegajosa, percebendo, com o rosto em brasa, que esqueci alguma coisa. Como um cartão de memória, ou folhetos, ou... *a calcinha.*

Ah, meu Deus, minha calcinha. Felizmente percebi meu erro no meio do caminho esta manhã e corri de volta para casa e comecei tudo de novo.

Mas em dias assim, quando minha agenda inacreditável me leva a dirigir para o meu compromisso seguinte como se estivesse fugindo da justiça, não posso deixar o desespero tomar conta de mim.

A viagem frenética de vinte minutos é um espelho de todo o meu dia — um inferno multitarefas em que mesclei a direção do carro com várias outras proezas: esgotar a bateria do celular com umas sete chamadas, passar corretivo nas olheiras e almoçar. Uso a palavra em seu sentido mais frouxo, dado que minhas batatas fritas anêmicas e o hambúrguer mole mal chegavam a ponto de ser comestíveis.

Dou uma última mordida no hambúrguer e descarto o resto no banco do carona quando olho no relógio e vejo que são três e quarenta e cinco da tarde. Numa tentativa de me distrair de minhas loucas palpitações, concentro-me na apresentação que tenho pela frente. Decorei as três primeiras frases, segundo as instruções do curso de oratória que fiz no ano passado.

— Senhoras e SENHORES. — Seguro o volante com força e abro um sorriso demoníaco (o instrutor insistia que qualquer coisa menos entusiasmada propaga vibrações erradas). — Um ÓTIMO dia para TODOS vocês.

Estamos na parte da tarde.

Início brilhante, Abby. Que empresária convincente você é.

Este é um termo que ainda faz com que eu me encolha de medo. Como se eu pensasse que alguém como eu — com 28 anos e ainda tateando pelo mundo dos negócios um ano e meio depois de começar — está na mesma categoria de Richard Branson.

Posso ter minha própria empresa; posso ter cartões de apresentação com as palavras *Diretora Administrativa*, mas duvido que eu esteja enganando alguém. Eu não seria menos convincente como magnata se meu nome fosse Miss Piggy.

— MEU NOME é Abigail Rogers e HOJE vou LHES dizer o que a River Web Design pode fazer por VOCÊS.

Tem que haver muitas inflexões vocais. Sei que o instrutor disse para destacar três palavras num parágrafo, mas isso parece muito *Coração valente*.

Sempre me pergunto se um dia vou ficar à vontade com a ideia de ser a chefe. Quando entrei para uma grande empresa logo depois de sair da faculdade, não era exatamente o que eu tinha em mente. E gostei do meu último emprego, então não posso dizer que fui impelida a fazer isso por um gerente porco ou por clientes maus que não gostavam de mim.

Ao contrário, de tanto ouvir que eu era boa no que fazia — e de um dos muitos episódios de *O aprendiz* —, plantou-se a semente de uma ideia que por fim me deu um empurrão. Só me sentirei qualificada a dizer se foi a decisão certa daqui a um ano. Ou dez.

— A River Web Design é uma equipe pequena mas ALTAMENTE PROFISSIONAL, de quatro pessoas. Temos orgulho da nossa CRIATIVIDADE (pausa estratégica), nossa DILIGÊNCIA (idem) e de nossa capacidade de compreender o que os clientes e os consumidores REALMENTE QUEREM.

Deixa para outro sorriso bobo.

Ultimamente passo uma quantidade ridícula de tempo em meu carro; um fato que quase não justifica o dinheiro obsceno que paguei a uma seguradora para renovar minha apólice ontem.

No ano passado, fui particularmente azarada no fronte automotivo; um aranhão numa BMW enquanto manobrava numa vaga no supermercado e outro em um caminhão articulado quando estava numa rotatória me deixaram com o tipo de prêmio que cobram no seguro de um Learjet.

O sinal fecha e olho o mapa, xingando por ter deixado meu GPS no escritório. Reduzo a velocidade e espio uma placa à esquerda, com o coração acelerando quando um motorista buzina para mim.

— Merda! — Devo ter entrado na rua errada.

Piso no acelerador, olhando para os lados, procurando onde virar. Com um comboio de motoristas exasperados atrás de mim, disparo por uma rua estreita entre dois prédios e me vejo em um estacionamento pequeno e lotado. Giro o volante para começar a manobrar.

Quando olho o relógio, paro momentaneamente para enfiar um punhado de batatas fritas na boca e fazê-las descer com Coca-Cola. Bato a bebida no suporte, engreno a ré e piso no acelerador enquanto engulo a comida e começo de novo.

— Boa TARDE, senhoras e senhores, e BEM-VIND...

O baque reverbera pelo meu carro quando ele para de repente, atirando-me para a frente como um golpe de chicote. O pânico dispara pelo meu corpo e vejo a Coca derramar no freio de mão. Sem fôlego e tremendo, eu me viro para olhar pelo retrovisor.

Não vejo nada, só o muro de concreto da câmara de vereadores a pelo menos 3 metros de distância. Ah, graças a Deus — só bati num poste!

Estou tremendo quando abro a porta do carro. E então vejo.

Levo um segundo para registrar a mão com os dedos imóveis, enroscada e sem vida ao lado do meu pneu. Um leve arquejar escapa de meus lábios e tenho dificuldade de respirar.

Não acredito. Eu matei alguém? Eu realmente matei alguém?

Capítulo 2

Ai. Meu. Deus.

Salto do carro e corro para a traseira dele enquanto meu coração, meu estômago e meus outros órgãos vitais entram em fusão. Minha vítima está deitada de costas, com o capacete a vários metros de distância. A moto está caída sobre suas coxas musculosas, a cor azul-escura brilhando no sol de início de julho.

Abaixo-me para pegar sua mão e percebo que ainda está quente. É uma mão linda, grande e forte, com a pele bronzeada, esfolada em volta dos nós dos dedos. Ocorre-me o quanto ele é jovem. E, graças a mim, esta mão não vai envelhecer e ficar artrítica, como seria de se esperar.

— Desculpe — sussurro. — Peço mil desculpas. — Meus olhos estão pesados de lágrimas e tento pensar friamente. Olho em volta no estacionamento mas não há ninguém por perto, só o barulho do trânsito cortando a rua adjacente. Disparo para minha porta aberta e pego a bolsa, na qual freneticamente procuro pelo meu celular. Disco o número da emergência e aperto Ligar... Quando a bateria morre.

— Mas que *merda*! — Tento a respiração cachorrinho controlada que minha melhor amiga Jess fazia em suas aulas no pré-natal enquanto falo. São tão eficazes para reduzir minha ansiedade quanto um desfibrilador de alta voltagem.

Volto correndo à traseira do carro, na esperança vã de que o homem que achatei com meus pneus vá estar de pé, vivo e muito bem.

Mas ele não está.

Seguro seu pulso, desesperada para sentir uma centelha que seja de vida, mas não encontro a pulsação. Não há nada.

— SOCOOOOOOOOORROOOO! — Minha voz ecoa pelo estacionamento antes de eu perceber que ninguém virá me ajudar.

Puxo a saia para cima e me ajoelho para examiná-lo: ele é musculoso e forte, tem o corpo de um atleta.

Vamos lá, Abby. Só há uma coisa a fazer. Precisa fazer RCP.

ISSO!

Só que não sei fazer ressuscitação cardiopulmonar.

Decido tentar assim mesmo e me esforço para me lembrar de cada fiapo de informação sobre primeiros socorros que tenho. Que se resume a um distintivo de escoteira recebido em 1989 e ao episódio da semana passada de *Holby City* da BBC.

Pense!

Primeiro faço o boca a boca ou aquelas coisas de compressão com as mãos? Acho que deve ser isso primeiro. Mas preciso prepará-lo para o segundo procedimento, de qualquer forma. Com mãos atrapalhadas, abro o zíper da jaqueta dele para revelar um peito forte, sobre o qual estão abertos dois botões da camisa.

Verifico a boca, procurando por objetos estranhos. Tenho certeza de que li isso em algum lugar, mas só Deus sabe o que estou procurando. Uma moedinha, talvez, ou uma meia extraviada? Talvez uma daquelas armas de destruição em massa que nunca apareceram...

Por que estou pensando nessas coisas?

Inclino a cabeça dele para trás e respiro fundo. Muito bem. Vamos lá. Minha boca vai em direção à dele, meu coração espanca minhas costelas. Enfim, tomo uma golfada de ar, fecho os olhos... E colo meus lábios nos dele.

Naquele exato momento percebo que cometi um erro — eu devia ter fechado o nariz dele — e noto outra coisa. Os lábios dele não parecem os de alguém que está inconsciente. E certamente ele não está morto.

Levo um segundo para entender o porquê — e, quando entendo o que está acontecendo, tenho o maior choque da minha vida. Os lábios dele estão se mexendo. Estão... Ah, meu Deus, estamos nos beijando!

Recuo num solavanco e o fuzilo de olhos arregalados.

Ele está no início dos 30 anos, é absurdamente bonito e bronzeado, com queixo definido e lábios suntuosos. Seu cabelo é escuro, quase preto, e cortado bem curto, disfarçando o mais leve cacheado.

Ele morde o lábio devagar, como se provasse meu gosto, e seus olhos se abrem. São verdes. Ou castanhos. Não, as duas coisas — da cor de uma floresta. Mais importante, são os olhos de alguém bem vivo.

Surpresa, vejo que ele pisca e mexe o maxilar de um lado para o outro, como se despertasse de um sono profundo. Ele me olha. E eu rio. Rio incontrolavelmente pela mera alegria de não ter acrescentado homicídio à minha lista de realizações do dia.

— Ah, obrigada, meu Deus. Obrigada! — Não consigo me conter. — E obrigada meu Deus de novo!

Depois baixo os olhos e vejo a expressão do estranho — e percebo que tenho explicações a dar.

— Você sempre dá ré a 60 quilômetros por hora?

Suas coxas firmes escoram o peso do corpo quando ele se agacha, examinando a moto. Só tenho certeza de uma coisa sobre motos: não as suporto. Mas esta parece cara. Pelo menos parecia. Agora parece ter sido pisoteada por uma manada de rinocerontes.

– Olha, me desculpe — digo, tentando manter a frieza —, mas não estava nem perto de 60 por hora.

Ele se vira e me olha com raiva. É fisicamente imponente, tem braços que se flexionam quando ele puxa um pedaço da moto.

— Estava numa velocidade suficiente para quase me matar — rebate ele.

— Ah, não vamos exagerar. — Abro um sorriso nervoso, tentando deixar o clima mais leve.

— Exagerar? — repete ele, deixando claro que minha tentativa não teve sucesso algum. — Não preciso exagerar. Você me nocauteou.

Apesar das circunstâncias, algo no que ele diz é hipnótico — ele tem o tipo de voz que flutua por uma sala e envolve você. Somando isso à aparência dele, só posso concluir que esse cara é um gato.

— Vai sair caro pra consertar — diz ele em seguida. — Espero que tenha seguro.

Meu coração afunda à menção do seguro, que traz um tsunami de outras questões, como meus prêmios cataclísmicos e zero reembolso.

— Claro. — Falo no tom mais neutro que consigo, aquele que levei anos para dominar. — Mas talvez... — Estou prestes a propor pagar eu mesma e nem consultar minha seguradora quando paro, censurando-me por quase cair nessa armadilha óbvia.

Há pouco tempo li um artigo reforçando a importância de *nunca* admitir responsabilidade no calor do momento, por mais tentada que você fique a se desculpar. Ocorreu-me na hora que devia ser aí que eu iria errar — além de causar todos os acidentes, antes de mais nada, é claro, mas não vamos nos ater a isso.

— Você disse alguma coisa? — pergunta ele, mexendo em outra peça da moto. Ele ergue os olhos pensativos.

Abro um sorriso doce.

— Não.

— Muito bem. — Ele se levanta e esfrega as palmas das mãos nas coxas. — Bom, se trocarmos nossos contatos, posso falar com minha seguradora assim que possível.

— Tudo bem — digo com cautela. — Está concluindo então que a responsável sou eu?

Sua expressão fica sombria de novo.

— É claro que a responsável é você.

— Bom — respondo —, acho que a decisão é das seguradoras. Essa não caiu muito bem.

— Deixa eu ver se entendi isso direito: estou cuidando da minha vida, rodando com minha moto por um estacionamento, e de repente só o que sei é que a traseira de um Citroën C4 dispara em minha direção...

— Se eu *puder* explicar...

— Você não pensou na possibilidade de algo ou alguém estar no caminho. Na realidade, pelo que pude ver, você estava ocupada demais falando sozinha para pensar em alguma coisa.

— Eu não estava *falando* sozinha, estava treinando...

— Você simplesmente engrenou a ré no carro e acelerou. A 60 por hora.

Nós nos olhamos fixamente.

— Eu *não* estava a 60 por hora — rebato entre os dentes. — E quanto à história de falar sozinha... Tudo bem. — Cruzo os braços. — Eu *estava* falando sozinha. E daí? Meu monólogo foi mais agradável que essa conversa.

Um segundo depois e tenho certeza de que o lábio dele quase se torce num sorriso.

— Olha — digo, rompendo deliberadamente o contato visual —, eu já pedi desculpas.

— Pediu, é? Não me lembro.

— Pelo que me recordo — digo, pacientemente —, minhas exatas palavras foram: *Me desculpe. Peço mil desculpas.*

Ele fica genuinamente perplexo. E então eu entendo: ele estava inconsciente quando eu disse isso.

— Olha, talvez a gente deva acertar logo as coisas — digo apressadamente. — Eu preciso ir.

— Acertar as coisas?

— Trocar telefones.

— É muito gentil da sua parte se oferecer, mas estarei ocupado nos próximos fins de semana. Além disso, já tenho namorada.

— Eu quis dizer para o seguro! Não porque... — Paro no meio da frase, percebendo que era provocação dele. — Tem uma caneta?

— Eu, não — diz ele, tateando os bolsos. — Você tem?

— Espere aqui. — Vou ao carro, onde procuro uma esferográfica na bolsa, mas tenho que me virar com meu lápis labial Bobbi Brown. Enquanto endireito o corpo, sinto os olhos dele em minhas pernas e me viro. Ele desvia o olhar e não consigo saber se foi apenas minha imaginação. Ou se eu queria ter imaginado. Começo a escrever, mas paro quase de imediato.

— O que foi? — pergunta ele.

— Não me lembro do nome da minha seguradora. — Sinceramente não me lembro, e fico pasma com isso. Lidei com eles em três ocasiões diferentes no ano passado; posso te dizer os nomes de pelo menos seis integrantes da equipe do call center — e de quase todos os filhos deles também. Até fui convidada para as bodas de prata de um deles no ano passado.

— Está brincando? — diz ele.

— Olha, este é meu endereço... E meu e-mail. Me procure e vou te passar as informações. — Enfio um cartão de apresentação em sua mão, com meu endereço de casa. Quando ele pega o cartão da minha mão, minha pele roça na dele e fico vermelha, xingando a mim mesma de novo. A ideia de inflar o ego de alguém que (a) claramente não se esforça para atrair o sexo oposto e (b) está prestes a me depenar no seguro, é quase dolorosa.

— Obrigado — diz ele rispidamente, tirando outro cartão das minhas mãos e escrevendo seu e-mail nele. Meu lápis labial agora parece pertencer a um kit de colorir de uma criança de 5 anos. — Vou entrar em contato.

— Ótimo — murmuro com sarcasmo.

Esta aparentemente não foi a coisa certa a dizer.

— Eu não pedi isso — diz ele friamente. — Que alguém me atropelasse, quase destruísse minha moto e quase me matasse.

A raiva sobe em meu peito.

— *Não* é verdade que eu quase te matei.

— O que é uma pequena concussão entre amigos, né?

— Não somos amigos — digo categoricamente.

Ele levanta a moto e olha os restos amassados.

— Não. Não somos mesmo.

Capítulo 3

Cheguei ao escritório da Max Crane Law com um minuto e meio de folga. O que seria ótimo se eu estivesse com uma aparência respeitável, mas meu cabelo em particular está horrendo. Está comprido demais (já passa dos ombros) e não é suficientemente louro, tudo por culpa da minha recente falta de tempo para uma ida ao cabeleireiro. Agora, graças ao esforço para chegar aqui, ele parece ter sido arrumado com um soprador de folhas de jardim.

Além disso, e do tom rosado que minha pele adquiriu com todo esse exercício, meus joelhos dão a impressão de que tentei depilá-los com um bisturi enferrujado.

Depois de verificar se estou mesmo sozinha no banheiro feminino, levanto a saia e meto a perna em uma cuba de vidro fosco — lavando freneticamente os vestígios de sangue e areia com um sabonete líquido para as mãos que tem cheiro de lavanda — quando a porta se abre. Parada ali está Letitia Hooper, diretora de desenvolvimento de negócios e marketing — vulgo A Mandachuva. Pelo menos no que diz respeito à apresentação de vendas de hoje.

Letitia, com quem frequentemente me encontro em eventos de parcerias profissionais, tem apenas 37 anos, mas se veste como a diretora de um internato para meninas, tanto que sempre que a vejo acho que vou ser posta de castigo.

— Ah, Letitia! — Tiro a perna da pia e acabo espirrando água no rosto dela. Ela pisca duas vezes, tirando um pouco de rímel dos cílios, e me olha de cima a baixo. — Desculpe por isso. — Vou descalça para as toalhas de papel. — Como vai?

Começo a arrancar toalhas e seco minhas pernas.

— Bem, obrigada, Abby — responde ela. — Encontrei uma de suas funcionárias no almoço na semana passada... Heidi Hughes.

— Ah, sim, Heidi. — Eu sorrio, satisfeita com esta evolução, pois sei que ela não me decepcionaria. — Ela está na empresa praticamente desde o início.

— Uma jovem impressionante — diz Letitia. — Certamente fez um bom trabalho na promoção de seus serviços.

Faço uma nota mentalmente para agradecer a Heidi quando a encontrar, embora isso seja típico dela e um dos motivos que me levaram promovê-la a diretora de design algumas semanas atrás.

O primeiro dia de trabalho de Heidi, há mais de um ano, não teria impressionado um gerente de recursos humanos.

O problema não era Heidi. Ela nunca foi problema. Era a chefe dela, cuja carreira recentemente havia passado por uma grande mudança.

Ao abrir a porta do nosso escritório no quarto andar naquele primeiro dia, notei o sorriso ansioso e franco de Heidi, seu rosto simpático. Ela era uma mulher bonita, de 25 anos, cabelo louro arruivado, uma boca de querubim e um nariz salpicado de sardas.

Ela chegou cedo e respondeu ao meu papo furado com uma tagarelice em alta velocidade, traindo o nervosismo ao subirmos os oito andares. Pensei na época que Heidi já teria milhagem extra com seu terninho de saia cinza chique, porque era o primeiro dia, mas agora sei que ela sempre se veste assim para trabalhar.

— É bonito — disse ela, radiante, olhando o escritório, um armário de vassouras bem-localizado no distrito financeiro de Liverpool. Sua entrevista aconteceu numa cafeteria do outro lado da rua para que esta fosse a primeira vez que visse seu novo local de trabalho. — Onde vou me sentar?

Eu torcia muito para que essa questão não fosse levantada.

— Um dia... Ali.

Apontei para um pedaço vazio do carpete. Ela franziu o cenho.

— Isso é meio constrangedor — falei num tom de desculpas —, mas sua mesa e o computador serão entregues amanhã. A culpa é minha... Demorei para fazer o pedido. Tinha tanto o que fazer e, como estive sozinha até agora... Olha, não vou te aborrecer com os detalhes. Vou ter que sair daqui a pouco, então pode usar minha mesa.

Joguei uma montanha de papéis e pacotes de doces de amendoim para o lado, murmurando mais desculpas. Ela escondeu muito bem suas preocupações.

O currículo de Heidi era ótimo. Ela teve uma boa formação e havia trabalhado para uma grande agência de publicidade — como eu. Mas não foi seu currículo que lhe garantiu o emprego; ela era entusiasmada, despretensiosa, agradável e, esperava eu, cheia de inciativa.

Quando voltei ao escritório no final do dia, ela havia pesquisado nossos clientes atuais, preparado uma lista de possíveis clientes, esboçado sugestões para o novo equipamento de escritório e arrumado o armário de material, que antes parecia o cenário de uma luta pelo título mundial entre duas galinhas. E eu só fiquei na rua por quatro horas.

Devo confessar que na época me passou pela cabeça — nada caritativamente — que Heidi podia ser boa demais para ser verdade. Éramos só nós duas neste escritório, e eu queria uma pessoa com quem pudesse rir também.

No fim do dia, tive que dizer a ela que era hora de ir para casa.

— Obrigada pelo ótimo primeiro dia — disse ela, sorrindo e vestindo o casaco. — Gostei muito.

— Não... *Eu* é que agradeço. Será mais fácil amanhã, quando não tivemos de nos empoleirar na mesma mesa. Olha, que tal um drinque? — sugeri.

Sua expressão de repente ficou séria.

— A empresa não tem política de álcool?

Eu ri, mas com medo de que ela não estivesse brincando.

— Até agora, não. Por quê? Como você acha que deve ser a política da empresa em relação ao álcool?

— Deve ser compulsória.

Passamos o resto da tarde rindo, falando de empregos anteriores e comparando nossa vida amorosa (uma pior que a outra).

E Heidi é assim. Sempre foi cheia de surpresas.

Capítulo 4

Não tenho a menor ideia se a formação de Heidi tem alguma coisa a ver com o meu desempenho na apresentação preparada para a Letitia e os dois sócios da empresa. Mas pareceu um sonho.

— Muito bem, Srta. Rogers — diz o sócio chamado Boris Keppelhammer, cujo nome complicado não combina com sua aparência distintamente comum. — Meus colegas e eu precisamos discutir sua proposta, mas sua agência é a última que vemos e... Bem, pode-se dizer que estamos impressionados.

Sorrio, esforçando-me para não exagerar, quando o que realmente quero fazer é cair sobre meus pobres e arranhados joelhos e cobrir os pés dele de beijos.

— É muita gentileza sua, Sr. Keppelhammer — respondo, apertando sua mão enquanto ele me acompanha até a porta. — Espero ansiosamente por notícias suas.

Eu ainda nem tinha chegado ao escritório quando recebi o telefonema dizendo que o contrato era nosso.

E, ao que parece, é assim que acaba.

Mas acreditem, o fato de que posso *fazer* isso é fonte de constante surpresa. Por mais disfuncional que sejam outros aspectos da minha vida, no trabalho tenho uma capacidade de assumir minha outra persona: a calma, confiante e competente Abby. A Abby com quem as pessoas querem fazer negócios.

Preciso lembrar a mim mesma constantemente quantos clientes ganhei desde que abri esta empresa, porque senão tenho um de meus "momentos" — aqueles que me fazem perguntar como posso ser responsável por todos esses clientes, três funcionários e uma movimentação de cerca de 170 mil libras por ano.

Sei que isso não faz de mim uma Alan Sugar, mas os que conhecem este setor me garantem que é um bom começo para uma empresa no primeiro ano. Claro que quase não estou tendo lucro, mas o potencial — pelo que me disseram — existe. Especialmente porque, dos clientes que ganhei, há um ou dois realmente impressionantes. Minha *crème de la crème* inclui uma empresa nacional, uma cadeia de centros de jardinagem chamada Diggles.

Meu Deus, eu adoro a Diggles. Quero ter filhos com eles. Quando ganhamos o contrato, fui para casa saltitando e sorrindo como uma mulher que herdou uma loja de sapatos no dia em que foi escalada para fazer um filme romântico com Ashton Kutcher.

— Oi, Abby — diz Priya, nossa designer júnior, quando entro no escritório.

— Ainda está aqui? Já são mais de seis e meia.

— Vamos para a Cross Keys daqui a pouco — diz ela.

— Encontrar sei lá como se chama? Karl?

— O sei lá como se chama me largou.

— Ah, não. Lamento, Priya — digo, sem jeito. Mas devo admitir que estou ficando menos sem jeito ultimamente, já que Priya é abandonada pelo menos uma vez por mês, às vezes duas, então a solidariedade é uma virtude que exige muita prática dos colegas dela e da minha parte também.

Isso me desconcerta muito mais do que aos outros. Porque Priya, a mais nova integrante da equipe, é adorável. Também é entusiasmada, tem uma personalidade fortíssima e é muito atraente, embora de um jeito pouco convencional.

Com o passar dos anos, seu cabelo passou por vários experimentos bizarros e atualmente exibe um tom de rosa néon que descobrimos, durante um recente corte de energia elétrica, que brilha no escuro. Pode não figurar na capa da *Vogue*, mas nos ajudou muito a encontrar a saída de incêndio. E Priya, de algum modo, o ostenta de um jeito que eu nem imaginava que alguém pudesse fazer.

Os outros, porém, não são tão mente aberta — e, entre isso e o piercing no nariz, ela foi demitida de uns seis empregos antes de eu contratá-la. Eles não sabem o que estão perdendo. Ela só tem 20 anos e é uma das melhores designers gráficas que já conheci: rápida, supercriativa e completamente original. Claro que sua vida amorosa é quase tão equilibrada quanto o Tratado de Lisboa — mas isso é outra história.

— Espere só até ver a carta que recebemos do Condomínio — diz ela.

— Parece fascinante. — Eu me jogo em minha cadeira.

Ela dá um pigarro.

— Diz o seguinte, abre aspas: "É de nosso conhecimento que Certas Empresas localizadas nas dependências do Prédio não seguiram os Regulamentos Oficiais e estritamente impostos pelo Condomínio de acordo com o que se encontra clara e plenamente registrado para a consulta de todos no Escritório do Condomínio..."

Reprimo um sorriso.

— Deve ser grave.

— "Temos indicações e outras evidências (inclusive uma Testemunha que por acaso é também Síndico do Condomínio) que nos levam a crer que o principal culpado é Certa Empresa do quarto andar que não deve ser nomeada."

— Acha que somos a *empresa* que *não deve ser nomeada*? — pergunto.

— Desconfio de que sim. Mas espere só... A coisa piora. — Seus olhos se arregalam. — "Esta Empresa, segundo acreditamos, esteve utilizando uma Torradeira Não Aprovada nas dependências da Sala Comercial, e não a Torradeira Aprovada para a Área de Consumo de Alimentos e Bebidas do quarto andar. Esta é uma Questão de Saúde e Segurança, uma Quebra de Contrato e representa um Grave Risco. Favor se adequar ou tomaremos as Medidas Cabíveis. Assinado, o Síndico do Condomínio."

— Só o que posso dizer é: migalhas — diz Matt Parrudo, meu outro designer júnior, achando graça da própria piada.

— Ah, meu Deus. — Priya geme, revirando os olhos. — Você não ganharia a vida com isso.

Matt Parrudo ganhou esse apelido de Brenda, uma garçonete do bar ao lado do escritório que, apesar de não estar na flor da idade, não tem medo de comentar sobre o traseiro empinado dele a cada oportunidade que tem. O apelido pegou — algo que Priya garantiu, argumentando que no fundo ele gostava.

Mas Matt não é "parrudo" no sentido tradicional; seus bíceps não incham e ele pode ser reconhecido mais por seus dotes plurais do que pelos peitorais. Mas é lindo à sua maneira: alto e de fala mansa, gosta de jeans apertados, camisetas vintage e usa uma franja moderninha que ele insiste em manter, apesar de lhe cobrir os olhos quando está trabalhando no computador.

— Como foi a apresentação? — pergunta Priya.

— Foi boa — digo com frieza, olhando meus e-mails. — Muito boa.

— Quando terá a resposta?

Minha boca se torceu. Eu daria uma péssima agente secreta.

— Já tive.

— E?

— E conseguimos!

— Eeeeebaaaaa! — Priya dá um salto para me abraçar. — Isso quer dizer que vamos beber essa noite?

— Você não perde uma, né? Acho que sim. — Dou um muxoxo. — Mas só Deus sabe o que meu contador vai pensar. Sempre que conseguimos uma venda acabo autorizando metade do primeiro pagamento em drinques para comemorar.

Abro minha caixa de entrada e, de novo, ela geme sob o peso dos inúmeros e-mails não lidos. Uso meu tempo livre de cinco minutos do dia para devorá-los, mesmo que o tempo limitado implique uma abordagem mais apressada do que de costume.

A porta se abre e Heidi entra. Ela está particularmente chique hoje, com um duas-peças Jackie O e um lindo sapato azul-claro.

— Heidi, eu te devo uma bebida — declaro. — Não sei o que você disse ao pessoal da Max Crane, mas deu certo.

— Ah... Você conseguiu a venda? Muito bem. — Ela sorri vagamente e eu percebo, não pela primeira vez nas últimas semanas, que é uma resposta mais discreta do que eu esperava dela. As reações de Heidi às nossas vitórias nunca foram tão hiperativas quanto as de Priya — ninguém é assim, a não ser que tenha uma overdose de tartrazina.

Mas nunca duvidei de que ela fosse a mais forte defensora desta empresa.

É claro que isso não é nada de mais, a não ser pelo fato de que vários concorrentes nossos roubariam Heidi amanhã mesmo. Frequentemente me pergunto se o salário e o plano de carreira de uma grande empresa um dia serão tentações demais para ela.

— Está tudo bem? — pergunto.

Ela balança a cabeça, como se saísse de um devaneio.

— Desculpe, Abby. Está. Já preparou um release sobre sua vitória? Eu mesma faço, se quiser.

— Não foi a *minha* vitória, Heidi, foi nossa.

Ela sorri.

— Se prefere assim. Ainda vou citar você no release. Ah, e posso conversar com você uns cinco minutos para discutirmos um possível novo cliente? Eles têm uma nova clínica de estética da moda. Conversei rapidamente com a proprietária e acho que podemos convencê-la a embarcar.

Ora, *essa* é a Heidi que conheço. Uma mulher proativa, zelosa, que fica um passo à frente — de todos.

— Estarei livre às quatro — digo, martelando o botão delete em meus e-mails. — Vai beber com a gente mais tarde?

Ela coça o nariz.

— Ah, acho que não. Preciso dormir cedo... Estou mortinha. Mas tome um drinque por mim. — Ela pisca. — E pode tentar manter as mãos da Brenda longe da bunda do Matt, por favor?

Capítulo 5

Só uma coisa faz com que eu me sinta melhor por estar cercada de gente saudável e atlética, e é um Kit Kat Chunky.

Volto do saguão do centro esportivo com meu chocolate e uma Coca Diet, enquanto minha melhor amiga Jess tenta se controlar ao lado do campo de futebol indoor.

— Vai, Jamie! — sussurra ela enquanto o filho de 4 anos se prepara para chutar para o gol. — Éééééé! — grita Jess, batendo palmas quando ele marca.

A bola volta a rolar e ela dá um chocalho para Lola, de 9 meses, que ri satisfeita.

— Não me deixe virar uma dessas mães exigentes e competitivas, sim? — diz ela.

— Você está bem perto disso. — Eu brinco, dando uma mordida no Kit Kat.

— Isso não é nada — protesta ela, tirando uma maçã da bolsa. — Eu me sentei ao lado de uma mulher nos jogos infantis que berrava instruções para a filha pequena como se fosse o Fabio Capello.

Jess e eu somos amigas desde que me entendo por gente. Partilhamos todo tipo de interesses, de amor pela leitura a admiração mútua por italianos. Só tem uma coisa em que estamos em polos opostos, algo que demonstra nossas respectivas opções de lanches.

Jess é o que minha avó chamaria de "fanática pela boa forma", porque é atlética num nível irracional. Na escola, ela era capitã das equipes de netball e beisebol, participou de corrida cross-country pelo país, foi campeã juvenil de corrida com barreiras em 1991 e 1992 — e tem uma cortada no vôlei que estou convencida de que pode decapitar os espectadores.

Enquanto algumas mulheres que se aproximam dos 30 anos são tomadas pelo trabalho e pela vida social, ela progrediu naturalmente em maratonas e em um ou outro triatlo. Entre isso e suas feições delicadas, olhos azul-celeste e charme discreto, tecnicamente eu deveria odiá-la. Felizmente ela é uma ótima amiga e me faz rir mais do que qualquer pessoa que eu conheço, então posso perdoá-la por todas as outras coisas.

Não me agrada pensar em mim mesma como fisicamente inepta. Não sou terrivelmente obesa, nem infestada de acne provocada pela alimentação nem nada assim tão terrível. Na verdade, raras vezes fujo de um tamanho 42 (ou 40, na Wallis — Deus os abençoe), apesar de comer como uma ameaça à saúde pública em alguns dias e mal colocar uma coisa na boca em outros. Também bebo demais, sou incapaz de resistir a uma ou três taças de vinho no final de um dia difícil.

Mas nem sempre fui assim. Na escola também era integrante da equipe de beisebol (mas passava muito tempo pairando atrás da quarta base na esperança de que a bola jamais viesse na minha direção). No ano passado mesmo, fui a uma ou outra aula de step e andei de bicicleta quando tive vontade — mas nunca tive lá muita vontade, verdade seja dita.

Desde que abri minha empresa, porém, minha saúde tem sido totalmente deixada de lado. Se eu fosse a uma academia agora, meu abdome faria greve.

— Vai correr hoje? — pergunto.

— É claro — responde Jess, sorrindo com malícia porque está ciente do assombro com que vejo sua associação a um clube de corredores.

— Você tem algum dia de folga? — pergunto, já sabendo a resposta.

— Ah, o clube não se reúne todo dia... Só algumas vezes por semana.

— Mas *você* corre todo dia.

— Não no Natal. Mas consegui encaixar um circuito de 5 quilômetros no ano passado enquanto Adam descascava os legumes. — Ela pisca para mim. — Como ficaram as coisas com seu motoqueiro da semana passada?

— Ah, esse cara. — Reviro os olhos. — Ele tem meu e-mail... Estou esperando que entre em contato para eu poder passar os dados de meu seguro. Mas estou surpresa por ele não ter me procurado. Pela raiva dele naquele dia, esperava receber a conta antes de o dia terminar.

— Ah, meu Deus.

— Estou morrendo de medo dela. Vai custar uma fortuna, Jess. Eu consegui me tornar praticamente insegurável.

— E a culpa foi sua mesmo?

— Acho que sim. Por mais que quisesse jogar a culpa nele. Droga!

— Achei que tinha dito que o cara era lindo.

— Uma coisa não elimina a outra — digo.

— Você quase matou o cara, não foi?

Estremeço.

— Não foi, não.

— Mas foi *você* que me disse isso.

— Eu falei isso? Ah. Bom, não é meu argumento oficial.

Ela ri, pegando um lenço umedecido e tentando limpar o nariz de Lola.

— Como se sente voltando a trabalhar na semana que vem? — pergunto, vendo se tinha dinheiro trocado para batatas fritas.

— Bem, para falar a verdade — diz ela, quase como se estivesse surpresa.

Jess acabou de voltar ao emprego de gerente sênior em uma empresa de telecomunicações depois da licença-maternidade.

— Tenho que me reciclar numas coisas primeiro, mas depois vai ficar tudo bem — continua ela.

— Aposto que vai achar estranho não ter as crianças por perto 24 horas por dia.

— Estou preparada para isso — confessa ela. — Essa semana me vi dirigindo para Sainsbury, do outro lado da cidade, em vez de ir a Tesco, que fica a dois minutos de casa... *Só para variar um pouco.* Se é o melhor que uma pessoa pode fazer para se divertir, alguma coisa tem que mudar.

Lola solta o chocalho e começa a choramingar. Eu abaixo para pegá-lo e sou recompensada com um sorriso radiante. Não resisto a pegá-la e dar-lhe um chamego.

— Quem é a gracinha da titia? — Eu sorrio, passando o rosto em sua barriga enquanto ela ri, deliciada.

— E então, vai ter filhos ou não? — pergunta Jess, erguendo uma sobrancelha.

— Me dê quatro ou cinco anos, por favor. Sei que você arrumou marido e filhos antes dos 30... Mas tem gente que é mais lenta. Além disso, nem consigo conciliar trabalho com vida pessoal, e olha que só preciso me preocupar comigo.

— Depois que conhecer o homem certo, nada vai te impedir.

— Bom... Essa é outra questão, não é?

Jess me lança um olhar malicioso.

— Acabou sua fase de testes, minha amiga, posso te garantir. Essa noite será uma vitória. Posso sentir isso.

Ainda não estou convencida.

— Você disse a mesma coisa antes de três encontros às escuras que armou... E cada um deles teve tanto sucesso quanto uma malaia no concurso Eurovision.

Jess está decidida a me juntar com alguém e, por isso, houve uma sucessão de colegas de trabalho do marido dela, Adam, desfilando diante de mim. Não havia nada de errado com nenhum deles, além de eu não estar a fim — um fato que parece fazer Jess pensar que sou mais exigente que o normal.

Mas esta noite não está reservada a um dos amigos de Adam. Vou jantar com ela, Adam e um cara do clube de corrida. Ela está ainda mais confiante de que será o começo de um belo relacionamento, que resultará em casamento, filhos e uma vida inteira de viagens de férias a quatro.

— Bom, talvez — admite Jess —, mas Oliver é italiano. Pelo menos o avô dele é italiano. Ou talvez um quarto italiano. Ou alguma coisa do tipo.

— Até *eu* sou mais italiana do que isso — observo.

— Ele só passou a ser capitão interino do clube de corrida depois que o cara anterior teve uma lesão — continua ela, ignorando-me. — Só está com a gente há alguns meses, então ainda não o conheço muito bem, mas tenho certeza de que vai gostar dele. Ele é bonito e, o mais importante, uma das pessoas mais legais que se pode conhecer.

— Se é assim, por que você me exibiu para três homens diferentes antes de se decidir por este?

— Ele ficou solteiro há pouco tempo. Separou na outra semana.

— Então ele tem bagagem?

Ela sorri.

— Até parece que você não tem.

Não há resposta para isso. Terminados o Kit Kat e a Coca Diet, pego 50 centavos na bolsa. Sem dúvida nenhuma agora preciso de batatas fritas.

Capítulo 6

Para conhecimento de todos, eu não tenho bagagem. Não uma bagagem séria. Comparado ao de algumas pessoas, meu histórico amoroso é positivamente equilibrado. Ou talvez eu tenha visto *Jeremy Kyle* demais.

Como alguém que está num casamento feliz há seis anos, Jess tem uma visão pouco racional do que constitui uma vida amorosa normal para uma mulher no final dos 20 e poucos anos.

Não posso negar que tive meus altos e baixos, mas quem não teve? Já tive relacionamentos (dois) e meu coração partido (uma vez). Passei por um longo período de celibato (contínuo). E um romance de férias (que curti muito — até descobrir sobre a mulher dele). Até agora, não me imaginava envelhecendo com nenhum deles e, particularmente, no último ano, que foi frenético, procurar pelo Sr. Perfeito foi a última coisa que me passou pela cabeça. O resultado é que já faz mais de um ano que não tenho nada que chegue perto de uma ligação amorosa. Como passei esse tempo todo assim, não sei, mas é assim.

E em noites como esta, quando estou longe do trabalho e lavo do meu cabelo os problemas e os substituo por vários tons de Elnett de L'Oréal, lembro que existe mais na vida do que conquistar clientes. Como paquerar e me divertir, noites improvisadas fora de casa e uma quantidade temerária de olho no olho.

Talvez a noite esteja rendendo de tal maneira que isso esteja reacendendo meu entusiasmo por uma vida social. Não sei o que eu estava esperando de Oliver-cujo-avô-é-um-quarto-italiano, mas não era isso: um cara pé no chão, modesto e arrasadoramente gracinha, com um sorriso tão ofuscante que podia abastecer a companhia de eletricidade de uma cidade inteira.

— Por que não me disse que ele era tão gato? — sussurrei enquanto Jess despejava as batatas num escorredor.

— Eu não disse? — rebateu ela com inocência. — Tenho certeza de que tinha falado. Certamente eu disse que ele era um cara legal. — Ela transfere as batatas para uma tigela e mói um pouco de sal grosso.

— Isso é o mesmo que dizer que Barack Obama tem um emprego razoável. Jess, ele é lindo. É perfeito. Ele...

— Está lá conversando com meu marido, e não com você. — Ela me interrompe. — Agora vá para a sala de jantar, sim?

— Eu vou, eu vou. — Recosto-me na ilha da cozinha de Jess para me recompor para o momento.

Eu adoro este cômodo. Na verdade, adoro a casa de Jess inteira, mas a cozinha é particularmente ótima. É contemporânea e clássica ao mesmo tempo, com superfícies de muito brilho em móveis de cerejeira suave. Começou como algo que pode tranquilamente adornar as páginas de revistas de decoração, mas evoluiu com suas próprias idiossincrasias — da explosão de pinturas das crianças na geladeira à enorme estante irregular numa parede.

— Nunca namorei um médico antes — reflito, tomando um gole do meu vinho. Ah, sim. Já falei disso? Oliver é cardiologista com sete anos de experiência. Como se ele pudesse ficar ainda melhor.

Ele chegou há uma hora e meia com um Valpolicella e flores para Jess e — embora parecesse morto de vergonha sempre que eu reparava — uma aparente incapacidade de tirar os olhos do meu decote. Um fato que, francamente, me fez ganhar a semana.

— É, bom, o Doutor Sexy pode ser o primeiro — responde ela. — Mas nada vai acontecer se você continuar aqui.

É claro que ela tem razão. Além disso, eu devia tentar pelo menos resgatá-lo do Adam. Até agora Oliver resistiu masculamente às tentativas do marido de Jess de obrigá-lo a entrar em estado catatônico com seu papo sobre política, mas só Deus sabe quanto tempo ele irá resistir.

— Eu queria ter me preparado mais para isso — digo a Jess. — Quero dizer, olhe para mim. Meu esmalte está todo lascado e eu nem tive tempo de depilar as pernas.

— E daí? Você está de calça comprida. — Ela me passa uma tigela de batatas fumegantes.

— A questão não é essa.

— Por quê? Pretende tirá-las?

— Não te falei que eu esperava um jogo de Strip Poker antes do fim da noite? — Eu sorri.

Ouvimos alguém tossindo na porta e, quando levanto a cabeça, Oliver está parado ali, um tanto pasmo. Meu rosto fica vermelho.

— Era uma... Eu não falei sério sobre o...

— Como está se saindo, Oliver? — Jess se intromete.

— Hmmm... Tudo bem — respondeu ele, enquanto seus olhos disparam para os meus e depois se desviam timidamente. — Vim ver se posso ajudar em alguma coisa.

— Está tudo sob controle — diz Jess.

Consciente de que seus olhos estão em mim de novo, sou incapaz de olhar para ele até que, enfim, ele vai ao quadro de avisos.

— Seus filhos são lindos — diz ele a Jess, olhando as fotos. — Estão dormindo?

Viro-me para Jess esperando por sua resposta e vejo que ela faz sinal com os olhos feito uma maníaca, girando o dedo na frente do rosto como se fizesse uma mínima da coreografia de *Grease*.

— Hmmmm? — diz ela rapidamente, enfim registrando a pergunta.

— Ah, sim... Vão para a cama às sete. Agora é moleza.

— Eu *adoro* crianças — continua ele. — Estou louco para ter filhos. Virei tio há pouco tempo.

— Ah, é mesmo? — Jess está pouco concentrada, apontando freneticamente o rosto. Balanço a cabeça, confusa, e me pergunto por que ela decidiu fazer um jogo de mímica justo agora.

— É, a minha irmã teve um garotinho... Jonah. Lindo.

— E que idade ele tem? — pergunto.

Ele se vira para responder, Jess me pega pelo cotovelo e me gira como se de repente quisesse dançar flamenco.

— Acho que 4 meses. Está engatinhando.

— Isso é muito cedo para 4 meses — diz Jess. — Normalmente eles fazem isso aos 8 — viro-me quando ela me pega pelo braço de novo e arranca as batatas das minhas mãos. — Oliver, desculpe por ser uma chata, mas pode levar isso antes que esfrie?

— Com prazer. — Ele sorri enquanto Jess me agarra com tanta força que me pergunto se vou sofrer uma tortura chinesa.

— Mas por que todo esse jiu-jítsu? — pergunto quando Oliver desaparece pela porta. Ela abre a gaveta da cozinha, pega seu espelho compacto e o coloca na frente do meu rosto. O vapor das batatas fez a maquiagem escorrer pelas minhas bochechas como um derramamento de petróleo no Mar do Norte.

— Ah, que maravilha.

— Não se preocupe... Ele não viu. Pegue um lenço de papel. Depois saia daqui e vá paquerar como se sua vida dependesse disso.

Adam é determinado. Por mais que Jess tente conduzir a conversa do marido para um seriado de TV ou a aplicação de Botox da Amanda Holden, ele não desiste.

— A apatia desse país com relação à Europa é inacreditável — diz ele, terminando um bocado de legumes. — Existem 375 milhões de cidadãos na União Europeia e ninguém gosta da influência do Parlamento Europeu em nossa vida. O orçamento que controlam é fenomenal e ainda assim...

O monitor do bebê estala quando Lola acorda chorando. Todos param para ver se ela se aquieta. Depois de alguns segundos, fica evidente que ela não vai se calar.

— Eu vou. — Adam desliza a cadeira para trás e caminha até a porta. Tenho que me reprimir para não suspirar alto de alívio.

— O que você pretende fazer na meia maratona da semana que vem, Oliver? — Jess completa meu vinho. — Vai bater seu melhor tempo?

— Bom, vou tentar — responde ele. — Mas em geral não bebo por duas semanas antes de uma corrida. Já infringi essa regra hoje. — Ele sorri, olhando para mim, e pela primeira vez noto uma covinha em seu queixo. É incrivelmente sexy, uma virtude que ele parece desconhecer completamente.

— Bom, se eu precisava de outro motivo para não correr, é este. — Eu sorrio.

Jess ri, mas olho para Oliver e me ocorre que essa autodepreciação pode não ser a atitude sensata neste caso. Nunca vou conseguir que ele fique a fim de mim se eu der a impressão de que sou tão cheia de gordura quanto a massa de uma torta de carne.

— Você não corre, Abby? — Ele está sorrindo com os olhos gentis e arregalados, mas algo me faz parar de passar manteiga no pãozinho, pois de repente desdenho de sua massa fofa e sedutora, sua camada generosa de manteiga, e penso no que isso tem feito com meus pneus.

— Antigamente eu fazia muito exercício — digo a ele. Jess morde o lábio e vira o rosto.

— Ah, sim? — responde ele enquanto eu pego seu braço: o braço, assim como o resto de Oliver, é magro e musculoso, sem um grama de gordura a mais.

— Hmmmm. Principalmente ciclismo. Muita natação. Eu sempre fazia.

— Sei — diz ele. — Bom, duas coisas ótimas para você.

— Abby anda tão ocupada com a empresa ultimamente que fica difícil — intervém Jess.

— Sei que todo mundo diz isso, mas no meu caso é verdade — acrescento, dispensando as batatas e me servindo de vagens ricas em fibra.

— Ah, sem essa. — Oliver ri baixo e a covinha aparece novamente. — Não acredito que ninguém seja ocupado demais para se exercitar. Todo mundo pode arrumar uma hora na agenda algumas vezes por semana. Até você, Abby. — Ele diz isso com um brilho nos olhos, mas não há dúvida de que está convencido.

Consigo sustentar seu olhar por mais tempo do que faria sem três taças de vinho. Mas enquanto o calor se espalha pelo meu pescoço, sou obrigada a virar o rosto.

— Bom, obviamente você nunca conheceu ninguém que tenha acabado de abrir a própria empresa.

— Talvez tenha razão — concorda ele. Meu Deus, ele é uma graça. — Você trabalha com quê? Jess falou que tem alguma coisa a ver com websites.

— Somos uma empresa de web design.

— A Abby já ganhou um prêmio do ramo e tem clientes grandes — acrescenta Jess. — E só tem 18 meses.

— Muito bom. — Ele sorri. Pela primeira vez naquela noite, tenho a sensação de que ele gosta de mim. Entretanto, é evidente que paquerar não é algo que ele faça naturalmente. Ele parece natural demais, um sujeito qualquer. Por algum motivo, isso o deixa ainda mais desejável.

Jess se levanta com um sorriso satisfeito.

— Vou lavar os pratos — diz ela. — Oliver, fique aí. — Ela empurra o ombro dele para baixo com a força de uma prensa pneumática. — Espere aqui e converse com Abby.

Jess desaparece pelas portas e Oliver e eu olhamos a sala, procurando, sem graça, o que dizer.

— Bonita pulseira — diz ele por fim. É como se ele tentasse ter a atitude correta porque gosta de mim, mas não tem prática nenhuma nesta arte. — Parece que veio de algum lugar exótico.

Da Claire's Accessories, para ser exata. Custou 4,99 libras. Mas ele não precisa saber disso.

— Obrigada — murmuro timidamente. Ele pega o vinho e, enquanto seu braço roça no meu, eu quase explodo de nervosismo.

Pegamo-nos olhando nos olhos um do outro de novo e de repente me sinto meio fraca.

— Sabe de uma coisa — reflete ele —, agora que sua empresa está na ativa há 18 meses, talvez você deva ter um pouco mais de "tempo para você".

Meu coração bate com o dobro da velocidade.

— Talvez tenha razão. O que tem em mente?

Ele se recosta e sorri, parecendo mais atrevido do que a noite toda.

— Entre para o clube de corrida.

Isso arranca um sorriso do meu rosto.

— Não acho que essa seja a minha praia — digo.

— É mesmo? Se você nadava, não vai levar muito tempo para entrar em forma. — Sua expressão me diz que ele realmente acredita no que está falando.

— Ah, não sei. Vou pensar — minto.

— Não precisa, se não quiser — diz ele, parecendo incrivelmente meigo e sexy ao mesmo tempo. — Mas seria ótimo se o fizesse.

Percebo que estou prendendo a respiração quando a porta se abre num rompante e Adam volta para a mesa.

— Ela está choramingando muito essa noite — diz ele. — Mas dei um paracetamol a ela... Ah. Cadê a Jess?

— Na cozinha, trazendo o próximo prato — respondo, na esperança de que ele vá se juntar a ela.

— Tudo bem. Bom, ela odeia quando eu interfiro. Onde estávamos mesmo, Oliver? Ah, sim, o referendo.

Eu afundo na cadeira.

— Na verdade — diz Oliver —, Abby e eu estávamos falando do nosso clube de corrida. Ela está pensando em entrar.

— É mesmo, Abby? — Jess ofega, entrando na sala e completando meu vinho. — Ah, isso é demais! Você vai adorar.

— Acho que não foi o que eu disse. — Eu me encolho.

— Sério, Abby, se pegar leve no começo, vai aumentar seu ânimo rapidinho — continua Jess, aparentemente sem saber que isso não vai acontecer. Tomo um gole de vinho.

— Nós nos encontramos quase todas as noites. Mas vamos deixar você começar indo três vezes por semana — diz Oliver enquanto me esforço para não engasgar com meu Chardonnay.

Capítulo 7

Minhas compras semanais foram indulgentes até para meus padrões. Uma embalagem de quatro sorvetes White Magnum, um saco enorme de Tortilla Chips, duas garrafas de Pinot Grigio e um "Irresistível Cheesecake Bites" que era tão irresistível que não consegui chegar em casa sem atacá-lo. Olho o butim que carrego e tenho uma pontada fugaz de culpa. Depois disso tudo, minhas artérias ficarão tão congestionadas quanto uma estrada num feriado.

Ah, que seja. Apoio o telefone entre o ombro e o queixo para abrir um pacote de marshmallows e enfio um na boca, devorando-o enquanto Jess termina seu sermão — e só respondendo quando ela se cala para respirar.

— Jess, é uma ótima ideia. No mínimo porque o Doutor Sexy é o capitão.

— Capitão *interino*. Ainda gosta dele, então?

— Ele é lindo.

— Então venha para o clube de corrida.

Eu suspiro.

— Há um motivo muito bom para eu simplesmente não entrar para um clube de corrida.

— Ah, sim. E qual é?

Pego outro marshmallow e o examino.

— Eu posso morrer.

Ela dá uma gargalhada.

— Não estou brincando — digo com inocência. — Sei das minhas limitações.

Na verdade, andei *realmente* pensando na proposta de Oliver noite passada. Como não pensaria? Mas se Jess tiver qualquer estímulo da minha parte, sei que vai cair matando, então prefiro esconder bem as minhas cartas.

— Tudo bem. Você deve ter razão. — Ela suspira, numa tentativa patente e infrutífera de psicologia reversa. — E que tal isso: vá à academia por algumas semanas, para começar a entrar em forma, *depois* entre para o clube. Assim não vai te intimidar tanto. Você terá alguma vantagem inicial.

— Hmmmmm — solto um grunhido, o que significa que estou menos animada com a perspectiva do que ela.

— Abby. — Ela fala no tom de quem ensina um chihuahua a se sentar. — Todos os seus argumentos para *não* fazer são precisamente os motivos para fazer.

— Hein?

— Quero dizer, você está fora de forma. Se quiser entrar em forma, venha para o clube de corrida.

— Bom, se fosse assim tão fácil...

— Mas *é* assim tão fácil! Oliver só te quer lá porque ele está a fim de você. Mas ainda assim é uma ideia ótima. Como eu digo, talvez você precise fazer um pouco de exercício primeiro, para suavizar a transição, mas temos um grupo de iniciantes. Você vai ficar bem. Esqueça seus preconceitos... Principalmente a ideia de que somos um bando de fanáticos por exercícios que não fazem outra coisa na vida.

— Mas é verdade.

— Não é! Somos pessoas perfeitamente equilibradas que por acaso se divertem correndo.

— Não há nada de equilibrado nisso — observo.

— Abby — continua Jess, com aquela voz de novo —, muita gente começa como você.

— Como, com uma cintura hemisférica e um cartão de sócia de academia do ano em que as Spice Girls surgiram?

— Pelo visto, estou travando uma batalha perdida. Você venceu... Não entre, então. Embora pudesse significar o começo de uma bela relação com o Doutor Sexy. É claro que não era para ser.

— Isso é golpe baixo, Jess.

— Eu sei. Deu certo?

Penso por um segundo.

— Se ele *realmente* está a fim de mim, por que não pegou meu telefone e me convidou para sair?

— Porque ele quer que você entre para o clube de corrida — responde ela sem pestanejar.

— Oooohhhh. — Solto um gemido. — Isso não é justo. Olha, vou pensar. Agora vá cuidar dos seus filhos e pare de me atormentar.

Desligo o telefone e olho minha barriga. Se o cós da calça cavasse um pouco mais no volume da minha pança, eu seria dissecada. Enfio outro marshmallow na boca e termino de guardar as compras em minha cozinha pequena mas perfeita.

É um quarto do tamanho da cozinha de Jess, mas eu adoro minha pequena cozinha, assim como adoro minha casa pequena. Comprei-a há três anos — uma casa vitoriana recém-reformada, no que os corretores de imóveis descrevem como um subúrbio arborizado, mas a gente vê mais verde num pedaço mofado de queijo do que no meu jardim.

Eu procurava uma casa havia meses quando encontrei esta e imediatamente me apaixonei pelo pé-direito alto, pela sacada com suas janelas e pela lareira original. Esta última era um atrativo especial. Quando comprei a casa, tive visões românticas em que passaria as noites de inverno me aquecendo junto dela com uma taça de vinho. Na verdade, só usei a lareira uma vez, em grande parte porque levei quase três horas para acender o fogo e a essa altura fiquei coberta de poeira de carvão e o aquecimento central já estava ligado havia tanto tempo que quase desmaiei com o calor.

Só agora — numa tarde de domingo — pego a correspondência da sexta-feira, que demorei para abrir.

As duas primeiras cartas são lixo: uma me diz que estou a um passo de ganhar um prêmio de 5 mil libras se assinar um catálogo de vendas com uma seleção anormalmente grande de meias-calças ortopédicas; a outra uma mala direta de uma empresa de jatos privados. Eles devem ter o pior banco de dados do planeta, se acham que sou uma possível cliente.

A terceira é parda e, portanto, por definição, não tenho vontade de abrir. Cartas pardas sempre são sérias. Abro o envelope e descubro a primeira carta escrita à mão que recebo desde que minha avó de 80 anos me mandou uma nota de 5 libras e instruções para que eu comprasse uma roupa nova.

Srta. Rogers,

O otimista em mim tem sido tentado a pensar em motivos válidos para a senhora não ter respondido aos meus três e-mails. Talvez me beijar no estacionamento tenha sido uma experiência tão fascinante que você acidentalmente me passou seus contatos errados. Mas seus e-mails não voltaram. Então estou tentando reprimir o pessimista em mim, que teme que você possa estar evitando a questão de nosso acidente. Infelizmente, dada a conta de mil libras para consertar a moto, receio que não conseguirá. Assim, correndo o risco de ser repetitivo: faria a gentileza de me enviar os dados de seu seguro, se não for incômodo demais? Obrigado.

Tom Bronte

Mas *que audácia*. Ele nem entrou em contato comigo! E *mil libras*? Por uma porcaria de moto?! Dá para comprar um carro com isso. Um carro de merda, é verdade, mas ainda assim um carro.

E além do mais, que história é essa de me beijar? Acho que ele vai descobrir que o exame de amídalas foi todo dele. É claro que ele está de sacanagem, mas isso é irrelevante. Na verdade, só piora tudo.

Além do mais, me recuso a ser acusada de uma coisa que não fiz — como ignorar os e-mails dele. Pelo menos... Acho que não ignorei. Ondas de ansiedade percorrem meu cérebro.

Vou ao meu escritório e ligo o laptop, tamborilando os dedos na mesa até que ele inicie. Depois vejo minha caixa de entrada e fico satisfeita ao constatar que não deixei nenhuma mensagem sem leitura, com a exceção de três ou quatro que chegaram na noite à sexta depois que saí do escritório.

— Pronto — digo em voz alta, cruzando os braços. — Nenhum e-mail não lido. O que acha disso, Sr. Tom *"Mil Libras Por Um Amassadinho de Nada na Minha Moto"* Bronte?

E então algo me ocorre. Ele escreveu *Tom* no bilhete que me passou no dia do acidente. Então por que o sobrenome dele me lembra alguma coisa?

Clico no Lixo Eletrônico e passo os olhos por dezenas de e-mails não lidos antes dos meus olhos caírem em três com o endereço *tbronte@caroandco.com*.

— Ah, droga. — Vi esses outro dia, quando estava deletando e-mails, e mal os registrei. Por algum motivo meti na cabeça que a Caro & Co. era uma empresa de vidro laminado tentando me vender uma estufa para o quintal.

Pego outro marshmallow e começo a ler, notando como o tom animado do primeiro e-mail se desintegra quando chego no terceiro. Tudo bem, parte de mim pode entender a ansiedade dele por não ter notícias minhas... Mas ainda não gosto do tom da sua carta. Ou das supostas mil libras. Como pode uma coisa com apenas duas rodas custar tanto para ser consertada?

Escrevo um novo e-mail.

Prezado Sr. Bronte,

Obrigada pela sua correspondência. Li sua última carta e posso lhe garantir que "fascinante" não é uma palavra que eu usaria para me referir ao nosso "beijo".

Lembro ao senhor que cabe às nossas seguradoras decidirem quem teve culpa na colisão, portanto não vou me antecipar a isto concordando em arcar com o custo de sua conta francamente absurda.

A propósito, embora eu não tenha medo de admitir que engenharia de motocicletas não é o meu forte, não posso deixar de me perguntar se o preço que mencionou inclui revestir o painel lateral de ouro.

Sorrio sozinha. É tentador, de verdade.

Mas talvez eu deva baixar o tom, enviando em vez disso um bilhete indiferente com meus dados e um curto *Espero que possamos resolver isso o mais rápido possível.*

Salvo o e-mail na pasta de rascunhos e me obrigo a pensar em coisas agradáveis. Conjuro uma imagem gloriosa, deixando que se misture à minha consciência e permaneça ali: do Doutor Sexy beijando meu umbigo.

É um momento de fantasia perfeito. Estamos num abraço apaixonado no canto mais escuro de um celeiro empoeirado de um dia de verão, enquanto longos raios de luz aveludados banham as feições dele. Quando estou começando a curtir, ele levanta a cabeça... E se transforma em Tom Bronte.

Ah, pelo amor de Deus.

Fecho os olhos e o expulso.

Mas não funciona: ele reaparece. Viro-me para o computador e abro o rascunho salvo, antes de apertar decisivamente *Enviar.*

Depois fecho os olhos e me reclino no feno, sem pensar demais porque, se fosse a vida real, eu estaria espirrando feito louca, e obrigo o Doutor Sexy a voltar para os meus braços.

Agora é só ele. Sou levada por um ciclone de luxúria enquanto ele me beija e me acaricia, me faz cócegas e me provoca. O toque de sua língua na minha barriga tanquinho...

Peraí um minutinho.

Abro os olhos e fito, culpada, a minha barriga, arrancada de meus devaneios por um lampejo desagradável da realidade.

Barriga tanquinho? Minha barriga é achatada como o monte Cervino.

Deprimida, pego outro marshmallow e o jogo na boca, mas desta vez a pasta doce afunda em meus dentes e eu não gosto nada. Decidida, agarro o pacote, ando até a cozinha e o atiro na lixeira. Depois pego o telefone e disco o número de Jess.

— É melhor se sentar — digo a ela antes que eu possa mudar de ideia. — Vou dar uma chance à brincadeira de correr.

Capítulo 8

Passei dois dias me preparando psicologicamente para entrar no clube de corrida. Um tanto irritante, Jess — cuja ideia era eu estar aqui — insiste que preciso entrar em forma antes de me associar.

Mas, como ela mesma observou, *existe* um grupo específico para iniciantes. E, francamente, tendo decidido que vou fazer isso, quero começar logo. Que sentido tem me alongar antes de ver o Doutor Sexy? Se eu deixar isso de lado por dois meses enquanto vou à academia, ele vai encontrar uma namorada — e essa não é uma perspectiva que eu esteja preparada para arriscar.

Além disso, como sempre dizem naquelas revistas que a gente lê no cabeleireiro, o exercício físico é o desestressante perfeito e, portanto, é exatamente o que preciso em meu trabalho. Em particular depois da mais recente resposta do meu "amigo" Tom Bronte, que chegou ontem. *Abigail*, dizia, o que me irritou imediatamente; quem deu sinal verde para ele passar a esse nível de intimidade?

Obrigado pelos dados do seguro. Você tem toda razão — cabe a eles decidirem de quem foi a culpa. Talvez, se quem cuidar disso tiver tantos parafusos frouxos como minha moto tem agora, dirá que não foi você.
Atenciosamente,

Tom

P.S.: Lamento por você não pensar que o beijo foi bom. Eu gostei bastante.

Não me provoque. E aquele pós-escrito! Qual é a *dele*?

Balanço a cabeça e me concentro na noite, pela qual agora anseio genuinamente.

O Doutor Sexy é a atração principal, é claro. Mas, além disso, estive pensando no que Jess falou sobre entrar em forma. Talvez eu possa ser uma dessas pessoas que gostam de exercícios — se me dedicar a eles. Além do mais, eu devia dar algum crédito a mim mesma. Não posso ser assim *tão* inepta. Estou permanentemente correndo no trabalho e, embora não seja estritamente o mesmo que ir à academia, se eu tivesse um podômetro, tenho certeza de que ele entraria em combustão espontânea tentando me acompanhar.

Também sigo todos os conselhos de Jess e fico super-hidratada, e o resultado é que hoje fazer xixi foi uma ocupação de tempo integral. Só lamento ter deixado para a última hora a compra do meu kit de educação física. Depois de correr para casa ao fim de um dia infernal no trabalho, tenho de chegar na Jess em vinte minutos.

O único par de tênis que consigo encontrar está debaixo da escada há um ano e meio e estão começando a ser colonizados por duas aranhas e um besouro em decomposição. A situação das roupas não é muito melhor. Preciso escolher entre a calça jogging cinza suja de tinta e leggings de lycra vermelhas que não me valorizavam muito quando eu era dois números menor. Visto esta com otimismo, antes de concluir que minhas pernas parecem duas salsichas gigantes enfiadas em camisinhas sabor morango.

Então é a calça jogging. A estampa é de magnólia e ninguém irá perceber se não olhar com muita atenção. Além do mais, se eu aparecer com uma roupa nova em folha, não só vou parecer patética, mas também me expor como alguém que não faz atividade física desde os tempos em que Cheryl e Ashley Cole eram considerados um casal perfeito. Não é o ideal, mas pelo menos a calça jogging dá a impressão de que teve muito uso saudável.

— Abby, chega de pânico — fala Jess na viagem de carro até o centro esportivo onde o clube de corrida se reúne. É uma noite absurdamente quente — meio quente demais para fazer exercícios, na minha opinião, mas isso não faz com que ela pense na hipótese de desistir.

— Não estou em pânico. — Respiro fundo.

— Que bom. Até porque quem liga para o que você está vestindo?

— Bom, para começar, *eu*. Não sabia que você estaria tão... *chique*. Por que você veste esses trajes esportivos? Isso não é justo.

— Eu tenho essa camiseta há anos — diz ela com desdém.

Isso não serve de consolo. Quer esteja ciente disto ou não, Jess parece uma daquelas mulheres dos anúncios da Nike — aquelas que, até agora, achei que tinham suas fotos retocadas. Aparentemente, *é* possível usar short e camiseta rosa da moda sem que uma banha indesejada pule para fora como uma escultura de balão.

— Só tenho essas roupas porque a corrida é meu hobby e passo muito tempo fazendo isso. As pessoas me dão camisetas em todo Natal desde 1991. Além disso, se você achar que gosta, pode comprar umas coisas novas. Acredite, Abby, você não está tão mal quanto pensa.

Desculpe, Jess, mas eu não acredito em você.

Entre a calça jogging que deixa meu traseiro parecendo uma pintura de Beryl Cook e a camiseta volumosa que podia cobrir um edredom king-size, eu *não* acredito nela.

Digo a mim mesma para me acalmar. Se o Doutor Sexy for tão fútil para não conseguir deixar passar minha roupa de corrida, então certamente não vale todo esse esforço. Ah, quem estou tentando enganar?

— Como foram seus dois primeiros dias de volta ao trabalho? — pergunto a Jess, enquanto ela estaciona o carro e caminhamos para o centro esportivo.

— Exaustivo, assustador... e absolutamente ótimo. — Ela sorri.

— Então vai gostar de ser uma mãe trabalhadora de novo?

— São só os primeiros dias. — Ela dá de ombros. — Mas a companhia de adultos foi ótima. É claro que metade das pessoas saiu desde que entrei de licença, mas o pessoal novo parece legal. Eu adorei. Chegamos.

Ela abre a porta de um saguão movimentado e se desvia de uma fila na recepção para ir ao vestiário. Enquanto enfio minha bolsa num armário e olho em volta, noto que há mulheres de todos os formatos, tamanhos e idades por aqui — e me sinto um pouco mais tranquila.

— Por aqui — diz Jess, e seguimos para a sala de reuniões na extremidade das quadras de squash.

A ideia é que os três grupos — classificados segundo suas respectivas velocidades — se reúnam no início para discutir a sessão daquela noite. Jess está no grupo top. É uma das únicas mulheres — são três —, mas me garante que ela oscila entre este e o grupo mediano.

— Puxa vida! Você conseguiu! — Prendo a respiração quando vejo Oliver e seu inacreditável e lindo sorriso. — Ainda bem que não precisamos torcer o seu braço.

A camiseta vermelha dele não é bem o blusão e a calça de Mr. Darcy que o vi exibir em várias fantasias que tive nos últimos dias, mas é linda e ótima mesmo assim. Mais importante, mostra seu corpo magro e tem um efeito maravilhoso.

Ele se curva para me dar um beijo no rosto, parecendo mais confiante do que quando nos conhecemos — mas ainda assim juvenil e sensual o suficiente para fazer meu coração acelera .

— Agora, em que grupo ficará mais à vontade... No lento ou no mediano?

A resposta, evidentemente, é o lento. Como poderia ser outra coisa?

Mas quando o Doutor Sexy pergunta, de repente eu desprezo a palavra "lento", com suas implicações sinistras de amadorismo e realizações pífias. Ter de confessar que pertenço a esse grupo — com os fracotes esporádicos — simplesmente não vai rolar.

— Bom, como eu disse... Eu costumava nadar muito — murmuro.

Jess me olha com uma expressão tão assustadora que me surpreendo por isso não induzir uma chicotada.

— Então — continuo. — Talvez... o grupo mediano, eu acho.

— Tem certeza? — solta Jess. Eu a olho de cara feia.

— É muito ambiciosa, Abby — diz Oliver com gentileza. — Mesmo que tenha nadado muito e esteja superbem, essa é uma disciplina diferente. A não ser que tenha corrido um pouco também.

— Um pouco. — Sorrio com confiança. Jess me olha como se eu precisasse de uma surra.

— É esse o espírito da coisa. — Ele sorri com brandura e eu sou tomada de desejo. — Vamos ver como você se sai. Podemos revisar na sessão seguinte.

Ele vai à frente da sala e tenta atrair a atenção do grupo. Leva um minuto antes que as pessoas percebam que ele está tentando falar — mas Deus sabe por que, uma vez que ele atraiu *a mim* no segundo em que abriu a boca.

— Treinamos muito em ladeiras na semana passada — diz ele. — Então a sessão de hoje será de corrida uniforme.

Uniforme. Bom, parece que está tudo bem, né? Nada árduo demais. Viro-me para o lado e noto que Jess ainda está me fuzilando com os olhos, aparentemente incapaz de ficar de boca fechada.

O Doutor Sexy passa ao discurso sobre a importância de intercalar os diferentes tipos de corrida — sessões em ladeiras, uniformes e as aparentemente horrendas sessões de velocidade — para melhorar o condicionamento físico. Pelo menos, acho que é o que ele diz: estou ocupada demais à deriva naqueles olhos para prestar atenção nos detalhes.

Por fim, vamos à pista de corrida para uma sessão de exercícios surpreendentemente exaustiva, que por acaso é só o aquecimento. Fazemos flexões de pernas, alongamentos, flexões de tronco e arremetidas — tantos exercícios que no fim meu rosto está mais suado e vermelho do que eu esperava a essa altura.

Jess me pega pelo braço.

— O que você está fazendo no grupo mediano?

Eu me afasto.

— Está querendo me humilhar?

— Claro que não — diz ela, furiosa. — Olha, não é tarde demais para mudar para o grupo lento. Tem gente aqui que corre há anos.

— Eu vou ficar bem — digo entre os dentes.

Ela suspira, sem se convencer, mas resignada.

— Tudo bem. Maureen vai cuidar de você, não vai, Mau?

Já ouvi falar muito na Mau. Sua idade exata é um mistério tão grande quanto a origem da matéria escura, mas é justo dizer que ela esticou alguns anos no relógio, mais do que a maioria das pessoas do grupo. O que lhe falta de convencionalidade, porém, ela compensa em glamour. Com um corpo que satisfaria a mim agora — que dirá aos 30 anos —, ela está de macacão de lycra verde, tem um cabelo de Jennifer Hart e ostenta muitas joias.

— Normalmente eu fico no grupo lento, querida — diz ela. — Mas cometi o erro de ir meio rápido demais nas últimas semanas e o adorável Oliver insistiu em me promover. Vou fazer a vontade dele por uma semana, mas, sinceramente, prefiro não ofegar demais na minha idade... Quando estou correndo, pelo menos. — Ela dá uma piscadela.

Ao nos separarmos e nos prepararmos para começar, verifico meus companheiros do grupo mediano. Somos 12: oito mulheres e quatro homens, e carrego o fardo de mais gordura subcutânea do que todos eles juntos.

Fico para trás, preparando-me para a largada, quando um ronco alto explode no ar. Levanto a cabeça e vejo o veículo e a familiar carroceria azul, enquanto meu coração quase para numa convulsão. A sensação se exacerba quando o dono tira o capacete e segue para o centro esportivo. Suas pernas fortes disparam numa corrida e ele joga a bolsa sobre o ombro incrivelmente musculoso, vestido numa camiseta preta.

Giro a cabeça e me concentro na mulher na minha frente enquanto controlo a respiração e procuro ter foco. Eu sabia que esta noite seria cheia de desafios. O que não esperava era que Tom Bronte fosse um deles.

Capítulo 9

— Vocês ouviram o homem... Esta noite vamos manter um ritmo uniforme — diz Mau ao restante do grupo. — Então não disparem na frente e não fiquem se exibindo para mim. Sou uma velha, lembrem-se disso.

— Sim, e mais em forma do que a garotada de 20 anos, Mau. — A mulher ao meu lado sorri, uma morena de uns 45 anos de cabelo batidinho e com o menor short de corrida do mundo que me lembro de ter visto desde que tinha uma Barbie. Ainda assim, ela é bem simpática, então aproveito a oportunidade para esclarecer uma coisa.

— Hmmmm, o cara da moto — digo despreocupadamente —, é membro do clube também?

— O Tom? Ah, é. Lindo, não? — Ela sussurra, tapando a boca com a mão e abrindo um sorriso malicioso. — Ahhh, aquele sorriso!

— Infelizmente, ele tem dona — acrescenta Mau, que ouvia a conversa. — É uma pena. Ainda me agarro à esperança de que um dia ele decida gostar um pouquinho da Vovó Glamorosa.

O grupo rápido se lança ladeira acima, com Oliver na frente e Jess na retaguarda, suas malhas lisas sem exibir a menor ondulação. Pelo canto do olho, vejo Tom Bronte correndo para alcançá-los, pisando no asfalto com potência e velocidade tranquilas.

E então chega a vez do meu grupo.

No início, minhas pernas estão pesadas, como se saíssem da hibernação depois de passar um inverno difícil numa tundra siberiana. Mas, para minha surpresa, logo encontro meu ritmo — e concluo, hesitante, que esse negócio de correr talvez não seja tão ruim assim. Tudo bem, só estamos nessa há três minutos e os melhores corredores estão na frente, mas a maioria segue num ritmo mais moderado do que eu esperava.

Entrego-me à ideia de que talvez, afinal, eu seja um deles. Que Jess e eu somos compostas da mesma matéria. Eu *adoro* me exercitar — só percebi isso agora.

Respiro o ar e sinto o sangue circulando em minhas veias enquanto sou engolfada por uma onda de otimismo. Ah, Deus, como é bom estar viva!

Quinze minutos depois, estou tentando não ofegar dramaticamente como se estivesse a segundos da morte, mas parece que meus pulmões foram mergulhados em petróleo e incendiados com um lança-chamas.

O pior é que os outros não estão quilômetros à frente, como se podia esperar, porque continuam prestativamente correndo atrás de mim, antes de se virarem e dispararem em outra direção. E repetem o exercício — sem parar.

Gostaria de dizer a eles que não precisam fazer isso, que prefiro que simplesmente me abandonem. Mas, infelizmente, não consigo mais falar. O resultado lembra uma cena de cada filme de guerra brega que vi, em que os poucos corajosos deixam os próprios interesses para trás por algum companheiro que teve as pernas explodidas. E é engraçado como posso relacionar isso a este exato momento.

— Você está bem, querida? — pergunta Mau em uma dessas ocasiões. Apesar de não parar há quilômetros, ela não faz o menor esforço para falar, como se estivesse deitada numa espreguiçadeira com uma taça de champanhe e uma caixa de bombons Maltesers.

— Urgh — bufo, uma expressão alternativa para *Estou bem... Por favor, me deixe em paz.*

Ela parece preocupada.

— Olha — diz ela, correndo ao meu lado —, por que não diminui o ritmo, querida?

— Você... não... não... preci.... não... — Desisto no meio da frase.

— Pode parar, se quiser, viu? — Ela me tranquiliza. — Não precisa fazer a hora inteira com a gente.

Com isso, meus joelhos desabam. Curvo-me, colocando as mãos nas coxas e abaixo a cabeça, arfando.

— Uma *hora*? — pergunto por fim. — Vocês correm por uma hora? Como isso é... possível?

Mau reprime um sorriso.

— Só corremos 45 minutos na sessão dessa noite. O resto é aquecimento e resfriamento. Então você só teria mais meia hora pela frente. Você se saiu muito bem.

— É? — Uma lamúria.

Ela me olha com simpatia.

— Por que não pegamos um atalho?

— Não, pode me deixar para trás — insisto. — Vá.

— Eu não me importo. — Ela dá de ombros. — Vou voltar amanhã mesmo. Vamos. Saia enquanto está na frente.

— O que faz você pensar que estou na frente? — murmuro, com as pernas tremendo enquanto corremos devagar ao centro esportivo pelo "atalho" dela. Pelo menos, ela me garante que é mais lento. Parece meio vertiginoso para mim. E quando chegamos, exatamente às sete e cinquenta, o que me irrita, pois é exatamente na mesma hora que os outros grupos. De repente tenho certeza de que sete e cinquenta e três será a última hora registrada que estive com vida.

Jess aparece correndo.

— Aimeudeus. Abby... Você está bem?

— Hhhhhhhrrrrrriuuuuhhhh — respondo.

— Precisa se sentar?

Balanço a cabeça enquanto meu traseiro mergulha no asfalto com força suficiente para abrir uma cratera.

— Beba alguma coisa. — Ela coloca uma garrafa de água em meus lábios e eu engulo em meio à minha respiração voraz.

— Mas que droga — resmunga Jess —, eu disse que você não estava pronta para esse grupo. Eu mesma só voltei ao grupo rápido depois que Lola nasceu e estou fazendo isso há anos. Você é louca.

— Hhhhhhrrrriuuuuhh – respondo.

— Vamos, levante-se.

— Hhhhhhrrrriuuuh? — Olho para ela como se a louca fosse Jess.

— Terá cãibra se não se alongar.

— A probabilidade dos meus músculos... não terem cãibra... é de zero — consigo dizer, mas ela me puxa para cima de qualquer modo enquanto cambaleio para me juntar aos outros grupos, que agora estão reunidos para uma sessão de resfriamento.

Olho em volta e noto que as outras mulheres têm um sutil brilho rosado no rosto e uma delicada névoa de suor na testa. Parecem revigoradas e felizes, inebriadas de adrenalina.

Eu estou bem diferente. Cada fio ensopado do meu cabelo está colado no rosto. Não preciso de um espelho para saber que minhas bochechas têm a cor de uma beterraba podre. E apesar das proporções volumosas de minha camiseta, tenho anéis de suor do tamanho do lago Windermere debaixo de cada braço.

— Me deixe para trás — sibilo.

— Tudo bem. — Ela dá de ombros.

Só faço o alongamento final para não chamar atenção para mim, mas é uma agonia. Só de pensar no estado dos músculos da minha coxa amanhã eu já tenho vontade de chorar.

Pior do que essa ideia, é a bile que sobe pela minha garganta desde que parei de correr. É como se meu corpo, depois de suportar o inferno a que o submeti, agora esteja expressando sua vingança provocando ondas ácidas pela cavidade do meu peito.

— É isso aí, pessoal! — grita Oliver, enquanto o grupo se dispersa e meu estômago se contrai violentamente. Preciso dar o fora daqui.

— Vamos — sibilo, seriamente preocupada com a turbulência em minhas entranhas. Pego Jess pelo braço, mas Oliver já está vindo para cá.

— Abby, como foi para você? Você... — Ele para no meio da frase e me olha como se examinasse um gato recém-atropelado.

— Ótimo! — respondo enquanto a náusea toma conta do meu estômago e sobe ao esôfago. — Hmmmm... Foi ótimo!

— Que bom. — Ele assente, parecendo preocupado. Ou apavorado. Ou as duas coisas. — Então vai voltar na semana que vem?

Jess ergue uma sobrancelha. Felizmente, o celular dela toca e ela atende antes de ter a chance de ouvir minha resposta.

— Ah... Não sei direito. — Meu estômago se revira feito uma betoneira hiperativa, incansável e repetidamente. — Eu tenho que... Hmmmm... Tenho muitas coisas para resolver essa semana.

— Tudo bem — diz Oliver, erguendo uma sobrancelha. — Bom, talvez em outra ocasião.

Prendo a respiração e por um segundo parece que privar meu corpo de oxigênio aquieta minha náusea. O único problema com essa teoria é que, evidentemente, não posso privar meu corpo de oxigênio. Não por muito tempo. Ao puxar o ar pelo nariz, minha curta onda de alívio se mostra temporária. Tenho uma onda de outra coisa — e não é pequena.

Na realidade, é tão POUCO pequena que sinto o gosto da combinação regurgitada de donut, batatas fritas de saquinho e os três chocolates Cadbury's Roses que eu roubei da Priya mais cedo, antes mesmo de eles fazerem seu segundo aparecimento no dia.

— Eu... — Ponho a mão na boca e Oliver me olha, alarmado. Na ausência de uma boa ideia, faço a única coisa que posso: viro-me e corro. E foi com a maior velocidade que fiz em toda a sessão.

Com Jess ao telefone e aparentemente distraída, disparo para os fundos do centro esportivo e, antes de pensar direito, estou pirotecnicamente vomitando na sarjeta.

Depois disso, endireito as costas, sentindo um vazio azedo, enquanto as lágrimas ardem em meus olhos irritados e sinto Jess atrás de mim. Giro o corpo e limpo o gosto corrosivo da boca, agradecendo a Deus por só minha melhor amiga ver isso.

Mas não é a Jess. É Tom Bronte.

Capítulo 10

Será que pode ficar pior do que isso?

Estou na sarjeta de um estacionamento, mal parecendo viva com um olhar vidrado pós-vômito, cara a cara com um dos espécimes mais perfeitos do gênero masculino que já vi. É de pouco consolo que ele também tenha se mostrado um idiota completo em seus e-mails.

Sempre tive esse problema estranho com homens atraentes. Independentemente de ficar a fim deles ou não, eu me despedaço em sua presença, intimidada por sua mera beleza. Com Tom Bronte, este fenômeno me toma com um aperto cruel. Seus olhos escuros são tão impressionantes, tão deslumbrantes, que mal consigo olhar para ele sem ficar constrangida. Isso antes mesmo de pensar na horrenda realidade desta situação.

— Você está bem? — pergunta ele. Não o olho por tempo suficiente para examinar sua expressão, mas ele parece preocupado enquanto me afasto aos poucos do buraco em que vomitei.

— Hmmmm — murmuro. — Deve ter sido alguma coisa que eu... comi.

Meus olhos sobem de repente e o pegam examinando meu rosto, então percebo que ele não tinha me reconhecido. Até agora. Meu rosto pega fogo.

— Meu Deus, é você. — Ele ergue uma sobrancelha. — Está diferente.

— Tão glamorosa que você nem me reconhece? — pergunto.

Apesar das circunstâncias, parada ali diante de Tom Bronte, não posso deixar de ficar admirada com a firmeza com que ele se encaixa no grupo "deles". As curvas impressionantes de seus braços cintilam, o cabelo cortado rente brilha de suor. Mas ele não parece nem um pouco desanimado; parece um fuzileiro naval que correu 10 quilômetros para se aquecer para uma maratona. Eu me ressinto ainda mais dele agora.

— Precisa beber alguma coisa? — Sua expressão se abranda enquanto ele me oferece água. Estou morrendo de sede, mas a ideia do gosto azedo em minha boca se transferindo para a garrafa dele tira isso de cogitação.

— Não, obrigada.

— Toalha?

— Não, obrigada — repito, percebendo que estamos perto demais da sarjeta. Parto apressada para o centro. Ele fica um segundo atrás de mim, mas, depois de duas passadas, me alcança.

— Por que está sendo gentil comigo? — pergunto. — Você se sente culpado por tentar me obrigar a pagar um seguro que o Bill Gates hesitaria em pagar?

— De jeito nenhum — responde ele. — Você se sente culpada por causar uma tonelada de danos a uma moto que tenho há menos de quatro meses?

— Ainda está em discussão se fui eu a culpada — respondo.

— Se prefere assim — responde ele, claramente achando isso divertido.

— Prefiro. — Eu fungo, parando por um segundo. — As motos são notoriamente perigosas.

— E os motoristas ruins também. — Hora de um olhar de matar. Que ele ignora.

— O que você tem contra as motos, aliás? — pergunta ele.

— Não gosto delas, só isso.

— E por quê?

— Não sei — respondo, sem querer começar esse debate filosófico.

— Elas são tão *desnecessariamente* perigosas. — A expressão indignada dele me incita a continuar. — Eu me pergunto que tipo de pessoa escolheria andar numa coisa dessas quando pode dirigir um carro.

— Já andou em uma? — pergunta ele.

— Não. E não quero, obrigada.

— Então não está apta a julgar.

— Besteira.

— Como pode fazer declarações generalizadas quando nunca pilotou uma moto? Se tivesse pilotado, entenderia o apelo delas.

— Não preciso matar alguém para saber que não quero ser uma serial killer — digo.

— Não dá para fazer essa comparação.

Semicerro os olhos.

— Está negando que, estatisticamente, as motos são mais perigosas do que quase qualquer outra coisa na rua?

— Deixa eu te fazer uma pergunta — rebate ele. — Quantas vezes você bateu seu carro nos últimos cinco anos?

Enrijeço.

— Foram... Algumas vezes.

— Então — diz ele, com um dar de ombros presunçoso. — Eu nunca... Quero dizer *nunca*... tive nenhum acidente de moto desde que comecei a pilotar, aos 19 anos. Isso é, até você quase me matar.

— *Não* é verdade que eu quase te matei.

Levanto a cabeça e vejo Jess andando na minha direção com uma expressão preocupada. Volto-me para Tom, que ainda tem aquele sorriso presunçoso estampado no rosto.

— Tá legal, vou embora. Tchau — digo decidida e começo a me afastar dele.

— A gente se vê na próxima sessão — grita ele para as minhas costas, com uma alegria forçada.

— Não vai haver próxima sessão — eu rosno, olhando para trás. — Não para mim.

— É mesmo? Que pena — grita ele. — Nunca antes tivemos alguém que vomitasse. Não é animado assim há séculos.

Capítulo 11

Meu contador tem os sapatos mais surrados que já se viu na vida. São de camurça marrom, com bico esfolado e cadarços que parecem ter sido mascados por um hamster.

Não tenho nada contra alguém exercer seu direito de usar sapatos surrados, aliás. Ora essa, eu mesma tenho uns chinelos velhos que não consigo jogar fora, apesar de anos de abusos em toda parte, de Goa à horta do meu avô. Mas os sapatos que Egor Brown, contador, usa agora disparam um alarme em minha mente. Contadores bem-sucedidos não deviam estar nadando na grana e, portanto, usando os melhores sapatos que o dinheiro pode comprar? Para ser justa com Egor, ele se formou apenas no ano passado. Talvez daqui a uns cinco anos esteja usando Gucci.

Pego um biscoito e estremeço de dor. O clube de corrida foi há três dias e parece que não estou me recuperando. Na verdade, parece que as minhas coxas foram marteladas.

— As coisas estão melhorando, Abby — diz Egor, empurrando os óculos mais para cima no nariz. Estamos numa pequena sala de reuniões alugada no último andar do nosso prédio — uma sala que, não posso deixar de notar, foi decorada bem mais recentemente do que nosso escritório. — Você precisa arcar com um monte de custos iniciais e agora tem quatro funcionários na folha de pagamento. Mas sua base de clientes e de receita cresce muito bem.

— Obrigada, Egor.

— O plano de negócios que traçamos no início do ano está em curso. Se continuar no ritmo que prevemos, você terá um giro de uns 200 mil no final do ano *e* um lucro de sete.

— Um lucro de 7 mil libras — repito, sonhadora. — Então, quando vou poder me aposentar nas Bahamas?

Só estou sendo levemente sarcástica porque a verdade é que, embora 7 mil não pareçam grande coisa, é muito para mim, simplesmente pelo fato de ser um *lucro*. O que significa que é meu, todo meu — além do naco imenso para o leão, mas não quero pensar nisso agora.

— Pode levar algum tempo até você poder fazer as malas — diz Egor, rindo —, mas obter lucro com tão pouco tempo de empresa é motivo suficiente para ficar feliz, Abby. Mas não vamos contar com o ovo na galinha, não é?

Tirando os sapatos, Egor é um amor. Completamente. E eu não acho isso só porque ele é o cara que mastiga os números que eu menosprezo, que preenche o formulário do meu imposto sobre serviço e prepara minha contabilidade a cada trimestre.

Optei por pegar logo um contador autônomo como Egor, bem como uma agência para fazer a folha de pagamento todo mês. Ninguém teria sido pago se não fosse por isso — inclusive eu mesma.

— Ora, é bom ouvir isso — digo a ele — porque, francamente, o tamanho da dívida dessa empresa me apavora.

— Dez mil libras é um valor perfeitamente normal para uma empresa do seu porte, Abby — garante ele. — Empresas iniciantes não podem operar sem que estejam a descoberto, e na maior parte do tempo você opera no azul; só usamos o crédito do especial no fim de cada mês para cobrir os salários dos funcionários enquanto esperamos que os clientes paguem. É completamente normal.

Meu celular toca e peço a Egor para esperar enquanto o tiro da bolsa e olho o número que aparece no visor.

— Ah, não — solto um gemido, antes de apertar Ignorar.

Reconheço o número imediatamente, cortesia do fato de que eles telefonaram três vezes em 24 horas e deixaram dois recados: é minha seguradora. Eu sinceramente não tive um minuto que fosse para retornar a ligação.

— Bom, Egor, considerando meus sentimentos por esse aspecto dos negócios, hoje foi indolor. Obrigada — eu disse, levantando-me para sair.

— Er, um segundo, Abby — diz ele.

Paro e me sento, notando a expressão em seu rosto — que de repente é outra.

— Agora — diz ele num tom que de imediato reconheço como cauteloso —, sei que não gosta de admitir isso, mas há certas tarefas que você não pode evitar. Precisa acompanhar a cobrança de suas contas, Abby.

— Eu as envio a tempo — protesto sem convencer.

— O problema é que nem todo mundo *paga* na data, não é? Veja a empresa de engenharia de precisão... A Preciseco. Nunca recebemos um pagamento deles antes de sessenta dias depois de você mandar a conta.

— Isso está começando a me irritar também — murmuro.

— Olha, não estou criticando, mas os pagamentos atrasados são a praga das pequenas empresas. Você precisa acompanhar cada conta que manda a um cliente. Se eles atrasarem um dia que for, mande um lembrete educado. Isso costuma dar certo, mas, se não der, lembre-os de novo... Até que eles paguem.

— Tudo bem, vou passar a fazer isso. Mas devo dizer que nem todos os clientes pagam com atraso. A Diggles é a maior cliente que tenho e eles sempre pagam sete dias depois.

— Ah, sim, sua cadeia de centros de jardinagem. Eles são ótimos, não? Então, se conseguir mais uns sete ou oito centros de jardinagem que paguem *antes* do vencimento, você ficará milionária no ano que vem. Como alternativa, experimente o meu jeito.

— Às vezes você é um tirano, Egor. E eu que pensava que você era diferente dos outros contadores.

— Sou igualzinho, Abby, posso te garantir. — Ele pega o último biscoito e dá uma mordida. — Biscoito bom. Espero que não tenha custado muito caro.

Capítulo 12

Se não fosse pelo fato de eu estar com o andar de uma atriz pornô esgotada de tanto trabalhar, entraria no escritório com molas nos pés. Egor não me disse muito que eu já não soubesse, mas é bom ter reforçado o fato de que meu negócio está indo bem.

— Bom dia, Abby — Priya sorri. — Como vão as coisas?

— Bem, obrigada, e você? Como está se sentindo com o... Qual é o nome dele mesmo?

— Karl — responde ela. — Tudo ótimo. Conheci outra pessoa.

— Ela é realmente rápida — comenta Matt Parrudo, em cuja cabeça ela atira um bloco de Post-It.

— Ele se chama Richard e é muito legal — diz Priya orgulhosa. — É representante de vendas.

— Ele vende escovas de dente — intromete-se Matt.

Priya semicerra os olhos.

— O que tem de errado com escovas de dente?

— Nada — diz Matt. — Todo mundo precisa delas. Bom, todo mundo que tem dentes.

— Exatamente! — responde ela.

— Na verdade, aposto que o namoro vai preencher cada buraquinho — acrescenta ele.

— Seus trocadilhos estão piorando — suspiro. — Agora... O que os dois andaram fazendo essa tarde?

— Trabalhando no novo site da Spring — diz Matt, referindo-se a um de nossos novos clientes, um grupo de delicatéssens da moda. — O que você acha?

Contorno a mesa para olhar por sobre seu ombro.

— Isso é lindo... Adorei. Mas talvez queira usar uma fonte diferente. Que tal... — Curvo-me e estou clicando o mouse algumas vezes quando algo me ocorre. — Cadê a Heidi?

— Ah, ela telefonou dizendo que está doente — diz Priya. — Ao que parece, ela te mandou um e-mail. Achei que você tivesse visto no BlackBerry.

— Recebo tantos e-mails que não consigo fazer outra coisa além de ignorá-los nas reuniões — digo a ela. — Sei que isso estraga todo o propósito, mas eu teria que passar o dia todo nisso.

Sento-me e vejo minha caixa de entrada, finalmente localizando uma mensagem do e-mail pessoal de Heidi:

Oi, Abby,

Sei que é muito repentino, mas podemos nos encontrar para um café hoje? Priya deu uma olhada na agenda do escritório e disse que você tem uma brecha às três. Alguma chance de a gente se ver na Delifonseca?

Bjs,

Heidi

Solto um gemido, mas como os outros estão acostumados a me ver fazendo isso sempre que chego perto de meus e-mails — e desenterro outras cem coisas de minha lista de afazeres —, eles mal se mexem.

Minha única brecha de hoje é às três e eu pretendia usar esse tempo, motivada pela conversa de Egor, para correr atrás dos clientes que atrasam os pagamentos. E não é só isso. Tenho uma sensação horrível com o tom de Heidi: minha desconfiança de que outra agência a está convencendo a se juntar a eles de repente parece uma possibilidade real.

Estou prestes a me levantar para sair quando salta outro e-mail na tela do computador — de tom.bronte@caroandco.com — e meu estômago se revira.

Abby, começa, e solto um muxoxo com a presunção ainda maior de intimidade.

Um pós-escrito a nosso acidente: tenho um seguro com cobertura total, então eles concordaram em pagar a conta do conserto da moto imediatamente. Porém, estive lidando com uma moça muito gentil mas atormentada chamada Joan, no call center. Joan está a um mês de se aposentar para ajudar a cuidar da nova neta Lexi, um bebê que não conheço nem vi, mas de quem agora sei tudo — desde a época em que ela tomou a última mamadeira ao método da mãe de aliviar a dor do parto.

Reprimo um sorriso.

Joan passou quarenta anos trabalhando em minha seguradora e quer terminar por cima. Infelizmente, está impedida de fazer isso pelo meu pedido. Ao que parece, quando outra pessoa além do segurado tem culpa, eles procuram recuperar o custo dos danos da seguradora da pessoa que *causou* os danos.

O problema é que a sua seguradora está dizendo que não foi notificada de um acidente e tenta entrar em contato com você. Consequentemente, Joan está à beira de um colapso nervoso — e eu estou prestes a ir pelo mesmo caminho se ela não parar de me ligar. Ela e eu ficaríamos muito gratos se você pudesse dar uma palavrinha com sua seguradora.

Nesse meio-tempo, espero que tenha reconsiderado uma volta ao clube de corrida. Eu só estava brincando sobre o vômito. Acontece o tempo todo.

Tom

De repente fico pálida. A seguradora deixou um monte de recados e eu simplesmente não tive tempo de retornar. Olho o relógio e rapidamente clico em Responder:

Prezado Tom,
Verei todos os meios possíveis de resolver com a seguradora, então pode dizer a Joan que ela conseguirá solucionar esse problema muito antes de sair para dedicar o resto de sua vida à pequena Lucy ou seja lá qual for o nome dela.

Mas devo acrescentar que de maneira nenhuma isso significa que estou admitindo a responsabilidade. Como já disse, são nossas seguradoras que decidem — e se isso colocar Joan no hospício lá pelo fim da semana que vem, então lamento muito, mas não posso fazer nada.

E não, eu não mudei de ideia quanto ao clube de corrida. Algumas pessoas não são feitas para aquele nível de esforço físico, e eu sou uma delas. Vocês todos estarão muito melhor sem mim. Além do mais, sei que está mentindo sobre o vômito.

Abby

Ao me encontrar com Heidi, estou tão esgotada que as pontas do meu cabelo estão quase queimadas. Passei o dia correndo de uma reunião a outra, incapaz de parar por tempo suficiente para respirar direito, que dirá atender a todos os telefonemas (inclusive outro da seguradora — arrrrgh!).

Devo confessar que uso a palavra "correndo" no sentido lasso. O movimento mais parece uma coxeadura frenética — uma manqueira expedita, se preferir. Desconfio de que depois da minha investida na corrida, talvez leve três semanas para conseguir calçar meias sem gritar.

Quando chego à cafeteria, Heidi está no canto tomando chá. Ela não falou sobre estar doente no e-mail, como Priya me disse, mas ocorre-me no segundo em que a vejo que ela parece enferma. Pelo menos isso é melhor do que a outra alternativa — ela saindo para trabalhar para outro.

— Oi, Heidi — digo, colocando o celular no silencioso. — Está se sentindo bem?

Heidi levanta a cabeça e assente, depois para como se fosse dizer alguma coisa... Mas não diz nada.

— E então — digo sem jeito —, pegou chuva? Priya parecia encharcada quando chegou. Esse clima devia ser ilegal em julho.

— Hmmm, não — diz ela.

Espero, dando-lhe a oportunidade de contar por que me arrastou para cá. Teria muito suspense, se eu não tivesse outras mil coisas na cabeça. O prazo final de uma proposta do Serviço Nacional de Saúde que se aproximava; o novo site da Spring; outras quatro contas importantes de que me lembrei desde minha conversa com Egor.

— Sobre o que queria conversar, Heidi?

Percebo a vermelhidão em torno dos seus olhos e isso me afeta. Ela *está* a ponto de pedir demissão. Droga, estou prestes a perder minha primeira funcionária!

Na fração de segundo antes de ela falar, sinto uma estranha combinação de atitude defensiva — por que ela não quer mais trabalhar para mim? — e rebeldia — até parece que eu ligo!

— Estou doente — diz ela simplesmente.

— Ah. Bom, sim... Priya disse que você telefonou dizendo que não estava muito bem. O que você tem? — De repente me pergunto se tem alguma legislação europeia obscura que me proíba, como empregadora, de xeretar essas questões. — Se não se importa de me contar.

— Sabe o que é, Abby? Eu odeio até pegar uma gripe — diz ela com um riso estranho e grave. — Basta um espirro para eu ficar irritada. Tenho coisas melhores a fazer do que ficar doente, Abs... Entende o que quero dizer?

— Perfeitamente. — Nisso eu concordo cem por cento com ela e não me surpreende que alguém tão ambiciosa como Heidi se sinta assim. Mas o modo como fala é estranho.

— Bom — diz ela, engolindo em seco —, tenho mais do que uma gripe.

Meu sangue congela. Não sei o que ela vai falar agora, mas algo em seu olhar me diz que não é bom.

— Foi confirmado finalmente ontem — continua ela, num torpor. — Mas nós... pelo menos, meu médico e eu... já desconfiávamos há algum tempo de qual era o problema.

— O que é? — sussurro.

— Desculpe — diz ela. — Estou enrolando, né?

— Heidi.

Eu a incentivo a falar, e não porque esteja com pressa.

Ela me olha nos olhos e engole em seco, como se tivesse uma pedrinha presa na garganta.

— Eu tenho esclerose múltipla.

Capítulo 13

Vivemos numa época em que é difícil ficar chocada. Quando as revelações na banca de jornais não são mais manchetes; quando as palavras que teriam feito nossas avós desmaiarem mal nos fazem piscar.

Sentada diante de Heidi, apreendendo o que ela me contou, o mundo que me cerca sai de foco. Só consigo me fixar em seu rosto bonito. E estou chocada.

— Esclerose múltipla? — repito canhestramente.

Ela beberica o chá.

— Não esperava por isso, não é?

Balanço a cabeça, muda.

— Não se preocupe. Ninguém mais esperava. Quando se tem 23 anos e você diz que está doente, por que as pessoas não pensariam que não passa de uma gripe? — Ela quase sorri. — Uma gripezinha me cairia bem, confesso.

Uma garçonete chega à nossa mesa e retira a xícara de Heidi.

— Desculpe, eu não pedi um café para você. Quer um cappuccino? — pergunta ela.

Heidi começa a se levantar, mas a pego pelo cotovelo e a puxo gentilmente para a cadeira.

— Heidi, fale comigo.

Ela assente e olha os dedos, brincando com um pacote vazio de adoçante.

— Sabe o que é esclerose múltipla, Abby?

Dou um pigarro.

— Eu... Não exatamente. Quer dizer, sei de alguém... um amigo dos meus pais... que teve anos atrás. Ele estava de muletas e... Bom, não o vejo há algum tempo.

É verdade — já faz 15 anos desde que vi Damian, mas ele não estava bem na época e eu soube que tinha piorado consideravelmente desde então. As muletas que ele só usava de vez em quando agora eram permanentes, e era difícil entender o que ele falava. Quando ele tinha a idade de Heidi, era um ávido jogador de futebol e professor. Não conto nada disso a Heidi, evidentemente, mas pelo olhar dela, percebo que adivinhou uma parte.

— A esclerose múltipla é uma doença autoimune que afeta o sistema nervoso. — Ela me diz isso com calma e clareza, da mesma forma que a vi se comportar em apresentações importantes quando a levei para me dar apoio. — Mulheres entre 20 e 30 anos, como eu, têm uma probabilidade maior de desenvolvê-la.

— Qual é a gravidade?

— Não é terminal. Quero dizer, não na maior parte do tempo. E nos anos posteriores ao diagnóstico, as pessoas em geral podem ter uma vida relativamente normal. Trabalhar, por exemplo. Pelo menos no começo.

— Que bom — digo firmemente, agarrando-me a isto. — Porque não posso perder uma pessoa tão talentosa como você.

Ela morde o lábio.

— Mas também tem um leque de sintomas que você pode desenvolver e... Eles não são bons, para dizer o mínimo. Espasticidade, dor, problemas de visão, problemas cognitivos, fadiga... E esses são só alguns.

— Nem sempre as pessoas desenvolvem, não é? — pergunto.

— A esclerose múltipla varia de uma pessoa para outra — explica ela. — É impossível saber quais os sintomas que você vai desenvolver... E, sim, seria incomum ter todos eles. A única coisa que se sabe é que tende a piorar com o tempo.

— Existe tratamento?

— Existem alguns remédios que desaceleram o progresso e contro-lam os sintomas. Mas o verdadeiro pesadelo é que... — Ela levanta a cabeça. — Não tem cura.

A sala gira enquanto assimilo suas palavras. Só Deus sabe o que deve ter custado a ela ouvir isso.

— É claro que algumas pessoas só desenvolvem a variedade branda. Assim, estou tentando ser otimista. De verdade. Mas é quase impossível para os médicos me darem um prognóstico. Não sei se vou terminar numa cadeira de rodas com complicações horríveis ou com um leve desconforto no pé esquerdo.

Olho as mãos dela, que dobram e desdobram lentamente o pacote de adoçante.

— Você está incrivelmente calma, Heidi.

Ela respira fundo.

— Embora o diagnóstico só tenha sido confirmado agora, isso já tem séculos. Tive algum tempo para me acostumar com a ideia.

— Quando foi que tudo começou?

— Alguns anos atrás, meu pé ficava dormente. Depois de um tem-po, passou, mas voltou de novo, com um formigamento pela perna esquerda. Depois aconteceu uma coisa esquisita com minha visão. Venho fazendo exames desde o começo do ano passado. Mas não é fácil identificar a esclerose múltipla.

— Deve ter sido horrível.

— O estranho é que parte de mim está aliviada por saber que é isso mesmo que eu tenho. Parece ridículo, não é? Eu tenho uma doença incurável e me sinto aliviada. Mas pela primeira vez, em Deus sabe quanto tempo, sei o que tenho de errado e sei o que vou fazer a respeito disso.

Ocorre-me que Heidi carece de drama.

Depois percebo seu lábio tremendo e o brilho de lágrimas nos olhos.

— O que eu vou fazer, Abby? — pergunta ela, encolhendo-se um pouco. — Não estou preparada para isso. Não tenho idade suficiente. O que diabos vou fazer?

— Ah, Heidi. Eu lamento tanto — sussurro enquanto meus olhos ficam quentes. — Você tem quem te ajude.

Eu me sinto tão fraca ao dizer isso. O que eu sei? Abby Rogers, que, apesar de seus níveis de estresse permanentemente elevados, não tinha nenhum problema de verdade.

Heidi levanta a cabeça, o rosto tão pálido que é quase fantasmagórico.

— Estou com medo, Abby.

Aperto a mão dela e tento pensar numa resposta. Mas nada basta. Nadinha.

Capítulo 14

O problema do meu carro não é nada em comparação com a notícia de Heidi. Tudo perde importância em comparação com o que ela acabou de me dizer.

Assim, quando finalmente decido falar com a seguradora na manhã de sábado, numa tentativa de aliviar o sofrimento de Tom, Joan e da pequena Lydia – ou seja lá qual for o nome da bebê —, não consigo deixar de me sentir distintamente blasé com isso.

Depois eles me dão o veredito — ou melhor, Jimmy, um operador alegrinho do call center com sotaque do norte. Ele é simpático e educado, mas carece da habilidade da oratória para atenuar este golpe. Se a seguradora de Tom decidir contra mim, o prêmio do ano que vem aumentará tanto que minha única opção será ir para o trabalho de bicicleta. O que seria ecologicamente correto, mas nada prático com sapatos de salto alto.

Atravesso um lodaçal com Jess e as crianças a tempo de testemunhar um cavalo esvaziar os intestinos com um ruído horroroso.

Estamos na Windy Animal Farm, um lugar que aparentemente é muito divertido quando se tem 4 anos. Além do presente do cavalo, o ar é cheio de um acentuado aroma de bode. E esteve chuviscando na última hora e meia.

— O que exatamente é esclerose múltipla? — pergunta Jess enquanto luta para empurrar o carrinho de Lola pela lama. — Não entendo nada disso.

Desde que Heidi me contou, passei três dias obcecada com o assunto. Mulheres de 23 anos não deviam ter doenças incuráveis. Só que elas têm.

— Danos à bainha protetora que envolve suas células nervosas — explico a Jess. Li tanto sobre o assunto em 36 horas que posso começar a editar o *Neurology Weekly*. — Isso interfere nas mensagens entre o cérebro e outras partes do corpo. Para a maioria das pessoas, é caracterizada por recidivas: parece que os sintomas entram em remissão e você volta ao normal. Depois os sintomas reaparecem. Piora à medida que você envelhece, mas o quanto piora depende muito da sorte. É completamente imprevisível.

A vaca ao nosso lado solta um mugido estrondoso e incita o lábio inferior de Lola a tremer.

— Ah, querida. — Jess a tranquiliza, pegando uma chupeta e colocando-a na boca da bebê. — Então não há como saber se a Heidi terá a forma grave ou a branda?

— Ainda não. Mas há um bom sinal: pessoas com lesões menores no cérebro tendem a se sair melhor. Heidi só tem uma... Por enquanto. Mas não há nada certo. Nunca.

Vamos à lanchonete para dar almoço para Lola, uma vez que se ela não comer exatamente ao meio-dia, tem um ataque de birra que faria Mariah Carey parecer a Madre Teresa. Jamie come um sanduíche e eu não resisto a comprar para todos nós um dos lindos bolos de chocolate com confeitos de chocolatinhos por cima.

— Isso é para crianças. — Jess sorri enquanto pegamos uma mesa.

— Então estou revivendo minha infância. Como está Adam? — Com o passar dos anos, descobri que perguntar a Jess sobre o marido ajuda a dar a impressão de que gosto dele.

— Ah, ele está bem. — Ela parece meio desconsolada enquanto levanta Lola na cadeirinha alta. — O mesmo de sempre.

Franzo o cenho, sentindo algo estranho.

— O que isso quer dizer?

— Nada — responde Jess com inocência demais. — Nada mesmo. Quero dizer... Ele está ótimo. É só isso.

— Mamãe — interrompe Jamie depois de dar uma única mordida no sanduíche. — Não quero isso. Tem gosto de presunto.

— É de presunto — informa Jess.

— Mas eu não gosto de presunto — diz ele.

— Desde quando? Você sempre adorou.

— Agora eu gosto de frango — argumenta ele.

— Bom, eles têm de frango, mas você escolheu o de presunto. Você escolheu presunto porque adora presunto.

— Não gosto mais.

— Acho que vai ter que comer, Jamie. Algumas crianças passam fome no mundo, sabia?

Ele a olha com tristeza.

— Elas podem ficar com o meu sanduíche, se quiserem.

Jamie passa dez minutos dissecando sua comida em pedaços infinitesimais antes de Jess finalmente ceder e deixar que ele brinque na piscina de bolinhas enquanto ela dá ravióli a Lola.

— O que você quis dizer sobre Adam? — pergunto, agora que Jamie não pode nos ouvir. — Você ficou... estranha.

— Fiquei? — Jess está limpando a boca de Lola. — Não pretendia. Não é nada, mesmo.

Olho sério para ela. Ela me encara e desmorona.

— Tudo bem. Bom... Posso te fazer uma pergunta?

— Manda — respondo, pegando um pedaço do bolo e colocando-o na boca.

— Acha que Adam e eu combinamos mesmo?

Cuspo os farelos num acesso de tosse e, em meio à confusão, finalmente consigo me controlar.

— Mas é claro que sim.

— Sua resposta não é muito convincente — observa ela, melindrosa.

— Sinceramente, eu acho — protesto.

Jess sempre foi a maior defensora de Adam, decidida que ele é o homem mais inteligente, mais divertido e gentil que ela conhece. Para falar a verdade, eu não concordo, mas há coisas que não se pode dizer nem à sua melhor amiga.

Mas apesar de sua insistência nas virtudes dele, ainda há uma parte de Jess que hesita, embora eu não tenha dúvida de que esta é uma das muitas consequências de sua criação emocionalmente confusa.

Ela e a irmã mais nova Sarah foram criadas por uma mãe austera que nunca demonstrou carinho pelas filhas, enquanto o pai, mais expansivo, sempre desaparecia para curtir sua ocupação recreativa: as mulheres.

Apesar das estripulias sexuais dele, parte de Jess sempre adorou o pai. E parte dela é *exatamente* igual a ele.

Antes de Adam, Jess lutava terrivelmente com compromissos; adorava a ideia, mas não conseguia cumpri-la na prática, o que significava que quase todos os relacionamentos que teve terminaram em infidelidade — da parte dela.

Quando sua mãe morreu de câncer de mama, ela tomou uma decisão repentina — que estava decidida a cumprir. Por mais que amasse o pai, não queria se transformar nele: queria estabilidade, monogamia e uma família. Não há dúvida de que Adam proporcionou a ela tudo isso.

Ainda assim, tenho uma desconfiança ranheta de que ela o escolheu porque ele representava todas essas coisas e não necessariamente porque estivesse apaixonada por ele. Essa desconfiança foi reforçada alguns anos atrás quando ela confessou, numa noitada de bebedeira, que nunca disse a ele que o amava.

Ela semicerra os olhos como se lesse meus pensamentos.

— Você não acha, não é?

— Depende do que quer dizer com "combinamos mesmo" — falo com a maior diplomacia que posso. — Vocês são muito diferentes em alguns aspectos, mas muita gente acha bom ser diferente. Sabe como é, os opostos se atraem.

— *Nós* somos opostos? — Ela diz isso como se fosse uma novidade.

— Por um lado acho você inteligente, sociável e divertida, e...

— E Adam?

— Bom, ele é inteligente e... — Dou uma mordida no bolo. Jess decide mudar de assunto.

— Já pensou melhor sobre voltar ao clube de corrida?

Eu quase engasgo.

— Jess, se acha que há alguma maneira de eu voltar, deve estar louca. Apareci vestida como alguém a quem você dá as roupas que estão sobrando e penei para me arrastar pelo percurso. Depois regurgitei o conteúdo das minhas tripas na frente de um dos membros que... para piorar... por acaso é meu adversário numa disputa de seguro.

Ela ri.

— Às vezes você faz as coisas parecerem piores do que são. Pelo menos você não vomitou na frente do Doutor Sexy.

— Se isso é o melhor que pode dizer dessa confusão, Deus me proteja. Ele falou alguma coisa sobre mim?

— Hmmm... Sim.

— Mentirosa.

— Não estou mentindo. Ele perguntou se você ia voltar. Eu disse que era improvável.

— Mas por que disse isso?

Ela me olha com incredulidade.

— Por que você passou cinco dias me dizendo isso.

Mordo o lábio.

— É justo. Queria que tivesse um jeito de vê-lo novamente, mas nada que envolvesse corrida. Pode dar outro jantar?

— Desculpe, mas nossos fins de semana estão uma loucura nos próximos meses — diz ela. — Olha, não vá arrancar minha cabeça, mas por que não faz o que já sugeri? Entre em forma... Depois vá para o clube. Sei que você achou a segunda-feira um desastre, mas foi só porque você estava com pessoas bem mais preparadas que você. E não há vergonha nenhuma nisso, aliás. Eles fazem isso há anos.

— Que beleza da parte deles. Cheguei em casa e pensei em mandar instalar uma cadeira elevador.

— Ah, tenha dó, é só começar de novo. Pode ir no grupo lento desta vez. Além do mais — diz ela, cutucando-me —, sei que se você pedir com jeitinho, o Doutor Sexy a ajudaria a se aquecer.

Não há dúvida de que Jess sabe me convencer. Porque quando chego em casa, só penso no Doutor Sexy e em seu corpo magro naquela roupa de corrida. Tiro essa ideia da cabeça ao me sentar com meu computador e escrever relutantemente o seguinte e-mail:

Prezado Tom,

Correndo o risco de destruir cada fiapo de sanidade que ainda resta a Joan, pergunto-me se eu poderia lhe fazer uma proposta. Embora isso não signifique que eu esteja dizendo que nossa pequena colisão foi inteiramente culpa minha, não tenho dúvida de que as coisas ficariam confusas se nossas seguradoras começassem a brigar.

Assim, gostaria de tomar a atitude honrada e pagar pelos danos — se não for tarde demais. Seria possível telefonar para Joan e dizer a ela para retirar seu pedido de seguro? Assim, se puder me dar seu endereço, eu lhe mandarei um cheque. Obrigada.

Abby

Aperto Enviar e sinto um bolo amargo na garganta. Mil libras. Entro no site do meu banco e verifico meu saldo na poupança — conhecida como Fundo da Austrália.

Há anos deposito dinheiro nela, com a intenção de fazer uma visita à tia Steph em Sydney em algum momento. Não vejo Steph — a irmã mais nova de minha mãe — há anos, mas ela sempre me manda e-mails para dizer que eu devia planejar a viagem.

Mamãe nunca foi próxima de Steph, apenas porque as duas tinham personalidades tão diferentes como opostos polares, algo que se pode dizer só de olhar as fotos antigas.

Tem uma foto das irmãs na frente da casa de varanda em Anfield, mamãe lambuzada de batom e com um boá no pescoço, enquanto a pequena Steph — que só podia ter 7 anos — fita solenemente de olhos arregalados. Tem-se a sensação de que mesmo naquela época ela aceitou que seu destino era viver à sombra de minha mãe.

E isto é parte do motivo para eu sempre querer me arriscar e visitá-la um dia. Ela não tem família, nunca se casou e é como se tivesse se tornado alguém irrelevante em nossa vida. Não é uma situação que minha mãe tenha criado de propósito, mas ainda assim não parece certa.

Eu sempre disse a mim mesma que se isso também significasse desenterrar meu biquíni para me banhar no clima de Bondi Beach, tanto melhor. Só que agora talvez eu tenha de esperar um pouco mais.

Clico no saldo e aparece o valor: 1.036 libras.

— Que ótimo — murmuro. Isso me deixa com um total de 36 pratas.

Nesse ritmo, quando eu chegar a Bondi, não estarei de biquíni, e sim usando um maiô do catálogo para a terceira idade.

Capítulo 15

— Pelo visto, o Condomínio está na ofensiva de novo — diz Heidi, pegando o mais recente memorando que passaram por baixo da porta.

— O que foi que fizemos agora? — pergunta Matt. — Não deve ser nada pior do que a torradeira.

Heidi dá um pigarro.

— "É de conhecimento do Síndico do Condomínio que Certos Funcionários de Certas Empresas estão regularmente deixando de trazer seu Cartão Magnético para o Trabalho e ainda esperam ter permissão de entrar no prédio Indiscriminadamente. O Condomínio gostaria de lembrar a Todos os Funcionários de Todas as Empresas que Nenhum Funcionário de Nenhuma empresa terá permissão de entrar no Prédio sem um Cartão Magnético validado. Não é bom depender do Condomínio para deixar você entrar, e o Condomínio tem mais o que fazer. Certa Empresa do Quarto Andar está fazendo isso com certa frequência. Assinado, o Síndico do Condomínio."

— Nós somos mesmo maus — digo.

— E você se diz diretora de empresa, Abby? — Heidi brinca comigo. — Você nem mesmo validou nossos cartões magnéticos.

Não sei o que eu esperava de Heidi quando ela voltou ao trabalho uma semana depois de me contar sobre a esclerose múltipla, mas não era isso. Não há lágrimas, nem drama. Uma semana depois, Heidi é a mesma velha Heidi de sempre.

— Eu me sinto totalmente normal — diz ela a Priya e a mim no toalete durante o almoço de sexta-feira. — Sinceramente, não tenho sintoma nenhum. Além disso, estou aliviada por ter contado às pessoas. Vocês todos têm me dado mais apoio do que eu imaginava.

— Você devia ter baixas expectativas — observo, e ela ri.

Está claro que nem Priya nem eu sabemos se isso é só fachada; se, no fundo, Heidi está se sentindo torturada e esconde isso muito bem. No momento, todos os outros parecem mais torturados do que ela — constantemente a olham para ver se está bem e são ultracautelosos para não falar nada de errado.

Embora nada tenha acontecido esta semana — nada mesmo —, sinto a necessidade de levar a equipe para beber. Então, às cinco em ponto, arranco todos de seus computadores e lhes ordeno que vão ao novo hotel chique que abriu perto do escritório.

Passo meia hora terminando meu trabalho, lidando com e-mails enquanto devoro batatas fritas e o sanduíche de estivador que esqueci de comer no almoço, antes de jogar a embalagem na lixeira e notar seu conteúdo deprimente: pacotes de salgadinhos, embalagens de chocolate e de sanduíches triangulares suficientes para criar uma réplica em plástico detalhada da pirâmide do Louvre.

Quando volto aos meus e-mails, percebo que recebi um esta manhã de Tom.

Cara Abby,

Lamento só agora lhe responder, mas estive fora do país a trabalho. Esta e a primeira coisa que quero dizer.
A segunda é, meus parabéns. Você fez uma coisa que nunca pensei ser possível: que eu me sentisse culpado pela moto. Não sei bem como conseguiu isso, dadas as circunstâncias. Ainda assim, se quiser pagar a conta no lugar da seguradora, então é claro que não tenho objeções. Darei uma ligada para Joan e contarei as boas-novas. Sem dúvida ela vai abrir uma garrafa de cidra exclusiva mas de preço razoável que pretende tomar quando estiver saindo.
Atenciosamente,

Tom

Desligo o computador e vou ao banheiro para dar um jeito em minha aparência e me deparo com o espelho dominado por três mulheres da empresa de advocacia do andar de cima. Parece que elas transforma-ram este espaço sinistro e cinzento nos Champneys, tal é o volume de maquiagem e produtos para cabelo e pele espalhados pelas pias.

Eu me espremo por um espaço ao lado do secador de mão, fazendo com que ele irrompa num barulho comparável a um lançamento em Cabo Canaveral, enquanto emite o que mal passa de um sussurro de ar frio em meu ombro.

Examino a mim mesma criticamente, depois às mulheres ao meu lado, com seus modeladores de cabelo, sua maquiagem impecável e os cílios que parecem algo saído de um ninho de tarântula.

Não foi uma boa semana para mim no quesito aparência. Para ser sincera, não foi nem um bom ano. Meu cabelo recebeu tanta atenção quanto minha cintura desde que fundei esta empresa — e já faz tanto tempo que fiz luzes nos meus fios que, se eu não tiver cuidado, daqui a pouco vou parecer um picolé napolitano.

Timidamente, pego meu pó compacto e o aplico para tirar o brilho do meu nariz. Mas quando a mulher na outra ponta do espelho co-meça a depilar os joelhos, percebo que meus esforços são tristemente inadequados. Então disparo de volta à minha mesa para abrir o que Matt chama de minha "Gaveta Misteriosa".

— Isto — eu disse uma vez a ele — contém o equipamento mais importante do escritório. — Abro-a a pego meus bobs com velcro, secador de cabelo e spray, antes de começar a trabalhar.

Meia hora depois, ao atravessar a rua na frente do prédio, ouço alguém chamando meu nome.

— Ei... Espere!

Ai, meu Deus. Deve ser o maldito síndico! Numa sexta-feira à noite, tenha santa paciência. De jeito nenhum vou discutir agora sobre não ter "validado" os cartões magnéticos. Atravesso a rua o mais rápido que posso sem entrar num galope óbvio e vou decidida para meu destino.

— Espere!

Acelero na frente do hotel, onde passo pelas portas giratórias com tal rapidez que uma delas bate na minha bunda quando entro. Depois atravesso o saguão, decidida a chegar ao bar ali perto antes de ele me alcançar. Meus passos se aceleram e, por cortesia de um carregador desanimado empurrando uma arara de casacos, e de alguns ladrilhos perigosamente escorregadios, de algum modo consigo deixar o homem para trás.

— Abby! — grita ele, antes de eu disparar pelo canto e confirmar, para minha satisfação, que escapei dele. Quando tenho certeza de que a barra está limpa, endireito o corpo. Estou andando friamente pelo saguão em direção ao bar para encontrar meus colegas, quando sinto um puxão suave no cabelo.

Giro o corpo e sou confrontada, não pelo síndico do condomínio, mas por Tom. De terno.

É uma visão que, de algum modo, parece inadequada, e ainda assim... Incrivelmente certa. Eu só o havia visto ou com a jaqueta de motoqueiro, ou de roupa de corrida — a última com os músculos à mostra. De terno, ele poderia parecer rígido e desconfortável, mas parece qualquer coisa, menos isso. O tom cinza-azulado do tecido faz com que os olhos dele pareçam mais fundos e mais escuros, e a gola branca e imaculada dá um forte contraste com a pele bronzeada do pescoço.

— Ah, é você. — Fico ruborizada. Ele não faz meu tipo, mas é tão bonito que, mais uma vez, fico sem jeito na frente dele.

— Que recepção. — Ele sorri. — Sei que está prestes a me entregar mil libras, mas não pensei que merecesse isso.

— Achei que era nosso síndico — explico.

— Tudo bem — diz ele. Um leve sorriso, e nada mais, aparece nos lábios dele. É muito desconcertante, como se ele visse sempre alguma coisa engraçada em mim. — Eu estava tentando te avisar sobre isso.

Ele estende a mão e me mostra um bob com velcro, com alguns fios de cabelo com pontas duplas embolados nele, dando a impressão de que teria sido usado para fazer um permanente num collie.

Tento não desmaiar.

— De onde tirou isso?

— Estava preso nas suas costas. Eu segui você por metade da Dale Street para avisar.

Meu rosto de repente parece em brasas.

— Oh! Não precisava ter feito isso — dou um gritinho.

— Por coincidência eu estava mesmo vindo para cá.

Olho meu bob.

— Que coisa esquisita — digo com a maior naturalidade que consigo. — Como isso foi parar ali? Eu nem uso essas coisas.

Arranco o bob da mão dele e o coloco na bolsa com tal decisão que outros dois bobs — um que inteligentemente decidi trazer para o caso da minha franja desabar — pulam e saltitam no chão como dois feijões mexicanos gigantes. — Quero dizer, eu não... Hmmm, normalmente não uso isso.

Eu me abaixo para pegá-los e sinto uma dor na testa quando ele faz o mesmo e percebo que nós batemos nossas cabeças.

— Meu Deus, desculpe — murmuro.

Ele esfrega a testa, carrancudo.

— Está tudo bem. Olha, foi bom eu literalmente ter esbarrado em você. Esqueci de te dar meu endereço.

Meu coração começa a disparar.

— E para que quer me dar seu endereço?

— O cheque — responde ele.

— Ah. É claro. — Vasculho a bolsa atrás de um cartão de apresentação e uma caneta, que ele pega da minha mão e escreve. Ele está prestes a devolver quando examina o cartão.

— Ah, sim, esqueci que sua empresa era de web design. Sei de uma empresa que quer redesenhar o site.

— A sua?

— Não, de um contato. Uma empresa de contabilidade. Posso te mandar as informações por e-mail.

— Seria ótimo. Obrigada. — Encontro seu olhar brevemente e sorrio, mas percebo que sou incapaz de sustentá-lo por um tempo educado.

— *Aí* está você! — Vem uma voz do nada e eu levanto a cabeça na direção dela.

Sabe aquelas atrizes francesas de olhos grandes, pernas e braços finos e frágeis e lábios picados de abelha? Bom, a mulher que acaba de entrelaçar os braços nos de Tom faria uma dessas parecer um monstrinho de pelúcia.

— Desculpe interromper. — Ela sorri, apertando-o mais. — Meu nome é Geraldine — diz ela, com um leve sotaque de Lancaster, deixando claro que ela *não é* francesa.

— Esta é a Abby — diz Tom. — Ela entrou para o clube de corrida.

— Entrou? — O sorriso de Geraldine se alarga.

— Mas agora saiu — acrescenta ele. — A não ser que tenha mudado de ideia.

Eu rio.

— Er, não.

— Ah, devia voltar — diz Geraldine com entusiasmo. — Seria *de-mais* ter outra mulher na turma.

Ah, meu Deus. Ela é um deles. Eu devia saber.

— Não é bem a minha praia...

— Você tem que entrar — insiste ela, acreditando mesmo nisso. — Ah, mude de ideia... Vamos lá. Estamos desesperados por mais membros para o time feminino dos 10 quilômetros. E vem uma meia maratona por aí, se você for realmente ambiciosa.

— Não sou — garanto-lhe num tom simpático. — Acho que vou ficar com minhas aulas de step — digo, aquelas aulas imaginárias.

Ela dá de ombros, ainda sorrindo. Parece ser a única expressão que tem.

— Ah, deixa pra lá... Estou vendo que meus poderes de persuasão não estão funcionando. Ah, Tom? A mesa está reservada para as sete e meia. Foi um prazer conhecê-la, Abby — diz ela por fim.

— A gente se vê, Abby — acrescenta Tom enquanto eles caminham para a porta.

— É, a gente se vê. E... O cheque está no correio.

Ele olha em volta com aquela expressão de diversão de novo.

Lembro a mim mesma que é só um olhar, o olhar dele; não quer dizer necessariamente que cometi uma gafe. Depois olho os três bobs coloridos em minha mão e tomo a direção contrária com a maior velocidade possível.

Capítulo 16

Às nove e meia, Matt Parrudo já havia atraído uma turma de admiradoras, em transe com seu humor autodepreciativo, sorriso tímido e o agora lendário traseiro. Elas nem mesmo se importam com suas piadas toscas.

— Não sei como ele faz isso — diz Priya, observando-o de pé no bar, conversando com três mulheres. — Não é justo... Ele nem mesmo se esforça. Passei metade da noite encarando um sujeito e ele acabou saindo com uma loura gostosona com peitos de bolas de praia. Nada contra as louras, é claro — acrescenta ela. — Nem contra bolas de praia.

— Pensei que estivesse bem com... Como ele se chama mesmo?

— Richard — responde ela. — Estava, mas ele me largou.

— Oh — digo. — Lamento, Priya.

— Acha que é o rosa? — pergunta ela, enrolando um dedo numa mecha de cabelo.

Dou de ombros.

— Eu gosto do rosa. É a sua cara. Não seja convencional, Priya, para o que quer que faça.

— Agradaria a minha mãe. — Depois ela reconsidera. — Na verdade, acho que o choque a mataria.

Os pais de Priya foram obrigados a aceitar que era improvável que ela seguisse os passos do irmão Adnan, que aceitou feliz o casamento arranjado para ele desde a infância.

Além de se recusar inclusive a discutir o assunto, Priya seguiu um colega do último ano chamado Simon à Liverpool John Moores

University — e foi prontamente trocada pela subgerente do hortifrúti local. Ela abandonou o curso e nunca mais comeu um kiwi desde então.

— É minha rodada. Mais alguém quer tequila? — Heidi oscila ao pegar a carteira na bolsa e só então percebo o quanto está bêbada. Priya me olha incisivamente.

— Vou pegar essas, Heidi. — Toco o braço dela. — Que tal primeiro um refrigerante? Assim vamos aguentar mais tempo.

Ela me olha como se eu tivesse perdido o juízo.

— Não quero tomar uma merda de refrigerante, Abby Rogers! — Ela sorri.

Heidi nunca xinga. Priya fica preocupada.

— Bom, você não quer cantar no karaokê? — sugiro, procurando uma distração. — Vamos lá e aí tomamos uma rodada quando chegarmos.

Arrancamos Matt de suas seguidoras e fomos para o bar de karaokê. Não sei bem como se chama; na verdade, talvez nem tenha nome e certamente eu sei que nunca descobriria quando sóbria. Fica enfiado num lance de escada subterrânea, entre uma corretora de seguros e uma banca de jornal. Depois de passar por algumas escadas íngremes como quem vai à cozinha de um navio de combate da Segunda Guerra Mundial, você entra num labirinto de salas frequentadas por uma turma de garçons insanamente animados, que compensam a decoração desastrosa e o barulho alto.

Matt e Priya colocam seus nomes para "I Got You Babe", um dueto que já os vi fazer pelo menos seis vezes, com uma melhora consideravelmente pequena.

Encontramos uma mesa e nos acomodamos enquanto três caras de 20 e poucos anos, com os restos amarrotados de roupas de trabalho, atiram-se num competente "Sweet Caroline".

— Vai voltar para o clube de corrida? — pergunta Matt.

— Você também? — pergunto, bebendo meu vinho. — Isso é uma conspiração? A resposta é não. No mínimo porque eu não sobreviveria a ele.

— Você precisa de uma motivação — continua Priya, como se não tivesse me ouvido. — Tenho uma amiga que entrou em forma mesmo e treinou para um triatlo um ano antes de se casar. Ela nunca entraria no vestido de noiva se não fosse por isso.

— Infelizmente, a probabilidade de isso ser uma motivação no futuro próximo é de zero — observo. — Eu não tenho nem mesmo um encontro desde o ano passado. Sou ocupada demais. Meu Deus, essa desculpa parece fraca.

É triste, mas também é a verdade. Tão verdade que começo a ficar desesperada para mudar de assunto. Ou talvez seja o encontro com o Doutor Sexy que tenha motivado isso. Se ao menos houvesse um jeito de eu vê-lo sem a dor e a humilhação do clube de corrida...

— Era só um exemplo — continua Priya. — Pode ser qualquer coisa. Tem algum aniversário importante vindo por aí?

— Vou fazer 29 anos no final de setembro.

— Aí está!! — diz Matt.

— Vinte e nove não é importante. — Solto um muxoxo. — E não me sinto nem remotamente motivada a me exercitar por isso ou por qualquer outra coisa.

— Que tal correr para arrecadar dinheiro? — diz Priya. — Para a caridade ou coisa assim.

— Você podia arrecadar dinheiro para a pesquisa de esclerose múltipla — diz Heidi decisivamente. É a primeira vez que ela fala em cinco minutos e o grupo cai em silêncio.

— Eles estão desesperados por financiamento — continua ela, chupando os restos da vodca com tônica por um canudinho. Depois ela para e me olha. — Desculpe. Eu não pretendia colocar você na berlinda.

Estou prestes a responder quando somos interrompidos pelo mestre de cerimônias anunciando a música de Matt e Priya.

— Se ninguém mais quiser cantar "I Got You Babe!", eu ficaria feliz em fazer eu mesmo...

Matt se levanta num salto e pega a mão de Priya, conduzindo-a ao palco. A música começa e Matt se joga na canção. Ele é completamente desafinado, mas comparado a Priya parece um Justin Timberlake.

— A questão, Heidi, é que eu não sirvo mesmo para esse negócio de corrida — explico.

Ela abaixa os olhos.

— Claro. Não se preocupe com isso. — Ela está arrastando as palavras e me ocorre que talvez vá se esquecer desta conversa de manhã.

— A primeira sessão quase me matou — acrescento.

— Eu sei, Abs, não se preocupe.

— E é tão difícil arranjar tempo — continuo.

— Eu sei, eu sei. Você é muito ocupada.

— Não só para a corrida, mas se eu tivesse que arrecadar dinheiro, tomaria mais tempo ainda. E no momento preciso dedicar cem por cento da minha atenção à empresa e...

Heidi encara o copo de novo.

— Esqueça esse assunto — diz ela, solidária.

Olho minha bebida, depois olho para Heidi, para esta mulher bonita e jovem, e sinto vergonha. Aqui estou eu, ainda não tenho nem 30, com meu corpo perfeitamente saudável — um corpo que não mereço. Apague isto. Tenho o que *deve ser* um corpo saudável — ao contrário de Heidi, que é seis anos mais nova e não sabe se será capaz de andar daqui a dez anos, que dirá correr.

— I GOT YOU... BAAAABE! — Matt e Priya chegam a seu crescendo enquanto as taças de vinho vibram e parece que teremos uma enxaqueca em massa.

— Heidi — digo. — Eu lamento *tanto*.

Ela me olha, sobressaltada.

— Pelo quê?

— Por ser negativa. Por ser digna de pena. Por ser tão fraca.

— Não acho que você seja nenhuma dessas coisas — protesta ela. — Na verdade...

— Não fale mais nada — interrompo.

— Tudo bem — Heidi parece ainda mais assustada. Depois franze a testa. — Por que não?

— Porque estou pensando. Vou voltar para o clube de corrida.

— Não faça isso por minha causa! Eu falei sem pensar. Foi idiotice e...

— Não foi idiotice — digo. — Foi uma sugestão muito boa. É isso mesmo: vou começar a treinar, Heidi. Para a meia maratona. Vou arrecadar dinheiro para a esclerose múltipla e ao mesmo tempo entrar em forma.

— Não diga nada de que possa se arrepender — alerta ela.

— Não vou me arrepender — digo com firmeza. — Eu vou fazer isso.

Ela solta um soluço.

— É sério?

— Sério — respondo, secando o resto do vinho.

Nunca tive tanta certeza em toda a minha vida.

Capítulo 17

— Mas no que foi que me meti?

Digo isso alto, mas não reconheço minha voz, que dá a impressão de que passei a manhã bebendo serragem. Estou sentada com a cabeça entre as mãos enquanto os raios cáusticos do sol entram pela minha janela e eu bebo lentamente uma xícara de chá que tem gosto de ambrosia e asbesto.

Jess me acordou há meia hora quando telefonou para perguntar se eu queria fazer compras com ela e as crianças. Eu disse que sim, pelo menos para provar a nós duas que eu era capaz. Agora preferia não ter feito isso.

Fecho os olhos e tento lembrar como cheguei em casa esta manhã. Sei que foi entre uma hora e... seis. É difícil determinar mais precisamente.

Tendo prometido a Heidi que eu me transformaria num bastião da vida saudável e da boa forma para levantar dinheiro para a pesquisa da esclerose múltipla, lembro-me de convencer a mim mesma de que seria uma ideia fabulosa uma última farra com tudo o que há de tóxico e nefando.

E então tomei um porre, agarrei um cara que tinha acabado de cantar "I'm Too Sexy" de Right Said Fred (na hora achei que ele era tremendamente sofisticado) e, a julgar pela embalagem de comida delivery em que pisei por acidente ao entrar trôpega na sala hoje de manhã, consumi um tikka tandoori de frango e um naan do tamanho de um saco de dormir. Pelo menos, eu comi a maior parte dele. O resto acabou entre os dedos dos meus pés.

Levanto-me e manco até o banheiro, onde abro o chuveiro e aos poucos faço minhas abluções, apesar do simples fato de abrir a tampa do xampu exigir um esforço absurdo. Depois fico ali, de olhos fechados, com a água quente caindo no rosto até que o vapor me impeça de respirar. Saio e faço um círculo no espelho com a toalha, percebendo imediatamente que o fato de eu não ter tirado a maquiagem deixou minhas bochechas da cor de uma bala de alcaçuz.

— Você, Abigail Rogers, é uma desgraça.

Deixo que o espelho embace de novo para não ter de me ver e retiro a maquiagem com um lenço de papel. Visto jeans limpos e minha camiseta sem manga mais confortável e vou à cozinha pegar um copo d'água numa tentativa desesperada de sossegar as células áridas do meu corpo. É como tentar reidratar Tutancâmon. Tenho dez minutos antes de Jess chegar e estou prestes a desabar de novo no sofá, mas sou atraída ao meu escritório.

Ligo o laptop, clico no Google e digito duas palavras. *Esclerose múltipla.*

Jess chega vinte minutos atrasada e parece completamente perturbada quando toca a campainha.

— Você está péssima — diz ela e sei que devo estar com uma aparência péssima mesmo, porque ela passou a maior parte da vida tentando me convencer do contrário. — Pronta? As crianças estão no carro.

Desligo o computador, pego a bolsa e vou para o banco do carona de sua minivan.

— Oi, crianças. — Sorrio numa tentativa de parecer animada e alegre.

— Tia Abby, você está esquisita.

Olho rapidamente para Jess.

— Eu não falei para ele dizer isso! — Ela protesta e percebo que, infelizmente, Jess não está mentindo.

Você alguma vez teve um instante de percepção que muda sua vida para sempre? Quando algo dentro de você estala e você sabe imediatamente que as coisas nunca mais serão as mesmas?

O meu aconteceu à uma e quinze da tarde de 31 de julho, um sábado, na fila do Costa Coffee. Na minha frente estão as seguintes opções: um muffin de chocolate, um muffin de cereja com amêndoas, um muffin de limão e laranja e um bolo de cenoura. Todos são lindos, parecem gordurosos, irresistíveis... E exatamente o tipo de coisa que eu escolheria sem hesitar em qualquer tarde de sábado normal.

— Os muffins estão com uma cara ótima, né? — diz Jess.

— Hmmmmm — respondo, antes de desaparecer e voltar alguns segundos depois.

— O que você pegou? — pergunta ela.

— Isto. — Coloco uma salada de frutas frescas na bandeja. Ela olha como se eu tivesse posto um pedaço de kriptonita diante dela.

— O que é isso? — pergunta.

— Frutas — respondo.

— Sei que são frutas; estou me perguntando por que você colocou isso na bandeja... Como se fosse comprar e comer.

— Porque eu *vou* comprar e comer.

— Você?

— É.

— No Costa Coffee?

— É.

— Mas você nunca compra frutas no Costa Coffee.

É igualmente surpreendente para mim. Não que eu não coma frutas. Mas é muito raro comer a porção recomendada de frutas cinco vezes por dia. Cinco por semana já está de bom tamanho. Além do mais, para mim, todo o sentido do Costa Coffee está nos bolos. Não vou ao Costa sem comer bolos.

— Preciso te dizer uma coisa. — Pagamos e vamos para uma mesa. Jamie se empanturra de sanduíche de frango e suco de fruta enquanto Jess coloca Lola na cadeirinha alta.

— Sou toda ouvidos — diz ela.

— Muito bem — começo. — Bom, ontem à noite concordei em fazer uma coisa e não tenho a menor condição de voltar atrás.

Jess se senta.

— Ah, sim?

— Vou fazer dieta. E vou entrar em forma.

— Ah, sim? — Ela repete, distraída.

— E desta vez eu falo sério.

Ela toma um gole do café.

— Tanto que vou treinar para uma meia maratona.

O café irrompe da boca de Jess como um hidrante explodindo, espirrando em mim, nas crianças e em um cavalheiro idoso da mesa à esquerda dela.

— Ai, meu Deus, desculpe — diz ela, levantando-se e oferecendo um guardanapo ao homem. — Não sei o que deu em mim.

Depois de ele a tranquilizar dizendo que ela não precisava se preocupar, Jess se senta na minha frente.

— Não está falando sério — fala ela.

Mas desta vez eu tenho certeza absoluta de que estou.

Quando se recupera do choque, Jess começa a se animar com a ideia. O resultado é que ela tenta me convencer a voltar ao clube nesta segunda-feira.

— Ainda não — digo decidida ao passearmos pelo centro da cidade. — Você tinha razão. Vou me dar um mês para chegar às condições físicas básicas. De maneira nenhuma vou dar as caras no clube antes de poder fazer pelo menos 5 quilômetros sem desmaiar.

Ela franze o cenho.

— O que você vai fazer?

— Começar uma dieta. Cortar... *Diminuir* o vinho. Começar a correr e fazer outros exercícios sozinha. Amanhã é... — Olho a data no meu celular — ... primeiro de agosto. No dia primeiro de setembro volto para o clube de corrida.

— Caramba. — Ela sorri. — Tudo bem. Já é um plano.

— Mas não vou repetir certo erro. Preciso escolher melhor minhas roupas.

— Então, vamos. Conheço o lugar certo.

Jess é uma corredora tão dedicada que não me leva a nenhuma das velhas lojas de artigos esportivos, e sim a uma loja de *corrida*. Ao que parece, há uma grande diferença.

É um lugar grande, com um volume imenso de trajes de Spandex e é surpreendentemente movimentado. Sinceramente, você nem acreditaria no número de pessoas que sentem compulsão a fazer isso. A correr, quero dizer. Se eu não conhecesse Jess, a ideia nunca teria me passado pela cabeça. Parece tão estranha quanto táxis que estão prontamente disponíveis.

— Muito bem, vamos escolher primeiro a calça. Essas são as melhores. — Jess ergue um par de leggings azuis que parecem incapazes de caber numa menina de 7 anos.

— São de lycra — observo.

— O que é perfeito. Quando corremos, é muito melhor evitar qualquer coisa que vá bater nas suas coxas.

— Já tenho celulite batendo nas coxas, Jess. Qualquer outra coisa não seria um problema.

— Aceite meu conselho... São essas que você quer.

— Mas lycra é obra do demônio. Não usaria isso nem que eu vestisse 36. Preciso de alguma coisa que cubra meus pneus.

No fim, opto pela única calça Capri três quartos que não destaca cada protuberância do meu traseiro. Não parece boa, mas é menos medonha do que as outras. O exercício é repetido com a blusa. São lindas até que as visto — e fico horrível.

— Agora, os sapatos — instrui Jess, e ingenuamente vou para a seção dos tênis ver se tem algum que me agrade.

— Espere aí, precisamos fazer uma análise da andadura — diz ela.

— Uma o quê?

— Análise da andadura — repete Jess, como se isso significasse alguma coisa. — Vá para a esteira para que um dos caras use essa máquina e filme seus pés enquanto você corre.

— Que perversão.

Ela me ignora.

— É assim que eles conseguem ver que parte de seu pé você pousa no chão quando corre. Aí você pode escolher um par de tênis com suporte na área certa.

Experimento um par de sapatos de corrida e enrolo os jeans para cima a fim de me preparar para correr, algo que não me satisfaz em minhas atuais condições altamente delicadas.

— Vá no seu ritmo — diz o assistente de vendas.

Resisto à tentação de informar a ele que meu ritmo seria não fazer movimento nenhum.

Ele se curva, examinando a tela enquanto meus pés se preparam para fazer sua estreia no cinema. Decido ir devagar, assim não corro o risco de transpirar e pagar mico. Os números na esteira sobem até que chegam a 7,2 quilômetros por hora.

Sei que não é rápido, mas é o bastante para mim. Se eles se ativessem a este nível no clube de corrida, eu ficaria bem. Pelo menos nos primeiros dez minutos. Estou correndo, feliz, quando — pelo canto do olho — percebo que tenho uma plateia. Viro-me e olho as quatro crianças, com idades entre 7 e 11 anos, paradas ali como a família Von Trapp prestes a começar uma música.

— Ela não é muito rápida, né? — diz o menino ao filho de Jess, Jamie, que claramente preferia não me conhecer. — Minha mãe fez isso na semana passada e ela foi a *12* quilômetros por hora.

Eu me eriço e digo a mim mesma para ignorá-lo. Depois mudo de ideia. Aperto os botões na minha frente até que chegam a revigorantes 13 quilômetros por hora, decidida a deixar Jamie orgulhoso.

É confortável por cerca de meio segundo. Depois disso, apesar do esforço de meus braços e pernas, com o coração e os pulmões trabalhando à toda, parece algo *muito longe* do confortável.

Percebo minha necessidade absoluta de parar em segundos, mas estou em tal exaltação de esforço físico e escorreguei tanto para trás na esteira que não consigo alcançar o botão de emergência.

Decido me concentrar no espelho à frente para tentar me aproximar. Mas a imagem diante de mim — uma mulher-hipopótamo asmática de cara vermelha fugindo de um maremoto — é tão angustiante que minha determinação evapora numa nuvem de desespero.

E então o suor em minha testa de repente fica gelado e uma onda de escuridão se esgueira por minha visão.

— O que houve? — pergunto, ao perceber que estou deitada, com a cabeça latejando e os olhos lutando contra o clarão das luzes fortes.

— Abby! Ai, meu Deus, você está consciente.

Reconheço a voz de Jess de imediato e percebo onde estou. No hospital.

— Jess — consigo dizer. — Ah, minha querida Jess. — As lágrimas enchem meus olhos e meu coração começa a martelar.

— Você vai ficar bem. — Jess segura minha mão e eu tenho um flashback de um filme que vi no ano passado no canal True Movies, em que uma mulher desperta de um coma em que esteve por dois anos com a melhor amiga ao seu lado.

Fecho os olhos novamente e mexo os dedos da mão direita. Sei que já faz algum tempo que não os uso. Meus músculos parecem rígidos e estranhos, como se tivesse teias de aranha dentro de mim que de repente estão sendo espanadas, permitindo-me viver novamente.

— Quanto tempo fiquei assim? — murmuro. — Inconsciente, quero dizer? — Tenho certeza de que são dias, até semanas.

— Uns quatro segundos — responde Jess, pegando minha mão e me levantando. — Você chegou a 500 metros e caiu. Deve estar desidratada. Onde foi ontem à noite?

Sento-me e registro o ambiente da loja de corrida. Minha bunda dói.

— Aiii — digo, estendendo a mão para as costas dos jeans.

— Teve sorte de cair aí em cima — diz Jess.

— É sério, está doendo — insisto.

Depois percebo que os Von Trapp ainda estão por aqui.

— Sim? — sibilo. — Posso ajudar em alguma coisa?

O de 9 anos me ignora e vira-se para o irmão mais velho, que foi procurar a mãe.

— No fim das contas, ela não morreu — anuncia ele, parecendo um tanto decepcionado.

Capítulo 18

Em agosto estarei em forma.

Isso é bem verdade. Em agosto chegarei a um nível de condicionamento físico quase compatível ao de uma mulher mediana de 28 anos. Só então me sentirei pronta para encarar o grupo lento do clube de corrida.

De várias maneiras, é um mês nada excitante. No trabalho, ganho um novo cliente — uma empreiteira falida pela recessão que constrói apartamentos da moda na área das docas — e consigo receber meia dúzia de contas, satisfazendo Egor e dando o empurrão necessário ao nosso fluxo de caixa. A equipe está bastante ocupada, mas não de forma absurda, e Heidi parece ter tirado completamente da cabeça seu problema de saúde. O que de certa forma dita como os outros se comportam, então é como se a notícia sobre a esclerose múltipla nunca tivesse sido dada.

Ela e Priya também tiveram uma ideia para arrecadar dinheiro: organizar um baile de caridade. O que, sem dúvida, é uma ideia brilhante, porque levantará uma tonelada de dinheiro e manterá Heidi animada, mas confirma um fato assustador: eu terei de levar adiante a ideia da meia maratona.

Ainda passo um bom tempo pensando no Doutor Sexy e sonhando com a próxima vez que irei encontrá-lo. Essa obsessão é estimulada pelas atualizações constantes de Jess sobre ele, que ela considera banais, mas que no fim acabam por iluminar minha vida.

Na segunda semana de agosto, recebo um e-mail de Tom que faz com que eu me sinta ligeiramente mais afetuosa com relação a ele do que depois de mandar pelo correio um cheque de mil pratas.

Prezada Abby,

Primeiro, e com atraso, obrigado pelo cheque. Não sei de Joan há quase duas semanas, o que só posso tomar como sinal de que ela deixou o emprego para cuidar de sua vida de avó. Então é um final feliz para todos, porque minha moto corre como num sonho (embora você não vá aprovar isso).

Também queria te deixar o contato daquela empresa de contabilidade que está procurando web designer. O nome é Gellings, a sede deles é na Victoria Street, e você deve falar com Ian Bond. Ele espera um telefonema seu.

Atenciosamente,

Tom

Telefono para Ian Bond de imediato, mas nem eu consigo imaginar com que velocidade isso pagará as dívidas. Marco uma hora para vê-lo no fim da semana e fico com ele por menos de vinte minutos antes de ele concordar em fazermos um contrato de experiência. Então mando um e-mail para Tom.

Prezado Tom,

A River Web Design tem um contrato de experiência com a Gellings, então meus sinceros agradecimentos pela recomendação. Se terminarmos com um contrato permanente, quase fará valer a pena o fato de você ter pilotado sua moto tão descuidadamente ao encontro de meu carro. ;)

Obrigada novamente,

Abby

Esta pequena conquista, porém, não é capaz de tirar da minha cabeça o que está se provando um dos períodos mais complicados da minha vida. Questiono diariamente — não, a cada hora — por que concordei com essa brincadeira de correr. Quero dizer, eu. Justo eu.

Há muito tempo eu não fazia dieta e me esqueci mesmo de como a coisa toda é maçante e inexorável. Começo pelo diet shake Fastslim, mas me pego tomando dois shakes — o do café da manhã e o do almoço — antes das dez da manhã, comendo meus dois "lanches saudáveis" às dez e meia, depois saqueando os lanches dos outros pelo resto do dia.

Então leio um artigo na *Grazia* sobre uma nova técnica de dieta que envolve fotografar toda a comida antes de você comer. A ideia é deixar você mais consciente do que está consumindo, e, portanto, mais controlado.

Tudo vai maravilhosamente bem até o segundo dia, quando tenho um almoço de negócios com Bob McHarrie, diretor-executivo de uma empresa de marketing de Manchester. Tecnicamente eles são nossos concorrentes, mas continuamos amigos desde que eu montei a empresa e eles até me mandaram alguns trabalhos quando ficaram sem pessoal. Bob — eu pensei — estava completamente absorto na conversa com o garçom quando eu sutilmente saquei minha Canon e tirei uma foto rápida.

Eu teria me safado se o flash não tivesse disparado.

Bob e o garçom viraram a cabeça de repente, chocados, e eu comecei a tagarelar uma besteira qualquer sobre a câmera pertencer à minha avó (que já morreu) e o flash ter disparado porque eu tentava trocar a bateria. Não preciso nem dizer que não colou.

Continuamos almoçando, mas Bob passou o tempo todo me fitando com os olhos semicerrados como se eu fosse uma espécie de agente dupla, tentando obter informação privilegiada da sua empresa tirando fotos de... alguma coisa — que ele claramente não sabia o que era. Não consegui dizer que eu só queria provas fotográficas da minha salada Caesar.

Agora sou membro do grupo Diet Busters do meu bairro. É uma experiência fascinante. A líder, Bernie, é uma mulher baixinha e — para ser cem por cento sincera — não é particularmente magra, e está na casa dos 50 anos. Usa vestidos largos de estampa floral e cardigãs de tom pastel e à primeira vista parece bastante conservadora — até que notei uma pequena tatuagem de papagaio em seu tornozelo, da qual não consigo tirar os olhos desde então.

Outra coisa extraordinária em Bernie é seu raro e impressionante talento para a oratória.

Bernie pode pegar um assunto que você acha impossível discutir por mais de três segundos e esticá-lo por meia hora de aula. Considere o tema da semana passada: massas.

Bernie levou nada menos do que trinta minutos para demonstrar, essencialmente, que você tem mais pedaços de espaguete seco em 50 gramas do que se optar pelo fusilli.

Ela usou quadros, diagramas de Venn e um número impressionante de acessórios. Tinha o grupo na palma da mão enquanto nos provocava, dizendo como ficam 10 gramas de espaguete na balança... Depois 25... E depois — enfim! — 50! Em vinte minutos, pensei que tivesse esgotado o assunto, até que — gênio — ela anunciou que íamos fazer uma encenação.

Não consigo concluir se isso faz de Bernie a maior oradora desde Martin Luther King ou a mulher mais teimosa com que já topei.

Ainda assim, finalmente está dando certo. Comecei a perder peso. Só alguns gramas, confesso. Mas parece que toda a bebida, gordura e açúcar que eu metia garganta abaixo não me faziam bem nenhum, e comer mais legumes e menos porcaria está surtindo efeito.

Quanto aos exercícios, a história é um pouco mais nebulosa.

Depois da minha experiência na esteira, decido variar um pouco antes de entrar pra valer na corrida. Assim, por sugestão de Bernie, escolho o bambolê, tolamente convencida por seu argumento de que ela perdeu 2,5 quilos em uma semana girando aquilo enquanto passava roupa. Isso só pode ser verdade se ela for responsável por lavar a roupa de um hotel de 500 quartos ou ter a agilidade de uma trapezista de circo.

Segundo o *Livro de Exercícios* do Diet Busters de Bernie, o bambolê é o exercício ideal, porque desenvolve o equilíbrio, melhora a flexibilidade e esculpe as coxas, os glúteos e os braços — e tudo isso parece muito bom para mim.

Acrescente-se o fato de que queima 306 calorias por hora e, quando mandei um e-mail de pedido do bambolê e vi, animada, o cara dos Correios sair de seu furgão em direção à minha porta, eu estava completamente convencida da ideia.

É claro que há um truque para perder essas 306 calorias por hora: você precisa praticar por uma hora. E eu não consigo girar aquilo nem por cinco segundos — o que, pelas minhas contas, significa que queimo menos de meia caloria por rodada.

Depois de concluir que o bambolê não serve para mim, me dedico então à natação. Serei franca, nunca fui lá muito fã.

Sabe nas férias, quando a maioria das crianças pula de trampolins, pega coisas no fundo da piscina e espirra água para todos os lados só com a alegria do coração? Eu nunca fui assim, nem quando tinha 12 anos. Meu nado de peito parecia o de uma senhora de idade, minha cabeça ficava alta como a de um poodle com dor de barriga.

Não era para manter meu cabelo seco, o que sei que é importante para quem tem mais de 50. Era para manter a boca longe da água. Eu era, e ainda sou, mais fresca do que a maioria das pessoas com piscinas públicas e seus dejetos repugnantes. Enquanto remava para a ponta e tentava reprimir o nojo, nunca me esquecia do fato de que estava essencialmente nadando em um caldeirão de Band-Aids com casquinha de ferida e xixi de crianças de 9 anos.

De qualquer modo, não estou excluindo outras formas de exercício e continuo aberta a sugestões — até de Bernie —, mas tive de voltar a correr. Este, afinal, é meu objetivo: completar a meia maratona, embora quando e onde ainda sejam uma incógnita.

Não foi assim tão ruim. Na verdade, estou começando a gostar da corrida curta e bem lenta que faço todas as manhãs.

Enquanto minha volta ao clube fica cada vez mais próxima, começo a me sentir inquieta. Estou até pensando em voltar atrás quando chega um e-mail no fim de semana antes do grande dia.

Abby,

Jess me disse que você voltará ao clube de corrida na segunda-feira. Muito bem! Por favor, saiba que eu estarei lá, com os sacos para enjoo preparados.

Tom

Cerrando os dentes, escrevo uma resposta.

Tom,

Obrigada por esse voto de confiança. Posso lhe garantir que não será necessário nenhum saco de enjoo. Desta vez estarei com o grupo lento e espero que mesmo alguém com o meu nível de destreza atlética possa acompanhar.

Abby

Aperto Enviar e roo a unha do polegar. É isso, Abby. Uma declaração aberta de intenções. Agora não há como voltar atrás.

Capítulo 19

Quando fui pela primeira ao clube de corrida tive sentimentos confusos. Agora, no dia da minha volta, eles são claramente menos ambíguos.

Meus respectivos níveis de pavor e excitação não são mais os mesmos; agora um é responsável por noventa por cento do meu estado mental, e o outro por míseros dez. Deixarei você adivinhar o que é o quê.

Depois de um mês correndo pelo quarteirão pela manhã dia sim, dia não, não sou o paradigma da vida atlética que esperava e me sinto malpreparada para enfrentar o clube e o Doutor Sexy, que ocupou meus pensamentos em cada milissegundo do dia.

Mas não tenho a opção de não passar por isso — resolução reforçada sempre que penso no futuro incerto de Heidi e nos milhares de pessoas na mesma situação.

— Tem certeza de que está pronta para essa meia maratona, Abby? — pergunta Heidi enquanto vamos para uma reunião do outro lado do centro da cidade na hora do almoço.

— Certeza absoluta. É sério, não há nenhuma sombra de dúvida em minha mente. Na maior parte do tempo.

Ela ri, depois para, pensando no que vai dizer.

— Bom, só o que posso dizer é que estou muito comovida. Acho que você é completamente louca... Mas ainda assim estou comovida.

Sorrio.

— Obrigada.

Naquele início de noite, seguindo de carro para o centro esportivo, me ocorre que não são só o ato de caridade e Heidi que me motivam a continuar. Eu criei em mim mesma um desejo de provar que não sou uma completa mosca-morta: que eu, embora jamais venha ser uma atleta nata, também posso ser saudável e motivada, se me dedicar a isso.

— Abby. Que surpresa! — O sorriso tímido de Oliver é arrasador de tão lindo, como eu me lembrava. Suas covinhas dão tanta vontade de beijar que "Doutor Sexy" de repente parece um apelido muito discreto para ele. — E uma surpresa extremamente prazerosa, devo acrescentar.

Essa ousadia claramente exige algo dele; é evidente que ele não está acostumado a fazer nada que se aproxime da paquera. O fato de tentar — comigo — tem efeito imediato.

— Obrigada, Oliver — respondo, corando efusivamente. — Não sou muito atlética, mas... — Paro, lembrando-me da minha determinação de não transmitir a imagem de uma pessoa preguiçosa. — Espero melhorar.

— É exatamente esse o espírito — diz ele, olhando-me nos olhos enquanto meu coração dá cambalhotas no peito.

Vamos fazer o aquecimento ao ar livre para a sessão de velocidade desta noite.

— Espero que não tenha problema para você — diz Jess.

— Por quê?

— Bom — continua ela, dando de ombros —, algumas pessoas não gostam de sessões de velocidade. Nem *eu* particularmente gosto de sessões de velocidade.

— Ah, que ótimo. Estou começando numa sessão que nem a Mulher Maravilha aguenta.

— Eu não disse que não aguento. Só não é das minhas preferidas. Mas você vai ficar bem. Basta se lembrar de respirar.

Olho para Jess de cara feia.

— Não pretendia me esquecer disso.

Jess fica comigo durante o início do aquecimento. Vejo Tom com o grupo avançado, ele se vira e acena. Estou prestes a acenar de volta quando alguém aparece ao meu lado.

— Ah. Você mudou de ideia. — Geraldine sorri enquanto corre no mesmo lugar com a graça de uma bailarina. Se eu achava que Jess fica bem de lycra, ela não é nada se comparado a esta mulher. Geraldine é uma deusa de short de corrida, com as coxas incrivelmente magras tão bronzeadas que podiam ser polidas.

— Pensei que estivesse decidida a não voltar — acrescenta ela.

— E eu estava — admito.

Então ela fica radiante.

— Bom, estou *emocionada* que você tenha mudado de ideia. Mas vai pegar leve, né?

— Claro que sim — respondo.

— Você vai ficar ótima — continua ela, pegando meu braço. — Só que, não conte a ninguém, mas eu mal consegui chegar ao final da minha primeira sessão. Precisei de uma semana para me recuperar.

Isso é quase tão convincente quanto Jayne Torvill alegando ter passado a semana antes da Olimpíada de 1984 à toa, mas fico agradecida mesmo assim.

— Aliás, Tom me contou que você ganhou um contrato com a Gellings. Meus parabéns. Deve ser um belo desafio administrar a própria empresa.

Estou surpresa por ela saber disso; não tinha percebido que eu era importante o suficiente na vida de Tom para ele falar em mim.

— É, mas eu adoro. O que você faz?

— Sou engenheira civil — diz ela com indiferença.

— Nossa.

Ela sorri.

— É, foi demais estar envolvida em alguns dos grandes planos de reforma da cidade. Foi uma época empolgante e fico muito feliz por ter participado disso tudo. Mas vou ser sincera com você: estou pronta para um novo desafio.

— Ah, sim?

Ela finge olhar em volta e ver se alguém está ouvindo.

— Bebês! — sussurra Geraldine e só então me ocorre que ela parece alguns anos mais velha que eu, talvez tenha 31 ou 32 anos. — Mas não conte ao Tom que eu disse isso. Ele fica meio eriçado.

— Claro. — Sorrio sem jeito.

— Não que a gente não esteja tentando — continua ela. — Tom ainda não se sente preparado para casamento e filhos. Ainda. Mas ele vai mudar de ideia. Já estamos juntos há três anos e ele é *maravilhoso* com os meus sobrinhos.

Estou imaginando os filhos incrivelmente lindos que ela e Tom teriam quando Jess me pega pelo braço e me leva para o grupo lento.

Percebo de imediato que fui ludibriada. Como este pode ser o grupo "lento" quando os oito participantes parecem tão preparados? Eles são uma brecha coletiva na lei de propaganda enganosa.

— Ooooh, você voltou! — diz uma voz e eu viro, vendo Mau sorrindo para mim. — Mas vejo que dessa vez prefere uma velocidade mais civilizada.

— Achei mais sensato — respondo.

— Ora, eu também. Algumas semanas atrás percebi que todo o esforço no grupo mediano não servia para mim.

— E como são as sessões de velocidade? — pergunto.

— Bom, a ideia é que a gente corra primeiro um ritmo constante, depois tenha uma explosão e vá o mais rápido que puder por certa distância... Depois reduzimos de novo para nos recuperar.

— Tudo bem. — Concordo, meio insegura.

— Depois arrancamos de novo. Eles acham que é uma das formas mais eficientes de melhorar o condicionamento. Mas não se preocupe... Se for demais para você, podemos trapacear de novo. — Ela sorri. — Não tenho escrúpulo nenhum com isso, eu te garanto.

Vou para a retaguarda do grupo, nervosa — com a corrida e com o Doutor Sexy. Vê-lo esta noite fez minha paixão explodir e confirmou que estou fazendo a coisa certa ao entrar para o clube de corrida.

Mas também sei que isso tem um preço: é só uma questão de tempo antes de eu sentir meus pulmões arderem, como da última vez. De repente fico cheia de dúvidas. Após alguns minutos de corrida, porém, tenho uma estranha percepção: eu me sinto bem.

Este pensamento positivo dura três segundos inteiros — e a essa altura o grupo se lança, muito de repente, numa disparada, deixando bem claro por que se chama sessão de velocidade. Jogo braços e pernas, impelindo-me para a frente num ritmo que nunca pensei ser possível, a menos que eu estivesse sendo perseguida por um batedor de carne. É mais ou menos quando estou perto do colapso que reduzimos... Reduzimos... e aos poucos me recupero, chegando a um estado vagamente confortável.

Confortável.

Você pode pensar que isso não é nada de mais. Algumas pessoas diriam "inebriada", "dinâmica" ou "cheia de vida", mas estou satisfeita com confortável. E, francamente, estar confortável nesse contexto é um milagre.

Isso não quer dizer que no fim da sessão não estou exausta, porque estou. Mas quando Jess corre e pergunta como me saí, fico aliviada por conseguir responder sem rever tudo o que comi desde o café da manhã.

— Está tudo bem, não é? — consigo dizer, entre uma ofegada e outra.

Ela não consegue esconder a surpresa.

— Nós não faríamos isso se não estivesse!

Enquanto começa a sessão de resfriamento, vivo uma coisa misteriosa que ouvi de outras pessoas: um barato. É inacreditável.

Sinto um tapinha no ombro quando estou alongando o tendão da perna. Eu me viro e fico cara a cara com um peito incrivelmente musculoso em uma camiseta simples azul-marinho.

— Você está consideravelmente melhor do que da última vez — diz Tom. — Achei que devia te dizer isso.

Não posso deixar de sorrir.

— Não está dizendo grande coisa.

Ele parece que mal transpirou na última meia hora e, quando levanta o braço para alongar, não sinto o menor sopro de algo desagradável — apenas uma loção pós-barba cheirosa e suave.

— Geraldine vai tentar te laçar para os 10 quilômetros femininos em breve — diz ele.

— Duvido — respondo —, a não ser que esteja dizendo que ela procura alguém para carregar a bolsa dela.

Capítulo 20

No segundo em que Jess liga o carro, eu começo uma conversa de mulherzinha.

— O Oliver é bem mais gostoso do que eu me lembrava. Ele é lindo! Nunca pensei que encontraria motivação para correr, ficar com calor, suada e desconfortável, mas ele faz tudo isso valer a pena.

Estamos a caminho da casa de Jess para um banho rápido, antes de irmos ao pub para fofocar e tomar refrigerantes. Sim, você entendeu direito. Pub. Refrigerantes. Palavras que não se cruzam no meu vocabulário desde que eu tinha 11 anos.

— Ainda está a fim dele, então?

— Ah, deu pra perceber? — pergunto com ironia. — Então, eu tive a impressão de que ele também está a fim de mim. Normalmente sou a última a perceber essas coisas, mas posso sentir que ele está tentando me paquerar... Na verdade, tenho certeza. Mas, ao mesmo tempo, acho que para ele é um sacrifício, porque é um cara autêntico e despretensioso que não é de se abrir muito. Isso faz sentido?

— Hmmmmm — diz Jess, concentrando-se na rua.

Semicerro os olhos.

— Você sabe de alguma coisa? Ele está saindo com alguém?

— Não! Deixa de paranoia. Não acho que ele esteja saindo com ninguém. E então, quais são os seus planos? Vai esperar até que ele te convide para sair?

Eu me encolho.

— As coisas não funcionam mais assim ultimamente.

— Como assim, "ultimamente"? — Ela faz bico. — Não tem tanto tempo assim que não saio mais com alguém.

— É mesmo? Pensei que você e Adam estavam namorando na década de 1930 — brinco. — Tenho a sensação de que Oliver não é o tipo de cara que simplesmente vai me convidar para sair. Preciso pensar numa desculpa pra estar com ele numa noite e desenrolar tudo a partir daí. Alguma ideia?

— Vou colocar minha cabeça para funcionar.

Quando chegamos à casa de Jess, as crianças estão na cama e Adam está de chinelos, folheando o *Economist*.

— Tudo bem, Adam? — pergunto, sentando-me ao balcão de café da manhã.

— Bem, obrigado, Abby — responde ele, voltando à sua revista. Sempre o mestre do diálogo.

— E como foi a sua noite? — pergunta Jess, quando ele lhe dá um beijo no rosto.

— Tudo bem, querida. Jamie fez pirraça... Disse que não queria dormir antes de você chegar. Acho que agora consegui que ele desistisse da ideia. Mas Lola apagou como num sonho. E tomou a mamadeira toda essa noite também.

— Que bom. Se importa se eu sair de novo com a Abby?

— Claro que não — responde ele.

— Ótimo. Vou tomar um banho rápido enquanto ela te faz companhia.

Ele parece tão satisfeito quanto eu com essa perspectiva, mas quando Jess sobe a escada, sinto-me obrigada a ir para a cozinha me juntar a ele. Adam se remexe, pouco à vontade, quando eu me sento de frente para ele.

— O aniversário de casamento de vocês está chegando, né? — pergunto.

Ele tosse e levanta a cabeça.

— Hmmm, sim. Por que pergunta?

— Ah. Por nada. Vão fazer alguma coisa especial?

Mas antes que ele possa responder, seu celular toca.

— Com licença — diz ele, levantando-se enquanto atende. Adam é gerente de investimentos, um emprego que parece envolver ficar o tempo todo ao telefone. Ele vai para o outro lado da sala e entra totalmente num papo de trabalho, que continua até Jess aparecer, logo depois, de toalha no cabelo.

— O chuveiro está livre, Abby — diz ela enquanto Adam desliga o telefone.

— Volto em dez minutos — respondo.

— Bem mais rápido do que minha mulher, então. — Adam força um sorriso e me ocorre que, afinal, ele pode ser simpático quando quer.

Capítulo 21

Convencida de que minha segunda sessão no clube de corrida foi um golpe de sorte, parte de mim está morrendo de medo da terceira. E da quarta. E da quinta e da sexta. Mas depois de algumas semanas começa uma improvável transformação — e passo a experimentar algo que se aproxima de... entusiasmo.

Serei a primeira a admitir que isso não pode ser completamente atribuído a um entusiasmo recém-descoberto por exercícios físicos. A tensão sexual entre mim e o Doutor Sexy cresce a cada dia, e a falta de oportunidade de levar as coisas adiante — combinada com sua irresistível natureza doce e despretensiosa — me faz delirar de desejo.

Dito isso, os exercícios sem dúvida vão ficando mais fáceis. Me sinto mais preparada, mais magra e tenho níveis de energia que nem sabia que podiam existir desde que eu tinha 7 anos. Além disso, independentemente de eu vir a me tornar uma corredora digna de crédito, posso dizer uma coisa com absoluta confiança: sou melhor na corrida do que no bambolê.

E foi por isso que decidi, seguindo o conselho de Bernie da Diet Busters, encaixar uma corrida extra por semana. De acordo com a dieta do Diet Busters, se eu fizer alguma coisa que queime mais de 250 calorias por hora, por cerca de meia hora a mais por semana, posso ter mais combustível: o equivalente, na realidade, a metade de uma barra de chocolate Mars. Parece que eu mereço uma caçamba cheia de barras de Mars, mas no Diet Busters a gente arruma prazer onde pode.

Então vou correr sozinha em um agradável fim de tarde de verão indiano pelo Sefton Park — alegremente desmazelada sem o manto de maquiagem cuidadosamente-aplicada-mas-oh-tão-natural necessária na presença do Doutor Sexy.

Estou brincando de ser um "deles", aqueles que curtem esse tipo de coisa. Meus pés pisam no calçamento das ruas banhadas de uma luz acobreada e me imagino como uma modelo de roupa esportiva. Você conhece o tipo: não só magra e atraente, mas capaz de correr na velocidade de uma pantera enquanto a mecânica sublime de seu corpo a impele ao pôr do sol — em geral com um hino soft trance ao fundo.

Sem estar de posse de nenhum hino soft trance, desencavei um disco no iTunes chamado *That's What I Call the 100 Best Running Songs Now!*, ou alguma coisa parecida.

É sensacional. Estou pensando em ouvir no escritório simplesmente porque é impossível ouvir "Lust for Life", de Iggy Pop, "I Gotta Feeling", do Black Eyed Peas, ou "Toca's Miracle", do Fragma, sem marchar no ritmo de várias centenas de batimentos por minuto.

Corro por quase meia hora, mas o tempo voa e eu me vejo em um estado quase hipnótico. Depois, faltando meio quilômetro, começa "Footloose", de Kenny Loggins, nos meus ouvidos. A música é tão boba, tão idiota, tão... fabulosa!

Não tenho mais fôlego, mas algo em mim consegue pronunciar as palavras *kick off yo' sunday shoes*...

Vou para minha linha de chegada imaginária, estalando os dedos com a música, enquanto uma torcida imaginária grita. Heidi — ou melhor, a Heidi Imaginária — está na lateral, gritando como se cada passo nos colocasse mais próximas da causa. Ao lado dela estão Jess e os filhos, ali perto, meus pais e — ah, calminha aí — o Doutor Sexy. Ele me olha com desejo, posicionado para me pegar e me receber com um beijo que desencadeia desastres naturais.

Uma onda de adrenalina dispara por mim enquanto a música acelera — e fica mais ridícula — ao se aproximar do crescendo. Quando Kenny dá a impressão de que suas cordas vocais estão presas na beira de uma roda de tortura, eu cruzo minha linha de chegada imaginária.

Os acordes finais volteiam por mim com todo o caráter fabuloso dos anos 1980 e eu dou um salto no ar, de braços erguidos, incapaz de reprimir um grito triunfante: "*ISSO!*"

Fecho os olhos e recupero o fôlego, de repente sabendo como deve ser a realização esportiva. Eu a sinto nitidamente: a glória, a dor, a...

— Ela está bem?

Abro os olhos e vejo o rosto de um homem, bronzeado e enrugado como uma noz. Ele sorri, mas com nítida surpresa, como se a mulher do serviço de entrega de refeições tivesse acabado de lhe servir carne de zebra frita.

Estou prestes a explicar que estou ótima quando alguém fala antes de mim.

— É claro que ela está bem, vovô.

Essa não é a primeira vez que encontro Tom Bronte e que desejaria estar em outro lugar.

Capítulo 22

— É óbvio que você fez uma boa corrida — diz Tom. Ele faz aquela expressão novamente, aquela que fica entre o impassível e o divertido. É profundamente irritante, mas não tão irritante quanto o fato de ele me ver pulando como um bobo da corte doidão de ácido.

— Hmmm... Sim. Talvez tenha batido meu recorde pessoal — digo, depois me sinto ridícula de novo. Parece que eu me acho uma campeã olímpica.

— Que bom para você. Parecia mesmo que estava completamente envolvida.

— Eu? — respondi despreocupadamente.

— Vou adivinhar. Você tem *Now That's What I Call the 100 Best Ever Running Songs* no seu iPod.

— Como sabe disso?

— Reconheço esse soco compulsivo no ar em qualquer lugar. Mas não escute "Eye of the Tiger" quando alguém estiver olhando, ou você pode ser presa.

— Sabe de uma coisa, você me lembra alguém — anuncia o velho. Sua voz é calorosa e suave, como se ele fosse locutor de propaganda de doces.

— Quem, vovô? — pergunta Tom.

— Sua tia Reeny.

A boca de Tom se torce num sorriso.

— Você disse o mesmo da garota do caixa da Tesco ontem. E da mulher que foi fazer seus pés na quinta passada. E daquela garota que...

— É, ora, é uma aparência comum — protesta ele, antes de seus olhos se arregalarem de novo. — Quero dizer... Não é comum. Não é nada comum. É uma aparência muito *bonita*. Nunca faltaram admiradores para a nossa Reeny. — Ele tenta me tranquilizar, claramente preocupado com a possibilidade de eu procurar um psicoterapeuta depois desse comentário.

— Vovô — Tom reprime um sorriso —, quero te apresentar Abby. Ela é uma amiga do clube de corrida.

Estendo a mão para cumprimentá-lo e fico assombrada ao descobrir que seu aperto de mão quase esmaga meus ossos.

— É um grande prazer conhecer o senhor — digo.

— Igualmente.

— O vovô mora do outro lado da rua — diz Tom, apontando com a cabeça para uma rua de pequenas mas elegantes casas com sacada.

— Que bom — digo.

— Não é ruim. — Ele sorri. — Com o passar dos anos, fiz um pouco da velha *Sixty-Minute Makeover* nela. Você tem Twitter?

Ergo uma sobrancelha.

— Hmmm, sim. E o senhor?

— Ah, sim. Vou te procurar. Isso é, se não se importa. Eu tenho quase quinhentos seguidores.

Olho para Tom.

— Ele não está brincando. — Ele ri.

— Qual é o seu nome? Tome... Escreva aqui, sim, rapaz?

Tom assente.

— Vou escrever, vô. Vou escrever.

— Bom — eu digo sem graça, de repente consciente de que não pareceria menos glamorosa se estivesse com um traje de proteção nuclear. — É melhor eu ir. Foi bom te ver, Tom. E o senhor também... Desculpe, não me lembro do seu nome.

O velho sorri.

— Vovô.

Capítulo 23

Jess nunca foi de comer muito. Comparada a mim, ela tem o apetite de um rato-espigueiro obcecado com as calorias. Antes, isso nunca me incomodou; eu aceitava que eu era uma pessoa gulosa, enquanto Jess era uma daquelas esquisitas que pulavam refeições, felizes da vida, alegando que tinham se "esquecido" de comer. Nunca entendi como isso era possível. Minha memória é convenientemente refrescada a cada dia pelo fato de que se eu não me reabastecer antes da uma da tarde, viro o Incrível Hulk.

Esta noite, porém, enquanto Jess e eu jantamos e Adam leva as crianças para passar a noite com a avó, ela não come *nada*. Na verdade, na última meia hora ela ficou empurrando o aspargo pelo prato como se ensinasse a ele nado sincronizado. Isso me deixa maluca.

— Jess. Coma esse aspargo ou eu vou comer por você.

Ela levanta a cabeça, aturdida.

— Desculpe. Estava muito desligada — responde, espetando o garfo em um.

A comida no meu prato — de baixo teor de gordura, com o molho à parte — foi detonada há séculos, bem antes de o sol se pôr.

— Algum problema? — Ela estava novamente com aquela expressão indecifrável.

— Problema? — Jess bebe um gole de vinho.

— Você está distraída.

Ela baixa o garfo e a faca, derrotada pelo jantar.

— Estou? Ah, não é nada. Coisas do trabalho. Você nem acreditaria na loucura que é. Às vezes eu me pergunto no que foi que me meti voltando para lá.

Um garçom retira nossos pratos e nos oferece a sobremesa. Nós duas recusamos — eu com um ressentimento consideravelmente maior do que Jess.

— Então é só isso? — pergunto.

— Sim... Por quê? Estou agindo de um jeito suspeito ou coisa parecida?

— Parece que estou sentada na biblioteca com o coronel Mostarda, o revólver e um cadáver.

Ela pega o guardanapo e o sacode.

— Não é nada, de verdade.

Concordo, mas nada convencida.

— Aliás, onde você estava ontem à noite? Tentei te ligar.

— Saí a trabalho — diz ela. — Reunião com um cliente. Mas então: vamos falar do seu aniversário. Ainda não planejou nada?

Oh... Espere aí um minuto. Espere aí! Como pude ser tão idiota? Jess está tramando alguma coisa para o meu aniversário, daqui a algumas semanas — só pode ser.

Sei que fazer 29 anos não é nenhum marco histórico, mas Jess é uma lunática quando se trata de aniversários — faz um estardalhaço danado com eles. Agora que penso no assunto, percebo que ela deu indiretas a semana toda. Eu falei para todo mundo que não ia fazer nada a não ser tomar um drinque depois do trabalho, mas sem dúvida nenhuma minha amiga tem outros planos. Mesmo que ela não consiga escondê-los muito bem.

— Quero um aniversário tranquilo — respondo, tentando impedir que minha boca se retorça.

— Ah, é verdade. Alguns drinques depois do trabalho. Você já disse — fala ela com inocência.

Ela é uma péssima mentirosa. No segundo em que as palavras saem de sua boca, sou consumida pelas possibilidades do que ela esteve planejando. Uma reuniãozinha? Jantar com amigos? Ooooh!... Talvez Oliver!

A ideia provoca um arrepio de prazer em minhas costas.

Se o Doutor Sexy estiver envolvido, então eu *preciso* me preparar. Vou precisar de spray bronzeador. Fazer o cabelo. Talvez até esbanje um pouco e faça os pés — mas não são exatamente meus pés que quero que ele encare a noite toda.

— Tudo bem pra você, né? — continuo, examinando atentamente sua reação. — Eu querer um aniversário tranquilo, quero dizer.

Ela me olha nos olhos e faz sua melhor interpretação digna de Oscar.

— Por mim? Claro... Ah.

Franzo a testa.

— O que quer dizer "ah"?

— Abby, você gostaria que eu organizasse alguma coisa para o seu aniversário?

Desse jeito Jess não ganharia um papel nem em uma peça da escola.

— Não, não — protesto, entrando na brincadeira. — Claro que não. Você já tem muito o que fazer. E eu também estou ocupada.

— Foi o que pensei. — Ela toma um gole do vinho. — Já começou a arrecadar dinheiro para a esclerose múltipla?

— Não... Preciso começar logo. E tenho que decidir sobre a minha corrida.

— Quer fazer a meia maratona?

— Estou começando a me perguntar se vou conseguir me safar dos 10 quilômetros — reflito.

Ela dá um tapa na mesa como se eu estivesse tentando iludi-la com uma subida de dois lances de escada.

— Você precisa de algo que exija mais de você. Ouvi dizer que tem uma nova meia maratona em Liverpool no fim de janeiro. Daqui a quatro meses e meio. Dizem que para ter o nível básico de condicionamento, precisa de quatro. Você deve se sair bem.

— O que te faz pensar que eu tenho um nível básico de condicionamento? — pergunto, arregalando os olhos.

Ela sorri.

— Ninguém está te pedindo que corra *rápido*, lembre-se. Você só precisa fazer o percurso; pergunte a si mesma o seguinte: sou capaz de andar essa distância? Se for, então de um jeito ou de outro você vai fazer todo o percurso.

— E isso devia me servir de consolo? Não sei se poderia nem andar. Desconfio de que precisaria de quatro dias e meio. Mas tem razão sobre a arrecadação. Na verdade, parece que meu dia não será tão ruim amanhã, então posso começar.

Ela pega a bolsa e está prestes a ir ao banheiro quando para.

— Ainda está a fim do Oliver?

— Ele é o homem dos meus sonhos. — Eu suspiro. — Quero dizer, dos sonhos indecentes. Por quê?

Ela me encara.

— Por nada.

E se havia alguma dúvida de que Oliver fazia parte dos planos para o meu aniversário, agora não há mais.

É tarde quando chego em casa. Mas ligo o laptop, verifico meus e-mails e dou uma olhada nas redes sociais. Tenho uma mensagem no Twitter, de alguém chamado **@billybronte**. Clico nela e vejo o imenso sorriso e os olhos calorosos do avô de Tom me fitando ao lado das seguintes palavras: *Era a mulher da Asda que parecia com Reeny — meu neto não sabe o que está falando!*

Sorrindo, clico no Google e digito outras palavras. *Meia maratona de Liverpool.*

Olho as imagens do evento deste ano, as coxas musculosas dos participantes e o fato de que nenhum deles parece prestes a desmaiar. Será que consigo realmente entrar em forma e ficar desse jeito em quatro meses e meio? Movo o mouse até o botão que diz *Inscrições aqui* e clico.

Bom, Abby, parece que você vai ter que conseguir.

Capítulo 24

A recepcionista era bonita, tinha estilo e a pele era sedosa. No aspecto personalidade, porém, era calorosa como o traseiro de um urso polar.

— Está fora de cogitação a Sra. Garrison receber você hoje.

Apesar de ter mais ou menos a minha idade, ela me olha como se eu fosse uma adolescente insolente por sequer imaginar que possa ter uma hora com a diretora-executiva da Calice — que dirá por algo tão banal como arrecadar dinheiro para a caridade.

— Tudo bem — digo pacientemente —, qual é o próximo horário disponível?

A empresa é uma importadora de vidro e cerâmica italianos. Sua sede fica em Liverpool porque Gill Garrison, a fundadora, nasceu lá — mas seu alcance é global, e ela fornece não apenas às lojas de departamentos mais caras do Reino Unido, mas a várias cadeias do exterior. Apesar de estar firme no mercado de luxo, que sofreu privação de oxigênio recentemente, só ganhou forças nos últimos cinco anos — impelida, segundo a mídia especializada em finanças, pelo motor de sua formidável chefe.

E este é um dos motivos para ela ser a queridinha da imprensa especializada em negócios. O outro é sua história de veio-do-nada, mesmo que seja exagerada (desde quando uma casa de três quartos com exterior revestido de pedra e cozinha planejada é classificada como "nada"?).

Ela começou a carreira como assistente de vendas de uma grande e próspera *discount store* e, depois de uma ascensão meteórica, tornou-se gerente de uma loja de departamentos de Manchester.

Como então passou daquele emprego para a criação de um negócio de importação mínimo no quarto de hóspedes da casa que dividia com o marido e a filha, e daí a monstro da empresa que administra agora, só ela sabe. Basta dizer que ela está nadando em dinheiro — e, portanto, é a pessoa ideal para ajudar nossa causa.

— Não sei se a Sra. Garrison terá tempo para algo assim — diz a recepcionista através dos lábios cerrados. Ela pega um requintado copo turquesa, da nova coleção da Calice, e dá um gole.

— Sei que se conhecesse a causa para a qual estou arrecadando fundos ela ficaria muito entusiasmada — insisto educadamente. — Não vai levar mais de vinte minutos.

A recepcionista baixa o copo com água e me fuzila com os olhos.

— Dez? — proponho.

Ela continua a me fuzilar com o olhar.

— Não me importo de esperar. Se ela tiver horário na semana que vem, eu aceitarei — digo.

— Ela não tem — responde a recepcionista laconicamente. — Além disso, a questão não é essa. Eu não posso colocar um compromisso não solicitado na agenda dela. Sugiro que mande um e-mail explicando o que quer e cuidarei para que seja encaminhado a ela. Se a proposta interessar, ela entrará em contato. Mas devo lhe avisar uma coisa: a Sra. Garrison já colabora com muitas causas de caridade.

— Quais?

— Bom — começa ela alegremente —, ela está muito envolvida no mundo das artes. Acredita piamente que a arte deve ser salva para que todos nós a desfrutemos.

— Tem certeza?

— Tenho — diz ela rigidamente. — E agora terei de lhe pedir para ir embora. Não há mais nada que eu possa fazer. Como eu disse, se mandar um e-mail...

A imensa porta de cerejeira ao lado dela se abre e um grupo de executivos elegantes sai da sala.

— Bill, temos um acordo.

A dona da voz tem uma presença maior do que seu corpo magro, habilidosamente auxiliado por Armani da cabeça aos pés e saltos de matar que parecem capazes de promover uma carnificina. Ela parece ter menos do que seus 54 anos, tem cabelo castanho-avermelhado brilhante e um sorriso deslumbrante. Bill, quem quer que seja, está em tal transe que é de se pensar que ela batizou a bebida dele.

— Não se esqueça de me mandar um e-mail com aqueles números e vamos fechar tudo — diz ela decisivamente enquanto ele lhe dá um beijo no rosto.

— Gill... Farei isso agora mesmo. — Ele é americano. Da Costa Leste, desconfio. — Como sempre, é um prazer negociar com você.

Ela sorri de forma afetada enquanto o elevador se fecha, deixando o saguão vazio, a não ser por mim, Gill Garrison e a recepcionista.

— Hmmm... Esta senhora estava indo embora — diz a recepcionista, pegando o copo e nervosamente tomando um gole.

— Abby! — A chefe dela voa para mim de braços abertos.

— Oi, mãe — digo, enquanto a recepcionista quase engasga com a água mineral.

Qualquer um que veja minha mãe na frente de Bill Sei Lá Quem de Nova York não deixa de ficar pasmo com sua inteligência, confiança e sofisticação.

Então Gill Garrison — seu nome de solteira — fecha a porta do ımenso escritório e contorna a mesa, tirando os sapatos aos chutes e abrindo a gaveta.

— Jammie Dodger? — oferece ela, erguendo um pacote de biscoitos. — Também tenho dips de sherbet, cookies, jujubas e palitos de morango. Está a fim de quê?

— Nada, obrigada. Imagino que não tenha oferecido seu estoque ao Bill de Nova York.

— Meu Deus, não — diz ela. — Só bebi chá na última meia hora e fingi gostar. E por falar nisso...

Ela pega o telefone.

— Isabella? Sobrou alguma daquelas coisinhas Fruit Shoot? De cassis, se não se importa. Quer alguma coisa? — pergunta-me ela. Balanço a cabeça. — É só. Obrigada.

— Sua recepcionista precisa de umas aulas de simpatia.

— É mesmo? — pergunta mamãe, abrindo uma das guloseimas. — Ela começou na semana passada. Pensei que parecia boa. E muito eficiente.

— Sei que ela vai se sair bem — eu digo, sem querer causar problemas para ninguém. — Foi maldade minha não falar que era sua filha. Mas queria testar como seria tratada se fosse uma pessoa qualquer. Para ver se conseguia convencê-la e ser recebida por você.

Mamãe ergue uma sobrancelha.

— Um fracasso retumbante.

Ela ri.

— Então ela tem meu voto. A última coisa que quero é qualquer um entrando aqui. Principalmente quando querem alguma coisa.

— O que faz você pensar que eu quero alguma coisa? — pergunto, indignada.

Ela mergulha o doce num pouco de sherbet e o chupa.

— É claro que quer alguma coisa. Você só esteve neste escritório uma vez nos quatro anos e meio em que estou aqui... E ficou 15 minutos. Ainda bem que não sou sensível.

Dou de ombros.

— Prefiro ver minha mãe em casa... Na sua ou na minha, não importa. Como pessoas normais. Sem ter que marcar hora.

— Hoje você provou que não precisa marcar hora.

— Eu estava *a ponto* de ser expulsa. Além disso, sabe bem por que não anuncio que você é minha mãe. Não porque não tenha orgulho de você, e sim porque não quero que as pessoas pensem que tive ajuda quando criei minha empresa. *Eu* não quero que *eu* pense que tive ajuda. Quero conseguir tudo sozinha.

— Eu sei. — Ela se eriça.

Este é um velho ponto de discórdia entre mim e minha mãe. Ela acredita piamente que devia ser diretora não executiva da River Web Design, partilhando sua sabedoria e, pelo que posso ver, tendo oportunidades infindáveis de meter o bedelho.

Eu resisti até agora — e continuarei firme em minha posição. Não porque pense que ela não é boa — é impossível pensar isso —, mas porque ter a minha mãe envolvida seria trapaça. Ela conseguiu criar um negócio sem um anjo da guarda na família — e é exatamente o que eu vou fazer.

— Bom, por mim, tudo bem. Por que não é assim com você?

Reviro os olhos.

— Só que — continua ela —, e isso não contraria suas regras, tenho certeza, eu queria que alguém desse uma olhada em nosso site.

— Por quê? — pergunto.

— É bom analisar essas coisas. — Ela dá de ombros.

— A Red Box é uma empresa muito boa, mãe — digo, referindo-me ao seu provedor atual. — Não vou roubar o negócio deles porque você e eu por acaso temos o mesmo pool genético.

Mamãe franze os lábios.

— Ainda está nesse negócio de manter a forma?

— Sim.

Seu rosto se contorce numa expressão entre incredulidade e diversão.

— Você *parece mesmo* bem, agora que estou pensando nisso.

— Sim, bom, por isso estou aqui.

— Atrás de umas dicas de boxercise? — Ela sorri, levantando os dois punhos cerrados e dando socos no ar. — Agora faço duas vezes por semana.

— Olha — digo, ignorando-a —, isso não tem nada a ver com a empresa, então acho que não tem problema eu te pedir.

— Do que está falando? — pergunta ela, franzindo o cenho.

— É que eu preciso de um dinheiro. Muito, na verdade.

Capítulo 25

— Você está grávida! Ai, meu Deus, minha filhinha está grávida!

Ergo os braços enquanto minha mãe se joga em minha direção, mas ela me abraça, apertando minha cabeça como a um gatinho afogado que acaba de ser retirado de um rio.

— Vamos passar por isso juntas — diz ela de forma teatral.

Afasto-a.

— Não estou grávida.

— O quê?

Balanço a cabeça.

— Não estou grávida.

Ela endireita o terninho e empina o nariz.

— Oh!

— Não há motivo para ficar desapontada — digo.

Ela funga, mas não cede.

— Muito bem. E então, o que é?

Quando conto a minha mãe sobre Heidi, sobre minha iniciativa em arrecadar fundos para a caridade e falo da meia maratona, tenho a ligeira sensação de que é um tanto decepcionante para ela. Mas ainda assim ela pega o talão de cheques.

— Quanto você quer?

— Que tal mil libras? — Sorrio, testando minha sorte.

Ela começa a preencher o cheque.

— Bom, de certo modo esta é uma surpresa e tanto.

— Não estou em uma forma tão ruim assim, estou?

— Não quis dizer isso. — Ela retira o cheque do talão e o coloca na mesa. — Quero dizer que você é teimosa demais, nunca pediu ajuda antes.

— Não é para mim. É para a caridade.

Ela pega o cheque e o bate no queixo.

— Agora só precisamos que você me deixe ajudar em algumas coisas na empresa e...

Semicerro os olhos.

— Está me chantageando?

— Huh! — Ela bufa. — A maioria das pessoas ficaria...

— Em êxtase por ter você no conselho, eu sei. Mas me desculpe. De jeito nenhum.

Ela faz uma careta.

— Eu seria uma conselheira imbatível — diz ela.

— É isso que me preocupa.

— Ora, fico feliz por saber que você também está entrando em forma. Da última vez que te vi, fiquei até preocupada.

— É você que tem uma gaveta que parece conter um festim de escoteiros à meia-noite.

— Eu me permito *um* agrado por dia. Nada mais — protesta ela. — E não mude de assunto. Você bebe demais para a sua idade.

— Bebia — corrijo-a.

— E toda aquela gordura e sal... Nem imagina o que *isso* faz com seu colesterol.

— *Fazia.*

— Fez aqueles exames caseiros para diabetes como sugeri?

— Não.

— E por que não? — Ela fica nitidamente irritada.

— Porque se eu precisasse de exames de diabetes, meu médico me mandaria fazer um.

— Tudo bem. — Ela dá de ombros. — Mas não venha correndo para mim se tiver um ataque de overdose de açúcar refinado.

Procuro continuar calma.

— E as suas dores de cabeça? — continua ela.

— Que dores de cabeça?

— Da última vez que te vi, você estava tendo dores de cabeça.

— Não me lembro disso — digo, sendo sincera. — Talvez fosse ressaca.

— Não. Era uma terça-feira — diz ela, como se isso provasse alguma coisa. — Olha, se elas voltarem, vá ao médico, sim?

— Claro — minto.

Ela me olha feio.

— Deve pensar que eu nasci ontem.

O telefone toca e minha mãe o atende. Não entendo por que Isabella não pode tirar a bunda da cadeira e vir aqui perguntar pessoalmente.

— Estarei com ele num minuto — diz ela, desligando.

— Acha que vale a pena eu pedir um dinheiro à família também? — continuo.

— Se for, não aceite nada menos do que 10 libras da tia-avó Vickie, está bem?

— Claro que não. E a tia Steph? — Sei que a irmã da minha mãe não é tão rica quanto ela, mas tenho certeza de que ajudaria no que eu pedisse.

— Você não a vê há anos — observa ela.

— Ela é uma das minhas amigas no Facebook.

Ela me olha sério.

— Uma das 217.

— A questão não é essa. Ela é da família.

— Ela não é rica, sabia? — lembra-me mamãe.

— Não, mas é gerente de um call center, não é? Sei que pode me arrumar trinta pratas.

— Muito bem. — Ela dá de ombros.

— Talvez eu finalmente marque aquela visita à Austrália também.

— Talvez — diz minha mãe —, mas duvido que eu vá com você.

Franzo o cenho.

— Por que você e a tia Steph não se dão bem?

— Ah, nós nos dávamos... Nos damos bem. É que somos diferentes, só isso. Nada mais do que isso.

O telefone toca de novo.

— Acho que está na hora de você ir embora — diz mamãe. — Quer jantar lá em casa no domingo?

— Sim, tudo bem. Papai também vai?

Seu lábio se torce.

— Ele vai estar ocupado. A banda dele ensaia no domingo, não é?

Não a contesto; não vale a pena. Já faz 16 anos desde que minha mãe deixou papai e há um bom tempo desisti de tentar fazer com que ela mude de ideia. Ela me dá um beijo enquanto me acompanha até a porta e me entrega o cheque. Leio a quantia escrita em esferográfica preta e elegante quando estou no elevador. São 3 mil libras.

Capítulo 26

Ofereço-me para acompanhar Heidi ao neurologista na terça-feira, mas ela me garante que não é necessário. Ela também teve oferta da mãe, da melhor amiga Julie, do irmão Tom e da prima Caron. Mas acabou dizendo não a todos nós — decidida que era apenas uma consulta de rotina, uma oportunidade de seu neurologista analisar a questão. Não era grande coisa.

Mas ao voltar do hospital, seu comportamento tinha mudado — e eu logo a puxei para uma conversa.

— Como foi? — pergunto. Seus olhos exibem o espectro sombrio do medo do futuro e de imediato temo a resposta.

— Foi ótimo — diz ela, dando-se por vencida. — Bom, segundo a opinião geral.

— Mas algo evidentemente está te preocupando, não é?

Ela segura meu braço para me tranquilizar.

— Sinceramente, Abby, não há nenhuma surpresa desagradável. É exatamente o contrário... O médico foi muito otimista. — Ela para e respira fundo. — Acho que simplesmente estar lá... no hospital... faz a coisa toda parecer real de novo.

"Consigo me esquecer disso na maior parte do tempo. Quando estou em remissão, como agora... sem sintomas... é como se nada tivesse me acontecido. Nada está *acontecendo*. Acho que hoje é só um lembrete de que está."

— Ah, Heidi. — Eu a abraço. — Se um dia precisar de uma folga, me avise.

Ela se afasta e sorri.

— Obrigada, Abby, mas não preciso de folga. Sabe que adoro trabalhar aqui... Além do mais, o último lugar em que quero estar é em casa, pensando nisso tudo.

— Bom, se tem certeza disso.

— Tenho. Desculpe, mas não vai conseguir me afastar daqui... Por mais que tente. De qualquer modo, além de uma tonelada de trabalho para fazer, temos que organizar uma arrecadação de fundos, não é?

Ah, sim, a arrecadação. Mas só no dia seguinte é que realmente tenho a chance de me concentrar nisso.

É claro que nem todo mundo será generoso como a minha mãe. Mas ter um cheque de 3 mil no bolso me deixa tonta de ambição. Começo a pensar em números que antes teria considerado impossíveis e estou decidida a elevar minhas expectativas.

O alvo principal serão os contatos corporativos, e eles são muitos. Quando fundei a empresa, eu achava que se fechasse negócio com até um quinto daqueles com quem almocei, bebi e jantei, eu estaria indo bem.

Pelas minhas estimativas, eu estava abaixo de um quinto. Mas dado que almocei, bebi e jantei com 95 por cento dos contatos dignos de se conhecer, não é um resultado ruim. Também explica por que no início do ano meus músculos abdominais estavam firmes como o cinto de castidade de uma estrela pornô.

O outro motivo para eu desenvolver uma leve confiança é a causa: quanto mais leio sobre a esclerose múltipla, mais convencida fico de agir e mais certeza tenho de que outras pessoas vão querer ajudar também. Como pode uma doença afetar 85 mil pessoas no Reino Unido — 2,5 milhões no mundo todo — e não existir uma cura? Como esse problema pode se apoderar das pessoas no auge de suas vidas — entre 20 e 40 anos — e não se saber exatamente o porquê?

Minha primeira medida é priorizar, então faço uma lista de dez organizações grandes a procurar logo de cara. Depois componho meu e-mail de matar, focando em empresas que acho que poderão fazer uma doação substancial. Releio até que fique perfeito, com a quantidade certa de informações sobre a esclerose múltipla, assim como minha batalha pessoal para treinar para a meia maratona de janeiro.

Esta é a primeira vez que faço alguma coisa para a caridade além de comprar um ou outro exemplar da *Big Issue* ou jogar uns trocados em uma caixa de coleta. Por um lado, isso me dá um senso de propósito e orgulho; por outro, faz com que eu me pergunte por que demorei tanto.

— Quanto espera arrecadar? — pergunta Priya, que parece extraordinariamente animada, considerando que acaba de ser abandonada por um corretor de imóveis chamado Barry. Ele voltou para uma antiga paixão depois de um implante de silicone tão arrebatador que lhe deu um centro de gravidade inteiramente novo. — Já tem uma meta?

O cabelo de Priya está mais rosa do que nunca, sua franja afofada como aqueles chinelos felpudos de criança que se imagina em Joan Collins numa festinha de pijama.

— Não — digo na evasiva. — Sei que preciso ter uma, mas ainda não decidi o que é realista.

Matt Parrudo levanta a cabeça da tela do computador.

— Você não disse que uma empresa já doou 3 mil libras?

— Uma empresa. — Eu me encolho, recusando-me a mencionar minha mãe. — Não acho que isso será regra. Na verdade, tenho certeza de que não será.

— Ah, não sei não. — Priya sorri. — Quando quer, você é muito convincente. Acho que devia ter como meta... — Seus olhos vagam pela sala — ... pelo menos 10 mil. — Ela joga o valor no ar como se cantasse um número de bingo.

— Como é?! — respondo. — Também tenho um negócio a administrar, sabia?

— Então, 5 mil — diz Heidi.

— Sete! — grita Priya.

— Oito! — Matt aumenta.

— Mas o que é *isso... Quem dá mais?* — solto. — Voltem ao trabalho, todos vocês. Vou decidir minha meta depois de sentir quanto as pessoas estão dispostas a soltar.

Passei o dia todo esperando por uma resposta. O dia todo tamborilando na mesa como se meus dedos estivessem ensaiando para um musical. O dia todo sem ter notícia nenhuma. E então, às quatro e meia, uma de minhas maiores possibilidades responde. O e-mail, de Jane Lodge da Lodge, Savage & Co. Investments, aparece em minha caixa de entrada com um tinido auspicioso e abro-o com o coração palpitando na garganta.

Prezada Abby,

Obrigada por me informar sobre sua meia maratona. Parece uma causa incrível. Três vivas a você por todo esse treinamento — não sei onde encontra tempo e energia para isso!

— Nem eu — murmuro. Mas até agora está bom.

A Lodge, Savage & Co. tem feito grandes doações para a caridade ao longo dos anos, como sabe. Nesses tempos de dificuldade econômica, porém, temos o dever para com nossos acionistas e nossos funcionários de garantir que os gastos da empresa limitem-se apenas ao que é absolutamente necessário.

Assim, não nos resta alternativa a não ser reduzir nosso nível de doações caritativas este ano, uma atitude que claramente espero que seja temporária. O que ainda fazemos está concentrado na organização de nossa escolha, a NSPCC.

Ouço um gemido escapar de meus lábios.

Priya levanta a cabeça.

— Está tudo bem?

— Está — respondo, sem querer partilhar minha derrota tão cedo assim.

Pessoalmente, porém, encho-me de admiração pelo que está fazendo para arrecadar fundos para a esclerose múltipla — e seria um enorme prazer trabalhar com você. Deste modo, é um prazer fazer uma doação pessoal, por meio de seu website.
Boa sorte, Abby!

Jane Lodge

Minha montanha-russa de emoções — da esperança à decepção e à esperança novamente — me deixa tonta. Isso pode ser bom. Na verdade, pode ser ótimo. É claro que a grana preta sairia da empresa em si, mas se Jane Lodge fez uma doação particular, nunca se sabe...

O telefone toca e logo atendo, na esperança de ser outra empresa de peso.

— Oi, Abby!

— Ah, Egor. — Fico desanimada.

— O que fiz para merecer isso?

— Desculpe... O que posso fazer por você?

Egor só está telefonando para pedir uma mudança de horário em nossa próxima reunião, mas de algum modo sou levada a lhe contar as novidades dos negócios. O que não é justo. É como ser obrigada a me sentar para fazer uma prova cedo, quando ainda tenho vários dias de estudo pela frente.

Felizmente a maior parte de minhas notícias é boa. As contas têm sido pagas e a única dor de cabeça que não passa é da Preciseco, a empresa de engenharia. Depois de persegui-los por semanas, eles finalmente tiveram a dignidade de pagar — mas só a metade, devido a um "equívoco técnico".

— Bom, essas coisas acontecem — reconhece Egor. — Você só precisa...

— Insistir com eles, eu sei — digo, completando por ele.

— Alguém mais paga na data?

— Ninguém chegou ao recorde da Diggles Garden Centres, mas no geral não estão se saindo mal.

— E as novas empresas? — pergunta Egor.

— Também são boas. Tenho uma apresentação amanhã em uma empresa de arquitetura. Não estou cem por cento segura do orçamento deles, mas com sorte isso se esclarecerá amanhã.

Essa é outra indicação do Tom. Sua própria empresa de arquitetura, a Caro & Co., quer redesenhar o site. Mandei minha proposta duas semanas atrás e estou entre os três finalistas.

Quando Egor desliga o telefone, entro em minha página de caridade para ver se houve alguma atividade.

— Lá vamos nós, pessoal... Nossa primeira doação on-line — anuncio. A equipe se reúne em volta da minha mesa como se esperasse um e-mail do comitê do Oscar.

Clico no nome de Jane Lodge e espero que carregue.

— Não está indo mal. — Matt sorri. — Tá certo que você só teve uma resposta dos dez e-mails que mandou. Mas se essa tiver três... ou até quatro dígitos, você está indo muito bem. Jane Lodge é uma mulher rica, não é?

— É o que vamos ver — respondo, e a soma aparece ao lado do nome de Jane.

— Cinco mil libras! — Priya grita com o tom frenético de uma hiena que não come há várias semanas e pula sem parar, abraçando Heidi, depois Matt, depois Heidi de novo. — Que demais, Abby!

Levo mais de um minuto para acalmá-los e enxugar a Coca Diet que Priya derramou em meu escaninho.

— Não são 5 mil libras, Priya — digo.

— O quê? — pergunta ela, perplexa.

— Cinco... libras.

— O quê? — repete Priya.

— Cinco minguadas libras — murmuro.

— Vaca pão-duro. — Priya faz uma careta.

— É de uma cliente nossa que estamos falando — digo, como se eu mesma não a achasse um pão-duro difícil de roer.

Capítulo 27

— Não foi a grande largada que eu esperava — digo a Tom enquanto nos aquecemos. — Acho que cometi um erro entrando em contato apenas com algumas empresas. Pelo menos espero que tenha sido por isso, porque depois mandei o e-mail para mais umas cem.

É mais fácil conversar com Tom ultimamente. Sua beleza desproporcional ainda me afeta — como pode não afetar? —, mas agora ela é familiar, não me intimida mais. Combine isso ao fato de que nosso problema com o seguro ficou para trás e ele parece não ser apenas um sujeito decente, mas também a fonte de muitos novos negócios em potencial.

— Vou patrocinar você. — Ele me garante, alongando o bíceps sobre a cabeça.

— Vai? — Começo a choramingar, como se ele tivesse se oferecido para doar um rim.

— Claro. Se a taxa corrente é de 5 libras, posso te dar o dobro. — Ele sorri.

Já estou há um mês no clube de corrida e agora treino para minha corrida de 5 quilômetros em meados de outubro. Só faltam algumas semanas e, francamente, me sinto mais preparada para uma missão espacial na Apollo.

— No seu lugar eu não seria tão duro comigo mesmo — continua Tom. — Arrecadar fundos é uma carreira de tempo integral para algumas pessoas.

— É isso que me preocupa. Já é uma luta manter minha carreira de tempo integral sem isso. Mas não posso decepcionar Heidi.

Ele se curva para alongar a coxa e noto que várias mulheres têm de se esforçar para desviar os olhos. Fico feliz porque o objeto de meu afeto é Oliver, e não alguém como Tom. Geraldine deve estar permanentemente lutando com a concorrência.

— Não entendo nada de arrecadação de dinheiro, mas não me surpreende que não seja fácil, com a economia do jeito que está — continua ele. — Tenho certeza de que sua amiga ficará agradecida por qualquer coisa que você conseguir, não é?

— A questão não é essa. Se eu tenho que fazer essa... *corrida absurda* — não posso deixar de pronunciar as palavras como se estivessem temperadas com água sanitária —, quero que seja por um bom motivo.

— Corrida absurda? — Ele ri. — Não parece que você já foi mordida pelo bichinho.

— É assim que vocês chamam? O bichinho? Às vezes é tão agradável como uma infecção, tenho que confessar.

— Muito bem, gente. Tenham todos uma boa corrida — diz Oliver, correndo energicamente sem sair do lugar. Meus olhos são atraídos para suas coxas sequinhas e me vejo acompanhando seus contornos. Levanto a cabeça e percebo que Tom notou. Meio mortificada, viro o rosto e me junto ao grupo lento, que está se preparando para a largada.

Em pouco tempo fica evidente que meu desempenho atlético esta noite será um espelho dos meus esforços na arrecadação. É um fim de tarde perfeitamente calmo e a temperatura não podia ser mais ideal se estivesse num termostato. Mas eu me arrasto pelo percurso, tentando juntar alguma energia — e meu fracasso é retumbante.

Não parece haver motivo para isso. Não estou doente e não estou mais arrasada do que em qualquer outra noite. Mas quando chegamos ao centro esportivo, só quero me deitar numa sala escura, de preferência com um imenso copo de gim-tônica.

Entro para me trocar quando aparecem Geraldine e Jess. As duas com cabelos perfeitos. E praticamente sem suor nenhum. Procuro não me ressentir delas.

— Oi, Abby. — Geraldine me cumprimenta. — Jess me contou que é seu aniversário amanhã. Quantos anos vai fazer?

— Vinte e nove — respondo.

— Oooh, não parece — diz ela, radiante. — Eu te daria no máximo 25.

— É muito gentil da sua parte, Geraldine — respondo. — Nada convincente, mas gentil.

— Bom, eu tenho inveja — diz ela. — Queria ainda ter 29 anos.

— Não deve estar muito longe disso — respondo.

Ela se curva para sussurrar como quem conspira.

— *Trinta e três*. Não que isso me incomode, se meu relógio biológico não estivesse fazendo isso. — Seu punho fininho bate na porta de metal de um armário, provocando ecos na metade do prédio.

Desde que comecei a conversar com Geraldine, descobri que é praticamente impossível se envolver numa conversa com ela sem falar sobre casamento, filhos e da contagem de esperma de Tom.

Não que ela fale com *ele* sobre isso, entenda. Ela não quer assustá-lo. O resultado é um aumento de atividade craniana reprimida, centrando-se em seu desejo febril de levá-lo ao altar, que explode de sua boca sempre que ela tem a oportunidade de descarregar em outra mulher. Parte de mim tem pena dela. A outra parte tem vontade de dizer a ela para relaxar. Ele claramente está apaixonado e eu acho que irá tomar uma decisão em relação a isso quando estiver pronto. Mas sei que não faria bem nenhum falar isso.

— Nada de aliança ainda, querida? — pergunta Mau, entreouvindo a conversa.

— Mau — diz Geraldine, respirando fundo —, quando ele chegar a esse ponto, meu útero parecerá uma ameixa seca.

— Geraldine! — Jess a repreende. — Uma mulher deu à luz aos 60 anos recentemente. Não estou sugerindo que você deva esperar até lá, mas acho que talvez esteja exagerando.

— Se ele me amasse de verdade...

— O Tom é louco por você — diz Jess asperamente.

Geraldine fica satisfeita com isso.

— Meu Deus, como foi que chegamos a esse assunto de novo? — diz ela. — Abby... Só quero te desejar feliz aniversário por amanhã. Não vou poder comemorar com você, acho que não, já que preciso entregar um relatório e estou até aqui de trabalho.

Jess larga a bolsa esportiva.

— Ah... Eu ainda não contei a Abby, Geraldine.

Endireito as costas e percebo que finalmente vou descobrir o que Jess esteve planejando para o meu aniversário.

— Não me contou o quê?

— Não é nada de mais. — Jess dá de ombros. — Sei que não quer fazer nada muito badalado no seu aniversário, mas pensei que seria legal se alguns de nós saíssemos para beber alguma coisa.

— Puxa, parece ótimo! — exclamo com a maior surpresa que consigo fingir.

Eu sabia que Jess não ia me decepcionar. Sabia que ela convidaria algumas pessoas do clube de corrida — e Oliver — para sair com a gente depois do trabalho amanhã à noite. Eu sabia disso e separei meu jeans perfeito e minha blusa Ted Baker, além de deixar uma noite inteiramente livre, hoje, para eu ter uma sessão longa e desesperadamente necessária de embelezamento.

— Achei que não ia se importar. — Ela sorri. — Podemos tomar um banho rápido aqui e encontrar todo mundo no Rose.

— Como?

— Podemos tomar um banho aqui e...

— Está dizendo *hoje à noite*? *Agora*?

— Bom, sim.

— Mas meu aniversário é amanhã.

— Eu sei, mas amanhã não tem clube de corrida... É sexta-feira. Achei que seria uma boa ideia tomarmos uns drinques com todo mundo daqui esta noite, depois você pode fazer o que quiser com sua equipe do trabalho amanhã.

Penso nos meus jeans, pendurados em expectativa em casa, gritando para ter uma oportunidade dessas. Penso nas minhas pernas que não foram depiladas, no bronzeado falso que não apliquei, nos pés que não foram feitos, nas sobrancelhas que não tirei e em mil outras coisas que eu queria ter providenciado ontem.

Então olho para Jess, perguntando-me por que estou hesitando.

— Tudo bem. Então é hoje à noite.

Capítulo 28

Estou tentando tirar a mancha de suco no meu jeans com a mão, tirar as sobrancelhas com as unhas e ajeitar o cabelo usando um secador que tem a potência de uma criança de 2 anos soprando velinhas.

— Você queria que eu levasse todo mundo amanhã, não é? — diz Jess. — Me sinto uma idiota por não ter pensado nisso. Desculpe, Abs.

— Está tudo bem — digo a ela enquanto passo gloss. — Sério, isso é ótimo. O importante é que o Doutor Sexy vai. Posso usar sua maquiagem?

Ela me passa a bolsa e examino a base. Jess e eu temos tons de pele completamente diferentes, mas na falta de outra coisa isto terá de servir. Misturo um pouco de hidratante e começo a aplicá-la.

— Então ainda está a fim do Oliver? — pergunta ela, passando pó na testa.

— Meu Deus, estou. O homem fica mais irresistível cada vez que o vejo. Por que está perguntando? Já não falo dele o suficiente ultimamente?

— Estou só checando. — Ela fecha a bolsa de maquiagem.

— Acha que ele não está a fim de mim? — De repente fico paranoica. — Quero dizer, ele ainda me paquera. Ou pelo menos tenta me paquerar. É uma das coisas que eu adoro nele... O fato de que ele fica sem jeito com isso. Ele é tão meigo. Tem alguma coisa muito tranquilizadora nisso.

Dou uma última borrifada no cabelo e me olho. É uma melhoria e tanto em relação a minha aparência de dez minutos antes, mas ainda é apenas passável.

A porta se abre e Mau entra com jeans azul bebê justos, uma blusa decotada e brincos de argola capazes de laçar uma mula.

— Estão prontas? Os meninos já foram para o pub.

— Acho que sim. — Jess joga a bolsa no ombro.

— Agora, Abby — diz Mau. — Espero que beba alguma coisa, já que é seu aniversário.

— Posso ser convencida disso — respondo. — Mas estou pegando leve. Tecnicamente, meu aniversário é só amanhã e, como não bebo há semanas, posso ficar completamente bêbada depois de meio copo.

— Pegar leve no dia do seu aniversário? — Mau zomba de mim. — Nunca ouvi falar disso!

Eu rio, mas estou decidida.

— Se tem uma coisa que eu *não* vou fazer é tomar um porre e falar um monte de besteiras das quais vou me arrepender amanhã.

Capítulo 29

— Sabia que chamamos você de Doutor Sexy?

Tento colocar meu cotovelo na mesa e me curvar sedutoramente para Oliver. Infelizmente, eu erro — e sou obrigada a dar um solavanco no meu braço como um avião de bombardeio arremetendo diante de uma montanha.

Oliver tenta parecer indiferente, como se ouvisse esse tipo de coisa todo dia. Mas ele não engana ninguém. Está emocionadíssimo.

— É mesmo? Nós quem?

— Ah, só eu e... Bom, só eu, na verdade.

Ele ri. Eu rio. Depois vejo Tom do outro lado da mesa, que vira a cara. Não sei o que o está incomodando.

— Acho que nunca perguntei em que hospital você trabalha, Oliver — continuo.

— No Royal — responde ele. Duas palavras. Não são palavras particularmente excitantes. Mas Oliver, com seu olho no olho doce, sexy e ligeiramente sem jeito, me transforma em gelatina.

— Ooooh, é mesmo? Já estive lá. — Bebo meu vinho, sustentando seu olhar por mais tempo do que se eu estivesse sóbria.

É apenas minha terceira taça, mas é significativamente mais forte do que me lembro que o vinho poderia ser. Costumava precisar de muito mais do que isso para ficar bêbada, mas depois de algumas semanas de abstinência eu me tornei oficialmente uma fracote.

— Ah, sim? — Oliver sorri. — Nada sério, espero.

Há alguma coisa em seu rosto que é inerentemente gracinha. Não consigo saber se é o brilho nos olhos ou o lindo modo como sua boca se retorce para o lado quando ele sorri. Só sei que é totalmente irresistível — e eu estou apaixonada.

— Já quebrei o pulso — digo a ele, erguendo-o. — Lesão esportiva.

É claro que não vou revelar que caí de um táxi. Ele pode ter a impressão completamente errada de mim.

— Sério? — De costas para o grupo, ele hesitantemente pega meu braço, examinando a lesão que não me atrevo a revelar ter acontecido seis anos antes. O toque de seus dedos em meu pulso provoca ondas de choque pelo meu braço, apesar de estar um tanto anestesiado pelo vinho. — Parece sério. Você se recuperou totalmente?

Ele de repente fica muito preocupado, todo médico e até mais meigo do que o de costume e... Não acho que eu *um dia* tenha conhecido alguém tão atraente.

— Eu... Acho que sim — consigo responder. — Por quê? Tem alguma recomendação de como eu devo cuidar dele a longo prazo?

Ele sorri timidamente.

— Basta pegar leve no tênis. — Devagar, ele se afasta e se vira para o restante do grupo, colocando a mão no bolso. — Alguém quer outra bebida?

Olho minha taça.

— Vou tomar outro vinho, por favor. Quer que eu vá te ajudar?

— Não, está tudo bem — diz ele, indo para o bar.

Envolvo-me num papo com o restante do grupo enquanto ele está ausente, mas luto para esconder minha impaciência por sua volta. Por fim, quando ele está voltando, sinto a presença de outra pessoa e quando levanto a cabeça percebo que é Tom.

— Não pode sentar aí! — sibilo.

— Pensei que quisesse me interrogar sobre a apresentação de amanhã. — Ele dá de ombros.

Ele tem razão. Eu realmente *devia* interrogá-lo sobre a apresentação de amanhã, afinal ele trabalha na empresa de arquitetura com a qual terei uma reunião cujo objetivo é convencê-los a fazer negócio comigo. Seja um pequeno contrato ou não, ainda será bom ganhar.

— É uma ótima ideia. — Meus olhos disparam para Oliver, que vai conversar com Jess do outro lado da mesa. — E então, o que pode me dizer que possa me ajudar?

— Você chama mesmo esse cara de Doutor Sexy?

Semicerro os olhos, desconfiada.

— Como você sabe disso?

— Você mesma disse.

— Oh. — Tenho a vaga sensação de que isso poderá voltar para me assombrar quando eu estiver sóbria, mas a sensação é passageira. — Bom, eu... Sim.

— Então você está a fim dele? — pergunta Tom.

— Ele é um homem muito atraente, é só o que vou dizer — respondo rigidamente. — E é inteligente. Também é carinhoso... Tem que ser, já que é médico.

— E então... Sim?

— E se eu estiver?

— Nada. — Ele dá de ombros. — Só estou surpreso. Nunca pensei que você fosse gostar de alguém como ele.

Franzo o cenho.

— Olha, você veio aqui para me colocar a par da apresentação. Quem eu vou enfrentar?

— Isso eu não posso te dizer — responde ele.

— E por que não?

— Porque é antiprofissional.

— Ah. Então eu preciso ficar preocupada?

— Bom, já vi alguns websites que sua empresa produziu e não acho que exista qualquer dúvida da sua competência.

Sorrio, satisfeita.

— Mas você ainda terá que fazer uma boa apresentação.

— Claro. — Gesticulo e quero voltar a questões mais prementes. — O que quis dizer com *alguém como ele*? — sussurro.

— Não quis dizer nada — responde Tom. — Olha, não me leve a mal. Eu gosto do Oliver. Só não sei bem se eu gostaria de ser namorada dele.

— Bom, felizmente para você — digo acidamente —, acho que ele não gosta de morenos.

Capítulo 30

Acordo na manhã seguinte com a sensação ranheta de que tem alguma coisa errada. Que fiz alguma coisa errada. Ou talvez eu tenha dito alguma coisa errada ou feito algo ou...

Ah, merda!

A cena passa sem parar na minha cabeça, cada vez mais nítida e desagradável, como um acidente de carro em uma propaganda.

"Sabia que chamamos você de Doutor Sexy?"

Não é possível que eu tenha falado isso. *Não é possível.*

No 15º replay, em câmera lenta, minhas palavras são distorcidas a um arrastar horrendo de Darth Vader. Caindo da cama, ando para o corredor de quatro e pego o telefone.

— Jess! — Solto um grunhido quando ela atende.

— Feliz aniversário.

— Me diz que eu não falei para ele — peço. — Me diz, Jess. Eu *imploro.*

Ela fica em silêncio por um segundo.

— Imagino que esteja falando do Oliver.

— Sim.

— E do fato de você ter dito a ele...

— Ah, nãããão! Eu falei. Mas que merda, eu *falei mesmo.*

— Se serve de consolo, ele gostou — diz ela.

Deito-me no chão e olho para o teto.

— Não, Jess. Não serve.

Por fim, ela pergunta:

— Onde você está, aliás?

Franzo o cenho.

— Em casa. Por quê?

— Achei que deveria estar no trabalho agora.

Olho o relógio, que marca 10h16 da manhã, e ofego, desestabilizando ainda mais minha já horrorosa condição física. Estou com uma ressaca terrível — e estupidamente atrasada. Eu pretendia passar a primeira hora e meia da manhã repassando a apresentação que farei mais tarde na empresa do Tom, mas essa ideia agora foi pelo ralo.

Em vez disso, corro para meu primeiro compromisso, com um cliente no centro da cidade.

Ao terminar, vou para o trabalho e estou a dois minutos do escritório quando recebo um telefonema de Priya querendo saber onde estou. Ela tem um problema de negócios extremamente urgente para discutir, ao **que** parece — o que me preocupa, partindo de alguém como Priya, **que** tem uma tendência a convocar reuniões de alto nível relacionadas com o estado dos clorofitos.

Ao entrar no escritório, sou torpedeada no nariz com algo que percebo meio segundo depois ser uma serpentina.

— FELIZ ANIVERSÁRIO! Epa, desculpe, Abby — diz Priya. — Errei o tiro.

Quando recupero o controle, noto que o escritório foi decorado. Na verdade, isso não lhe faz justiça. Nosso espaço de trabalho do tamanho de um armário de vassouras foi enfeitado com praticamente a parafernália necessária para decorar a tenda de uma festa do Elton John. Tem balões, serpentina, faixas, tudo. É de arrasar. Sinto um bolo na garganta.

— Mas que droga, vocês todos. — Minha voz treme. — Não precisavam fazer isso.

— Foi Priya que fez — diz Matt Parrudo.

— Você teve trabalho demais. — Estou perplexa.

— Na verdade, não. — Ela dá de ombros. — Sabe a minha prima Jez, que trabalha na Cost-Cuts?

Franzo o cenho.

— Hmmm, não, não sei, mas...

— Bom, eles não podiam carregar isso tudo, então consegui por uma libra e meia.

— Uma libra e meia? — repito.

— Todos fizemos uma vaquinha — anuncia ela alegremente.

Eu preferia que ela não tivesse revelado essa última parte. Ainda assim, é a ideia que conta. E a ideia é *linda*. Vou até minha mesa e dou uma olhada no balão especial de aniversário amarrado no mouse. É um turbilhão de cores, enfeitado com fita verde enroscada e me leva de volta à infância. Depois semicerro os olhos e leio o que diz na lateral. *Feliz Bar Mitzvah.*

Na hora do almoço, minha ressaca começa a passar, embora eu estivesse literalmente soterrada de trabalho. Por outro lado, tenho duas respostas a meus e-mails de arrecadação — uma de minha tia Steph da Austrália, outra de James Ashton, o chefe da construtora que procurei séculos atrás. Não podiam ter estilos mais diferentes.

Oi, Abby,

Estou deliciada em ajudar na sua causa. Totalmente impressionada com a corrida — é bem a cara do seu pai. Coloque 100 dólares no meu nome e me mande um bilhete quando cruzar a linha de chegada. Ei, aquele convite para me visitar está de pé, tá? Nosso cantinho não é de luxo, mas pelo menos temos sol!

Bjs,
Tia Steph

O de James Ashton é mais formal.

Prezada Abby,

É incrível o que está fazendo para arrecadar dinheiro para a esclerose múltipla. Meu primo teve o diagnóstico da doença há seis anos, então sei da necessidade da pesquisa. Adoraria conversar sobre como podemos ajudar. Estou muito ocupado no momento, mas talvez possamos tomar um café em novembro. Telefone para minha secretária Michelle.

James

Bom, graças a Deus. Como decidi mandar meu e-mail padrão de arrecadação a inúmeros outros contatos, tive algumas respostas realmente promissoras. Tudo bem, as doações até agora estão apenas pingando, não são a enxurrada que eu esperava, mas pelo menos é alguma coisa. O e-mail de James Ashton, porém, me deixa particularmente animada.

Porque embora haja um significativo interesse das pessoas, ainda sinto falta de uma grande empresa que me patrocine. Uma empresa que dará aquele empurrão. A empresa de James Ashton pode fazer isso, especialmente se ele tiver motivos pessoais para apoiar a causa. Mas é uma pena que ele vá demorar tanto para me ver.

Pego o telefone e ligo para a secretária dele, que me oferece um horário no início de dezembro.

— Não tem algum horário mais cedo? — pergunto. — Não precisa ser um almoço... Uns vinte minutos serviriam. Vai ser muito rápido.

— Engraçado, o de hoje às onze e meia cancelou... Ele devia se encontrar com ele na obra. Então, se puder vir a essa hora...

— Sim — digo antes de ela terminar a frase. — Estarei aí.

Ao desligar o telefone, pergunto-me se fui precipitada. Entre ter acordado tarde e isso, ainda não repassei minha apresentação à Caro & Co. — a empresa do Tom. Tiro a ideia de minha cabeça. Já fiz tantas apresentações de negócios idênticas à que vou fazer hoje, posso dar conta disso até dormindo. É claro que não costumo agir assim — mas tenho certeza de que vou me sair bem. E a oportunidade com James Ashton, por outro lado, é boa demais para ser perdida.

Capítulo 31

Nunca havia entrado no restaurante Garden of Eat'n e era mais fácil o inferno passar por uma era do gelo cataclísmica antes de me arrastarem novamente para lá.

Empoleiro-me numa cadeira grudenta, estou tomando um chá que tem a cor de uma amostra de urina, enquanto uma gordura com cheiro azedo permeia tão densamente o ar tornando difícil até respirar. O cardápio consiste em uma seleção limitada de derivados de porco, fritos no que desconfio ser a mesma gordura que se instalou na panela quando montaram a cozinha.

Meus companheiros comensais e eu somos regularmente assaltados por uma nuvem gordurosa de fumaça preta que sopra agourentamente de portas duplas. Esta é acompanhada de uma sinfonia de palavrões cuja origem — um chef grandalhão e incomumente sujo — surge a cada poucos minutos com suas delícias culinárias, cuja maioria nada em tanto óleo que quase se classifica como sopa.

Se os outros clientes são indiferentes, eu não sei. O lugar tem um movimento ruidoso, cortesia do prédio ao lado — embora a inexperiência da garçonete em servir seja evidente sempre que ela joga um prato na mesa e bate na cabeça de um cliente se ele se atrever a pedir ketchup.

James Ashton chega vinte minutos atrasado, de terno e capacete, e instrui Chantelle — a garçonete — a trazer "o de sempre".

Cinco minutos depois, assim que a reunião deu uma guinada para melhor — e ele concorda em soltar mil libras —, imediatamente dá uma guinada para pior.

Quase posso ver o grande prato de ataque cardíaco frito de James cair em cheio no meu colo antes do experiente pouso de prato de Chantelle sair torto. Posso ver a comida escorregando do prato em uma primorosa cascata de cartilagem — e sinto o óleo quente e podre penetrar no tecido da minha saia Karen Millen.

Na fração de segundo antes de isso acontecer, eu vejo tudo — mas não há nada que eu possa fazer para impedir que isso aconteça. E quando Chantelle conjura um pano de prato encardido que usa para esfregar, com força, minha saia numa tentativa de consertar seu erro, eu também sei que — a vinte minutos da reunião na Caro & Co. — eu preciso pensar rápido.

— Abby Rogers, vim ver David Caro — digo à recepcionista. Ela está no final dos 50 anos, seu cabelo é da cor de cereja e está usando um batom com efeito molhado.

— Para a apresentação do website? — Ela sorri, depois torce o nariz. — Oooh, que cheiro estranho é esse?

Posiciono a bolsa sobre minha saia.

— Não sei mesmo — respondo.

Tudo bem, então não deu certo pensar rápido. Eu corri até aqui com a mente zunindo de possíveis soluções para o fato de que toda a frente da minha saia agora está ensopada e com o cheiro nojento de gordura de salsicha, mas não pensei em absolutamente nada. Pelo menos nada que parecesse eficaz. Em vez disso, tenho de andar segurando a bolsa com firmeza na frente do pedaço comprometedor — torcendo para que toda a equipe a quem estou a ponto de me apresentar esteja de nariz entupido.

— Devem ser os ralos de novo... Vamos ter que mandar verificar, Di — diz a recepcionista, virando-se para a vizinha. — Trouxe algum equipamento? — pergunta ela.

— Minha apresentação está num cartão de memória.

Ela assente, inquieta.

— Hmmmm. Vai dar tudo certo, tenho certeza.

— Eu devia ter trazido meu laptop? Me disseram que vocês tinham equipamentos disponíveis.

Ela revira os olhos.

— A Sheila disse isso, não foi? Essa nasceu otimista.

— Como?

— A sala de reuniões pode ser imprevisível, é só isso. Mesmo assim, correu tudo bem para as duas empresas anteriores. Então, vamos cruzar os dedos!

Ela me guia, e passamos por uma sala sem divisórias até chegarmos à porta de outra sala, onde sou apresentada ao diretor-executivo da empresa. David Caro tem cabelos grisalhos e usa um terno elegante; o tipo de pessoa que a gente desconfia de que corre 8 quilômetros toda manhã e bebe um monte de milk-shake, apesar de estar perto da aposentadoria.

— É um prazer conhecê-la. — Ele sorri, apertando minha mão com uma força de estrangular um pterodáctilo.

Então sua expressão muda, o nariz se torce como o da Feiticeira antes de usar um feitiço para fazer todo o serviço doméstico. Ele me olha com certa suspeita, claramente tentando entender se o bafo de carne queimada está vindo de mim. Sorrio com ousadia e endireito a coluna. Ele sorri também, temporariamente convencido de que não pode vir *de moi*.

— Vou apresentá-la a meus colegas que estarão na apresentação de hoje — continua David Caro. — O primeiro é Jim Broadhurst, diretor de marketing.

Aperto a mão de um jovem austero com cabelo fino que lembra o Harry Potter, só que sem os óculos.

— É um prazer conhecê-la. E este é Dusty, meu cão-guia — diz ele.

Olho para baixo e focalizo em um labrador de pelo claro, só então percebendo que Jim Broadhurst é cego.

— Ah, ele é lindo — digo, abaixando-me para afagar o cão. Quando minha mão está a centímetros da cabeça de Dusty, porém, detecto uma sutil mudança em seu comportamento. O labrador pula em mim, animado, como se eu fosse a coisa mais emocionante que ele viu o dia todo.

Jim Broadhurst o puxa de volta, alarmado.

— Meu Deus. Me desculpe por isso — diz ele. — Ele ainda é filhote... Acaba de ser treinado. Ainda assim, normalmente não age desse jeito.

David Caro tosse, claramente querendo que comecemos.

— Também pensei que seria uma boa ideia trazer um de nossos arquitetos... — Giro o corpo. — Este é...

— Tom Bronte — concluo por ele, sentindo-me estranhamente aturdida. Não sabia que ele estaria aqui. Embora eu já tenha feito centenas de apresentações, falar na frente de alguém que faz parte da minha vida social me deixa muito constrangida.

David fica perplexo.

— Abby e eu nos conhecemos — explica Tom. Ele parece incrivelmente elegante, como um modelo Ralph Lauren. Todos os outros na sala ficam completamente sem graça comparados a ele. Reposiciono a bolsa para que ela fique firme sobre os restos de óleo em minha saia e afasto-me um passo.

— Sim, acho que disse isso — fala David Caro. — Foi você quem recomendou a River, não foi?

— Não recomendei exatamente — respondeu Tom na mesma hora. — Não estou familiarizado com o trabalho da Abby, mas evidentemente sei que ela será *muito* competente.

Muito obrigada. Eu teria apreciado um endosso bem mais convincente.

Sou convidada a me sentar enquanto os outros me seguem, acomodando-se para minha apresentação de 15 minutos. Pelo menos, os humanos se sentam.

Dusty faz o contrário. Fica ofegando freneticamente ao lado de seu dono do outro lado da mesa, e a agitação que minha presença parece ter provocado nele fica logo evidente. Ele geme e gane, se retorce e puxa, e Jim Broadhurst balança a cabeça, assombrado.

— Antes de começarmos — diz ele, tentando ignorar o fato de que seu cão parece ter engolido vários comprimidos de ecstasy —, podemos esclarecer algo em sua proposta que imagino que seja um erro?

Eu enrijeço, mas tento sorrir ao pegar meu cartão de memória. Usei esse documento como base para Deus sabe quantas propostas, e ele é perfeito como está.

— Claro.

— É sobre o custo que especificou.

Ah, lá vamos nós. Ainda nem começamos e ele já está tentando baixar meu preço.

— Você declarou aqui que cobrará de nós mil libras por mês. — Ele puxa Dusty para que se sente.

— Sim.

Ele olha na minha direção e Dusty gane novamente.

— Mas este é um contrato de 3 mil por mês. Foi o que especificamos no documento de oferta.

Eu pestanejo. Duas vezes. E de repente parece haver uma jiboia praticando exercícios abdominais em volta da minha garganta.

— Três... mil — gaguejo, tentando desesperadamente dar a impressão de que isso não me surpreende. Que *é claro* que eu sabia que era um contrato de 3 mil libras! *É claro* que eu li cuidadosamente a oferta! *É claro* que eu sabia que faria uma apresentação para um contrato que não só daria um senhor empurrão em minha receita como faria com que ela disparasse.

De repente me sinto muito estranha. E não sou a única. Dusty parece cada vez mais ensandecido, como se simplesmente estar nesta sala fosse motivo de tormento físico para ele.

— Três mil — repete Jim Broadhurst, ignorando o ganido furioso do cachorro. — Foi o que você quis dizer?

Olho para Tom e ele baixa os olhos.

Eu me recomponho.

— É claro. Me perdoe. Não é um começo muito bom, é? — Solto uma leve risada.

Com a pulsação acelerada, conecto o cartão de memória no laptop deles e espero que carregue. Em vez disso, ele faz um ruído que começa baixo e num crescendo chega a estalos e tinidos.

Percebendo que algo está muito errado, eu tiro o cartão de memória — e o computador pifa de vez.

— Não — murmura Jim Broadhurst. — E mais essa agora.

Capítulo 32

Já teve um pesadelo que envolve entrar numa sala para fazer uma prova de matemática e perceber que toda sua preparação foi feita para o francês? Bom, estou vivendo esse pesadelo. Nunca estive tão despreparada, tão mal-equipada e compreensivelmente desnorteada.

Devo estar recebendo tudo o que mereço, mas a ideia de que um contrato de 3 mil libras por mês está escorregando por entre meus dedos enquanto faço a apresentação mais torturante da minha vida já é castigo suficiente.

— Trabalhei muito para prestadores de serviços no último ano. — Eu me gabo, ciente de que meu pânico é terrivelmente evidente. — Um de meus maiores clientes foi...

— Nós já passamos por suas credenciais, Srta. Rogers — diz David Caro com impaciência. — Sabemos com quais empresas trabalhou. O que tentamos entender é o quanto a senhora compreende *deste* negócio. De *nossas* necessidades.

Uma gota de suor se forma em minha testa enquanto Dusty, que foi repreendido várias vezes, emite um ganido particularmente patético. Deixando de lado o fato de que estou dependendo de algumas anotações num papel em vez de minha linda apresentação em PowerPoint, eu não fiz o dever de casa. Só o que sei é o que o pequeno Tom me disse entre os alongamentos do clube de corrida — e isso fica muito evidente.

Tento invocar alguma inspiração. Mas tudo que brota de mim são clichês; aqueles que eu critico em outras empresas.

— O que estou tentando deixar claro é que... Bem, espero estar destacando o que creio que seja... todo um monte de... sinergias... entre suas necessidades e as deles. E...

— Sinergias? — Jim Broadhurst zomba do termo, muito menos caloroso do que Harry Potter. — Então o que está defendendo é uma abordagem padrão? O que fez para uma empresa de advocacia qualquer também serve para nós?

— De maneira nenhuma! — Respiro fundo e tento recuperar a compostura. — Estou simplesmente dizendo que seu consumidor é semelhante ao deles.

— *De uma empresa de advocacia?* — uiva Jim Broadhurst.

— No sentido que... — minha voz falha. — No sentido que...

De repente percebo que, se eu tentar dizer mais alguma coisa, há uma grande possibilidade de eu chorar.

— Entendo o que Abby está tentando dizer.

As palavras flutuam no ar como uma nuvem de pó das fadas — a primeira reação positiva da reunião. Levanto a cabeça, sem fôlego de tanta gratidão. A expressão de Tom é severa e completamente profissional, e ele está decidido a não me olhar nos olhos.

— Nosso cliente-alvo não é um zé-ninguém — continua ele. — Procuramos um modelo interempresarial. Assim, faria sentido usar elementos que funcionaram em outras organizações, inclusive na empresa de advocacia mencionada. Acho que é o que está tentando dizer, Abby... Não é?

Por fim ele me fita com os olhos escuros, sem deixar transparecer nada.

— Exatamente! — respondo, ressuscitando ao perceber que este é meu salvo-conduto.

— Isso não quer dizer que não nos dedicaremos a nos colocar na pele da Caro and Company... Suas metas, seus clientes-chave e suas ambições — continuo, recuperando-me. — Não só agora, mas continuamente. Suas necessidades não serão as mesmas sempre; serão fluidas e mudarão com o tempo. Mas essa é a beleza do web design... Podemos corrigir tudo enquanto mantemos o custo no mínimo.

A expressão de David Caro se suaviza um pouco. A de Jim Broadhurst, não. Sei que ainda tenho muito a fazer para convencê-lo.

— Muito bem — diz ele, remexendo nos papéis. — Bem, este é o elemento do website mas, dado o porte deste contrato, procuramos mais do que apenas um site. E os extras que especificamos na oferta? Você mal tocou no assunto em sua proposta.

Não consigo saber se Jim Broadhurst está tendo um ataque incomum de gentileza ou se simplesmente se esqueceu do que coloquei na minha proposta. Porque o fato é que eu *não toquei* nos extras. Não falei nada sobre eles.

— Como disse, queria me concentrar na questão essencial do website — digo, com a mente em disparada — e usar esta oportunidade para expandir o que a River pode fazer por vocês em termos dos... extras.

Levanto a cabeça e vejo que eles estão engolindo essa.

— Detalhe, Srta. Rogers! — instrui David Caro.

— Claro. — Engulo em seco. É o começo de dez minutos de completa invencionice, uma bobajada improvisada. Não há outro meio de descrever isso. Minha única esperança é que devo ser mais bem qualificada para improvisar tudo: fiz muito esse tipo de coisa em meu emprego anterior.

Mas é aí que está o elemento mais frustrante da coisa. Se eu tivesse feito meu dever de casa e me dedicado mais a esta apresentação — se tivesse feito todas as coisas que costumo fazer, mesmo na hora e meia pela manhã que reservei antes de conseguir dormir —, eu me sentiria à vontade hoje. No final da apresentação, Jim Broadhurst me acompanha até a saída.

— Meus sinceros agradecimentos por esta oportunidade, Sr. Potter — digo, e depois, enquanto ele franze a testa: — Desculpe, sr. *Broadhurst.*

Acho que quero morrer.

Agora a única saída é correr para a porta, segurando a bolsa junto da saia e escapulir sem estardalhaço. Estou com a mão na maçaneta, com a bolsa ainda firme no trecho fedido de minha saia, quando percebo que não vai acontecer. Dusty, que claramente acredita ter sido um modelo de comedimento por toda a reunião, decide que já basta.

Dispara até mim como um farejador que acaba de se ver numa sala com metade dos personagens de *Trainspotting*. Mergulha em minhas pernas, espremendo-me na parede enquanto minha bolsa é jogada de lado e ele passa a lamber — não, a *devorar* — a bainha da minha saia e cada gota de restos gordurosos.

Quando é puxado, estou pingando de baba e manco até a porta enquanto soam desculpas em meus ouvidos. Francamente, elas me são de muito pouco consolo.

Capítulo 33

Eu nem mesmo quero sair para comemorar meu aniversário depois do dia que tive. Mas, incapaz de resistir à pressão dos colegas e querendo me distrair dos meus pensamentos, acabo mais uma vez em um bar. Bebendo mais uma vez. Ah, e mais uma vez estragando a dieta.

Está surgindo um tema aqui, não?

Na manhã de sábado, depois de voluptuosamente abandonar todas as regras da Diet Busters, tento restaurar uma mentalidade em que eu nem mesmo olhe uma barra de chocolate sem me retrair com seu conteúdo de gordura saturada. Infelizmente não dá certo. Não consigo ver uma barra de chocolate sem aspirá-la para minha boca.

O fim de semana é um desastre dietético. Não faço exercícios: nada de bambolê, tonificação dos glúteos ou abdominais, e não corro nadinha. E como. E como. E como.

A confeitaria só está no começo. No sábado, eu me diplomo em comida chinesa delivery, seguida por fritura na manhã de domingo. É quase como se, depois de três drinques numa noite de quinta-feira após o clube de corrida ao perceber que o céu não desabou, eu tivesse declarado carta branca para continuar bebendo, comendo e me alegrando.

Só que na segunda-feira, quando tenho de encarar Bernie da Diet Busters, a última coisa que sinto é alegria. Na verdade, estou meio enjoada — uma sensação que sei que não é provocada pelos dois rolinhos de salsicha, batatas fritas e um muffin grande de mirtilo que comi de almoço.

Estou na fila para a pesagem com uma sensação elevada que tive o fim de semana todo: um otimismo cego e desesperado. Sei que fiz tudo errado, mas ainda tenho esperanças de que, por algum milagre metabólico, não tenha surtido efeito nenhum.

— E como fomos neste fim de semana? — Bernie trina quando eu chego à frente da fila. Ela está com um vestido amarelo volumoso e parece o resultado grotesco de um experimento científico num canário.

— Até que fui bem — digo com ousadia. — Mas tive um desafio na quinta. Essa semana foi meu aniversário.

Bernie não se comove.

— Infelizmente, amor, seu metabolismo não liga se é seu aniversário, Natal ou véspera do Segundo Advento. Uma caloria é uma caloria.

— Hmmmmm — concordo, nervosa, tirando os sapatos. — Eu tentei me ater à dieta, mas é muito difícil quando todo mundo está comendo. — Como o que foi entregue pelo restaurante chinês.

— Eu compreendo bem. — Ela sorri. — Mas a balança nunca mente.

Tiro o cardigã. Depois as meias. Depois os brincos, o colar e o anel. Estou xingando o fato de que eu não pensei em ficar sem calcinha, quando Bernie fica impaciente.

— Eiiii, você não está numa boate de striptease! Ande logo, suba aí. Não há como escapar.

Estou olhando a saída de emergência quando a mulher atrás de mim começa a reclamar. Então subo na balança de olhos fechados, esperando que Bernie me dê uma bronca. Só que ela não diz nada.

Meus olhos se abrem.

— Tá tudo bem, querida... Um defeito na balança.

— Graças a Deus. Pensei que estivesse calada de assombro com o peso que eu ganhei! — Eu ri.

Ela ainda fica em silêncio.

— Bernie?

— Isso não pode estar certo — murmura ela, balançando a cabeça. — Espere um minuto.

Bernie vai rapidamente à frente da outra fila, onde a colega Shirley está no comando. As duas voltam à minha balança e começam a apertar botões com uma expressão de espanto, como se estivessem no painel de comando da nave *Enterprise*. Depois de alguns minutos de conferência aos sussurros, elas se viram para mim com um olhar sério.

— Não sei como contar isso, querida — diz Bernie. Ela tem o comportamento de um coveiro. — Você engordou quase *340 gramas*. Em *uma semana*.

— O quê? — digo, fingindo mais choque do que sinto.

— Você seguiu a dieta, não foi? — pergunta Shirley, semicerrando os olhos.

— Rigorosamente. Talvez seja a época do mês — acrescento.

— De verdade? — diz Bernie, chocada. — Você seguiu a dieta *de verdade* e aconteceu isso? — Ela está à beira das lágrimas.

— Hmm-hmmm — assinto.

— Estou no Diet Busters há quase três anos e nunca vi isso. Não sei o que dizer. — É minha primeira vez nisso também, confesso.

Não fico para a reunião, no mínimo porque o tema desta noite é "comida de baixo teor de gordura". Nem acredito que Billy Connolly, Barack Obama e Winston Churchill juntos dão meia hora de material para isso.

Lá fora, percebo que tenho duas opções: posso arriar diante de *EastEnders*, abrir uma garrafa de vinho e nunca mais olhar na cara de Oliver. Ou posso me espremer em meu traje de corrida e fazer o que se faz em tempos de guerra: manter a calma e continuar.

Quando chego ao centro esportivo, atrasada, Oliver claramente terminou sua preleção enquanto os três grupos estão saindo pela porta para se preparar para o aquecimento. Observo o grupo procurando por ele — dividida entre querer vê-lo e não querer — quando Jess e Tom aparecem conversando.

— Caramba, o que aconteceu? — pergunta Jess. — Ter 29 anos não é tão ruim assim, é?

— Baseado no que vivi até agora, eu gostava mais de ter 28.

Ela sorri.

— Bom, sei que não há nada que uma corrida revigorante não resolva.

— Vamos ver, né? — Ergo uma sobrancelha ao olhar para Tom. — E então... Obrigada por, você sabe. Por me ajudar.

— Tudo bem. Mas não sei se fui de alguma ajuda.

— Por quê? — pergunto. —Alguém já levou o contrato?

— Não estou dizendo isso. Temos uma reunião de seguimento amanhã para discutir o assunto e chegar a uma decisão.

Apesar de tudo, sinto uma onda de esperança. E ela deve transparecer no meu rosto.

— Eu não ficaria tão animado — acrescenta ele.

Franzo o cenho.

— E por quê?

— Bom, você tem que admitir que a apresentação não foi tão refinada como poderia ter sido.

— Refinada? — repito, com uma pontada de indignação. Sei que eu não fui nada brilhante, mas ouvir isso de Tom me irrita — e me envergonha. Só conheço um jeito de lidar com isso: atitude defensiva.

— Bom, se preferem estilo em vez de conteúdo, então, tudo bem. Além disso, acho que cobri os pontos principais.

Ele ergue uma sobrancelha.

— *Cobriu?*

— Certamente. — Eu falo com uma convicção cem vezes maior do que realmente sinto. — Além do mais, sei que minha empresa é a mais adequada para o trabalho. Se você e seus colegas não conseguem ver isso, são vocês que vão perder.

Ele me olha com incredulidade.

— É prática comum da empresa ouvir os candidatos ao contrato para saber se são certos para o trabalho. Não cabe a nós arrumar desculpas para seus erros.

— Eu não fui tão mal assim! — A reação é instintiva, não porque eu discorde, mas porque o comentário me afeta muito.

— Só estou dizendo que as apresentações da Freeman Brown e da Vermont Hamilton foram...

— Freeman Brown e Vermont Hamilton? — São duas concorrentes que *nunca* pensei que seriam dignas de uma lista de finalistas para um contrato de 3 mil libras. — Não pode estar falando sério que é contra elas que estou lutando.

— E por que não?

— Por onde começar? A primeira superfatura as contas; a segunda não tem experiência em nada além do mercado de entretenimento. Mais importante, as duas são uma porcaria.

Sei que estou tendo um ataque, mas o que digo é a verdade.

E meu sangue ferve com a simples ideia de que posso ter perdido um contrato para duas empresas que normalmente derroto com as mãos nas costas. Assim, apesar da condenação de Tom, não posso deixar de ter esperanças de que os colegas dele entendam isso.

— Bom, desculpe, mas não foi essa a impressão — diz ele.

Decido bancar a superior.

— Tudo bem. Muito obrigada, Tom.

Enquanto vou para meu grupo de corrida, vejo Oliver perto das grades, olhando diretamente para mim. Meu coração dá cambalhotas, meu rosto arde de vergonha da lembrança de minha confissão. Quando levanto a cabeça de novo, ele ainda está me olhando. Não só isso, como também ergue a mão e acena.

Eu sorrio, acenando de volta, enquanto sou dominada pelo desejo e delírio de esperança do que isso pode significar. Isto é muito mais atrevido do que o Oliver que conheci em julho e *deve* significar alguma coisa — mesmo que ele não tenha feito nada de decisivo, como me convidar para sair. Eu me junto ao restante do grupo e tento me concentrar na corrida, convencida de que o combustível da atenção de Oliver me fará voar.

Embora não haja nada de errado na teoria, meu corpo tem outras ideias. Decide que simplesmente não pode comer nada além de massa, chocolate e comida delivery o fim de semana todo e correr de um fôlego só.

Então eu corro como quem *não* tem fôlego. Penosamente e muito... muito... devagar.

Capítulo 34

Há quatro palavras que meu pai diz antes de qualquer coisa.

— Como está sua mãe? — Ele me olha nos olhos brevemente, antes de virar o rosto.

— A mesma coisa de sempre. — Dou-lhe um beijo na bochecha. — Ela está ótima. Mais importante, como você está?

O *mais importante* é um lapso meu porque ele despreza qualquer sugestão de que eu me preocupe com ele. Mamãe pode cuidar de si mesma, mas com o meu pai é outra história. As pessoas podem pensar que é estranho que eu diga isso de um homem acostumado a ganhar a vida no campo de batalha, mesmo que já faça mais de 15 anos que ele saiu do Exército.

Não quero exagerar nisso. Ele é um homem capaz por muitos padrões, tem uma renda que lhe proporciona conforto e mora num apartamento alugado (embora pequeno) em uma parte respeitável da cidade. Mas falta alguma coisa. E infelizmente é improvável que ele vá recuperá-la.

— Ah, eu estou ótimo, meu amor — responde ele. — Chá?

— Sim, mas suave e fraco, por favor. Da última vez que preparou um eu pude sentir que meu fígado ficou manchado por uma semana.

Papai entra na cozinha minúscula no fundo de seu estúdio fotográfico enquanto eu ando por ali, olhando o trabalho que ele fez desde que estive aqui pela última vez. Ele andou ocupado.

Quando meu pai saiu das forças armadas, arrumou um emprego de segurança enquanto fazia um curso noturno de fotografia. Ele sempre soube que queria que isso fosse mais do que um hobby, mas levou muito tempo para passar disso, apesar de seu talento.

As imagens que meu pai adora criar são de pessoas reais em situações reais: rostos expressivos de pescadores, dançarinas, agricultores — e centenas de outros. Infelizmente, embora essas fotos sejam seu trabalho mais belo, não rendem nada. Nem um centavo.

Essa honra vai para seu trabalho comercial — os retratos de executivos homens e mulheres para uso nos folhetos e sites de empresas. Não que ele torça o nariz para trabalhos assim, longe disso. Papai tem uma capacidade de capturar o que há de mais humano nas pessoas — estejam ou não de risca de giz —, daí as fotos corporativas estranhamente animadas que vejo agora.

— Pronto. Suave e fraco — diz ele, entregando-me o que parece uma xícara de molho madeira.

Sua expressão sorridente é bonita como quando eu era criança, apesar de significativamente mais enrugada, algo que sei que pode ser atribuído mais à sua vida emocional do que a cicatrizes de batalha.

— Hmmmmm — digo com ironia, tomando um gole.

Ele reprime um sorriso.

— Ninguém se queixava quando eu fazia no Exército.

— Dados os padrões de alimentação a que era submetido, como você me contou, não acho que isso queira dizer grande coisa.

Ele ri, baixa a xícara e continua a montar um tripé, as mãos grandes e largas lutando com as peças menores.

— Como vai sua campanha de arrecadação?

— Muito bem... Agora — digo. — Estamos conseguindo despertar o interesse das pessoas o tempo todo. Mas dá muito trabalho. E estou ficando sem ideias além de correr o chapéu por e-mail.

— Você não disse que ia promover um evento?

Assenti.

— Priya e Heidi começaram a organizar um baile de gala. Você vai?

— Bom, não é a minha praia, Abby — diz ele. Isso, eu sei, é uma meia verdade. Papai sempre detestou ir a esses eventos com a mamãe.

Ele é muito mais discreto do que ela. — A não ser que realmente queira que eu esteja lá. Sua mãe vai?

— Não, ela estará viajando a negócios — digo. — E não se preocupe... Sei que você odeia esse tipo de coisa. Está tudo bem.

— Bom, eu sem dúvida nenhuma vou torcer por você nas suas corridas — promete ele. — E por falar nisso, como está a corrida?

— Oooohhhh — gemo, antes de pensar numa resposta apropriada. Ele ergue uma sobrancelha.

— Isso é bom?

— Tenho dias bons e dias ruins. Infelizmente, estes têm sido a maioria ultimamente. Pelo menos voltei a fazer dieta. Tive uma recaída.

— Acontece com todos nós. — Ele dá de ombros, mas meu pai tem sido completamente abstêmio há anos e seu estômago nunca deu a impressão de ser feito de algo mais maleável do que o titânio.

Papai corre no mínimo 10 quilômetros por dia e fica — como ele mesmo costuma dizer — "mal-humorado" se não correr.

A ironia, aliás, não me escapou. Não sei como uma gorda molenga como eu pode ter nascido de um pai que costumava correr por desertos e uma mãe cuja ideia de diversão é se vestir como integrante do elenco de *The Kids from Fame* e dar pontapés altos numa academia de dança. Eu seria a ovelha negra da família se eles tivessem alguma outra ovelha.

— Já decidiu sobre sua corrida? Preciso colocar na agenda.

— Sim... A meia maratona no fim de janeiro. Então você vai torcer por mim, não vai? — Eu sorrio.

— Mas é claro. Karen e eu não perderíamos isso por nada neste mundo.

— Ah. Ótimo — digo, tentando parecer entusiasmada.

Eu quero muito ficar feliz por meu pai. Karen é sua primeira namorada desde que ele e mamãe se separaram há 16 anos.

Mas ela é tão errada para ele. Não penso isso por ela ter cara de boêmia forçada, uma voz permanentemente falsa ao telefone, ou pelo fato de ela ser dez anos mais nova do que ele, ou mesmo que ela seja inteligente demais para fazer algum bem. Deixando de lado as muitas e variadas idiossincrasias de Karen, ela tem um defeito fatal e irremediável: não é a mamãe.

Dezesseis anos depois que ela o deixou, o coração do meu pai ainda não tinha se curado — estou convencida disso —, embora há muito tenha passado o tempo em que havia uma chance de eles reatarem.

Nos meses e anos que se seguiram à separação, fiz de tudo para que minha mãe criasse juízo; ela estava separando nossa família por motivo nenhum, argumentei com o rosto cheio de lágrimas e os olhos vidrados. Mas ela não deu a mínima. Ser casada com um soldado era um pesadelo, respondeu ela, e explicou que eu nunca entenderia como era difícil jamais saber se o marido vai voltar num caixão.

Mas a saída dele do Exército não fez nenhuma diferença. Mamãe se agarrou a seus argumentos: ela e papai simplesmente "ficaram distantes".

Essas palavras piegas ainda soam amargamente em meus ouvidos e, francamente, nunca vou entender como mamãe pôde destruir nossa família com uma explicação tão banal e inadequada.

— Você não sabe como é, Abby — argumentou ela, e eu acho que de certo modo minha mãe tinha razão. Eu não vivia a vida dela. Mas por mais que eu ame minha mãe, de uma coisa eu tenho certeza: jamais serei capaz de perdoá-la por deixar meu pai.

Capítulo 35

Insisto no clube de corrida — decidida, apesar das chances monstruosas do contrário, a voltar aos trilhos. O trabalho é árduo, algo a que provavelmente só me prendo pelo mesmo motivo por que comecei: Oliver.

Não que as coisas tenham progredido muito desde aquele glorioso e singelo aceno dele, mas basta vê-lo várias vezes por semana para me fazer continuar. Mesmo que eu tenha que me debater com a tortura de entrar em forma de novo.

Ainda assim, sei que é para melhor. Depois de dizer a todos os meus colegas, clientes, amigos, familiares e aos membros do clube de corrida que eu ia participar da meia maratona em janeiro, não posso permitir que ter saído do rumo de forma tão espetacular paralise meu treinamento.

Numa noite, cometo o erro de fazer esse discurso a Jess. Em vez de dizer "Muito bem, Abby", e me oferecer uma única taça de vinho para comemorar, ela me inscreve na "corrida de férias" que o grupo vai fazer no mês que vem e, mais iminentemente, num "Percurso à Beira-Mar" de 5 quilômetros na semana seguinte. Ambas foram ideia dela, como um incentivo a mais, o que prova que ela e eu somos mesmo de planetas diferentes.

Apesar do nome alegrinho, com suas implicações de sorvetes, cadeiras de armar listradas e jogos de bola, há pouco de prazeroso na perspectiva do Percurso à Beira-Mar. Confesso que tem algumas coisas em seu favor: no aspecto da corrida, esta é pequena e informal, ninguém além do pessoal de nosso clube estará lá e a rota é pela superfície deliciosamente plana da Leasowe Promenade.

Mas — e aqui está a parte crucial — é uma corrida. Minha primeira corrida competitiva. O que quer dizer que é pra valer e não tem escapatória.

Jess insiste que eu devo tentar me superar e, como estratégia, relutantemente vou admitir que isso dá certo. Proporciona um foco a mais.

Se o mesmo pudesse ser dito do trabalho... Ah, talvez eu esteja exagerando, mas a questão das contas a receber — o fato de que é uma batalha conseguir que as empresas paguem — começa a me deprimir.

Se eu deixar o pé no freio por duas semanas que sejam, tudo se acumula. Fiz um cálculo mental outro dia e percebi que no ritmo em que estou ganhando novos negócios não haverá a euforia do ano passado, e estou com medo da minha próxima reunião com Egor. O que me leva à última e mais angustiante razão da minha paranoia: a questão da Caro & Co.

— Chegou alguma correspondência da Caro and Company hoje? — pergunto a Heidi ao telefone, voltando de carro de uma longa reunião no almoço de sexta-feira.

— Acho que não — responde ela. — Só uma conta da fornecedora de água e um memorando do Condomínio sobre alguém despejar o café na planta perto da entrada. Ao que parece, teve um efeito catastrófico em sua capacidade de crescimento.

— Ah, pelo amor de Deus... Foi só um pouquinho de latte frio.

Heidi dá uma risadinha.

— O Síndico do Condomínio é botânico amador. Talvez você tenha que comprar uns dois cactos para compensar. Mas acho que, pelo modo como as coisas estão, você não está muito disposta a fazer disso o começo de uma bela amizade.

— Como adivinhou?

— Então, sobre a Caro and Company, procurei uma carta, mas não, não tem nenhuma mesmo. Lamento, Abby.

Quanto mais o tempo passa sem que eu saiba o resultado da minha apresentação, mais ela é repassada em minha mente. E quanto mais eu a vejo, mais eu tenho vontade de bater em mim mesma com botas de bico de aço. De nada adianta que Tom faça tanto mistério. Estou morrendo de vontade de saber o que acontece nos bastidores da Caro & Co. — mas ele está decidido a não me dizer nada além de me revelar que ainda não tomaram uma decisão.

No dia seguinte, e a apenas uma semana do Percurso à Beira-Mar, estou no banco do carona do carro de Jess enquanto ela leva as crianças ao parque.

— Está mais relaxada com a corrida? — pergunta ela.

— De jeito nenhum — respondo.

— Você vai se sair bem. — Ela sorri.

— Sua fé é comovente. Irracional, mas comovente.

Ela entra no estacionamento de uma loja de conveniência e puxa o freio de mão.

— Preciso de uns lenços umedecidos. Vou demorar só um minutinho. Pode esperar aqui com as crianças?

No segundo em que a porta se fecha, Lola começa a choramingar.

— Ah, Lola, o que foi? — digo na minha melhor voz de bebê, uma voz que costumava parecer boba até eu perceber que não dá muito certo falar com alguém de menos de 1 ano no tom que se usa com o gerente do banco.

Ela para e me olha.

— Assim está melhor! — exclamo, otimista.

Ela começa a uivar. E quero dizer uivar mesmo. É o tipo de uivo que se espera ouvir durante uma lua cheia, quando os lobisomens estão à espreita e os mortos-vivos chocalham suas correntes.

— Ah, meu Deus... Quero dizer, desculpe, meu Deus... Lola, hmmm... Não faça isso! — berro quando Lola tira a chupeta da boca e, num ataque de birra, joga-a no chão.

Solto meu cinto de segurança para ver, para meu alívio, que a chupeta caiu virada para cima. Enquanto a coloco na boca de Lola, acaricio a pele de sua perninha gorducha, acrescentando, "pronto, pronto, meu amor". Ela reage com um chute na minha cara, um movimento que podia lhe garantir um papel em *Kill Bill* — fazendo meu nariz parecer ter sido esmurrado com um socador de carne.

— Ah, querida, coitadinha — continuo no tom mais tranquilizador possível, mas ela se lança numa série de gritos ainda mais penetrantes, com as lágrimas escorrendo pelo rosto.

— Você precisa fazer ela rir — Jamie me informa.

— Mas como? — pergunto, desesperada, tentando me fazer ouvir com aquele berreiro.

— Não sei. — Ele dá de ombros com inocência. — A mamãe faz umas caras engraçadas.

— Tudo bem. — Olho pela vitrine da loja e noto que há cinco pessoas na frente de Jess na fila. — Será uma cara engraçada.

Começo a contorcer o rosto em uma variedade de expressões ridículas e nenhuma delas surte qualquer efeito além de elevar em várias oitavas o coro de Lola.

— Você precisa cantar uma cantiga de ninar pra ela — propõe Jamie, demonstrando seu argumento ao meter um indicador em cada ouvido.

— Boa ideia. Mas não conheço cantigas de ninar. Sabe alguma?

Ele fica escandalizado.

— Eu estou *na escola*. Não temos cantigas de ninar *na escola*. Isso é coisa de bebê.

— Sim, mas você sabe alguma de quando era pequeno?

Ele pensa por muito tempo e com esforço antes de responder.

— Não.

— Que ótimo. — Lola parece estar prestes a entrar em combustão espontânea.

— Não precisa ser uma cantiga de ninar — diz ele, prestativo. — Pode ser qualquer coisa.

Passo a cantar um medley animado mas desafinado de "Mamma Mia", "I Like to Move It" e "Show Me the Way to Go Home" completo, agitando as mãos abertas e chutando o mais alto que posso no banco do carona de um Citroën Picasso.

Cada mudança de música tem o efeito momentâneo de acalmá-la enquanto ela me olha como se eu fosse um macaco de circo meio divertido... Depois ela uiva novamente. Estou a ponto de ficar desesperada quando Lola de repente chora com tal intensidade que cospe a chupeta como se ela fosse uma rolha de champanhe. Atrapalhada, pego-a com as duas mãos — para aparente prazer das duas crianças.

Lola para, sorri e... Ri. Estimulada pela eficácia do truque da chupeta, solto uma série de gorgolejos teatrais, fico vesga, bato palmas e ajo de modo geral como uma idiota, enquanto seu humor melhora a cada segundo.

Por fim, com as crianças rindo até a barriga doer, concluo, colocando a chupeta de Lola na boca e ao mesmo tempo assentindo. A julgar apenas pela reação da minha plateia, este é um momento de pura genialidade cômica.

Enquanto eles desabam num frenesi de gargalhadas, uma pancada me faz girar e olhar pela janela. É bem ali — no exato momento em que olho nos olhos do motorista do carro estacionado ao lado do nosso no pátio, ainda de chupeta — que percebo que o contrato da Caro & Co. nunca será meu.

Não importa que eu fique estupefata, cuspindo apressadamente a chupeta e abrindo um sorriso amarelo. Estou cara a cara com David Caro — e ele parece ainda menos impressionado do que da última vez que me viu.

Assim que chegamos ao parque, Jamie corre para brincar no escorregador enquanto Jess fica de olho nele e empurra Lola no balanço.

— Talvez ele não tenha me reconhecido — digo a ela, mais por esperança do que por convicção. — Tinha uma janela entre nós. Além disso, eu estava fora de contexto... Não estava com roupas de trabalho; estava de camiseta, jeans e... Arrrgh! Chupando uma merda de uma chupeta!

Olho para Jess e percebo que ela não ouve uma palavra do que eu digo.

— Está tudo bem? — pergunto.

— Não — responde ela, depois sai do estupor. — Quero dizer: Sim. Estou bem. Desculpe, o que estava dizendo mesmo?

Franzo o cenho.

— Eu estava falando de... Ah, deixa pra lá. Estou cansada de me preocupar com a Caro and Co. Me conte o que está acontecendo.

— Não está acontecendo nada — diz ela com inocência.

— Está, sim.

— Não está, não.

— Jess. Há quanto tempo nos conhecemos?

Percebendo que o balanço de Lola está perdendo a força a ponto de quase parar, ela dá um forte empurrão na cadeirinha da menina.

— Estou pensando numas coisas, só isso — diz ela.

— Desabafa.

— Não é nada importante.

— Não é o que parece.

— Tudo bem, não posso falar disso.

Olho para ela de um jeito que diz que ela está delirando — a única explicação possível para essa resposta.

— Bom, agora não estou só ofendida, estou totalmente convencida de que a verdadeira Jess foi abduzida por alienígenas. Eu sei de tudo, das hemorroidas que você teve na gravidez aos ruídos estranhos que Adam faz durante o sexo.

Ela revira os olhos.

— Talvez isso faça parte do problema.

— As hemorroidas?

— Não, os... Ah, olha, isso não importa.

— Tem algum problema entre você e o Adam?

Ela pensa por um segundo.

— Não — diz. — Sim. — Ela para. — Não.

Eu a fito e ela simplesmente não consegue sustentar meu olhar. Depois confessa:

— Sim.

— O que é?

Ela faz uma careta.

— Estamos casados há seis anos e às vezes parece que não há mais aquela magia entre nós.

— É só isso?

— Como assim, *só isso*?

— Bom, é inevitável que você às vezes se sinta dessa maneira, não? Especialmente com dois filhos, com a vida atribulada e... A primeira emoção do verdadeiro amor não dura pra sempre. Além disso, você nunca foi muito de romantismo, né?

— Acho que não — diz ela, sem me convencer. — Mas ultimamente comecei a pensar numas coisas que não devia e a me perguntar como seriam as coisas se...

— Se o quê?

— Ah, olha, não se preocupe. Só estou sendo boba. Uma crise de meia-idade precoce. — Ela ri.

Mas não consigo deixar de me perguntar se pode haver mais do que isso nessa história.

Capítulo 36

Na manhã do Percurso à Beira-Mar, eu tenho o mesmo alerta de furacão no estômago que experimentei antes do meu exame de direção. Não é um pensamento auspicioso, dado que fracassei três vezes (embora na última vez tenha sido só por uma batida num entregador de leite que estava no caminho de uma baliza que seria impecável se não fosse por isso).

Estou hiperativa, apesar de ter ficado acordada a noite toda, e vestida como uma noiva nervosa no traje de corrida novo que deixei arrumado na noite anterior.

Passo um tempo absurdo aperfeiçoando o aperto dos cadarços, convencida de que se estiverem frouxos ou apertados demais vou estragar tudo. Prendo meu número de corrida (13 — mas aí está um bom começo) com as mãos trêmulas, depois ando por minha cozinha, tentando pensar em algo mais excitante do que ir ao banheiro, o que já fiz seis vezes hoje.

Quando chego ao Farol de Leasowe, saio do carro e procuro por Jess.

— Aí está ela, Paula Radcliffe!

Levanto a cabeça e vejo minha mãe acenando diabolicamente enquanto anda pelo campo com jeans de grife, saltos impraticáveis e óculos de sol Gucci.

— Sem piadinhas, obrigada. — Olho feio para ela. — Isso já é bem traumático.

— Você vai se sair bem — insiste ela, depois examina meu rosto. — Mas parece meio doente.

Reviro os olhos.

— Obrigada. São os nervos.

— É bom ficar nervosa. Dará um empurrão em você. Onde vou ficar na torcida?

— Você nem devia estar aqui. É só treino.

— Apostei 3 mil nisso — responde ela indignada. — Tenho que verificar sua forma física.

— Não é uma corrida de cavalo — observo.

— Bom, eu não perderia isso por nada no mundo.

— Nem eu. — Eu me viro e vejo papai olhando ansioso para mamãe. — Olá, Gillian.

Ela enrijece.

— Richard.

— Não sabia que vocês viriam — digo. — Ninguém precisava vir. É só um treino.

Ele dá de ombros.

— Eu não tinha nada para fazer, então pensei em dar uma passadinha aqui.

Mamãe começa a vasculhar a bolsa e pega um chocolate Curly Wurly, que começa a desembrulhar. Quase nunca vi mamãe e papai juntos ultimamente e é estranho quando vejo — me deixa ansiosa.

— Está preparada, Abby? — pergunta papai enquanto vamos para a linha de largada. — Como está se sentindo?

— Ah, sabe como é — dou de ombros. — Um caco com tremedeira.

Ele sorri.

— Com toda essa adrenalina, você vai voar.

— Foi exatamente o que eu disse — acrescenta mamãe, mordiscando o Curly Wurly. Eles se olham brevemente e viram o rosto. — Sharon não veio com você?

— Karen — eu a corrijo.

— Ela não pôde vir — responde papai sem jeito. — Está numa conferência. Mas como você está, Gillian? Parece muito bem.

— Estou ótima — responde ela.

— Pelo que li na imprensa, a Calice é um sucesso — acrescenta ele.

— Bate na madeira. — Ela assente educadamente. — Parece que somos à prova de recessão. Mas não há como ter certeza de nada.

— Claro.

Outro silêncio constrangedor.

— Que tal eu levar as duas para almoçar depois? — sugere meu pai. Contra todos os meus instintos, meu coração se agita de esperança.

— Não posso — reponde minha mãe rapidamente. — Eu estou... Estou rebocando o banheiro.

Consigo reprimir um suspiro. O que ela realmente quer dizer é "Estou pagando um pedreiro para rebocar o banheiro". A não ser que minha mãe, que nunca chegou perto de uma Black & Decker na vida, tenha desenvolvido uma súbita cura para sua aversão terminal ao faça-você-mesmo.

— Eu vou — proponho.

— Oh! Pensei que iria almoçar na minha casa — diz mamãe.

— Você disse que vai fazer o banheiro — observo.

— Eu ia, mas... — Ela se interrompe. — Ah, como quiser.

Vejo Jess perto da linha de largada e percebo que ela se aproxima. Depois de uma rápida conversa com meus pais, ela se vira para mim com ansiedade.

— Bom, Abs... Vamos. Precisamos nos preparar.

O aquecimento dura 15 minutos, antes de Jess e eu irmos para a linha de largada, meu coração está quicando pela cavidade do peito como se fosse de borracha. Isso não é bom presságio, uma vez que ainda nem comecei a correr.

— Está bem hidratada? — pergunta Jess.

— Bebi o equivalente a duas piscinas pequenas ontem. Mais um pouco e meus rins teriam pifado.

— E tomou um café da manhã reforçado? — continua ela.

— Granola, como me instruíram, exatamente há duas horas.

— Ótimo. Se sente bem aquecida?

— Essas pernas estão preparadas e prontas para ir — digo com uma convicção maior do que realmente sinto.

— Excelente. Epa, quase me esqueci. — Ela para de andar e abre uma bolsinha. — Temos que tomar dois desses. — Jess me estende um punhado de comprimidos azuis.

— Meu Deus, Jess, tem certeza? — sibilo com as bochechas ficando vermelhas ao olhar em volta, alarmada.

Esta não é a primeira vez que Jess tenta me convencer a tomar drogas. A primeira vez foi na festa de aniversário de 17 anos de Damian Bennett, quando ela despreocupadamente me deu o baseado que esteve fumando numa tentativa de impressionar Alex Khan, por quem tinha uma queda. Eu nunca havia fumado nada e tentei dar a impressão de que estava gostando; na verdade, os efeitos eram comparáveis a colocar na boca um fósforo aceso e engolir com diesel.

Não me lembro de muita coisa depois de dois tragos; só que acordei cinco horas depois sob uma montanha de jaquetas de brim desbotadas na cama dos pais de Damian. Não sabia como Jess tinha saído daquilo incólume, até que ela disse, culpada, "Meu Deus, Abby, você não inalou, né?"

A lembrança não me enche de confiança.

— Isso não é trapaça? — sussurro, ansiosa.

— Todo mundo faz isso. Isso vai te dar um empurrãozinho, só isso. — Ela pisca. — Uma *ajudazinha*. — Ela ergue as sobrancelhas com descaramento e coloca dois na boca.

— Nem acredito que está fazendo isso, Jess. Não sei se quero. Quero dizer, e se formos apanhadas?

— Ah, Abs, deixa de drama.

Respiro fundo.

— Quantos?

— Quantos você quiser. Três, quatro...

Engulo em seco, pensando no meu desespero para passar por esta corrida. Em mamãe e papai me vendo da lateral. Nem acredito que estou até pensando nisso.

— Se eu *tomasse* alguns, seriam só dois — digo.

Ela faz cara de impaciência e eu me sinto uma nerd. Antes que eu possa pensar melhor, pego dois, jogo os comprimidos na boca e os engulo.

— Muito bem — digo, decidida. — Vamos correr os 5 quilômetros.

Vou para a largada com o peito ardendo. De repente sinto calor e frio ao mesmo tempo. Jess se curva e segura minha mão.

— Estou apavorada — confesso.

— Você vai se sair bem. — Ela sorri e solta minha mão enquanto soa o tiro de largada.

Capítulo 37

Apesar do aquecimento, minhas pernas parecem ranger, como se as articulações não estivessem bem lubrificadas. Entretanto, percebo rapidamente que faço uma largada decente. Talvez rápida demais para começar, mas não tenho tempo para pensar nisso — e a adrenalina que corre por minhas veias me impede de me prender a meu ritmo.

Jess está bem à frente mas, além dela, não penso no que os outros estão fazendo. Em vez disso, concentro-me na estrada, em minha respiração profunda e ponderada, em mover braços e pernas com a maior intensidade e rapidez que consigo.

Os comprimidos bateram quase de imediato, estimulando cada célula do meu corpo até que elas zuniam de energia. Parece que tem combustível de foguete no meu sangue, impelindo-me para a frente, incitando-me num ritmo implacável.

A corrida passa numa névoa. Mesmo quando estou correndo mais rápido do que nunca, vivo um semidevaneio. Estou fora de minha zona de conforto, sugando ar para os pulmões em golfadas longas e frenéticas, mas nunca passa pela minha cabeça fazer algo além de continuar. Por mais difícil que seja, é como se eu estivesse sendo empurrada para a chegada por uma força irresistível.

Quando nos aproximamos do fim da corrida, posso ouvir os gritos pelos competidores que terminaram antes de mim e, quando faço a curva, vejo papai e mamãe, lado a lado, sorrindo e aplaudindo.

Fico brevemente perdida numa fantasia de infância, na qual meus pais estão ali juntos. Bem juntos. Não consigo tirar os olhos deles quando me aproximo, mamãe ficando cada vez mais animada, muito animada.

— Vamos, Abby! — É Jess quem grita. Ela obviamente já terminou há séculos. Tenho uma explosão imediata de energia e, apesar da minha fadiga, engreno uma marcha mais rápida.

Estou correndo mais rápido do que pensava ser capaz e é terrível e maravilhoso ao mesmo tempo. Enquanto meus pés tocam na linha branca e o relógio bate, registro o tempo e quase morro de felicidade. Vinte e nove minutos e quarenta e sete segundos. Eu bati o tempo que fiz nos treinos em quase um minuto.

Fecho os olhos e me curvo, compreendendo minha realização enquanto o som e a cor do evento me dominam. Eu consegui. *Eu consegui mesmo!*

Ao pensar na onda de felicidade prestes a me invadir, vem uma percepção que me deprime. Foram as drogas. Será que eu faria esse tempo sem elas? O que resta de meu júbilo evapora de imediato.

Não foi nenhuma vitória. Eu trapaceei. Que sentido tem isso?

Jess voa para mim e me abraça.

— Abby... Você fez em menos de trinta minutos! Estou tão orgulhosa de você!

— Está mesmo? — murmuro desanimada, entre um ofegar e outro.

— Mas é claro. Conseguir esse tempo em sua primeira vez é incrível! — Ela sorri, depois para e percebe minha expressão. — Algum problema?

— Ah, não sei não, Jess... Eu queria ter conseguido isso sozinha... Sem os comprimidos. Estou decepcionada comigo mesma.

— Que comprimidos?

— Os que você me deu — digo, baixinho.

— Mas do que está falando, Abs? — Ela torce o nariz.

— Estou falando que foi por causa daquelas drogas — eu sibilo.

Um olhar de percepção cruza seu rosto.

— Por que está sorrindo? — pergunto.

— Abby, você é uma pateta. — Ela ri. — Se não for mais do que isso.

— Por quê?

— Porque, minha querida amiga, você ficou ligadona... com dois M&M's.

Capítulo 38

Não tenho tempo para a tagarelice on-line de hoje do Síndico do Condomínio, mas sou atraída ao seu e-mail como se fosse o próximo capítulo de uma novela brega.

> Chegou ao Meu conhecimento que Certas Empresas andam abusando do sistema de reciclagem introduzido no início do ano. O Síndico do Condomínio gostaria de lembrar a todos os Empregadores que os receptáculos verdes projetados para o depósito de dejetos da variedade plástica são adequados UNICAMENTE para o depósito de dejetos desta variedade.
>
> Certas Empresas do Quarto Andar não têm retirado o rótulo produzido de Substâncias Baseadas em Papel do exterior frontal das garrafas de água. ISSO É INACEITÁVEL.
>
> Doravante, esses membros de Certa Empresa no Quarto Andar devem se considerar Suficientemente Alertados. Favor todas as empresas do Condomínio mandarem um e-mail ao Síndico do Condomínio para confirmar que o Dito Alerta foi compreendido.

Deleto o e-mail antes que meu cérebro estoure.

Depois respiro fundo e olho minha agenda. Desde o dia em que criei a River Web Design, nunca esteve vazia. Entretanto, o volume de compromissos enfileirados agora faz a agenda de um líder do G8 parecer moleza.

— Mas quem é a Granger and Company? — pergunto a ninguém em particular, vendo meu calendário on-line.

— Uma empresa incrível de design de interiores interessada em doar algumas centenas de libras — disse Priya, animada. — Você tem uma reunião com eles na quarta-feira.

— Eles estão interessados em web design?

— Acho que não. — Ela dá de ombros, como se a ideia nunca tivesse lhe ocorrido. — Eles já têm um site bem decente.

Cometi o erro de dizer à equipe que eles podiam ajudar a arrecadar dinheiro para nossa meta definida — 10 mil libras — se tivessem algum "tempo livre" no trabalho. Também disse que, se alguma empresa estiver interessada em fazer uma doação, eu ficaria feliz em vê-los pessoalmente. O que eu não contava era que eles fossem marcar tantas reuniões de caridade que agora não tenho tempo para nenhuma delas.

— Os compromissos de arrecadação estão se acumulando — murmuro, ansiosa.

— Ótimo, não? — responde Priya.

— Sim, mas...

— E vem mais um *monte* por aí — continua ela. — Você está atraindo muita atenção, Abby. E estou tão animada com o baile de gala. No mínimo porque meu novo namorado Ian disse que vai. Agora já são três semanas. — Acrescenta ela, com certo orgulho na voz.

— Que bom para você — digo distraidamente.

— Bom, já organizamos um monte de coisas — diz Heidi, que não me surpreende em nada, sabendo como a garota é. — Reservei a tenda, os ingressos estão na gráfica e entrei em contato com algumas empresas sobre as taxas dos leilões. É inacreditável o número de pessoas dispostas a ajudar.

— Espere só até saber da doação que Heidi arrancou da Smith and Moon... Aquela joalheria chique — diz Matt.

— Como é?

Heidi sorri.

— Um colar de diamantes de 2,5 mil libras.

— Tá brincando? — digo, tirando os olhos da tela, realmente boquiaberta. — Dois paus e meio? Não me diga que você vai levá-lo de táxi na noite da festa.

— Vamos nos preocupar com isso quando for a hora — diz Priya.

— Nosso total geral está perto da marca de 5,5 mil libras — continua Heidi. — Calculo que se você for a todas as reuniões na semana que vem, vamos bater essa marca.

Massageio as têmporas numa tentativa de relaxar, mas minha cabeça ainda parece ser uma bomba-relógio prestes a detonar. E tenho uma ideia. Delegar.

— Por que você não vai a algumas reuniões no meu lugar, Heidi?

Ela dá a impressão de que eu lhe pedi para fazer gargarejo com o conteúdo de uma fritadeira em chamas.

— Ah... Não.

— E por que não? Você já fez um monte de apresentações de venda. É brilhante nisso.

— Eu prefiro não ir, Abby — diz ela. — Não me sinto à vontade falando da minha doença. Uma coisa é falar com os amigos, outra bem diferente é conversar com estranhos.

— Entendo. — Suspiro. Mas *alguma coisa* eu tenho que passar adiante. — Olha, eu preciso espaçar mais esses compromissos, assim teria tempo para...

— Para o quê? — pergunta Priya.

— O TRABALHO! — solto. — Sabe o que é, *o trabalho cotidiano*.

— Ah, isso — diz ela.

— *Isso?* — respondo, furiosa. — É por *isso* que nossos clientes estão nos pagando. É *isso* que mantém essa empresa viva. E é *isso* que está pagando a porcaria dos salários de vocês.

Priya e Heidi ficam aturdidas — e mortificadas. Em geral, não perco o controle, mas, francamente, eu precisava deixar isso bem claro. Mas isso não impede que eu me sinta culpada, porém, quando eles começam a se desmanchar em desculpas.

— Escute — digo. — Estou totalmente envolvida nisso, mas não vou ganhar negócio nenhum que eu queira... Até parece que eu preciso. Minhas contas a receber não param e eu tenho uma lista de e-mails que precisava responder. Isso antes mesmo de a gente entrar no...

— Não diga mais nada, Abs, de verdade — interrompe Heidi. — Podemos remarcar todos. Nós podemos *cancelar*. Você sabe o que essa empresa significa para mim... Para todos nós. Nunca foi nossa intenção que o lado caritativo das coisas fosse dominante.

— Eu sei. — Fecho os olhos enquanto arrio na cadeira. — Olha, não cancele nada. Se a gente der bolo nas pessoas, elas não vão ajudar. Só precisamos encontrar um equilíbrio e nos certificar de que eu tenho tempo para administrar a empresa. Entre isso e o treinamento...

— E como *está* o treinamento? — pergunta Matt, intrometendo-se diplomaticamente.

— Estou indo bem. Corri 5 quilômetros em menos de trinta minutos no fim de semana. O fato de que meu único estimulante era uma onda de açúcar com um pouco de chocolate torna tudo isso melhor.

Eles me olham sem expressão.

— Isso é bom? — pergunta Priya.

— Pra mim, é. Pra mim, fazer 5 quilômetros em trinta minutos é como correr uma maratona com uma perna só e ainda chegar em casa a tempo para o chá — explico. — Ah, meu Deus, estou atrasada para minha reunião.

Quero sair da frente do computador e vejo que chegaram mais seis e-mails, três dos quais sinalizados como urgentes. Meu escaninho verga sob o peso de cartas que não abri e há três Post-Its presos na minha mesa me lembrando de retornar algumas ligações. Em circunstâncias normais, trabalhando até tarde eu conseguiria colocar tudo em dia — mas esta noite tem clube de corrida e não me atrevo a faltar e sair dos trilhos como da última vez.

— Como está se sentindo agora, Heidi? — pergunta Priya enquanto pego a bolsa.

— Muito bem. Fiz uma ressonância na semana passada e não houve alterações desde minha última reincidência, então está bom. E o grupo de apoio local do qual estou participando é incrível; conheci um monte de gente que passa exatamente pelo mesmo problema. Além disso, tudo o que Abby está fazendo me ajuda de verdade a continuar. — Ela olha para mim. — Estou tão agradecida, Abby. Você é uma estrela. E não estou dizendo isso só para puxar o saco da chefe.

Se eu tivesse alguma dúvida de que não posso afrouxar na arrecadação de dinheiro — ou no treinamento —, agora estaria confirmada.

Preciso pensar num jeito melhor de passar por isso. Ou pelo menos arrumar algum tempo para mim. Se tivesse um contrato grande que nos levasse pelos próximos meses... Um dos grandes mesmo. Algo como a Caro & Co...

Agora eu fico deprimida.

Pego a chave do carro quando o telefone toca e eu o atendo sem pensar.

— Abigail Rogers? — pergunta a voz do outro lado da linha. Meu coração derrete. *Eu não tenho tempo!*

— Não, é a colega dela, Priya — guincho no que creio ser uma imitação perfeitamente respeitável. A julgar pela expressão de Priya, não é uma opinião que ela partilhe comigo.

— Oh! Aqui é Jim Broadhurst, da Caro and Company. Poderia pedir a ela para telefonar? É sobre o contrato que ela quer nos vender.

— Ah! — Meus olhos se arregalaram. — Ooooh! Sim. Quero dizer, ela está entrando agora mesmo. — Minha voz vacila novamente e Priya me lança adagas imaginárias.

Dou uma farfalhada perto do telefone e o levo à orelha.

— Abby Rogers — digo, esforçando-me para soar diferente.

— Jim Broadhurst.

— Ah, olá! Que surpresa maravilhosa — arrisco, apesar de ele ter sido maravilhoso como o Ebola quando nos encontramos.

— Estou telefonando sobre o contrato. — Ele parece bem mais gentil do que quando estivemos frente a frente. Sei que não é grande coisa, mas eu quase descreveria o tom de sua voz como afável. Até amigável. Isso não quer dizer...

— O contrato. Sim — respondo, sentindo uma onda de otimismo, mas torcendo para aparentar indiferença.

— Bem, o conselho chegou a uma decisão — continua ele com um tom genuinamente alegre. — Primeiro gostaria de lhe agradecer sinceramente por sua apresentação. Somos uma empresa desafiadora... Propositalmente. Você nos deu muito no que pensar.

— Dei?

— Certamente! Embora houvesse elementos em sua apresentação que não nos agradaram, ficamos com a impressão de que fundamentalmente você é uma candidata de primeira linha. De primeira — repete ele, entusiasmado.

— É mesmo? — choramingo.

— Ah, sim.

— Hmmmm... Estou tão satisfeita!

Ah. Meu. Deus. Será que ele está dizendo que eu ganhei o contrato? Ele está me dizendo que, embora eu tenha estragado a apresentação, meu talento ainda assim brilhou?

— Como sabe, o que procuramos é uma empresa com currículo comprovado em marketing digital interempresarial.

— ... *O que eu tenho!*

— Alguém que acho que pode trabalhar de perto com nossa equipe e realmente se envolver com ela.

— ... *O que eu posso fazer!*

— E sobretudo alguém que acreditamos ter a capacidade de levar nossa empresa à posição que queremos no mercado digital, em um espaço de tempo relativamente curto. Não há dúvida de que você cumpre muitos desses requisitos, Srta. Rogers.

Hurra!

— E, neste caso, a decisão foi unânime! — Quase ouço seus dentes rangerem, tão largo parecia aquele sorriso.

— Sim?

— Lamento informar, mas vocês não ganharam o contrato.

Capítulo 39

Não foi uma surpresa, mas passei o dia ruminando sobre o que o contrato da Caro & Co. poderia ter feito por nós — por nossa receita e nossa reputação. Eu não sou assim: normalmente levanto, sacudo a poeira e procuro a próxima oportunidade.

Mas isso era diferente. Era grande e importante demais e não consigo parar de pensar que podia ter sido meu, se eu tivesse dado a atenção que merecia. O fato de que a conta ficou com a Vermont Hamilton — uma empresa que eles vão se arrepender de contratar — não serve de consolo. E a única responsável por isso sou eu.

Apesar disso, também não posso deixar de remoer as palavras de Jim Broadhurst: "a decisão foi unânime". Não estou dizendo que eu merecia algum favor como amiga de Tom, mas... Tudo bem, talvez eu esteja querendo dizer exatamente isso. Que mal ele faria defendendo o meu lado? Ele mesmo disse que sabia que nosso trabalho era bom. Embora eu concorde que não fui brilhante na apresentação — e que a simulação não ajudou em nada —, não fui horrível. Não mesmo. Com alguma insistência da parte de Tom, as coisas poderiam ter sido diferentes.

No clube de corrida naquela noite, ele se aproxima de mim durante o aquecimento e meu cérebro zune com as respostas cretinas às inevitáveis provocações que estou prestes a receber. Não estou esperando nada deliberadamente cruel, mas Tom gosta de implicar — e acho que ainda estou magoada demais para isso.

— Abby. — Seu tom é caloroso e áspero, e é impossível interpretá-lo.

— Sim? — respondo rispidamente.

— Lamento pelo contrato.

Levanto a cabeça, sobressaltada.

— Esquece.

— Se significa alguma coisa para você, chegou perto... Todos concordamos com isso.

— Sim, eu soube que vocês todos entraram em acordo. — Ouço a mim mesma murmurando.

— E não dá para ganhar todas — diz ele, sorrindo.

De repente me ocorre que esse seu sorriso irresistível não é nem um pouco irresistível para *mim*. A única resposta que ele me provoca, pelo menos hoje, é um desejo de jogar minha bolsa na cabeça dele. De preferência com um tijolinho dentro.

— É claro que não dá para ganhar todos eles — digo —, mas eu preferiria ter vencido uma conta de 3 mil por mês.

Ele para de se alongar enquanto registra meu estado de espírito.

— Espero que não esteja levando isso para o lado pessoal — diz ele.

— Ah, *não*. — Estou sendo sarcástica, mas meu coração bate loucamente quando ele me olha sério.

— Não precisa ficar assim, Abby.

— Tom, se você administrasse sua própria empresa, entenderia por que estou aborrecida. — Queria que minha voz parasse de tremer. — Principalmente quando perdi para uma empresa cuja maioria dos funcionários mal tem inteligência para amarrar os próprios cadarços.

— Eles se saíram muito bem — responde ele com firmeza.

— E em especial quando alguém que pensei que era um amigo teve parte da responsabilidade. — Ao dizer isso, estou ciente de que devo estar sendo injusta. Eu nem teria essa oportunidade se não fosse por ele. Mas não consigo me reprimir. E ele *podia ter* defendido meu lado.

— *Eu* fui responsável?

— Eu disse em parte. Você votou pela Vermont Hamilton, não foi?

— Acho que vai descobrir, como "alguém que administra sua própria empresa", que *você* foi a responsável, Abby. Até você disse que a apresentação foi medonha.

— Posso te dizer uma coisa, Tom? Criticar a apresentação de uma mulher é como criticar os pais dela. Só eu posso fazer isso.

— Tudo bem. — Ele ergue os braços, exasperado. — Culpe todo mundo, menos a si mesma.

Meu coração dispara em minha caixa torácica, martelando de indignação, quando Geraldine aparece ao lado de Tom, sem saber de nossa conversa, e o beija no rosto.

— Oi, amor — diz ela, radiante. — Como vão as coisas?

Os olhos dele se desviam rapidamente.

— Tudo bem. Ótimas.

— Oooh, Abby. — Ela sorri, virando-se para mim. — Tenho que te mostrar a foto do meu sobrinho novo. — Ela pega um chaveiro personalizado na pochete e o estende com orgulho. Ignorando meticulosamente Tom, olho o bebê de olhos arregalados, coxas gorduchas e uma explosão de cabelo cor de baunilha.

— Ele é lindo. Quantos anos tem?

— Três semanas. Ah, ele é lindo mesmo, Abby... Eu o adoro. Mas tenho que adorar... Não tenho perspectiva no horizonte — diz ela incisivamente. Ao que parece, as referências abertas à sua obsessão se tornaram mutuamente aceitáveis.

Os três grupos se preparam para partir e me junto aos outros. Quando estou prestes a começar, levanto a cabeça e tenho a única surpresa agradável de meu dia: Oliver está olhando para mim.

Quero dizer, está olhando *mesmo* para mim.

Na verdade, este é o olhar mais patentemente sedutor que ele dá, um sinal de interesse gloriosamente descarado. Provoca um jato de euforia por meu coração que dura bem além de rompermos o olho no olho — e pela maior parte da minha corrida.

Quando volto ao centro esportivo, ainda estou bastante animada e morrendo de vontade de vê-lo novamente. Faço o alongamento constrangida, prendendo a respiração, quando sinto uma mão na base das minhas costas.

— Eu não te disse que você se saiu bem no domingo. — Oliver parece tímido de novo, agora que estamos cara a cara, mas como está lindo suado e, bom, *simplesmente lindo*, vou perdoar.

— Ah! Sei que fui lenta se comparada com a maioria dos competidores. Mas fiz em menos de trinta minutos, então já estou satisfeita.

— Meus parabéns. — Quando ele sorri, suas covinhas aparecem e eu me esforço para desviar os olhos delas. — Você merece. Trabalhou muito para isso.

— Ah, não sei — respondo, percebendo uma gota de suor do tamanho de uma pera cair na ponta do meu nariz. Enxugo-a disfarçadamente. — Preciso mesmo continuar trabalhando.

— É bom ouvir isso. O clube de corrida não seria o mesmo sem você ultimamente.

Depois de esfriar desde que parei de correr, um jato de calor é impelido nas minhas bochechas.

— Sei que vocês sobreviveriam — murmuro. — Além disso, não vou desistir tão cedo assim. Quero ter certeza de que estarei em boa forma para a corrida.

Ele sustenta meu olhar, sua confiança voltando visivelmente.

— Você está em ótima forma para mim.

Capítulo 40

— Mas por que você nos trouxe aqui, ora essa? — pergunto enquanto Jess se espreme por um grupo de estudantes no bar na Willow Tree. — É sua crise de meia-idade precoce mostrando a cabeça feia de novo?

Este não é um bar óbvio de estudantes: é aconchegante e bem-conservado, com painéis de carvalho e barris de cerveja tão reluzentes que você pode usar para tirar as sobrancelhas. Também foi aqui que percebi, se houvesse alguma dúvida, que Jess e eu seríamos amigas para sempre.

Quando nos candidatamos às nossas vagas na universidade, nós duas esperávamos terminar em Glasgow. Mas como não conseguiu nota máxima em uma das matérias, Jess acabou na segunda opção, Reading. No começo nos falávamos toda noite por telefone, algo que eu ficava ansiosa para acontecer.

Depois que me acomodei, fiz novos amigos e comecei a curtir meu novo e curioso mundo. E telefonar para Jess se tornou um dever, algo que não me orgulho de confessar.

Antes que eu me desse conta, já fazia duas semanas que não nos falávamos, depois três. Entre estudar, me divertir e a Sociedade de Poesia (embora eu não tivesse durado muito nesta última), cheguei à conclusão de que Jess e eu tínhamos seguido caminhos diferentes.

Eu estava na metade do segundo período quando conheci Kristoffer, um aluno de geografia norueguês com uma boca que eu podia manter molhada o dia todo — e me senti desesperada e obsessivamente apaixonada por ele.

Jess telefonou uma noite — do nada — parecendo vaga e esquisita, mas eu só conseguia me concentrar em Kristoffer roçando o nariz no meu pescoço no telefone público. Em vez de perceber que havia algo errado, voltei ao meu quarto, onde ele tirou minha roupa enquanto eu afundava no colchão encalombado da minha cama de solteira. Passamos semanas debaixo do edredom, só saindo de lá para uma aula ou outra e para comer alguma porcaria sem nenhum valor nutritivo.

Eu não queria que terminasse. Só que terminou — abruptamente — quando ele me trocou, duas semanas antes das minhas provas, por uma estudante de sociologia de um 1,80m e peitos entre os quais se podia perder uns trocados. Como era de se esperar, tomei bomba em todas as matérias, menos uma, e tive de fazer prova final.

Eu não suportaria ficar em Glasgow para a recuperação, então voltei para casa e estudei tanto que em algumas noites deve ter saído fumaça de meus ouvidos.

Voltei a Glasgow para as provas finais e, depois do meu último telefonema à minha mãe na estação, eu estava prestes a embarcar no trem para casa. Ela disse que Jess tinha me procurado, perguntando se eu queria colocar a vida em dia. O momento de seu telefonema foi mera coincidência, mas quando entrei no Willow Tree naquela noite, eu teria chorado de felicidade se não estivesse tão envergonhada por ter deixado nossa amizade de lado por tanto tempo.

— Eu lamento tanto não ter mantido contato — eu disse, ansiosa.

— Ah, não se preocupe — respondeu ela, animada. — Vamos lá... Ainda bebe cerveja com cidra?

Ela não me deixaria remoer nada. Aquela noite era para tomar um porre e retomar de onde paramos. Então contei sobre Glasgow, Kristoffer, a Mulher dos Peitos de Matar e as provas em que fracassei. Ela me contou sobre Reading, Ethan, a Mulher das Pernas de Matar e as provas em que ela quase fracassou.

Foi um reencontro emocional. E alcoólico. Mas deixou claro o fato de que eu nunca questionaria de novo: nós sempre estaríamos presentes uma para a outra — independentemente de qualquer coisa.

Jess e eu pretendíamos tomar apenas um drinque — estávamos no meio da semana e eu não deveria beber. Mas depois de ter *um daqueles dias*, tornou-se *uma daquelas noites*, quando conversamos sobre tudo e sobre nada. Entretanto, apesar da abundância de conversa, havia algo estranho no ar. Só quando estava no meu terceiro drinque foi que resolvi abordar o assunto.

— Está tudo bem entre você e Adam?

Ela suspira.

— As coisas entre mim e Adam estão ótimas. — Ela para e dá de ombros, resignada. — Adam e eu somos... pela maioria dos padrões... um casal feliz. Amamos nossos filhos. Temos um lar estável. Não brigamos muito.

— Eu sei. Nada normal, se quer minha opinião — brinco.

Ela de repente fica séria.

— É o que eu penso também.

— Jess, eu só estava brincando!

— Eu sei, mas... — Ela gira o vinho na taça. — Uma vez li que se você tem que pensar se ainda ama alguém, então já deixou de amar. Talvez seja por isso que sempre me senti pouco à vontade em dizer que o amava. Não por causa da tendência à repressão que herdei da minha mãe, mas porque eu não o amo mais.

— Mas, Jess, você nunca disse a ele que o amava, mesmo quando não tinha nenhuma dúvida do que sentia. Nem quando você disse *a mim* que o amava. Você sempre achou isso cafona.

— Acho que sim. — Ela dá de ombros.

— E essa história de às vezes questionar seus sentimentos... É natural depois de tanto tempo juntos. É sério. Hoje em dia esperamos a perfeição, mas ninguém pode ser perfeito. Esperamos que a empolgação, a emoção e o desejo do primeiro amor durem para sempre. Não duram. *Não podem* durar. Só porque alguém não te dá arrepios depois de dez anos, não quer dizer que você deva parar de amá-lo.

— Claro, mas...

— Pense nos meus pais — continuo. — Toda aquela besteira que minha mãe prega sobre ela e papai terem "ficado distantes". Que coisa irritante! Os casais só se distanciam se eles deixarem. No caso dos meus pais, minha mãe deixou. Se dependesse do papai, eles ainda estariam juntos. Eles *ainda deviam* estar juntos.

Paro e olho a expressão de Jess.

— Não sei o que houve entre seus pais, só posso falar por mim — diz ela em voz baixa. — E embora eu não discorde inteiramente de você, está falando da perspectiva de alguém que não esteve em uma relação que durou o que... Mais de dois anos?

— Não precisa tripudiar, tá legal? Além do mais, Harry e eu ficamos juntos por dois anos e três meses. Admito que no mesmo período ele também ficou com outra por seis meses, mas ainda assim...

— Não estou tripudiando. Você sabe que não. Olha, dez anos atrás, eu teria concordado. *Um* ano atrás, eu teria concordado. Mas agora... Ah, talvez eu só esteja vacilando. — Ela pisca. — Ou talvez não.

— Como assim? — pergunto.

É então que noto os vincos em sua testa e o inchaço vermelho nos olhos. Pego seu cotovelo, incapaz de acreditar na rapidez com que ela ficou perturbada.

Ela me olha, depois vira o rosto com os lábios tremendo.

— Queria poder voltar no tempo — sussurra ela, trêmula, mas agora não é comigo que fala. É consigo mesma.

— Jess, você pode fazer tudo voltar ao normal. Talvez vocês só precisem de umas noites românticas ou um fim de semana fora, ou...

— Não foi isso o que eu quis dizer.

— Mas então *o que* você quis dizer?

— Abby. — Ela funga, respirando fundo e tremendo. — Eu dormi com outro homem.

Capítulo 41

Preciso de um segundo para entender direito o que ouvi.

— Você fez o quê? — pergunto, mas não preciso realmente que ela repita. — Quando?

Sua respiração é rasa e lacrimosa.

— Um dia antes de sairmos para jantar... Algumas semanas antes do seu aniversário — murmura Jess. Eu sabia que ela estava estranha naquela noite; era de se pensar que o aspargo estava batizado com arsênico, tal a relutância de Jess em comer. Só agora eu me dou conta de como foi esquisito.

— Mas como?

Ela ergue uma sobrancelha solenemente.

— Do jeito de sempre.

— Jess, pelo amor de Deus, eu sou sua melhor amiga. — Estendo o braço e seguro sua mão. Parece frágil e fria do gelo em sua bebida. — Se não pode falar disso comigo, então com quem vai falar?

Ela se encolhe.

— É mais complicado do que você pensa, Abby.

— Sei que é — concordo. — Mas... Quem foi?

Ela fecha os olhos brevemente e engole em seco.

— Alguém do trabalho. John. Maxwell. Ele trabalha no Departamento de Vendas.

— Eu o conheci?

— Acho que não. Ele começou enquanto eu estava de licença-maternidade.

Minha mente gira com perguntas e elas escapolem da minha boca antes que eu consiga pensar direito.

— Ele também é casado?

— Não — responde ela num torpor, como se falar lhe provocasse uma dor física. — Não me peça para contar os detalhes, Abby. Só o que posso dizer é que... Eu, pelo menos por um momento, fiquei cativada. Acho que parte de mim ainda está.

— Ai, meu Deus! Ainda está rolando? — sussurro, tentando não chamar a atenção dos outros no bar. — É... *um caso*?

— Não — diz ela na pressa de responder. — Só dormi com ele uma vez. Só isso. Desde então, estive resistindo aos avanços dele. Mas para ser franca... É difícil, especialmente porque tenho que vê-lo o tempo todo.

— Uma das muitas desvantagens de ficar com alguém do trabalho — murmuro.

No minuto e meio desde que ela soltou a bomba, eu estive oscilando violentamente de uma emoção a outra. Embora seja completamente inofensivo, acho que Adam tem todo o carisma de um tubérculo cozido demais.

Mas estou tão triste como estupefata com essa história. Não por Adam, embora eu nunca tenha desejado isso para ele, mas por Jess. Se ela acha que vai encontrar a felicidade nos braços de um vendedor de fala mansa, está enganada. Entretanto, hesito em partilhar essa opinião. Talvez Jess finalmente tenha encontrado alguém que combine mais com ela. Com um pouco mais de brilho, personalidade e...

Ah, mas ela é casada! E tem filhos! Filhos *pequenos*. Se Jess deixar Adam, será ainda pior para eles do que para mim quando mamãe abandonou meu pai, porque pelo menos eu era um pouco mais velha.

— Adam sabe? — pergunto.

— Meu Deus, não. — Ela toma um gole do vinho. — O ridículo nisso é que antes de acontecer, eu nunca questionei o que sentia por Adam. Não sei como me meti nessa enrascada. E agora não consigo deixar de me perguntar se fiz de propósito. Deve ter havido algum problema. Por que outro motivo eu faria isso?

— Esse cara deve ter um charme e tanto — digo.

Ela olha as próprias mãos.

— Acho que sim. Acho que só de ficar com ele eu me senti especial, sexy e... viva. Não posso te dizer como é, Abby. Não posso dizer como é bom. Mas também como é horroroso.

Ela analisa minha expressão, os olhos tornando-se lacrimosos de novo.

— Você reprova, não é? Por causa da sua mãe e do seu pai.

— Eu só quero o melhor para você. Não quero que faça nada de que vá se arrepender.

Ela me olha atentamente.

— Mas nem você acha que Adam e eu somos perfeitos um para o outro.

Eu a olho, chocada.

— Quem, Adam? Eu acho Adam ótimo!

— Sem essa, Abby. Você acha que ele é limitado e chato. Fica escrito na sua cara sempre que está com ele.

— Isso não é verdade!

— Ah, não se preocupe. — Ela suspira. — Por que eu teria me apaixonado por outro homem se não desconfiasse de que você estava certa o tempo todo?

— Mas eu não estou certa — argumento sem lógica nenhuma. — Quero dizer, só porque não estou em sintonia com Adam como você, não quer dizer que não ache que ele tem algumas... virtudes excelentes.

Jess me olha, vendo com tanta clareza através de meus eufemismos que eles parecem ser de cristal.

— Mesmo que Adam fosse a pessoa mais chata do mundo, isso não importaria, não é? Eu o traí. Pior ainda, esse lance pode ter acabado, mas eu ainda não consigo parar de pensar num homem que não é meu marido. Adam não merece isso. Ele é muito bom.

Ela desmorona numa crise de choro e está com uma cara péssima.

— Ah, Jess. — Coloco a mão em suas costas.

— E não é só ele — diz ela, fungando. — Eu traí outra pessoa.

— Quem? — Franzo o cenho, entendendo literalmente o que ela disse, como se houvesse um terceiro que não foi mencionado.

— A mim mesma — murmura Jess. — Eu traí a mim mesma.

Capítulo 42

Não discutimos a confissão de Jess nos dias que se seguiram. Não por eu não ter tentado, longe disso. Repetidamente tento fazer com que ela se abra sobre o assunto, mas ela só diz que está fingindo que nada aconteceu e tocando sua vida. O que sinceramente espero que ela consiga fazer.

Quanto a mim, vários problemas exigem minha atenção no momento: correr, minha vida amorosa e o trabalho.

O Percurso à Beira-Mar foi um incentivo tal que agora anseio pelas sessões do clube por outro motivo além de Oliver. Começo a acreditar que posso mesmo completar essa meia maratona — algo que antes parecia tão realizável quanto uma indicação para o prêmio Nobel.

Dito isso, ver Oliver três vezes por semana é um bônus que põe no chinelo todos os outros bônus. Nunca pensei que ele poderia ficar mais doce, mais gracinha e mais atraente, mas é exatamente o que acontece.

Além disso, de um tempo pra cá ele sempre me olha nos olhos, quase descaradamente. O que eu adoro. Mas ao mesmo tempo não posso deixar de desejar que as coisas avancem, se realmente têm de acontecer entre nós. É pedir demais?

Considerei fugazmente a ideia de que ele está me enrolando, mas é inconcebível pensar que alguém de sensualidade tão gentil e discreta faça uma coisa dessas. Oliver simplesmente é meio devagar e, embora isso seja frustrante, sei que no final ele valerá a pena.

O único problema no clube de corrida é que as coisas ainda estão meio estranhas com Tom depois de nossa briga. Ainda conversamos

— mas com menos frequência e não é mais como antes. Embora parte de mim queira levantar o assunto e dizer, "vamos esquecer toda aquela história do contrato, Tom. Amigos?", há uma parte fraca demais para se exaltar.

No front do trabalho, estou tão ocupada que mal consigo pensar direito. Mas ganhei alguns clientes pequenos recentemente e Egor está satisfeito com meu nível de crescimento. Entre isso e a lealdade dos clientes atuais (a Diggles agora é mais do que uma tia boazinha, mais do que uma cliente), a mensagem dele é clara: não tire o pé do acelerador, Abby — embora você esteja indo bem.

É claro que terei mais tempo quando passar o baile de gala, porque apesar de Heidi e Priya terem assumido boa parte da organização, ainda me vejo levada a ajudar mais do que posso. Todos nós temos que ajudar.

São floristas a procurar, planos dos lugares a montar, uma banda de jazz a escolher, bufê e fornecedores de champanhe a contratar. Tudo supostamente no meio do dia de trabalho. Tem sido tão implacável que no dia do baile, no final de outubro, parece que fui levada por um ciclone por um mês e só fui cuspida dele agora.

Eu pretendia ir para casa cedo e gastar algumas horas me arrumando. Em vez disso, sou apanhada numa leva de problemas no trabalho, depois atraída ao colapso nervoso de Priya por causa da notícia de que o trompetista está com infecção de garganta e foi instruído por seu clínico a tocar triângulo.

— Quem já ouviu falar de uma banda de jazz acompanhada por uma porcaria de triângulo? — Ela bufa. — E agora vai ser o quê? O tecladista batendo pratos?

Ela anda de um lado para o outro do escritório com seu vestido violeta de cetim sem alças, tentando consertar seu fascinator agora desgrenhado, porque já foi lavado na pia do banheiro do segundo andar depois de ela descobrir que as gérberas murcharam, segundo revelou uma hora atrás o florista, pelo telefone. Priya jogou a cabeça para trás, desesperada, fazendo com que o fascinator voasse longe, direto no macarrão instantâneo de Matt. Ainda cheira levemente a frango reconstituído e a cogumelos, mas ela está decidida a ficar com ele depois de pagar 19,99 libras.

Quando saio do trabalho, são quase cinco horas, o que quer dizer que só tenho uma hora para chegar em casa, me produzir e ir para a tenda do Knowsley Hall — desse jeito, se eu tiver sorte, posso receber os convidados com um refinamento que faria a Grace Kelly parecer a Amy Winehouse.

Estou a caminho de casa, lutando com o trânsito, quando o telefone toca e aparece o número de Jess na tela. Ela vai ao baile esta noite, com grande parte do pessoal do clube de corrida, mas ficará numa mesa diferente. Adam convenceu a empresa dele a comprar uma mesa e ele e Jess estarão bebendo e comendo como clientes.

— Oi, ralé! Ansiosa para o baile? — pergunto.

— Ralé? Nisso você acertou. — Ela não parece muito bem.

— O que foi?

— Ah, Abby, não sei como vou te contar isso.

— O quê? — pergunto.

— O Jamie não está passando bem. Ele está com tantas manchas que posso ligar os pontinhos nas costas dele.

— Ele está bem? — pergunto, ansiosa.

— Acho que sim. Desconfio que seja catapora, porque uns colegas de turma dele tiveram. Vou levá-lo ao médico de manhã. Nesse meio-tempo, não quero deixá-lo com uma babá.

Agora a ficha cai.

— Você não vai.

— Lamento muito. Sei que não é nada de mais, mas não acho certo sair esta noite... Quero ficar de olho nele eu mesma. Você entende, não é?

— É claro.

— Mas o Adam vai, obviamente.

— Ótimo! — respondo com um entusiasmo maior do que eu sentia.

Encerro a ligação enquanto paro na minha casa e sinto uma onda de nervosismo. Mas confesso que não apenas pelo evento em si. Sabendo que o Doutor Sexy estará sentado ao meu lado na mesa — uma mera coincidência, detalhadamente tramada —, eu caprichei na minha aparência, perambulei por lojas em busca de uma roupa de matar, fiz luzes e até comprei um spray de bronzeamento.

Meu vestido foi um achado: um vintage longo com um quê de Valentino que descobri numa lojinha em Chester. Só de colocá-lo já me sinto fabulosa, e quando termino a maquiagem, calço os novos sapatos e pego a bolsa, estou transbordando de expectativa.

Estou pronta para sair num recorde de dois minutos de antecedência com relação ao táxi que marquei e, esperando inquieta na sala, folheio um artigo de revista que peguei no cabeleireiro: *Cinco Dicas de Sedução — Garantidas!*

É da Gretchen F. Cassidy, especialista americana em relacionamentos cujo guia de autoajuda, *A encantadora de homens*, está disponível em capa dura por 12,99 libras, segundo a nota ao pé do artigo. Tenho minhas dúvidas sobre uma técnica para fazer alguém se apaixonar por você que possa ser resumida em 650 palavras. Mas preciso de toda a ajuda que conseguir.

Mais de 55 por cento da impressão que causamos vem de nossa linguagem corporal; menos de dez por cento depende do que dizemos, afirma o artigo. Muitas mulheres não acham fácil dar sinais diretos — mas esses números mostram como eles são importantes!

Talvez seja este o problema com o Doutor Sexy. A única vez que eu *realmente* me mostrei para ele foi quando estava bêbada naquele pub, no meu aniversário — e aqueles sinais foram tão eficazes quanto o de uma passagem de nível extinta. Preciso fazer isso com muito mais segurança.

O X da técnica de Gretchen chama-se "O Triângulo da Paquera", que parece ser onde os navios somem, mas por ora estou concentrada na matéria.

Ao que parece, quando estamos com pessoas que não conhecemos — numa situação de negócios, por exemplo — olhamos nos olhos e na ponte do nariz, aquele ossinho. Quando estamos com amigos, o olhar desce e se move a um triângulo — do olho no olho, depois a boca. Quando paqueramos, o triângulo fica maior, alargando-se na base — e incluindo partes do corpo.

A paquera eficaz envolve um olho no olho intenso, o olhar diretamente à boca e a ampliação do triângulo da paquera para a clavícula — ou até mais embaixo!

Meus olhos se arregalaram de repente. Estou mais do que satisfeita com a ideia de olhar os países baixos do Doutor Sexy, mas não sei como ele se sentiria. Tirando essa última parte, porém, nada disso parece *muito* difícil — mesmo que paquerar seja tão natural para mim quanto meu bronzeado.

Uma buzina na rua rompe meu fio de raciocínio, então dobro o artigo e o coloco em minha bolsa, pensando em examiná-lo com mais atenção no caminho. Ao fechar a porta atrás de mim, tenho um pressentimento. É menos uma premonição do que uma *determinação*.

Esta noite, Oliver, você será meu.

Capítulo 43

Meu táxi passa pelos portões de arenito e se arrasta por uma longa entrada que atravessa o terreno verdejante da propriedade.

Tenho o primeiro vislumbre de nossa tenda à sombra da magnífica mansão georgiana e sinto uma onda de palpitações no estômago quando penso na responsabilidade desta noite. Entre a contratação do local e o bufê, o champanhe e a banda, não saiu barato promover este baile. E embora eu saiba que estamos cobrindo os custos com a venda dos convites, só valerá a pena se ganharmos uma quantia decente no leilão e na rifa.

Pago o táxi e vou para a tenda, onde encontro a coordenadora do evento na entrada. Ela é uma morena baixinha e meio rechonchuda chamada Missy, alegre e supereficiente, e tem o tipo de riso que faz as pessoas se perguntarem se há uma simulação de incêndio.

— Está tudo bem? — pergunto.

— Tudo ótimo! — diz ela, radiante.

— Hmmm... A banda encontrou um substituto para o trompetista?

— Sim, sim! — confirma Missy.

— E aquelas gérberas? Soube que havia um problema.

— Não tem mais, querida!

— E você conseguiu colocar alguns frascos de fixador no banheiro feminino como eu pedi, porque sei por experiência própria o pesadelo que é se sua franja desaba e...

— Abby... Abby. — Ela fala no tom que se usa para tranquilizar alguém que tenta escapar de uma camisa de força. — Considere seu trabalho feito. Deixe que a gente coordene essa noite. Vá se divertir.

Contraria minha natureza estar em um lugar que não seja a porta com uma prancheta na mão. Mas quando vejo os primeiros convidados chegando, meu coração para.

— Bom, se você tem certeza...

— Eu tenho, querida. — Ela me gira, claramente desesperada para me tirar do caminho. — Vá se divertir.

Cautelosamente pego uma taça de Orange e atravesso a área de entrada da tenda para ver o salão. Heidi está ao lado do palco com um vestido longo escarlate que parece saído da Hollywood dos anos 1950. Ela me vê e se aproxima.

— Você está demais — diz ela, com os olhos percorrendo meu vestido.

— Eu ia te falar a mesma coisa.

— É mesmo? Bom, é melhor que ninguém nos ouça. Essa conversa parece namoro.

Eu rio.

— Está animada?

— Sim — responde Heidi, bebericando o champanhe. — Apavorada também. Mas não é nada que umas taças dessa coisa não resolvam.

No início os convidados passam por ali tranquilamente, mas quando o relógio bate seis e meia não conseguimos cumprimentar todos a tempo.

De repente me sinto cheia de apoio. A nata da cidade está presente, com a única exceção de minha mãe, que teve de ir a Xangai fechar um negócio e não conseguia aceitar que eu tivesse marcado o jantar justo quando ela estava a 9.500 quilômetros de distância.

A tenda é mérito das meninas, que cuidaram da decoração das mesas com criatividade, estilo e — o que é fundamental, dado que este é um evento de caridade — um controle de custos de dar inveja.

Elas convenceram todos, dos floristas aos calígrafos, a trabalhar de graça ou fazendo um desconto. E dos gloriosos vasos florais ao tecido estrelado no teto, o lugar está espetacular.

— Como está indo, Abs? — pergunta Priya com os olhos disparando pela tenda. — Deve haver alguma coisa para fazer, mas estão me dizendo que está tudo sob controle.

— Recebi o mesmo recado. Cadê o sei-lá-quem, aliás? Seu acompanhante?

— Ian — diz ela solenemente. — Ele terminou comigo hoje à tarde. E pensar que ele podia ter vindo ao baile, né? Só comprei esse fascinator porque ele gostava.

— Ah, não. Priya, eu lamento muito. — Franzo o cenho. — E vocês ficaram juntos por semanas.

— Mais de um *mês*. — No mundo de Priya, isso equivale a bodas de rubi.

— Seu príncipe encantado um dia vai aparecer — diz Matt. — Até lá, sugiro que tome uma taça de champanhe para se sentir melhor. — Ele pega duas taças de uma garçonete que passa e dá uma para mim e outra para Priya.

— Eu nunca tive essa força de vontade. — Dou de ombros, tomando um gole. Olho para a porta e sinto o estômago revirar. É o Doutor Sexy. Mais sexy do que pensei ser humanamente possível.

— Que trabalho maravilhoso você fez, Abby. — Geraldine sorri radiante quando me encontro com ela e Mau ao lado da chapeleira.

— Obrigada, mas não fiz tudo sozinha. As meninas fizeram a maior parte. Além disso, nós curtimos muito. Aliás, vocês estão absolutamente lindas.

Na realidade, isso é pouco. Coloque Geraldine em um tapete vermelho e vai parecer que todos os outros estão vestidos para limpar o banheiro.

— É gentileza sua dizer isso — diz ela, baixando os olhos para o delicado vestido verde-limão. — Mas queria que Tom também percebesse.

— Ah, tenho certeza de que ele percebe — digo, surpresa com o comentário.

— Tem mesmo? — Ela não parece convencida.

— O que ela quer dizer é que ainda não tem aliança de noivado — diz Mau, solidária.

Geraldine passa um braço por sua cintura.

— Acho mais provável que ele peça você em casamento do que a mim, Mau.

Quando elas vão para a tenda, eu me viro e dou de cara com Adam. O marido de Jess parece um estadista de smoking; como se fosse a eventos semelhantes noite sim, noite não — o que talvez não esteja muito longe da verdade.

— Abby, como vai? — Deve haver alguma coisa no ar esta noite, porque até Adam parece menos frio do que de costume.

— Oi. Estou bem, obrigada. — Decido lhe dar um beijo no rosto, quer ele goste ou não. — Espero que Jamie esteja bem.

— Tenho certeza de que ele vai ficar bem — responde Adam, um tanto perturbado com meu beijo. — A Jess está arrasada por não ter podido vir.

— Eu também fiquei arrasada. Tudo isso é de dar nos nervos.

— Ah, acho que você não tem com que se preocupar. Está incrível e tudo parece sob controle. Me deixe apresentá-la a algumas pessoas.

Ele se vira para um homem atarracado com bochechas de carne-seca.

— Este é Peter, nosso sócio administrativo, e Debi, sua esposa.

Debi está extremamente maquiada, coberta de diamantes e tem um bronzeado da cor de um sofá Chesterfield.

— Esta é a jovem responsável por esta noite... De quem eu falei no caminho para cá — continua Adam.

— Ah, maravilhoso! — uiva Debi. — Você está correndo uma maratona, não é?

— Bem, uma meia...

— Para sua amiga com leucemia?

— Esclerose múlt...

— E tem uma empresa de design de interiores?

— Web des...

— Muito bem! — interrompe Peter com um berro. — É ótimo ver alguém de sua idade com iniciativa.

— Peter queria saber o motivo do evento desta noite. Então sei que você vai arrancar muito dinheiro dele hoje. — Adam dá uma piscadela.

Debi bate no braço dele de um jeito que seria brincalhão se ela não tivesse um gancho de direita capaz de achatar um boxeador.

— Ah, você é uma figura! — Ela ri enquanto eles desaparecem na tenda.

Seguindo o conselho de Missy, consigo relativamente relaxar. Depois que pegam uma bebida e se misturam, as pessoas se sentam para um jantar de cinco pratos e, com sorte, tornam-se suficientemente abastecidas para abrir mão de toneladas de dinheiro. Na melhor tradição dos eventos de caridade, o leilão será realizado *depois* do jantar.

Tentei convencer Heidi a dizer algumas palavras, mas ela insistiu que eu fizesse isso. Ela sempre foi brilhante em apresentações para poucas pessoas, mas jamais gostou da ideia de falar em público na frente de uma plateia grande. E como ela teria de abordar a doença, posso entender de onde vem sua relutância.

Meu plano é encurtar tudo: embora a arrecadação seja prioritária em minha mente, não posso enfiar isso pela goela das pessoas. A ênfase desta noite é a diversão; qualquer outra coisa seria contra-producente.

— Parece que a maioria dos nossos convidados veio — diz Missy. — Vou pegar Ronny para fazer a parte dele, depois começamos.

Ronny é nosso mestre de cerimônias. Ele parece ter uns 110 anos e é brilhante em seu trabalho: impecavelmente vestido de smoking vermelho e com uma voz forte, nítida e capaz de atingir o volume de um carro de fórmula 1.

— SENHORAS E SENHORES... — Cai o silêncio. — PEÇO QUE SE SENTEM, POR FAVOR, PARA O JANTAR.

Sei que é estranho não ter uma mesa para minha própria empresa. Teria sido o óbvio a fazer: aderir às convenções, alimentar e embriagar os clientes e angariar clientes em potencial.

Mas depois de pensar bem, eu tinha alguns argumentos altamente convincentes para não ter uma. Posso fazer meus contatos depois do jantar. Tenho clientes demais para caber numa mesa só e não queria que nenhum deles parecesse especial. Além disso, não ter uma "mesa top" dá um ar agradavelmente equitativo a todo o evento. Também há a questão menor de que eu não poderia me sentar ao lado de Oliver se não tivesse insistido em ficar na mesa do clube de corrida. Nem imagino qual teria sido o fator decisivo.

— Bonito lugar.

Meus olhos voam a Tom, do outro lado da mesa, e ele sorri. Está tão elegante em seu smoking que só de olhar para ele minha cabeça gira.

— Que bom que você pensa assim — respondo. — É fruto de muito trabalho.

— É o que parece. — Ele hesita por um segundo. — E então, Abby Rogers... Ainda está falando comigo?

— Mas por que não estaria? — Geraldine aparece ao seu lado e ocupa seu lugar. — Espero que ele não tenha se comportado mal, Abby.

— O Tom está brincando. — Meu pescoço fica vermelho, mas eu me recomponho. — É claro que estamos nos falando.

Seu rosto se abre em um largo sorriso.

— É bom ouvir isso.

— Mas é claro que eu envenenei sua entrada — acrescento.

Ele ri.

— Eu estava mesmo me perguntando por que a garçonete continua tentando me empurrar um prato vegetariano.

— Cogumelos com cianeto. São a especialidade da casa.

Sinto alguém ao meu lado, levanto a cabeça e vejo Oliver, sustentando meu olhar ao se sentar. Minha pulsação se acelera e eu viro o rosto.

Depois tenho um flashback do artigo que li no táxi. *Vamos lá*, Abby. O que Gretchen F. Cassidy faria numa situação dessas?

— Como vai? — Ele sorri.

— Ah, bem, eu... — Paro e me recomponho. Só tem um jeito de ganhar Oliver agora: ser tão sedutora que meus sentimentos só poderiam ficar mais evidentes se eu me sentasse no colo dele com pompons nos mamilos.

— Estou ótima. — Digo, na voz mais sensual que consigo invocar enquanto fixo meu olhar no olho direito dele, me concentrando nos recessos escuros de sua pupila, que se dilata. — Obrigada — sussurro e rápida e sutilmente passo meu foco à esquerda.

— E você? — Desço à sua boca, semicerrando os olhos para criar um efeito tão ardente que quase dispara o alarme de incêndio.

Como ele não responde, levanto os olhos de novo.

— Hmmm... Muito bem. E então... Vai arrecadar muito dinheiro esta noite?

Estou prestes a responder quando me lembro das palavras de Gretchen. Contato intenso olho no olho: *esta* é a chave!

— Espero que sim — suspiro, separando os lábios com sensualidade enquanto olho, intensamente, segundo as instruções, em seu olho direito. — *Acho* que sim — acrescento, voltando-me rapidamente para a sua esquerda. — Pelo menos... O plano é esse! — Agora passo à sua boca enquanto me ocorre que é incrivelmente complicado me concentrar nisso e ao mesmo tempo pensar no que dizer. Mais uma vez ele não responde. Eu pisco e semicerro os olhos. — Disse alguma coisa? — pergunto, ansiosa.

Ele está estranhamente perplexo.

— Não.

— Oh. — Começando a duvidar desta tática, examino os talheres, torcendo o guardanapo de frustração.

Tom e Geraldine estão rindo de uma piada do outro lado da mesa e fico impressionada com o incrível carisma dos dois, com a adoração mútua que permeia cada parte deles.

Volto-me para Oliver com uma determinação renovada.

— E então... — Novamente encaro seu olho direito, tão atentamente que posso ver meu reflexo ali com perfeição, e noto que minha maquiagem precisa de retoque. — Já esteve no Knowsley Hall?

— Uma ou duas vezes. É lindo. — Ele para e me olha, de repente corajoso. — Mas não tanto quanto você.

De repente não consigo respirar. *Não é tão lindo quanto eu? QUANTO EU!?*

Depois me lembro de que eu não troquei de olho; na realidade, estive encarando seu olho esquerdo por tanto tempo que ele deve pensar que quero ser oftalmologista. Passo ao direito.

— Obrigada — digo, com o coração disparado no peito.

Obrigo-me a continuar o de-lá-pra-cá, decidida a não ficar tão dominada pelo "linda" que mandaria para o espaço a teoria de Gretchen F. Cassidy e estragaria tudo. Como diz Gretchen: *A sutileza é inimiga de uma paquera de mestre.*

Então abandono qualquer coisa que se aproxime da sutileza e pipoco, viro e desviro os olhos, cobrindo tanto terreno que é de se pensar que eu participava de um grupo de busca.

— O que temos para o jantar? — pergunta Oliver, pegando o menu e rompendo o feitiço. — Lombo de cordeiro. Parece maravilhoso.

Mordo o lábio de frustração, quase tirando sangue.

— E vagem. Hmmmmm. E cenouras. Delicioso.

Tá. Tudo bem. Vamos ser otimistas aqui. Posso usar a oportunidade para experimentar o terceiro elemento do "Triângulo da Paquera".

— Está lendo alguma coisa ultimamente? — pergunto. Tudo bem, esta não é exatamente a tirada espirituosa e inteligente que eu esperava, mas como afirma Gretchen F. Cassidy, não importa o que você diz, mas *como* diz. Meu olho no olho não teria maior zelo se eu tivesse uma lente de aumento.

Enquanto ele se vira, faço um esforço concentrado para olhar de um olho a outro, consciente de que quanto maior o triângulo, mais impacto terá.

— Não tenho muito tempo para ler — responde ele.

— É mesmo? — sussurro, novamente deslocando meu olhar.

— Fico ocupado demais salvando vidas.

Porcaria de "Triângulo da Paquera": agora estou encarando sua boca, sem conseguir evitar. Os cantinhos se viram para cima num sorriso patentemente provocante.

Está *dando certo*! Gretchen F. Sei-lá-o-que é um gênio!

Ocorre-me que eu ainda preciso dar mais um passo. Se eu não avançar, a entrada vai chegar e esses movimentos já são um desafio e tanto sem eu ter de tomar sopa ao mesmo tempo.

Olho em seu olho direito, depois no esquerdo, depois encaro a omoplata direita, em seguida a esquerda, e então...

— Abby, posso te perguntar uma coisa? — diz Oliver, baixando a voz. Ah, meu Deus, eu vou derreter!

Ele se curva e me olha nos olhos, levando minha pulsação a uma sobremarcha.

— Claro.

— É uma pergunta muito pessoal.

Tomo um gole de champanhe.

— Do meu tipo preferido — respondo com a voz rouca.

— Eu nunca tinha percebido, mas acho que talvez você precise de um médico.

Sorrio para a cantada.

— Quem sabe *você*? — digo sem fôlego, erguendo sedutoramente uma sobrancelha.

Ele franze a testa e se recosta na cadeira.

— Não, um cardiologista — diz ele, perplexo. Tomo um gole de champanhe e tento me concentrar no que ele está dizendo enquanto as bolhas explodem em minha língua. — Não é motivo de preocupação. O nistagmo pode ser inteiramente inofensivo.

— Nistagmo?

— Movimentos rápidos e involuntários dos olhos.

A bebida gruda no fundo de minha garganta e eu começo a tossir.

— Não se preocupe — diz ele apressadamente. — É muito comum que as pessoas afetadas não saibam o que acontece... E sei que será benigno, em geral é. Me diga uma coisa, você toma alguma medicação?

Capítulo 44

A comida é um sucesso. O vinho é um sucesso. A banda de jazz é um sucesso. A única coisa que não é um sucesso é minha tentativa de seduzir o Doutor Sexy, e a culpa disso é toda de Gretchen F. Cassidy — cujo F em meu vocabulário agora significa algo com vários caracteres de desenho animado.

— Abby, gostaria de começar o leilão agora? — pergunta Missy, me dando um tapinha no ombro. Peço licença para as pessoas da nossa mesa, que se tornou a mais barulhenta do lugar, graças ao repertório de piadas obscenas de Mau, e vou para o púlpito.

— Senhoras e senhores — anuncia Ronny —, vamos receber com uma salva de palmas a organizadora do evento desta noite, a Srta. Abigail Rogers.

Minha garganta está seca enquanto me aproximo do púlpito e espero que os aplausos esmoreçam.

— Boa noite a todos. — Estou bastante ciente não só de todos na sala me olhando, mas de Oliver olhando para mim. Provavelmente para ver se ele pode diagnosticar mais alguma doença rara, mas ainda assim está olhando para mim.

— Serei breve, mas gostaria de expressar minha imensa gratidão a todos que nos ajudaram nesta noite: aos floristas da Pink Sky, à banda Joel Jones Swings, ao Knowsley Hall, à papelaria Punch, à distribuidora de vinhos Corinne Scott e, sobretudo, à minha equipe pequena mas perfeita... Heidi, Priya e Matt... que trabalhou tanto para nos proporcionar esta linda noite.

Olho para cima e respiro fundo.

— Esta noite estamos arrecadando dinheiro para a pesquisa de esclerose múltipla. Para os que não sabem muito sobre a doença, insisto que pesquisem no Google e leiam sobre ela. A esclerose múltipla é a principal doença neurológica incapacitante no Reino Unido e afeta 85 mil jovens só em nosso país. Pessoas há algum tempo aparentemente saudáveis agora lidam com sintomas que podem ser arrasadores e imprevisíveis, indo de um simples formigamento a paralisia e perda da função cognitiva.

Paro e olho para Heidi, sentindo o estômago revirar. Não fico à vontade falando isso na frente dela, embora ela tenha lido meu discurso antes e me garantido que achou ótimo. Mas não há outro jeito de tornar as pessoas conscientes do motivo para estarmos fazendo isso.

— A terrível realidade é que não tem cura. A doença foi descrita como a pólio do século XXI: uma doença contra a qual ainda não temos vacina e nenhuma ideia sobre a causa.

"A pesquisa é muito carente. E é aí que vocês entram: ajudando a arrecadar dinheiro para a pesquisa. Estou fazendo a minha parte... Como muitos devem saber, vou correr uma meia maratona no começo do ano que vem. E aqueles que também sabem da minha fobia de qualquer tipo de exercício físico, têm ideia do quanto isso está me agradando."

Levanto a cabeça e meus olhos se voltam involuntariamente para Tom. Sua expressão de imediato me diz que meu discurso está indo bem. Os cantos de sua boca se viram para cima num sorriso que pretende me tranquilizar. Mas o efeito é contrário — faz com que minhas pernas pareçam geleia e minha garganta se feche.

— Hmmm... É isso — digo apressadamente. — Exceto que... Bem, esta é uma causa muito importante... E espero sinceramente que vocês ajudem. Muito obrigada.

A plateia começa a aplaudir e eu estou prestes a descer do púlpito quando percebo Heidi de pé. Ela se aproxima de mim, com a confiança e a elegância de seu vestido magnífico, chamando a atenção de todos.

— Espere — ela me pede, fazendo sinais com as mãos, antes de se juntar a mim no púlpito. Dou um passo para o lado e deixo que ela assuma, seus dedos estão tremendo e ela limpa a garganta antes de começar a falar.

— Eu não podia deixar de vir aqui dizer alguma coisa. — Sua voz é cativante e a plateia fica hipnotizada de imediato. — Sei que a última coisa que todos querem é ouvir um monte de discursos, então o meu será mais curto do que o da Abby.

Ela engole em seco enquanto pensa no que vai dizer.

— Abby, minha chefe maravilhosa, decidiu embarcar nessa missão para levantar fundos alguns meses depois de eu aparecer no trabalho e anunciar... — sua voz falha — ... Anunciar que eu... fui diagnosticada com esclerose múltipla.

Quando ela para, a sala está em silêncio, e não se ouve nem o tinir de uma taça. São quatrocentos rostos enfeitiçados.

— Vocês nunca imaginariam, não é mesmo? — Ela sorri com brandura. — Na maior parte do tempo, eu me sinto normal, pelo menos por enquanto. Como todo mundo. Mas os médicos descobriram que tenho uma lesão no cérebro coerente com a desmielinização. Não vou chatear vocês com os detalhes clínicos, mas isso significa que minha vida de repente ficou muito imprevisível.

"Eu posso ser uma das pessoas de sorte que só tem um ou outro episódio de formigamento ou dormência. Posso ser uma das não tão sortudas que acabam em uma cadeira de rodas, o que exige cuidados constantes. E isso... não saber... é uma das coisas com que tenho mais dificuldade de lidar."

Ela para e levanta a cabeça, verificando se os convidados estão ouvindo. E todos estão prestando atenção.

— É necessária uma mudança de mentalidade... Um foco unicamente no aqui e agora... E nem sempre fui boa nisso. Sou ambiciosa por natureza e passei muito tempo da minha vida planejando. Todos não fazemos isso? Planejamos carreiras, planejamos famílias, planejamos *nossas vidas*. Só que agora não posso fazer isso. Porque simplesmente não sei o que vem pela frente.

Sua voz falha e penso por um segundo que ela vai desmoronar. Me aproximo um passo e seguro sua mão. Ela a aperta e sorri.

— Mas alguém me fez perceber que não posso... e não vou... passar minha vida toda me lamentando. Não quando tenho pessoas dispostas a chegar a este ponto para ajudar.

Ela se vira para mim novamente e reprime um sorriso.

— Abigail Rogers é uma das pessoas de pior condicionamento físico e mais avessa a exercícios que eu já conheci. Sua ideia de um café da manhã saudável era comer apenas um muffin de mirtilo em vez de dois.

A plateia ri.

— Bem, agora ela está mudando hábitos de uma vida inteira e vai correr uma meia maratona... E está fazendo isso para ajudar milhares de pessoas como eu. Ou os que estão em condições muito piores. Então... Gostaria de dizer publicamente o quanto sou grata por isso.

Quando ela se vira para mim, há lágrimas nos cantos avermelhados dos seus olhos. Seu lábio treme e eu fico emocionada. Apesar de eu estar determinada a me controlar, começo a chorar.

— Abby, obrigada — diz ela baixinho no microfone. — Do fundo do meu coração.

Heidi se vira para me abraçar enquanto a plateia explode. Os aplausos soam em meus ouvidos, eu a abraço com força e as lágrimas em meus olhos se derramam pelo rosto.

— Disponha, Heidi.

Capítulo 45

Eu torcia para que o leilão fosse um sucesso, mas foi além das nossas mais altas expectativas depois do discurso de Heidi. O leiloeiro — um apresentador de rádio local chamado Mickey Price — é um profissional. No início, ele parecia tão interessante quanto um surto de herpes, mas depois de vinte minutos de lances entusiasmados, já adoro o cara.

Cada objeto do leilão extrapola seu valor de mercado — as passagens para Barcelona; o vaso de cristal; o jantar para dois; as camisas de futebol autografadas; um fim de semana num spa. Isso antes de chegarmos à *pièce de résistance*: o colar de diamantes. O lance mínimo é de 1.800 libras, mas ele é tão maravilhoso que tenho certeza de que será superado em segundos.

— Até agora, levantamos um bom dinheiro — diz Mickey ao microfone. As pessoas ainda avançam ociosamente na tábua de frios, mas ele tem a atenção delas. — Agora, este é fabuloso: um colar da Smith and Moon.

Fabuloso? Pelo amor de Deus, ele precisa dizer mais do que isso! Vale dois paus e meio. É quase igual ao que a Penelope Cruz usou no Oscar. É feito de lindos diamantes e apareceu em milhares de revistas de moda. Todas as mulheres na sala devem estar desesperadas para colocar as mãos nele.

— E então, o lance mínimo é de... Vamos ver... Cento e oitenta libras.

Meu queixo quase bate no chão. Olho ansiosamente para a mesa da Smith & Moon, na qual a diretora administrativa, Gemma Crosthorpe, parece ter engolido sua faca de queijo.

— *Mil e oitocentas libras* — sibilo para Mickey. — *Mil e oitocentas!* — Mas estou longe demais, e, de qualquer modo, a sala agora fervilha de excitação com este item tão dentro do orçamento de todos.

— É isso mesmo: cento e oitenta libras. Uma pechincha! — Mickey sorri enquanto eu só penso em lhe dar um murro na boca. — Quem dá mais?

Um mar de mãos se ergue e sou obrigada a me levantar num salto e atravessar a sala, gesticulando como se tentasse começar uma ola.

— PARE!

Ele me olha sério.

— Desculpe — murmuro para a plateia pasma enquanto reprimo minha vergonha. Subo os degraus do palco e o pego pelo braço. — O lance mínimo — sussurro entre os dentes — é de 1.800 libras.

Ele pisca.

— Como?

— Mil e oitocentas. Não de 180. Mil e oitocentas.

Ele me encara.

— Merda.

— Eu sei.

— Ah, merda do caralho.

— Eu sei.

— Ah merda-do-caralho-puta-que-pariu.

A essa eu não respondo.

— E não há como começarmos por 180?

— De jeito nenhum.

— Eu tinha a impressão de que ia dizer isso. Tudo bem... Deixe comigo. Sou um profissional.

Com essa, Mickey marcha pelo palco com um sorriso exagerado.

— Muito bem, senhoras e senhores. — Ele está radiante. — Finjam que os últimos cinco minutos não aconteceram.

A plateia o olha, esperando a piada.

— O lance mínimo — continua ele — na verdade é de 1.800 libras. Um mil e oitocentas libras. Tsc! Vocês não pensaram realmente que íamos nos desfazer de um colar de diamantes por 180, não é mesmo? Onde pensam que estamos? Numa lojinha de departamento qualquer?

Há um silêncio avassalador.

— Pode ser mais do que vocês esperavam, mas olhem, ele vale, se quiserem minha opinião. Eu adoraria ter um desses! Ficaria fabuloso no meu poodle...

A trilha de *A profecia* soa em minha cabeça enquanto eu o fuzilo com os olhos.

— E então, quem dá mais por esta joia refinada? Ah, vejam só... Eu podia trabalhar num canal de compras!

Deus me ajude.

— Mil e oitocentas libras, alguém? Alguém...?

Todos os convidados pareciam olhar para qualquer lado, menos para ele. Para os guardanapos, para as taças de vinho, para as pessoas ao redor. A tentativa de Mickey Price de reanimar o leilão não estava funcionando.

Não há dúvida de que o lance mínimo é razoável: muito menos do que se pagaria se fosse comprar o colar na loja — e ele é maravilhoso. Mas o efeito psicológico de ouvir que só valia 180 libras — aumentado depois para o preço de 1.800 — matou sua sedução de imediato.

O resultado é um silêncio pétreo que me faz querer me arrastar por debaixo da mesa até uma saída de emergência. Mas não posso fazer isso. Tenho de ficar sentada aqui, vendo o pesadelo se desenrolar.

Mickey Price, um homem que ganha a vida tagarelando bobagens idiotas o dia todo, finalmente fica sem ter o que dizer. Nem qualquer coisa idiota. Nem uma bobagem.

Pior ainda, a generosidade de Gemma Crosthorpe é recompensada com olhares enviesados e piedosos de metade da sala. Todos claramente desejam que alguém — qualquer um — dê um lance. Qualquer um, menos eles mesmos.

— Hmmm... Bem. O que fazemos numa situação dessas? — Mickey ri, afrouxando a gravata.

Olho desesperada para a mesa de Adam, na esperança de que Debi possa ter convencido o marido a se manifestar. Mas ela examina atentamente o menu, decidida a ficar fora disso.

— Vamos lá, amigos: nenhum de vocês quer presentear a dama especial da sua vida com um objeto desses? Ou sua esposa, a propósito. — Ele é o único que ri.

Fecho os olhos e rezo para que isso termine logo. Agora.

Pego minha taça de vinho e, tendo ficado relativamente sóbria a noite toda, dou uma golada generosa quando um braço levanta do outro lado da mesa.

— Tom! — Geraldine ofega. — Meu Deus, não acredito!

Mickey olha para ele.

— O cavalheiro da mesa 15: mil e oitocentas libras — diz ele triunfante. — Muito *bem*, senhor! Não vai se arrepender.

Tom me olha.

— Acho que vou, sim — murmura ele. Tom claramente ama Geraldine mais do que eu pensava. E definitivamente mais do que *ela* pensava.

— Tom, não acredito. — Ela ri, histérica. — Ah, meu Deus, obrigada! — Depois para e semicerra os olhos, fixando um olhar penetrante nele. — É pra mim, não é?

— Bom... Sim — responde ele. — Quero dizer, meu raciocínio não chegou a tanto. Eu só queria dar início ao leilão.

Levo a mão à boca.

— Uuuuuu-uuuuuu! — diz Mickey Price. — O que temos aqui? Outro lance!

Um homem do outro lado da sala levantou a mão. Acho que é da mesa da CS Bergman — sim, é o diretor-executivo deles.

— Mil e novecentas. Obrigado, senhor — diz Mickey. — Agora, quem vai me dar 2 mil libras?

Geraldine olha com esperança para o namorado, mas, para sua tristeza, Tom claramente acha que já fez a sua parte.

— Mesa 19! — Geraldine fica arriada na cadeira, perdendo toda a esperança. — Muito bem, senhora!

Para minha incredulidade — e alegria — os lances continuam, até que chega a 2.200 libras. Finalmente parece que está abrandando quando alguém numa mesa do outro lado da tenda leva a 2.300.

— Duas mil e trezentas libras... Dou-lhe uma, dou-lhe duas... Vendido! Meus parabéns, senhor! — diz Mickey enquanto a sala explode em aplausos e Geraldine tenta não parecer arrasada.

— Me deixe apertar a mão de nosso ganhador — diz Mickey, atravessando a sala.

Aperte mesmo: quem quer que tenha sido, acaba de salvar sua carreira de leiloeiro de filantropia.

— Agora, senhor — diz ele. — Qual é o seu nome?

— Er, Adam Darricot.

Eu me levanto. Meus ouvidos devem estar entupidos. É o Adam... O Adam da Jess. Não acredito.

— Então, é para a dama especial da sua vida... Ou sua esposa? — Mickey sorri, sem saber como sua piada foi profundamente tola, de novo.

— Minha esposa — responde Adam com um sorriso tímido —, que, para que fique registrado, é especial por quaisquer padrões.

Enquanto eu afundo na cadeira, minha mente gira com uma gama de emoções antes de sossegar com duas: culpa e frustração. Culpa porque estou começando a me perguntar se subestimei Adam demais. E frustração porque, ao que parece, Jess também.

Capítulo 46

— Eu te devo uma cerveja... Ou dez — digo a ele.

Tom ri e eu percebo como é bom ver seu rosto iluminado por um sorriso de novo. Também percebo que nosso comportamento nos últimos dias tem sido ridículo.

— É sério, deixa eu pagar essa bebida, Tom.

— Não seja boba. — Ele entrega uma nota ao barman. — Ao contrário do marido de Jess, não estou 2.300 libras mais pobre. Só quase fiquei.

— O que é uma pena — diz Geraldine, aparecendo do nada com um esgar nos lábios. Mas não posso culpá-lo.

— Desculpe, querida. — Tom a abraça e a beija na cabeça. — Não aguentei ver todo mundo sentado ali, esperando. Alguém tinha que começar o leilão.

— Então você nunca teve a intenção de me comprar o colar? — pergunta ela fazendo beicinho.

Ele se retrai.

— Eu seria obrigado a isso se ninguém mais tivesse dado lances.

A julgar pela expressão dela, não foi a coisa certa a dizer.

— Eu vou compensar você — sussurra ele, apertando sua mão.

— Ah, enfim vai me pedir em casamento, não vai? — pergunta ela com sarcasmo demais.

— Pode se contentar com uma dança?

Ela revira os olhos.

— Já que não tem jeito.

Enquanto eles desaparecem na direção da pista, eu me demoro no bar, perguntando-me onde está o Doutor Sexy. Mas não fico muito tempo com essa dúvida.

— Abby. — Sinto alguém tocar as minhas costas e, quando me viro, Oliver está olhando para mim com um sorriso tímido. — Você se saiu muito bem esta noite. E eu estava me perguntando...

Ai, meu Deus, ele vai me convidar para sair?

— Quer dançar?

Parece que meus joelhos cederam, mas antes que eu possa chorar de gratidão, ele me pega pela mão e me leva para a pista.

A banda, com o trompetista forte e sem nenhuma infecção de garganta, está à toda tocando "In the Mood", de Glenn Miller. Me sinto ao mesmo tempo constrangida e em êxtase ao nos aproximarmos da pista, e o toque de sua pele em meus dedos é tão agradável que eu quase não quero chegar lá.

Quando chegamos à pista abarrotada, Oliver sorri e olha nos meus olhos antes de começar a dançar — como um verdadeiro profissional. Seria de intimidar se eu não me divertisse tanto. Enquanto ele me gira, ignorando o fato de que meus saltos altos perfuram seus dedos, eu não poderia estar mais perto do paraíso se estivesse cercada de anjinhos gorduchos com asas e uma harpa.

— Você é uma ótima dançarina — mente ele quando Mau passa com um dos caras mais novos do clube.

— Parece que vocês estão se divertindo — sussurra ela, me cutucando.

Danço três músicas com Oliver, antes que o diretor administrativo da Preciseco me dê um tapinha no ombro e eu seja sugada para um redemoinho de trabalho. Estou louca para voltar a Oliver e para o restante do grupo de corrida, que se juntou a ele na pista, mas é impossível. Sempre que tento retornar, sou abordada por um contato, cliente ou possível cliente. E este é um dos motivos para eu não poder reclamar: no fim da noite, minha bolsa explode de cartões de apresentação de possíveis negócios.

Quando finalmente estou em condições de me afastar e ir atrás de Oliver, encontro-o perto da chapelaria. Este é o ponto positivo. O negativo é que ele está conversando com uma morena pernuda com um decote de Grand Canyon e um bronzeado nitidamente mais verdadeiro do que o meu.

— Abby! — Ele sorri e se aproxima, deixando sua morena pornograficamente passando vaselina nos lábios já bem nutridos.

— Está indo embora? — Eu guincho, me xingando por não conseguir demonstrar frieza e compostura.

— Acho que sim. — Ele sorri de um jeito que não consigo interpretar. — Mas a noite foi ótima. Eu me diverti muito.

— Quer chamar um táxi? — Olho por sobre seu ombro para a companhia dele, que bate os saltos altíssimos, impaciente.

— Não, encontrei a Nina.

Eu sorrio com simpatia como se estivesse deliciada pelos dois.

— Ela mora a três ruas da minha, então vamos dividir um táxi.

— Oh — respondo. — Que legal.

— Tem algum problema? — pergunta ele.

— Claro que não. — Sorrio.

Ele se curva para me dar um beijo no rosto e seus lábios se demoram mais do que eu esperava. Experimento uma onda de prazer tão intensa que quando ele começa a se afastar tenho o impulso de pegá-lo pelo colarinho e agarrá-lo como se a vida dos meus futuros netos dependesse disso.

Mas com Nina, os clientes e outras pessoas presentes não posso fazer nada do tipo.

— Que bom — diz ele com brandura, sustentando meu olhar. Depois ele se vira e anda elegantemente até Nina, oferecendo-lhe o braço ao saírem da festa.

Quando acho que vou chorar, Oliver para de repente e volta, caminhando na minha direção. Já estou ruborizada. Ele empurra uma mecha de cabelo para trás da minha orelha e sussurra, "Aliás, a Nina é casada".

— Oh, er, tudo bem — respondo, afobada.

— Somos amigos, só isso. — Ele sorri, fixando os olhos nos meus.

— Só queria que você soubesse.

Capítulo 47

Eram duas da manhã quando os últimos convidados saíram. Divido um táxi com Adam. Ele está um pouco desarrumado — é a primeira vez que o vejo assim —, mas a ideia de conversar com o marido da Jess por vinte minutos não me enche de pavor como antigamente. Eu agora o via sob uma nova ótica.

— É sério, Adam, muito obrigada por comprar o colar — digo, enquanto nosso táxi chacoalha pela rua numa velocidade que quase me faz um lift no rosto.

— Não se preocupe com isso. É por uma boa causa. E eu estava mesmo me perguntando o que poderia fazer para ajudar.

— Estava?

Ele assente, animado.

— Sempre quis fazer algo assim, mas não tenho tempo. Não tem espaço para dois fanáticos por fitness na família.

Quanto mais Adam fala, mais é reforçada minha nova visão iluminada dele. Talvez seja porque eu não tenho filhos e nunca tenha me ocorrido quanto tempo Adam passa cuidando das crianças; ou o quanto ele claramente as adora.

— Além disso — diz ele —, exercícios e eu não combinamos. A última coisa esportiva que fiz foi uma corrida de ovo na colher, e mesmo assim tive sangramento nasal.

Eu rio.

— É claro que na época eu tinha 22 anos... E provavelmente não era para eu ter levado uma tacada de rugby de um menino de 6 anos.

Esta é outra questão. Adam, ao que parece, tem senso de humor. Não sei de onde vem ou como eu nunca havia percebido antes. Só posso concluir que escolhi não enxergar.

— Quando vai dar o colar a Jess? — Por algum motivo, me sinto corar ao fazer a pergunta; preocupada com a possibilidade de eu dar a entender que sei que a relação deles está abalada. O que eu sei e ele não.

— Vou fazer uma surpresa para ela no nosso aniversário de casamento no mês que vem. Pode pedir ao pessoal do clube de corrida para não falar com ela? Eu pedi à maioria deles para ficar de bico calado, mas se puder lembrar a todos, eu agradeço.

— Claro — respondo.

— Acha que ela vai gostar?

— Por que não gostaria?

— Bom, espero que sim. Sabe, eu talvez só esteja dizendo isso porque tomei umas cervejas, mas tenho muita sorte por ter a Jess.

— Tem?

— Meu Deus, sim. — Ele ri. — Quando nos conhecemos, eu nunca, nem em meus sonhos mais loucos, pensei que ela se interessaria por alguém como eu. Além disso, você conhece a Jess: ela não é de expressar as emoções, nem mesmo agora.

A frase me faz estremecer: e pensar que ele nunca a ouviu dizer que o ama, e talvez jamais venha a ouvir.

— Não sou muito extrovertido, e as pessoas que não me conhecem acham que eu... Bom, elas devem me achar obtuso.

— Ah, certamente não é bem assim! — protesto, ficando mais ruborizada.

Ele dá de ombros.

— É o problema de quem é meio tímido.

— Você é meio tímido? — Faço eco, incrédula que alguém com um emprego de alto nível seja assim.

— Não é algo que eu saia contando por aí — confidencia ele —, mas às vezes me sinto assim na frente de pessoas que conheço há anos. Você, por exemplo.

— Eu?

— Deve me achar um tremendo chato...

— Não!

— Está tudo bem, Abby — diz ele com gentileza —, o que quero dizer é que eu fico sem jeito na sua frente, mesmo a gente se conhecendo há tanto tempo. Meu pai e meu irmão também eram assim. Sorte minha que Jess tenha visto além disso. Sinceramente, eu a amo ainda mais agora do que quando nos casamos.

Procuro pensar em algo para dizer, mas meus lábios estão tremendo.

— Está tudo bem? — pergunta ele.

— Claro. — Minha voz falha e me viro num ataque de tosse. — Meio bêbada, só isso.

— Não conte a ela sobre o colar, sim? Quero que seja surpresa.

A verdade é que estou morrendo de vontade de contar a Jess sobre esse colar — e tudo o que ele representa. Estou morrendo de vontade de contar a ela que eu não acho Adam obtuso, nem chato, nem nenhuma daquelas coisas que pensava antes. E, acima de tudo, estou morrendo de vontade de fazê-la ver o quanto ele a ama.

— Abby? *Promete* que não vai dizer nada?

— Claro.

Ele semicerra os olhos.

— É sério.

— Eu *estou* falando sério.

— Posso confiar em você?

— Não vou contar a ela, Adam, não se preocupe — digo com sinceridade. — Tem a minha palavra.

Capítulo 48

Dois dias depois, radiante com o sucesso do baile de Heidi, decido dar um passo além em meu treinamento para a meia maratona.

— É mesmo? Vai fazer os 10 quilômetros? Tipo a corrida de 10 quilômetros *esta semana*? — pergunta Jess, que me dá uma carona até o clube de corrida.

— É tão ridículo assim? Eu consegui fazer a de 5 sem problema nenhum. E você disse que acha que estou indo muito bem.

— Eu *acho mesmo* que você está indo bem — concorda ela. — É só que... Bom, você não correu 10 quilômetros nem no treino.

— Eu corri *sete*. Um ou dois M&M's a mais vão me ajudar um pouquinho. — Dou uma piscadela.

— Na verdade, não foram nem 3 quilômetros. Por que está tão decidida a fazer isso?

— Pensei que seria bom para treinar, só isso. Uma meta boa e ambiciosa. Além do mais, vai me preparar para a meia maratona.

— Tudo... bem — diz ela, insegura.

— E também — continuo, me encolhendo —, bom, você pode achar ingenuidade minha imaginar que me sair bem na corrida faria o Doutor Sexy olhar para mim... — Minha voz falha.

— Mas é exatamente isso que você pensa?

Eu sorrio.

— Estou encantada.

Ela estremece. Jess tem ficado meio estranha quando conversamos sobre qualquer homem desde que se abriu comigo sobre seu casamento.

Vou ficar feliz quando Adam lhe der o colar. Primeiro, porque sinceramente espero que isso vá ajudá-los a passar por essa fase, e segundo porque eu vou poder falar dessa porcaria de assunto.

Eu sempre fui péssima para guardar segredos.

— Mas, então, não foi você que disse que eu devia ser ambiciosa? — continuo.

Jess dá de ombros.

— Tudo bem. Você vai ficar bem, desde que vá no seu ritmo. — Ela estaciona o carro na vaga.

— E como estão as coisas, aliás? — pergunto, insegura, quando ela sai e bate a porta.

— As coisas? — repete Jess monotonamente. — Ah, as coisas estão ótimas. Em grande parte porque estou fingindo que outras coisas nunca aconteceram.

— Está conseguindo?

Ela suspira.

— Pra falar a verdade, não.

A sessão desta noite é uma corrida pesada de 8 quilômetros e tenho de confessar que não é fácil. Na verdade, é difícil pra caramba. Mas não estou abalada. Vou ficar bem quando fizer isso competitivamente, com a adrenalina de uma corrida de verdade. Além do mais, ainda tenho alguns dias para treinar.

Na noite seguinte, corro 8,5 quilômetros; na quinta, corro 9. Nunca cheguei à marca de 10 quilômetros no treino, porque Jess me disse que na sexta-feira e no sábado devíamos descansar — uma instrução que é música para meus ouvidos.

O único problema é que, quando chega a sexta-feira, não é fácil descansar no sentido tradicional da palavra. Tenho um turbilhão de reuniões, telefonemas para dar e faturas para pagar, bem como a perseguição à sempre atrasada Preciseco, que foge como se eu fosse o demônio depois dos meus conselhos não muito sutis ao diretor da empresa no baile.

Também tenho uma novidade bastante animadora: o diretor de marketing da Diggles, minha linda rede de centros de jardinagem, telefona para dizer que na segunda-feira eles irão anunciar a compra de outra empresa, aumentando consideravelmente os negócios. Como resultado, querem fazer um grande reposicionamento da marca — dobrando o trabalho da River Web Design da noite para o dia.

Desligo o telefone tremendo de empolgação: isso nos levará a outro patamar. É claro que teremos de admitir mais um funcionário para dar conta do trabalho, mas a renda extra cobrirá o custo. Rascunho o anúncio da oferta de emprego para colocar no site de imediato.

Tudo isso é maravilhoso, mas não ajuda muito a cumprir as instruções de Jess de relaxar antes da corrida. Decido priorizar isso e vou passar o sábado em casa fazendo uma coisa deliciosa: *arrumação*.

Como eu adoro essa palavra. Arrumar a casa é um conceito tão estranho em minha vida, que nas raras ocasiões que faço é com total prazer. Molho minhas plantas negligenciadas. Reorganizo minha estante. Até arrumo meus CDs, sem resistir a dar uma ouvida neles. Mas paro quando, no meio da trilha sonora de *Chicago*, sou vista pelo carteiro dando pinotes como uma corista com "Razzle Dazzle".

À tarde, estou pensando em ler um livro quando me lembro de um trabalho que estou para fazer há um ano. Abro a gaveta de calcinhas e lanço um olhar crítico sobre seu conteúdo, percebendo que essa arrumação deveria ter acontecido bem antes.

Mas que bagunça!

Se alguém invadisse minha casa e vasculhasse esta gaveta, meu maior sentimento não seria o nojo pelo crime perpetrado pelo pervertido — seria vergonha pelo que ele iria encontrar. Resumindo: minhas calcinhas estão detonadas.

Não há um sortimento de lingerie delicado de renda. Só há um ou dois conjuntos realmente bons, preservados para ocasiões especiais como se fossem a sala de visitas da minha avó. Todo o resto é um emaranhado de elástico arrebentado, tecido puído, calcinhas de estampa horrível em um rosa-chiclete de arder os olhos.

Esvazio a gaveta no chão do quarto para ver o que combina. A resposta é: quase nada. Tirando os dois conjuntos mencionados, o que sobra está um horror.

Colocando de lado as calcinhas decentes, junto o resto, enfio tudo num saco de lixo e levo à lixeira do bairro, onde eu as despejo em uma caçamba transbordando de colchões mofados e brinquedos de pano em decomposição.

O expurgo é incrivelmente satisfatório — e vou para casa como uma mulher feliz.

Passo o resto da noite devorando um prato de massa (instruções de Jess de novo), e bebo tanta água que fico enjoada só de ver meu banheiro no primeiro andar e, lá pelas nove e meia, estou enfiada na cama me sentindo relaxada, obscenamente hidratada e repleta de uma tigela de espaguete. Caio num sono profundo e satisfatório sabendo que, quando acordar, às oito e meia da manhã, estarei tão preparada quanto possível para a grande corrida.

À uma e meia da manhã acordo de repente, assustada com um sonho muito agradável em que eu tenho uma nova carreira de dançarina e designaram o Doutor Sexy como meu parceiro. Estou posicionando corretamente sua coxa durante o *paso doble*, os babados de sua camisa transparente fazendo cócegas no meu nariz, quando tenho um pensamento terrível: mas *que diabos* vou vestir por baixo dos meus shorts de corrida?

Agora o total de minha coleção de calcinhas é de três tanguinhas pretas.

Digo a mim mesma que isso não é um problema. Que uma tanguinha preta de renda ficará ótima. Provavelmente. O problema é que agora estou acordada. Abro os olhos e olho o teto. Depois o relógio. Depois a parede. Depois o teto. O relógio de novo. E depois de várias horas assim, percebo que não vou conseguir voltar a dormir tão cedo, então abro meu livro e leio por mais uma hora, até que o relógio diz 8:27 da manhã e eu finalmente apago.

Sou acordada três minutos depois pelo despertador, que dispara com um berreiro de sacudir as teias de aranha da minha alma.

Eu me obrigo a sair da cama, nauseada de cansaço, mas consigo me arrastar até o banheiro. Como vou fazer o percurso de 10 quilômetros nesse estado?

Capítulo 49

A corrida está marcada para as onze da manhã em Sefton Park, um imenso oásis verdejante ao sul de Liverpool.

— Não precisa vir a essas coisas — digo a minha mãe enquanto somos orientadas por um organizador da corrida.

— Não sei por que você ficou tão envergonhada de repente. — Ela dá um muxoxo.

— Não estou envergonhada. É só que não é nada de mais. A de janeiro, sim. Guarde suas energias para isso.

Encontro Jess, como combinamos, perto da Palm House, a estufa vitoriana em domo com três andares abastecidos de uma rica coleção de plantas exóticas. Ela não é a única que encontro ali. Apesar dos milhares de pessoas, vejo Tom quase de imediato, ajudando o avô a sentar num banco, onde começa a folhear um exemplar da *New Scientist*.

O vovô levanta a cabeça quando nos aproximamos.

— Sabia que se você disser às pessoas que elas estão vendo TV em alta definição, elas dirão que a imagem é mais nítida, mesmo quando não é?

— É mesmo? — Tom ergue as sobrancelhas.

— É o que dizem esses cientistas holandeses — responde o vovô. — Ainda bem que tenho uma portátil em preto e branco para ver *Loose Women*, não é, Reeny?

Eu sorrio.

— Hmmmm, é Abby.

— Claro, desculpe. — Ele gagueja. — Devo dizer que você não me escreveu muito no Twitter.

— Ah, eu sei. Desculpe. Acho que mal tive tempo nos últimos dias.

— Não se preocupe, meu laptop está no conserto mesmo — diz ele. — Não sei o que provocou isso, mas eles ficaram confusos na assistência técnica. Ainda assim, Angela está resolvendo isso e me prometeu que será devolvido na segunda. Agora ela *parece mesmo* alguém que eu conheço.

— Me deixe adivinhar — diz Tom. — A tia Reeny?

— Não, não... Você nunca apanharia a Reeny com uma saia tão curta.

Tom meneia a cabeça.

— Precisamos fazer o aquecimento, vovô.

— Vá, garoto, vá. Vou ficar torcendo por você.

Vamos para a área de aquecimento e nos juntamos aos outros membros do grupo.

— Deve ser tão excitante para você, Abby! — Geraldine sorri. — Está preparada para sua primeira corrida de 10 quilômetros?

Na verdade, nunca tive menos vontade de correr na minha vida. E não só porque minha calcinha de renda preta já me dá a impressão de que estou usando um cortador de queijo. Estou nervosa como na corrida de 5 quilômetros, mas uma combinação do nervosismo e do cansaço me dá uma sensação a mais de náusea. Minha única esperança é que eu tenha adrenalina suficiente para fazer o percurso em um tempo que não revele completamente o fracasso que sou.

Estou a ponto de confessar isso quando sinto uma mão em meu ombro. Viro-me e percebo que é Oliver. O calor de seu toque deixa meus joelhos fracos.

— Tudo pronto, Abby? — Ele abre aquele sorriso gloriosamente lindo e eu derreto no ato.

— Claro que sim.

— Que tempo espera fazer?

— Ah, não sei. Só estou treinando. O tempo não é importante para mim.

— É importante para o seu treinamento — insiste ele enquanto o sol lança sombras em suas covinhas. — É assim que você melhora. Além disso, você precisa ter uma meta para servir de estímulo.

— Uma meta? — digo, escondendo meu espanto.

— Qualquer coisa com menos de uma hora é ótima para sua primeira corrida. Você consegue fazer isso, não é, Abby? Eu tenho muita fé em você.

— Hmmm... Tem?

— Claro — murmura ele.

E agora eu sei muito bem que, custe o que custar, cruzarei a linha de chegada antes que o relógio bata meio-dia.

Capítulo 50

Tem umas 2 mil pessoas nesta corrida, algumas da "elite de corredores". São de uma estirpe diferente dos simples humanos — atletas sérios e autênticos para quem esse tipo de coisa é muito natural. Minha primeira sessão no clube foi há três meses e meio, mas correr ainda é tão natural pra mim quanto peitos em travestis.

Jess me avisou que a largada seria escalonada devido ao número de participantes. Os corredores de elite vão na frente, depois das placas que dizem *30 minutos* — que percebo com uma incredulidade maldisfarçada que é o tempo de chegada previsto deles. A única maneira de eu alcançar esse tempo é de helicóptero. Tom e Oliver começarão quase na frente — os dois esperam terminar em 35 minutos — enquanto Jess pretende fazer em 45.

— Mas se eu ficar atrás da marca de uma hora, terei uma desvantagem — observo, ressabiada. — Tem muita gente na frente e já seria metade da batalha me espremer por eles.

— São as regras, Abby. — Jess dá de ombros. — Eles se garantem no fato de que é mais importante os corredores de elite irem na frente.

— Importa muito mais pra *mim* — digo, tentando não babar enquanto o Doutor Sexy aparece correndo. Depois algo me ocorre. — Como é que alguém *sabe* seu provável tempo de chegada?

— Eles confiam na honestidade de todos.

— Então, o que aconteceria se alguém largasse na frente quando deveria estar atrás?

— Se todos fizessem isso, seria um caos.

— É, mas e se *uma* pessoa só fizesse isso? — sussurro.

Ela reprime um sorriso.

— Dependeria de a melhor amiga dela ficar de bico fechado.

Eu sorrio com doçura.

— Não é para isso que servem os amigos?

— Tudo bem. Acho que faço em 45, mas nós duas podemos baixar a quarenta minutos e torcer para que ninguém veja. Aliás, como está se sentindo?

— Com um sono incontrolável e muito preocupada com minha calcinha irritante — respondo.

— Um dia eu posso tentar dar essa desculpa — diz uma voz familiar e, ao me virar, vejo Tom sorrindo.

Fico na marca dos quarenta minutos, cercada de gente que parece se sentir culpada por comer uma cenoura sem antes fazer flexões. Ando de um lado para o outro, girando os ombros para trás como faz o velocista americano Michael Johnson na TV, e rezo para que eu esteja atuando bem.

Se alguém olhasse de perto, as partes instáveis no alto da minha calça de corrida e o brilho de medo em meus olhos imediatamente revelariam que sou uma impostora. Felizmente, os que pertencem a esta categoria estão concentrados demais nas próprias atividades para prestar atenção em mim.

Vejo minha mãe no meio da multidão, parecendo meio desconfortável — depois entendo o porquê: papai apareceu e está ao lado dela. Reprimo um sorriso quando começa a contagem regressiva, o ar acre de adrenalina. Meu coração está disparado, apesar do fato de eu ainda não ter me mexido. Jess me cutuca e sorri quando faltam três segundos.

— Boa sorte, moça.

Soa o tiro de largada.

O primeiro minuto da minha corrida parece o programa do David Attenborough em que cavalos selvagens galopam majestosamente por uma planície, aniquilando as criaturas menores e mais fracas sob seus cascos.

Tudo bem, é um exagero me descrever como *menor*, uma vez que a maioria das mulheres que passa zunindo parece ter sido arrancada do chão por um ligeiro vento. Mas dado que seus cotovelos parecem ter sido preparados com amoladores industriais, as aparências enganam mesmo.

Dou tudo o que posso no primeiro quilômetro, mas o número de pessoas que me ultrapassam é tão desmoralizante que desconfio de que vou precisar de terapia depois. Pior ainda, o atrito do triângulo de renda da minha tanga, a 5 centímetros de meu bumbum, é mais do que uma distração. A cada passo que dou, anda de um lado para o outro, se esfregando em minha pele até que começo a pensar em outras coisinhas.

Quando chego aos 2 quilômetros, a confirmação de que não estou no auge da minha forma me engolfa. O esforço que faço é tamanho que parece que estou prestes a explodir um vaso sanguíneo, mas isso não compensa.

Passo pela marca do terceiro quilômetro sentindo ter feito 30; a ideia de mais 7 é impensável. Felizmente, não consigo pensar nisso. Só na minha calcinha e na pele acima do bumbum, que agora não parece só irritada — está doendo. E doendo *pra valer*.

No quilômetro quatro, um pensamento insidioso entra em meu cérebro e me corrói, seu significado devorando toda minha confiança: *Jess esqueceu os M&M's*. Parece pouco, mas enquanto ofego pelo percurso, meus pulmões parecendo na mira de uma arma, me convenço de que sem minha injeção de sacarose eu estou lascada.

No quinto quilômetro, lembro a mim mesma que estou na metade do percurso. Que estou na última volta. Mas só consigo me concentrar no fato de que a última corrida que fiz parava agora. A ideia de ter de fazer tudo de novo, enquanto sou atacada por minha tanga, é insuportável.

No quilômetro cinco e meio, tento me controlar. Sei que estou me despedaçando e precisaria parar. Mas minhas pernas ardem, meu peito arde, meus pés ardem. Nada disso, porém, é tão ruim quanto minha tanga. Isso não é só ardência, é algo termonuclear.

No exato momento em que penso que as coisas não podem piorar, há um ronco de trovão e o céu desaba. A chuva cai aos baldes e o vento corta meu rosto feito um chicote. Espero ver as pessoas desistindo, mas acontece o contrário; todo mundo parece acelerar. Eu *quero* acelerar — meu bom Senhor, *como eu quero acelerar!*

É preciso todo o meu esforço para eu passar pela marca do sexto quilômetro e não cair no chão derramando as lágrimas de uma mulher vencida. Olho o relógio e percebo que corri por 48 minutos. Se eu não criar asas e tiver um jato nas costas, minhas aspirações de chegar ao final em menos de uma hora estão condenadas.

A chuva atinge meu rosto e lembro que se meus pés pudessem correr com a rapidez com que meu nariz escorre, eu ficaria bem. Me ouço bufando, rindo do horror desta situação. E como nada dessa merda é divertido.

Penso em Heidi e na meia maratona e percebo as implicações disso. Se eu não conseguir fazer 10 quilômetros, como vou correr o dobro disso? O que vou fazer com todo o dinheiro que as pessoas doaram? Devolver?

Depois penso em Oliver: na visão que o confrontará enquanto eu manco para a linha de chegada, desesperada para arrancar minha calcinha e assoar o nariz. Não com a calcinha, é óbvio.

As lágrimas lutam por espaço com a chuva no meu rosto e sou consumida por um ódio a mim mesma. Um gemido de desespero escapa de meus lábios enquanto minhas pernas se embaralham e eu paro deploravelmente.

Alguém da organização se aproxima.

— Você está bem?

— Sim — choramingo. — Não.

— Vamos, querida. — Ele passa o braço pela minha cintura e me leva para a lateral. — Às vezes a gente precisa encerrar os trabalhos.

Choramingando enquanto deixo que ele me coloque sentada em um tronco de árvore, ele abre uma garrafa térmica de café quente, serve um pouco num copo de plástico e o entrega a mim. O gesto, por mais gentil que seja, me faz chorar ainda mais. Eu não devia beber café. Devia estar disparando triunfante pela chegada, caindo nos braços do Doutor Sexy. *No tempo de vinte minutos.*

Fungo mais uma vez enquanto ouço um zumbido de trânsito e levanto a cabeça. Depois percebo uma coisa.

Chegamos à parte do percurso que encontra a rua. Embora nossa seção esteja isolada por cordões, há trânsito perto de nós. Recuperando o fôlego, penso no desenho da corrida. Na largada, na chegada e em como a rua serpenteia entre elas. Me levanto e, decidida, entrego ao organizador o café que ele tinha me dado.

— Sabe de uma coisa, você tem razão — digo a ele, trocando os pés. — Às vezes é hora de encerrar.

Ele assente.

— Mas hoje *não é* um desses dias.

Ele me olha como se estivesse prestes a chamar os homens do jaleco branco.

Endireito as costas e começo a correr com os outros, minhas pobres pernas doloridas pedindo clemência.

— Boa sorte, querida — grita ele enquanto faço a curva e, fora da vista de alguns outros corredores retardatários, vou para a rua.

Quando aparece a primeira luz laranja, estico o braço e grito a única palavra que me ajudará a ter uma chegada triunfante.

— TÁXI!

Capítulo 51

Peço ao motorista para me deixar na esquina, fora de vista do trajeto da corrida e a meio quilômetro da linha de chegada.

— Você não vai fazer o que estou pensando, vai? — Ele sorri com malícia enquanto eu pego uma nota de 5 na pochete e a enfio em sua mão.

— Não me diga que ninguém faz isso — murmuro.

— É a primeira vez. — Ele sorri e não é essa a resposta que eu queria.

— Você é novo como taxista? — pergunto, cheia de esperança.

— Quando eu comecei, meu bem, os coquetéis de camarão eram a essência da sofisticação. Mas vou me lembrar dessa, posso te garantir.

Verifico se a barra está limpa, saio do táxi e vou na ponta dos pés até algumas árvores. Olho o relógio. Cinquenta e cinco minutos e três segundos — menos de quatro minutos para ir à chegada.

Tiro um galho do rosto e espio por uma abertura nas folhas. Um grupo de competidores corre por ali, sem ninguém atrás. Se eu cronometrar isso direito, posso entrar de mansinho depois deles como se estivesse ali o tempo todo. Estou posicionada para arremeter, quando ouço uma voz.

— Você saiu pra fazer xixi?

Eu me viro e fico diante do rostinho sardento de uma menina de uns 9 anos, vestida de anoraque rosa de peles debruado e chupando um pirulito.

— O quê?

— Saiu pra fazer xixi, né? — Ela sorri. A menina tem um buraco do tamanho de um desfiladeiro entre os dentes superiores e sua língua é da cor de uma bomba de tinta que explodiu.

— Não! — sibilo.

Ela para, chupando o pirulito e pensando.

— Então era o número dois?

— Não! — guincho, contornando aos poucos a árvore para que os corredores que se aproximam não me vejam.

— Então por que está escondida atrás da árvore?

— Eu... — Paro enquanto uma possibilidade medonha passa pela minha mente. E se ela deduzir que estou trapaceando e contar para todo mundo? *Imagine* a humilhação. Minha primeira corrida de 10 quilômetros e sou desclassificada por usar um transporte ilegal por metade do caminho.

— Tudo bem, sim — respondo. — Tem toda razão. Eu saí pra fazer o *número dois*. Satisfeita?

Ela dá de ombros.

— Nem ligo.

— Mas onde está sua a mãe mesmo?

— Na corrida. Meu pai está bem ali. — Enquanto ela aponta para um homem alto com uma parca azul-marinho perto da árvore, o grupo de corredores passa acelerado e vejo minha oportunidade.

Mergulho na pista, deixando a garota para trás e me juntando à retaguarda do grupo. Só corri quatro passos e meu coração já está martelando, mais de medo de ser apanhada do que de exaustão. Tenho de baixar a cabeça e bombear braços e pernas, quando alguém na minha frente — uma mulher alta de pernas musculosas e um rabo de cavalo grisalho — vira-se para trás e me fuzila com os olhos.

— Quase lá! — Sorrio, ofegando um pouco mais para evitar suspeitas.

Ela se vira e continua a correr.

E é fácil assim.

Ninguém percebe. Ninguém mesmo.

Estão concentrados demais na subida para a chegada e no rugido da multidão. Corro o mais rápido que minhas pernas doloridas podem me levar, ignorando o fato de que a pele do alto de meu bumbum dá a impressão de que um homem das cavernas tentou criar fogo ali, ignorando as bolhas que estouram nos meus pés, ignorando tudo, menos minha necessidade absoluta e inequívoca de cruzar a linha de chegada em menos de uma hora. E só faltam três minutos.

Quando faço a última curva do percurso, vejo a linha de chegada ao longe e sou recebida por uma explosão de gritos. A maioria na multidão é de estranhos, presentes para ver os amigos e parentes correrem, mas felizes em dar apoio moral a qualquer um que porte um número. Entre os gritos, ouço meu nome.

— VAI, ABBY! VOCÊ CONSEGUE!

Vejo um grupo de rostos conhecidos. Mamãe e papai torcem por mim quando passo. Jess está com Tom e o avô dele — este último dando socos no ar para demonstrar seu apoio.

Viro a cabeça para a frente e, com toda minha concentração, disparo para a chegada. Decidi olhar no relógio ao terminar a corrida, mas, ao cruzar a linha de chegada, meus olhos são atraídos a Oliver. Ele conversa com uma ruiva bonita que reconheço: ela estava diante de mim na marca de 45 minutos. Ele olha para mim e acena.

Estou prestes a ir para o gramado quando Jess aparece correndo.

— Pronto! — Ela sorri, jogando os braços em mim. — Agora você *tem* que ficar feliz! Sem M&M's nem substâncias ilícitas... E ainda fez em menos de uma hora. Abby, você é uma estrela. Desculpe por ter subestimado você.

— Está tudo bem — murmuro, inquieta.

— Cinquenta e cinco minutos e quinze segundos! É mesmo sensacional. — Ela para e examina meu rosto. — Não percebe que é sensacional?

— Bom, quero dizer, sua marca é de 45 minutos, não é?

— Quarenta e cinco e dezenove, hoje. — Ela sorri.

— Oh! Você venceu. Muito bem.

— Obrigada. Agora vamos lá pegar nossas camisetas e medalhas. Nós merecemos.

— Ah, não sei, eu... Preciso disso?

— Como assim? — Jess ri. — Deve ser a primeira pessoa na história a fazer sua primeira corrida de 10 quilômetros e não querer a camiseta. Sei que não é uma blusa da moda, mas é uma oportunidade de ostentar... E, cara, você merece isso.

Ela me leva para a lateral, pega a medalha e a coloca no meu pescoço enquanto vejo minha mãe e meu pai vindo em nossa direção.

Nunca me senti uma fraude tão grande na vida. Peço licença e vou para a estação de água, incapaz de lidar com outros elogios, quando vejo Oliver gesticular para mim. Enquanto ele se aproxima correndo, minha pulsação ressuscita de novo.

— Muito bom, Abby. Você fez em menos de uma hora. — Ele me dá um beijo no rosto.

— Oh. Hmmm... Como sabe?

— Eu estava vendo. É claro.

Seus olhos percorrem meu corpo e uma onda de arrepios toma meus braços. Nem acredito que ele está sendo tão sedutor ultimamente.

— Ah. Bom. Bem, obrigada.

— Você deve estar em êxtase.

— Eu... Estou. — Olho nos olhos dele e sou tomada de desejo. — E quais são seus planos agora? — consigo perguntar. — Vai comer alguma coisa?

— Hoje não. — Ele sorri. — Tenho que encontrar alguém.

Meu coração afunda de decepção. Uma mulher, é claro.

— Meu aquecedor quebrou e marquei com um cara para consertá-lo — continua ele.

— Oh. — Tento não sorrir demais. — Bom, a gente se vê no clube de corrida na segunda?

— É claro — diz ele, pegando meu braço. — E meus parabéns de novo. Estou muito orgulhoso de você.

A fração de segundo em que seus olhos encontram os meus é o momento de maior carga erótica da minha vida. Meu próprio ser dói por ele. E nesse instantezinho extraordinário eu me convenço, pelo olhar dele, que ele sente o mesmo.

— Mãe!

Nosso transe é rompido por uma voz que reconheço de imediato e me viro para ver uma menina de 9 anos, língua preta e banguela em um familiar anoraque felpudo.

— É ela — diz a garota, apontando. Oliver me lança um olhar confuso. — A mulher que fez cocô no mato.

Capítulo 52

Tenho que sair dessa. Preciso sair dessa. Porque estou vivendo um dos sonhos de minha vida — ter um almoço civilizado com meus pais. Os dois. Juntos.

Apesar da minha alegria — mesmo que mamãe parecesse sentir dor quando concordou em ficar na presença de papai por uma hora —, de vez em quando não posso deixar de me ver empurrando a salada pelo prato como uma adolescente petulante.

— Algum problema, Abby? — pergunta papai enquanto minha mãe está no toalete.

Tomo um gole de Coca Diet.

— Não. Nada.

— Acha isso delicado? Sabe o quê. Sua mãe e eu juntos...

— Hein? Não! De jeito nenhum!

Nisso eu fui sincera. Porque desde que papai conseguiu convencer mamãe a demonstrar solidariedade em um almoço comemorativo, ela realmente começou a se comportar — e quase relaxar.

Mas não posso dizer o mesmo de mim. Não consigo relaxar por dois motivos. Primeiro, depois de tomar banho e trocar de roupa, não tive opção no quesito calcinha além de ficar sem nenhuma. Não é algo a que eu esteja acostumada, para ser sincera. Segundo, estou com tanto ódio por mim mesma que chega a doer. E não é só porque Oliver, embora elegantemente tenha fingido não ouvir minha "amiga" de 9 anos, agora claramente acredita que eu abaixei a calcinha na metade da corrida e fertilizei os arbustos.

Minha infelicidade também tem outra origem: minha trapaça. Desta vez, ninguém vai me dizer que cometi um erro, como aconteceu com o M&M. Desta vez, eu trapaceei mesmo... E a troco de quê?

Oliver nem mesmo ficou comigo por mais de meio minuto e nenhum dos outros concorrentes deu a mínima para o tempo dos outros, só para os próprios.

As pessoas que ligaram — meus amigos e familiares — agora pensam que estou mais preparada para a meia maratona do que na verdade estou e, pior ainda, parecem realmente impressionados. O que faz com que eu me sinta péssima. Não foi nenhuma realização. Eu sou uma vigarista de bosta. E uma vigarista de bosta com os pés doloridos, pernas doloridas e um bumbum particularmente dolorido.

— Arrumaram esse lugar desde a última vez que vim aqui — diz mamãe quando volta. Ela está usando jeans apertados pretos e colete e carrega uma bolsa caramelo que combina perfeitamente com as botas de salto alto.

— Quando nós vivíamos aqui, Gill, você reclamava que seus sapatos grudavam no chão... Lembra? — Papai sorri. O bistrô teve várias encarnações, inclusive o ponto de encontro punk da última visita deles.

Ela estremece.

— Horrível.

— Ah, não foi tão ruim assim. — Ele ri. — Na época você curtiu.

— Bom, muita coisa mudou em trinta anos, não é?

Ele levanta a cabeça.

— Algumas coisas nunca vão mudar.

— Você quer dizer que alguns homens nunca vão mudar. — Suas palavras são ásperas e baixas, pronunciadas quase antes de qualquer um de nós perceber. Então meus pais me olham com ansiedade, lembrando-se de minha presença, e depois se concentram em suas refeições. Espeto um pedaço de frango com o garfo e o coloco em silêncio na boca enquanto a irritação cresce dentro de mim.

Eles se comportaram direitinho até ela falar isso. Mas mamãe, como sempre, não consegue se conter. Apesar do fato de *ela* ter abandonado meu pai, ainda não consegue deixar de soltar comentários como esse, como se assinalar os defeitos dele de algum modo justificasse seus atos.

O fato é que ela tem razão em algumas coisas: ele *sempre* será péssimo para se lembrar de aniversários e sair da cama nas manhãs de domingo. Ele *sempre* será péssimo para pagar contas na data e tampar a pasta de dente.

Mas diz muito sobre minha mãe o fato de ela não conseguir ver o que realmente essas coisinhas idiotas são — insignificantes. Ela coloca meu pai para baixo há anos com isso e com um monte de outras coisas — e ele não merecia na época, nem agora.

— Algum problema? — pergunta-me mamãe.

— Não — respondo rapidamente. — Nada.

Ela se vira para papai, pensando em algo a dizer para o clima voltar a ficar mais leve.

— Lembra daquele barman? Aquele que se achava o próximo Sid Vicious?

— Lembro, e você era a próxima Nancy dele.

— Não! — Ela bufa.

— É sério. Ele tinha uma queda por você.

— Ah, meu Deus, não diga isso. — Ela dá uma gargalhada. — Ele era horrível.

Papai sorri.

— Ele me disse que se você e eu um dia nos separássemos, ele ia me pagar uma cerveja se eu o avisasse.

Eles tiveram um ataque de tanto rir.

— Talvez você devesse ligar para ele. — Mamãe ri e o riso dos dois cessa.

Eles estão sem graça, perguntando-se o que dizer agora. Talvez tenha pelo menos dois anos que os dois foram obrigados a jantar no mesmo lugar, e foi no casamento do meu primo. Acho que não é de admirar que a conversa não esteja fluindo tão bem.

— Sua mãe tinha o cabelo mais incrível quando estivemos aqui na primeira vez — diz papai.

— Era horrível — argumenta ela. — Foi em 1981, pelo amor de Deus. Eu penteava tanto o cabelo ao contrário que precisava de seis lavadas para conseguir escovar de novo.

— Bom, eu adorava — diz ele.

— Você dizia que eu parecia a Siouxsie Sioux.

— Era um elogio.

Papai tem de sair cedo do almoço para pegar Karen no aeroporto, então fico com mamãe enquanto terminamos o vinho e pedimos a conta.

— Não foi bom sairmos juntos de novo? — Eu a desafio.

— Foi ótimo, Abby. — Minha mãe tem uma expressão indiferente. — Talvez leve mais dois anos para acontecer de novo, mas sim, foi ótimo.

Semicerro os olhos.

— Por que você dificulta tanto as coisas para o papai, mãe?

Ela está mexendo na bolsa, procurando a carteira, quando para.

— Porque somos divorciados, Abby, é simples.

— Isso não quer dizer que não possa ser civilizada — digo.

Ela franze o cenho.

— Não existem muitos casais divorciados que concordem em almoçar juntos, sabia? Caso não esteja evidente, estamos fazendo isso *por você*. Acredite, não teríamos vindo se tivéssemos escolha.

Olho pela janela.

— Ele teria.

— Como assim?

— Sabe o que quero dizer. Papai ainda ama você. Sempre vai amar.

Ela revira os olhos.

— De novo, não. Pensei que você tivesse superado isso aos 15 anos.

— Como posso superar quando é a verdade?

— Não é a verdade — responde mamãe com amargura.

— É, sim.

— Não é.

— É.

— Ah, pelo amor de Deus! — Ela bate a bolsa. — Escute aqui, Abby. Sei que foi difícil quando seu pai e eu nos separamos. Eu lamentei muito. Mas esqueça, querida. Todo mundo esqueceu.

— O papai não.

Ela se curva para mim.

— Posso esclarecer uma coisinha?

— Por favor.

— O problema de um casamento é que as únicas pessoas que sabem realmente o que está havendo é quem está nele.

— Sei o que aconteceu, mãe — respondo calmamente. — Sei que papai amou você e ainda ama. Sei que você o amava também... E que, se tivesse se esforçado um pouco mais, os dois ainda estariam juntos.

Ela meneia a cabeça.

— Eu tenho razão, não tenho? — pergunto.

Ela pega a bolsa e olha pela janela. Depois joga a cabeça para trás e me encara como quem pode ver através de chumbo.

— Não, Abby. Não tem.

Capítulo 53

No caminho para casa, paro no supermercado para comprar alguma coisa para o jantar, junto com o suprimento de emergência de calcinhas. As únicas que restam na loja são horríveis: umas calçolas com estampa de corações em um rosa medonho, isto é, pior do que as que joguei fora.

Mas elas têm uma virtude — parecem confortáveis. E embora em geral eu me veja a várias décadas de fazer do conforto um critério para escolher lingerie — certamente um passo antes de usar camisolas abotoadas até o pescoço —, vou abrir uma exceção, em consideração ao alto de meu bumbum.

Ao andar pela loja, minha mente oscila entre a conversa com minha mãe e meu desempenho fraudulento na corrida. Não consigo decidir o que é mais deprimente. Estou indo para o caixa quando penso que não vou conseguir fazer a meia maratona. Se 10 quilômetros quase me mataram, como vou fazer o dobro?

Estou tonta com as implicações: o dinheiro que levantei, as expectativas de Heidi, a vergonha terminal de anunciar que não posso seguir em frente. Baixo a cabeça enquanto as lágrimas enchem meus olhos. Estou andando pelo corredor, seguindo para o caixa, quando sinto um tapinha no ombro.

— É bom ver você aqui. — Eu me viro e dou de cara com Tom, que parece ter acabado de sair do banho. Está incrivelmente atraente e — num contraste imenso comigo — feliz. — Ei, o que foi? — pergunta ele, vendo minha expressão.

Enrijeço.

— Nada. Acho que estou ficando gripada. — Coloco minhas compras na esteira do caixa.

— Ah. Bom, meus parabéns pela sua corrida. Você deve estar feliz.

Meu rosto está em brasas.

— Sim, muito feliz.

Coloco uma beringela na esteira enquanto os olhos de Tom vagam para o único item que deixei na cesta. Minha calcinha — vulgo a calcinha mais horrorosa da terra das calcinhas horrorosas.

Sei que ele viu. Ele sabe que eu sei que ele viu. E parte de mim não consegue explicar por que ela é tão constrangedora — mas é, verdadeiramente. Sinto o mesmo que senti quando Graham Davey me viu comprando Tampax quando eu tinha 14 anos. Só que agora é pior. Se Tom vai me ver comprando roupa de baixo, pelo menos eu gostaria que fosse uma calcinha sexy e bonita. Aposto que Geraldine nada em La Perla o dia todo — e aqui estou eu com a marca de supermercado que ela não usaria nem para esfregar as janelas da casa dela.

— Isso é para... — No segundo em que as palavras saem da minha boca, me arrependo de inventar uma desculpa. Minha mente dispara pelas possiblidades, tropeçando freneticamente pelas opções. Minha mãe? Minha avó? Minha irmã imaginária? — Meu pai — solto.

Ah, *que ótimo*. Agora anunciei que meu pai é travesti.

Tom franze a testa.

— Ele usa... para trocar o óleo do carro — continuo.

Ele começa a colocar suas compras atrás das minhas.

— Bom, são mais legais do que qualquer coisa que se consiga na Halfords.

Pago minhas compras em silêncio, sentindo os olhos dele ainda em minhas costas.

— A gente se vê depois — digo do jeito mais jovial que consigo e saio da loja.

— Espere, Abby. Só um segundo, sim? — diz ele enquanto a garota do caixa começa a trocar a fita da registradora.

— Desculpe, estou com pressa, Tom — minto.

Estou fora da loja, em meu carro, e a chave já está na ignição quando ouço uma batida na janela. Antes que eu possa me mexer, Tom abre a porta e desliza as coxas musculosas para o banco do carona — sem as compras.

— O que está acontecendo? — Seu tom de voz é mais o gentil que eu já ouvi. Fecho os olhos e coço a testa.

— Tom, eu sou tão idiota.

— Por quê? — pergunta ele.

Não sei como responder. Não posso confessar o que fiz durante a corrida.

— Olha, não diga nada — diz ele gentilmente. — Eu moro aqui perto. Vamos tomar um chá.

Olho para ele, para seus traços inacreditavelmente lindos e a gentileza de seus olhos escuros... E não consigo pensar em uma única coisa que eu quisesse mais.

Anseio tanto por ficar com Tom esta tarde que fico chocada. Além disso, não consigo entender exatamente o que eu quero dele. Um ombro amigo? Alguém para me animar? Ou alguma coisa mais?

No segundo em que o pensamento passa pela minha cabeça, eu quero que ele desapareça. Apavora-me e me horroriza. Entretanto, uma vez imaginado isso, não tem volta. Uma onda de clareza toma conta de mim e isso me deixa nauseada: sinto algo por Tom desde aqueles dias em que não deveria sentir — e está além da amizade. Pensando bem, talvez eu sinta desde o dia em que o conheci.

Mas não posso sentir isso. De maneira nenhuma.

Ele é comprometido. E tem um relacionamento feliz. Ele não pode ser meu, é simples.

— Vamos, Abby. — Ele estende a mão para pegar meu braço e eu me retraio como se seus dedos estivessem em brasa. Ele fica magoado.

Outra onda de lucidez me toma. Concentra-se num único fato, um fato que é óbvio, mas que nunca me atrevi a admitir: há uma parte de Tom que desconfio sentir alguma coisa por mim também. Se muito ou pouco, não sei dizer. Talvez nem ele mesmo saiba. Só sei é que o modo como ele me olha agora — talvez o modo como sempre me olhou — não deixa dúvidas.

Esperança e raiva borbulham dentro de mim, lutando por espaço. Tom não pode estar atraído por mim. Não pode. Ele é de Geraldine, pelo amor de Deus!

Sinto o impulso de voltar os últimos quatro meses e começar do zero — e fazer com que Tom não goste de mim.

— Sabe o que eu fiz hoje? — digo num tom de desafio.

— O quê? — pergunta ele, com cautela.

— Eu *trapaceei*. Na corrida.

Ele semicerra os olhos.

— Como?

Engulo em seco, sentindo vergonha e determinação ao mesmo tempo.

— Peguei um táxi na metade da corrida. Eu não corri aquilo tudo em menos de uma hora.

Meu sangue soca os ouvidos enquanto vejo sua expressão mudar.

— O que você pensa disso? — digo por fim, sentindo as lágrimas de volta.

Ele me encara e meu coração parece me engolir inteira. Depois ele sorri.

— Eu acho, Abigail Rogers, que você é hilária — responde ele friamente. — Também acho que devia aceitar minha oferta para um chá.

Capítulo 54

Eu disse não. É claro que disse não. Era a última coisa que eu queria dizer, mas foi o que falei. E agora estou decidida a fazer do estranho interlúdio no estacionamento da Tesco o mesmo que fiz com o vexame dos 10 quilômetros: fingir que nunca aconteceu.

Tenho de fingir. Por Geraldine, por Tom e, sobretudo, por mim. Pelo menos até a grande corrida (se eu não me matar antes dela), quando poderei largar o clube e nunca mais ver os dois de novo.

Antes, há outro compromisso a cumprir, uma pequena viagem em meados de novembro.

À medida que a data se aproxima, percebo que estive correndo por tantos meses que na verdade me acostumei a isso. Nunca direi que adoro, não como adoro *Sexy and the City,* Florence and The Machine, minhas novas botas na altura das panturrilhas ou nhá benta com nozes — especialmente com um cappuccino imenso com espuma suficiente para depilar as pernas. Mas a corrida e eu desenvolvemos uma tolerância mútua.

Porém não importa o tanto que aprendi, ainda existem alguns conceitos que não consigo entender. Um deles é corrida de férias. Corrida. E férias. Ao mesmo tempo. Não consigo imaginar melhor exemplo de contradição de termos.

Entretanto, a possibilidade de não participar do passeio anual do clube de corrida é quase nula. Porque o Doutor Sexy vai.

Apesar dos meus sentimentos estranhos por Tom, sei que Oliver e eu nascemos para ficar juntos. E, depois de meses desejando-o, finalmente começo a acreditar que chegou a nossa hora.

Pelo menos, assim espero. Porque embora seja maravilhoso que Oliver tenha confiança suficiente para começar a me paquerar abertamente, para ser franca, isso não basta. A questão entre nós tem de ser decidida — no mínimo porque sei que é esta incerteza que está alimentando a coisa com relação a Tom em minha cabeça.

Então aqui estou eu, me preparando para me obrigar aos mesmos níveis de punição do clube de corrida três ou quatro vezes por semana, só que agora vou fazer isso em um lugar mais quente (em Tenerife) e pagando várias centenas de libras pelo privilégio.

Na verdade, o custo das férias foi só o começo. Também tive de comprar novas roupas chiques de férias, de maiôs que valorizam meus peitos a sarongues que alongam as pernas — qualquer coisa que faça o meu corpo se distanciar ao máximo da realidade.

O dia da partida finalmente chega e Jess e eu nos encontramos com o restante do grupo no aeroporto de Manchester. Ao embarcarmos no avião, o grupo me separa dela e me vejo espremida contra um homem roliço e baixo que tem mau cheiro nas axilas misturado com pastilha para garganta. Não é uma experiência agradável. Então, quando sinto um cutucão nas costas, eu me viro, sentindo-me nada caritativa. Só que fico cara a cara com um bíceps imenso.

— Parece uma excursão da escola, não é? — diz Tom. Não estou perto o bastante para sentir o cheiro de sua pele, mas quase sinto o gosto. E então me afasto.

— Espero que não. A mais exótica que fui foi a Alton Towers, que eu não suportei.

— Sério? — pergunta ele, incrédulo. — E por que não?

— Eu odeio montanha-russa.

Ele reprime um sorriso.

— Você não é daquelas que querem uma vida emocionante, né?

— O que te faz pensar isso? — rebato, ofendida.

— Bom, você não gosta de montanha-russa, não gosta de motos... Aposto que ainda tem rodinhas na bicicleta.

— Não seja ridículo. Não tenho uma desde os 25 anos. De qualquer modo, se está tentando insinuar que só porque eu não gosto de montanha-russa, motos ou qualquer outra coisa que envolva experiências constantes de quase-morte, então sou uma chata, não sabe do que está falando. Minha vida é muito excitante.

— Se você diz — responde ele enquanto me sento ao lado de Jess. Ela escolhe muito bem o assento — com uma vista espetacular de Oliver à frente, no corredor ao lado. Mas no segundo em que me sento percebo que Jess tem outras coisas em mente.

Ela frequentemente tem estado assim desde que confessou seu caso extraconjugal. Não que ela vá falar no assunto — mas eu conheço Jess há tempo suficiente para sentir o que se passa pela sua cabeça. *Permanentemente.* E é por isso que continuo a lembrá-la de que estou aqui para conversar sempre que ela quiser.

— Como vão as coisas entre você e Adam? — pergunto.

Ela levanta a cabeça.

— Ótimas. Eu acho. — Mas seu olhar deprimido diz outra coisa.

— Sabe, eu ando pensando cada vez mais no que você disse. Sobre você achar que eu não me dou com Adam.

— Hmmmmm?

— Jess, eu estava muito enganada sobre ele. Ele é uma ótima pessoa. Ótima *mesmo.* Quanto mais penso em você e nele, mais convencida fico de que você precisa se esforçar para isso dar certo.

— Estou tentando — diz ela sem entusiasmo nenhum. — Pelas crianças e...

— Não só pelas crianças. Por *você.* Ele é um bom homem e te ama... E você ama o Adam também. Quer você diga a ele ou não.

Ela examina meu rosto, perplexa.

— De onde você tirou isso?

— De lugar nenhum. Eu já te falei que, depois do baile, eu o vi sob uma nova luz... Passamos um tempo conversando. — É claro que não posso falar que foi o lance do colar que confirmou essa opinião. — Se não fui tão gentil com ele antes, o problema era meu.

— Bom, é ótimo que você goste dele agora — diz ela —, e fico feliz, porque Adam é uma pessoa muito legal. Uma pessoa maravilhosa, na verdade. Mas não sei se... Não sei se o respeito mais e se gosto dele o suficiente.

Ela suspira, olhando pela janela.

— Eu fico pensando em todos esses anos juntos e me perguntando: onde está o romance? Adam é maravilhoso, mas ele é mais de chinelos e cachimbo, e não diamantes e champanhe. Será que sou uma pessoa fútil e horrível por querer um pouco disso?

Sua expressão é uma confusão de emoções. Eu quero dizer "Espere, Jess... seja paciente e terá champanhe e diamantes". Mas eu nunca estragaria a surpresa. Além disso, prometi a Adam.

— Nunca se sabe, Adam pode surpreender você. Seu aniversário não está chegando? — Até isso parece perigosamente perto da traição.

— Sim. — Ela abre um sorriso amarelo. — E já sei o que vou ganhar porque é o mesmo todo ano: uma renovação da minha associação com o World Wildlife Fund.

— Bom, mas esse tipo de coisa não é importante, né?

— É claro que não. — Ela dá de ombros. — Acho que é... o que representa.

— Não jogue fora o que você tem, Jess.

Ela me olha nos olhos.

— Mas e se eu não estiver mais apaixonada por ele?

Eu paro.

— Não está?

— Não sei. — Ela está exasperada, mas calma. — Essa frase horrível e brega não sai de minha cabeça: eu o amo... mas estou *apaixonada* por ele? E...

— O quê?

— Não consigo parar de pensar em...

— John?

Ela assente.

— Não dormiu com ele de novo, dormiu?

— Não. — Ela me garante. — Mas não paro de pensar no que aconteceria se... — Sua voz falha.

— Se o quê? Se você trocasse Adam por ele?

Ela olha para a frente com os olhos vagos.

— É uma ideia estúpida mesmo, porque sei que não significo nada para ele. Sou só mais uma em uma longa fila de mulheres.

— É mesmo? Nunca me disse que ele era mulherengo.

— Ele é um lobo em pele de cordeiro — diz ela com amargura. — E as coisas só pioram porque tenho que vê-lo o tempo todo. Mas em parte a culpa é minha. Quero dizer, eu podia sair, se quisesse.

— Como é, deixar seu emprego?

Ela hesita.

— Mas sabe de uma coisa? Parte de mim não quer. Para ser *completamente* franca, parte de mim gosta da tentação.

Estou confusa.

— Eu sei. É loucura, não? Nos dias em que fico me revezando entre o trabalho e a troca de fraldas, sem nenhuma diversão entre uma coisa e outra, a tentação me lembra de como era a minha vida. A tentação me lembra de como era ser sexy.

— Ah, Jess. Você *é* sexy... Você é uma gata! — Eu sorrio, tentando animá-la. — Não precisa disso tudo que está pensando para provar isso, não é?

Ela dá de ombros, mas não parece estar muito animada.

— Você não sabe como é, Abs. E confirmo o que disse: a tentação tem suas vantagens.

Capítulo 55

O pacote médio de férias é uma experiência agridoce para mim e minha espécie. Tem o sol, o mar, a areia, álcool e a oportunidade de um caso passageiro. Mas também tem a primeira ida à praia.

É então que nós, branquelas e gorduchas, somos obrigadas a deitar furtivamente numa espreguiçadeira, tirar um kaftan de proporções planejadas e dar a nossos corpos melancolicamente brancos e inchados seu primeiro gosto de sol há mais de 11 meses. Já é bem traumático sem a presença inevitável de um monte de mulheres bonitas, magras e morenas com barrigas de bandeja de chá e calcinha de biquíni do tamanho de um lencinho para ratos.

Antes de Jess ter filhos, quando ela e eu saíamos de férias juntas, tínhamos sempre a mesma conversa: "Essas italianas/francesas/espanholas são lindas agora, mas todo esse sol e massa/foie gras/paella não vão fazer nenhum bem a elas quando tiverem 30 anos."

A essa altura gesticulamos para uma anciã ressequida e de ossos largos, vestida da cabeça aos pés em um preto amorfo, claramente uma octogenária carregada com aproximadamente 17 sacos de pão.

— O que me levou a pensar que isso foi uma boa ideia? — murmuro enquanto Jess e eu andamos pela praia antes de uma reunião pré-jantar com a representante da viagem. — Nem acredito que pensei mesmo em tirar a roupa na frente de Oliver quando ele tem tudo isso pra comparar comigo.

Jess revira os olhos.

— Ainda está obcecada por Oliver?

— Sabe que sim. Por quê?

Ela dá de ombros, pouco à vontade.

— Não tenho certeza sobre vocês dois. Já faz muito tempo e não aconteceu nada. — Ela para. — Desculpe. Esqueça o que eu disse.

— E como poderia? — Observo enquanto um maremoto de paranoia me engolfa. — Acha que estou sonhando muito alto com ele?

— Não! Meu Deus, não! — Ela se apressa em dizer. — Sinceramente, não sei por que eu falei isso. Esqueça. E é claro que você não está sonhando alto. Você está linda.

— Jess, eu só perdi 6 quilos, e não 60. Minhas pernas ainda são curtas, minha bunda ainda é gorda e minha pele ainda é branca feito uma garrafa de leite, a não ser quando uso bronzeado falso, e fico da cor de uma tangerina.

— Besteira. Você está linda. Sempre foi linda e agora está ainda melhor. E como é o seu quarto?

— Fabuloso — digo com sinceridade, porque o hotel é deslumbrante. Com um interior moderno, uma praia particular, é todo de paredes caiadas, tem varandas ensolaradas e quadras de tênis. Ao entrarmos no saguão para o coquetel de boas-vindas, levanto a cabeça e vejo Oliver recostado na mesa da recepção conversando com a recepcionista estonteante de cabelos pretos. No segundo em que ele me vê com Jess, vem em nossa direção.

— Olá para as duas — diz ele, beijando a nós duas no rosto. Seus lábios se demoram em minha pele, provocando palpitações em todo o meu corpo e me fazendo pensar — de novo — no quanto ele está mais atrevido desde que o conheci.

Quando ele se afasta, examino o que ele veste: calça de linho, chinelo de couro e uma camisa branca que gruda em seu tronco; quero dizer, ele está lindo.

— A reunião será aqui — continua ele. — Estou indo para lá agora. Um belo lugar, não? — Ele olha para mim e revela um sorriso demorado e sexy, que provoca uma palpitação que toma minhas entranhas.

O restante do grupo já está no bar, esperando o discurso de boas-vindas. Cerca de dez integrantes do clube estão na viagem, junto do mesmo número de outras pessoas de férias. Sentamo-nos ao lado de Geraldine, Tom e Mau — que estão tendo uma conversa sobre o vinho local. Mau parece ser uma especialista.

— Esse lugar não é incrível? — pergunta Geraldine baixinho, virando o corpo. — Nosso quarto tem vista para a praia.

— Lindo, não?

— Talvez isso inspire alguém — diz ela, olhando para Tom. — Mas é mais provável que eu receba uma proposta de um dos garçons.

O som agudo de palmas acaba com a conversa.

— Olá, pessoal! — A saudação efervescente é feita por uma mulher diminuta, com cerca de 40 anos, com cabelo ondulado seco, short de homem e pernas tão bronzeadas que claramente pegaram sol suficiente para assar um peru de 5 quilos. O que lhe falta em estilo, porém, é compensado pelo entusiasmo.

— Meu nome é Janice Gonzales e serei a representante da Sunny Runners nos próximos quatro dias. Sejam muito bem-vindos!

Ela para como se esperasse uma leva de aplausos.

— Bem — continua Janice, sem se abalar com o silêncio —, espero que todos já tenham dado uma olhada em nosso lindo hotel e descansado depois da viagem. Esta noite será uma oportunidade para relaxar, fazer amigos e provar as delícias culinárias da região. Mas não peguem muito pesado — diz ela sorrindo —, porque amanhã às oito estaremos prontos para nossa primeira sessão!

— Iabadabaduuu — digo baixinho.

Enquanto Janice continua com seu discurso estridente, sem dar uma folga, eu me vejo olhando os pés do Doutor Sexy. Estou hipnotizada por eles. Pode parecer estranho, mas é um momento seminal. Normalmente menosprezo pés de homens. E quero dizer que *menosprezo* mesmo.

Nem os homens que normalmente têm orgulho de sua aparência costumam dar atenção aos pés. É como se eles se esquecessem de sua existência. Não sei quando se tornou socialmente aceitável desfilar por aí com unhas grossas, pele endurecida e dedos brancos como leite de onde brotam pelos no estilo pubiano. Acho horrível.

Os pés do Doutor Sexy, porém, não são nada menos do que perfeitos. São o tipo de pé que se veria num modelo de catálogo da Next: bronzeados, de unhas lindamente bem-feitas, sem a menor sugestão de pele escamosa. Preciso de todo o meu autocontrole para não saltar no corredor e dar um beijo neles.

— E então, pessoal — conclui Janice —, no fim dessas férias, nós, da Sunny Runners, esperamos que vocês estejam relaxados, energizados e motivados o bastante para levar seu treinamento ao próximo nível em casa. E se não levarem, que pena... Porque não damos reembolso a preguiçosos! Ha ha ha!

Lanço um olhar rápido a Jess, tentando pegar seus olhos. Mas não é a primeira vez desde que saímos que sua mente parece estar em outras coisas.

Capítulo 56

A maior parte do grupo foi dormir cedo — inclusive o Doutor Sexy, para minha grande decepção. Peço ao serviço de despertador para me acordar às sete e quinze da manhã, mas ainda assim consigo me atrasar para encontrar os outros no calçadão.

Mau está vestida na cor de sorvete de creme da cabeça aos pés e parece um wafer napolitano ambulante.

— Achei que você tinha desistido. — Ela sorri, dando um pulinho sem sair do lugar.

— Desculpe, mas a única chamada de despertador que tive nas férias foi quando precisei pegar um avião. Isso contraria meus princípios. — Passo os olhos pelos arredores e noto que falta alguém. — Cadê a Jess?

— Achei que ela viria com você, querida. — Mau dá de ombros.

— Não. Bom, agora eu já me sinto melhor. Se até a Miss Atletismo aparece atrasada no primeiro dia, então há esperança para todos nós.

Enquanto Janice instrui o grupo lento a segui-la, vejo Jess correndo no grupo mediano.

— Tudo bem? — pergunto.

— Ótimo. — Ela assente ao seguir na outra direção.

A corrida nos leva pela costa, passando por praias douradas, formações rochosas e vemos as ondas quebrando no mar. Não são nem nove horas e o sol já aquece meus ombros — e é impossível não curtir. A vista é de tirar o fôlego, e o grupo está relaxado e feliz.

Quando voltamos ao hotel, tenho uma verdadeira sensação de realização. Este é o primeiro dia de férias e ainda não são dez horas da manhã, mas em vez de me demorar no bufê decidindo entre um segundo croissant ou um daqueles frios ambíguos que parecem agradar aos holandeses, eu *me exercitei*.

Depois de um banho, encontro Jess perto da piscina, abro uma espreguiçadeira e estendo minha toalha. Ao tirar o sarongue, ocorre-me que a grande revelação do meu corpo não é tão traumática como de costume. Tudo bem, então o bando de bronzeadas e magras do outro lado da piscina ainda não tem muita concorrência, mas eu me sinto... passável. Talvez mais do que passável. Mas que inferno, eu me sinto muito bem — e não tenho medo de dizer isso.

Ainda há um vestígio de celulite, mas muito menos do que antes. Minha barriga não está exatamente chapada, mas é o mais perto disso que consigo chegar. E alguns músculos — em particular minhas panturrilhas — estão duros como pedra. É claro que se me perguntassem há seis meses que área do meu corpo eu mais desejaria melhorar, não posso alegar que minhas panturrilhas estariam entre as prioridades. Eu as colocaria em 22º lugar, pouco antes dos lóbulos das orelhas. Mas os preguiçosos não podem ser muito seletivos.

A questão é que eu me sinto mais forte, mais magra e, incrivelmente, atlética. O que é ridículo — sou *eu* que estou falando!

Jess e eu lemos os livros que compramos no aeroporto, trocando uma ideia de vez em quando enquanto tomamos sol. Depois de mais ou menos uma hora, eu durmo. Não tenho ideia de quanto tempo dormi, mas acordo ao som de passos. Abro um olho com esforço e estou diante dos pés dos meus sonhos.

— Posso ficar aqui também? — pergunta Oliver.

— Claro que sim — respondo, virando-me de costas. No meio do procedimento, noto que este pode ter sido um erro. Todo o lado direito do meu corpo é um afresco de miniabacaxis, cortesia da impressão deixada pela minha toalha.

— Ah, meu Deus. — Sorrio, constrangida, cobrindo as pernas.

Ele sorri e Jess acorda de seu cochilo.

— Oh — diz ela, quando percebe que temos companhia. — Oi, Oliver. Vou dar um mergulho. — Tomo nota mental para agradecer a ela depois por nos deixar a sós.

— Como foi sua corrida hoje de manhã? — Oliver abre uma espreguiçadeira.

Apesar de minha crescente confiança corporal, me empenho em respirar da forma mais estável possível sem perder a capacidade de falar.

— Maravilhosa. Me sinto pronta para o dia. Nunca pensei que diria isso.

— Ah! Nossa corredora relutante da meia maratona — acrescenta ele, brincando.

— Não muito relutante ultimamente — corrijo-o. — Estou começando a pensar que posso gostar dessa brincadeira de correr.

— É viciante, né?

— Mais ou menos. Se pelo menos eu não fosse viciada em vinho e chocolate também, eu estaria ótima.

— Bom, você pode abusar um pouco nas férias. Eu, pelo menos, torço para que esta noite dure bem mais do que a noite passada. — Ele sorri.

— É?

— Sem dúvida nenhuma. — Depois ele faz uma coisa impressionante: pisca para mim. O Doutor Sexy *realmente* pisca para mim. Não sei bem como reagir, a não ser rir espontaneamente, estragando totalmente minhas tentativas de esconder a barriga.

O resto do dia é um misto indolente, nebuloso e sublime de bate-papo, banhos de sol — e sedução.

É como se Oliver finalmente tivesse descoberto como fazer isso — e agora nada o detém. Ele tira o cabelo do meu rosto. Olha nos meus olhos constantemente. A certa altura, até se oferece para passar protetor nas minhas costas, uma experiência tão agradável que quase fico inconsciente.

Quando o sol começa a baixar, suas investidas tornam-se tão evidentes, tão escandalosas, que vou para o quarto me preparar para o jantar e estou completamente convencida: *vai ser esta noite.*

Estou me vestindo para o jantar, escolho calça de algodão e uma blusa étnica, e estou prendendo o cabelo quando ouço uma batida na porta. É Jess.

— Obrigada pela saída na hora certa — digo. — É sério, foi perfeito. Oliver passou o dia todo dando em cima de mim. É isso, Jess. Ele e eu vamos nos entender essa noite. Eu sei disso.

Depois vejo a aparência dela e percebo que ela está de jeans e uma blusa com capuz; quero dizer, não veste suas roupas habituais de jantar.

— Vou embora — diz ela em voz baixa.

Meus olhos se arregalam de incredulidade.

— Como é? — pergunto. — Por quê? De onde veio isso?

Seu rosto está tomado de tristeza quando ela se senta na minha cama.

— Não consigo parar de pensar no que você disse sobre o Adam no avião.

— Eu não quis dizer que você devia ir para casa — argumento.

— Eu sei... Mas você tem razão com relação a ele. Tem toda a razão. — Ela coloca a cabeça entre as mãos. — Meu Deus, olhe para mim: vagabundeando ao sol enquanto meu marido dedicado cuida dos nossos dois filhos.

— Eu nunca disse isso! Só falei que você não devia deixá-lo. Mas isso não quer dizer que não possa ter férias. Adam não reclamou de você vir para cá.

— *Eu* estou reclamando. — Ela brinca com seu cartão-chave e levanta a cabeça. — Tem um voo hoje à noite.

Eu me sento na beira da cama e a abraço.

— Mas que droga. Num minuto você está me dizendo que quer a tentação e os diamantes, no outro quer entrar no próximo avião para ver seu marido. Essa não é você, Jess. Por que não fica aqui e pensa mais um pouco? É uma oportunidade de ter um espaço para respirar. Para se afastar de tudo e refletir bem sobre essas coisas.

— Não estou afastada de nada.

— Como assim?

Ela suspira.

— Estou num turbilhão onde quer que eu esteja... Aqui ou em casa. Além disso, só o que fiz desde que cheguei foi pensar.

— E a que conclusões chegou?

— Que eu tenho sido uma idiota. E quero voltar para casa e para o meu marido.

Capítulo 57

— Ela foi embora? Assim, do nada? — pergunta Geraldine quando a encontro com Mau no banheiro feminino antes do jantar.

— Aconteceu alguma coisa com o Jamie, o filhinho dela — minto. — Além disso, ele começou na escola em setembro e ainda não se acostumou direito. Ela se sente mal por não estar lá com ele.

— Jess nunca me pareceu uma mãe exagerada — diz Mau. — Ela sempre foi admiravelmente equilibrada. Deve ser grave.

— Espero que ele fique bem — acrescenta Geraldine.

— Ele vai ficar bem — respondo, querendo que elas mudem de assunto. — Não foi uma emergência nem nada.

Eu me junto ao restante do grupo e estou quase chegando na sala de jantar quando baixo os olhos e noto que deixei meu batom no banheiro.

Abro a porta externa e estou prestes a entrar no banheiro quando ouço Mau falar num tom urgente e preocupado. E algo me fez parar e escutar.

— Geraldine, você não pode. — Ela a repreende. — De jeito nenhum. Sei o quanto está desesperada, mas não é justo. Além do mais, as coisas não funcionam assim nos dias de hoje. Os homens não concordam mais em se casar com as mulheres só porque elas estão grávidas.

— O Tom concordaria — responde Geraldine, mal-humorada.

Não posso me mexer porque sei que se abrir a porta de novo ela irá ranger e elas vão me ouvir.

— Escute — diz Mau. — Esse é o tipo de coisa que as mulheres faziam no meu tempo, e só o que conseguiam era um péssimo casamento e filhos infelizes. Se você e Tom tiverem que se casar, assim será. Você *não pode* chantageá-lo com o pisca-pisca dos seus ovários.

— Me deixe te dizer uma coisa, Mau. Tenho 33 anos e *preciso* ter um filho. Tom e eu daríamos pais maravilhosos... Ele só não percebeu isso ainda. Mas se vier um bebê, sei como ele vai se sentir. Ele seria um amor. Seria perfeito. Seria exatamente o final feliz que nós dois queríamos. Você precisa entender isso. — A voz de Geraldine se dissolve no final da frase e percebo que ela está chorando.

— Escute aqui, minha querida — diz Mau gentilmente enquanto Geraldine funga. — Prometa que não vai fazer nenhuma idiotice. Não pode usar um filho para prender o homem que ama. — Ela se interrompe. — Você o ama?

— Claro que sim! — exclama Geraldine. — Como pode duvidar disso?

Mau não responde. Ela abre a torneira para lavar as mãos e eu aproveito a oportunidade para sair dali, sem meu batom. E, pela primeira vez desde que os conheci, pergunto-me se Geraldine e Tom afinal foram feitos um para o outro.

Sentamo-nos numa varanda iluminada pela lua cheia enquanto minha pele formiga com a brisa. A maioria dos integrantes do grupo parece ter apanhado um pouco de sol hoje: inclusive eu, embora minha cor seja cortesia de uma loção incrivelmente cara de bronzeamento chamada Miami Tan. Ao que parece, todas as celebridades estão usando isso, embora presumivelmente em conjunção com várias viagens por mês a Barbados, porque não é tão eficaz quanto eu esperava. Pelo menos não comparada com Mau, mesmo com os numerosos retoques antes do jantar.

Eu devia me abster de beber esta noite. Não porque eu seja membro do AA, esteja grávida ou convalescendo de uma micose e esteja tomando antibióticos fortes, mas por causa da nossa corrida mais longa do que de costume amanhã — um fato que mais uma vez acende meu preconceito contra a expressão "corrida de férias". Não que beber seja exatamente proibido. Mas ninguém — a não ser Tom, que ousadamente tomou duas cervejas — está cedendo.

Ainda assim, não fico remoendo isso porque tenho outras coisas para remoer — isto é, o Doutor Sexy. Se depois de passar o dia todo e o fim da tarde me paquerando ele não tomar finalmente a iniciativa, vou com a Jess no próximo voo para casa. Um por um, o grupo se retira cedo para dormir, até que só ficamos eu, Oliver e Tom, que decidiu tomar a terceira cerveja.

Quando olho para Tom esta noite, é fácil entender como pude ter me enganado, pelo menos temporariamente, e pensar que sentia alguma coisa por ele. Sua beleza inegável é ainda mais evidente hoje — com os braços bronzeados e ligeiras sardas na ponte do nariz.

Mas é por isso que tenho tanta certeza de que Oliver é o homem certo para mim. É muito revelador que eu possa colocá-lo ao lado desta criatura divina e desejá-lo ainda mais.

O clima entre nós três é leve, em grande parte porque começamos a falar sobre o avô de Tom, que está se candidatando a controlador de trânsito.

— O amigo dele fez e foi condecorado com a Ordem do Império Britânico, então tenho minhas desconfianças sobre seus motivos, embora ele negue. — Tom sorri. — Além disso, como ele é meio cego, meio surdo e está do lado errado dos 75 anos, Deus proteja a próxima geração de crianças do bairro se ele conseguir.

Oliver vai ao banheiro e aproveito a oportunidade para conversar com Tom.

— Olha, eu não queria ser grossa nem nada, mas... — Gesticulo para a porta.

— O quê?

— Bom, dá pra você sair? — digo de brincadeira. Mas não estou brincando.

— Mas que encantador. — Ele fala isso com leveza, mas percebo seu queixo se cerrar.

— Não leve para o lado pessoal. E depois Geraldine vai se sentir sozinha lá em cima. — Digo aquilo antes que a lembrança da conversa que entreouvi penetre meu cérebro. Enrijeço ao pensar que ela pode estar lá, pronta para levar a cabo seus planos.

Só espero que Mau tenha convencido Geraldine do contrário. Não posso dizer nada para Tom. Quero dizer, não é da minha conta. Mas a ideia de ele sendo apanhado por um dos truques mais antigos e mais cruéis do mundo — engravidar para prender um homem — faz com que eu me sinta um tanto apreensiva.

Ele me olha com ardor.

— Geraldine está no sono de beleza.

Tento desafiá-lo com o olhar, mas não consigo. Felizmente ele se levanta, mas com uma clara relutância.

— Tudo bem. Me expulse para que seu amigo possa seduzir você. Até parece que eu me importo — diz ele monotonamente.

— Ah, sem essa, não brigue comigo. — Falo no mesmo tom brincalhão forçado que nós dois agora dominamos.

— Não se preocupe... Eu vou embora. Não faça nada que eu não faria. — O tom acre em sua voz provoca uma onda de irritação em mim. Mas não posso deixar de sentir outra coisa enquanto olho suas costas musculosas passando pelas portas, algo em que eu preferia não me concentrar.

Quando Oliver volta, percebo que ele está lindo esta noite. Está usando uma camisa preta aberta no pescoço e jeans de cós baixo. Ele afunda na cadeira ao meu lado e abre seu sorriso lindo e sensual.

— Enfim, sós.

Enquanto meu olhar se demora em seus olhos, em suas mãos magras, e na pele macia de seu pescoço, lembro a mim mesma de quanto tempo eu quis este homem. A ideia de que o momento pode ser este é torturante de tão doce, erótica em si. Ele pega minha mão gentilmente, virando-a e usando os dedos para acompanhar as linhas da minha palma.

— É assim que eu prefiro... E você? — O desejo em seu olhar faz com que eu vire marshmallow por dentro.

— Sim — sussurro. — Claro que sim.

— Alguém um dia te disse que seus olhos parecem uma lua de conto de fadas, Abby? — Vindo de qualquer outra pessoa, isso pareceria brega. Mas Oliver diz isso como poesia — muito longe do homem um tanto modesto que se esforçava para paquerar quando eu o conheci.

— Ultimamente não — respondo, e seus dedos sobem por meu braço.

— Eu não sei quanto a você, mas sinto certo... frisson entre nós dois. — Seus olhos brilham com malícia.

— Na verdade — continua ele, suas carícias ativando eletrodos em minha pele —, talvez seja mais do que um frisson. Talvez sejam duas pessoas... Duas pessoas adultas e felizes... Que estão destinadas a fazer juntas coisas de adultos.

Não estou ouvindo o que ele diz. Só consigo me concentrar em sua mão perto dos meus seios, subindo pelo meu braço. Estou me esforçando para respirar ao olhar em seu rosto.

— Então, Abby — murmura ele —, a pergunta é: será esta a noite em que finalmente faremos amor?

Capítulo 58

Oliver é impecável.

Ele é um gênio da técnica, a encarnação de cada manual de erotismo já escrito. Ele conhece truques e posições que fazem o *Kama Sutra* parecer uma antologia de Enid Blyton. Ele é nota dez e nada menos do que isso.

Oliver está deitado de costas com as mãos na nuca e eu passo o braço por seu peito em uma névoa pós-sexo, mal sendo capaz de acreditar no que acabou de acontecer.

Porque, francamente, estou atordoada.

Eu imaginava que o desempenho dele na cama imitaria suas habilidades de sedução: de início lento e um tanto desajeitado, terminando numa explosão de glória. Mas eu estava enganada. Ele claramente é um amante nato: confiante e habilidoso do início ao fim. Não sei bem como lidar com isso.

— Foi fantástico, Oliver. — Eu não pretendia, mas meu elogio sai como se eu avaliasse um salto triplo.

— Obrigado. — Ele sorri, claramente sem se importar, enquanto se curva para me beijar. — Quantas vezes você gozou?

— Oh... O bastante — digo, sendo deliberadamente misteriosa. Ele fica satisfeito com a resposta, embora não seja bem a verdade.

Apesar de o sexo ser espetacular, não tive um orgasmo. Eu fingi, é óbvio — só por educação. Estava nervosa demais para relaxar e curtir o momento. O que, de certo modo, é uma pena, porque depois de desejar Oliver por tanto tempo, eu devia ter tido um momento Meg Ryan, em *Harry & Sally*, quando ele pegou minha mão no bar.

Durmo inquieta em seu quarto, vendo seu peito subir e descer e ouvindo o ranger fraco de seus dentes. Às sete em ponto, ele acorda sem despertador e salta da cama.

Seu traseiro é perfeito. O tronco é perfeito. Ele é perfeito. Depois, enquanto ele abre as cortinas e a luz do sol é lançada em seu corpo, percebo algo não tão perfeito: manchas cor de geleia de Miami Tan.

Suas pernas e seus braços, sua barriga e suas costas estão riscadas em pinceladas elaboradas, deixando-o parecido com uma versão humana do Sudário de Turim.

— É melhor eu me vestir e voltar de fininho pro meu quarto — digo apressadamente. — Não queremos que ninguém descubra sobre nós, não é?

— Não me importo se você ficar. — Ele pisca e vejo o contorno fraco da marca de mão tangerina a centímetros de sua virilha.

Meu dia é salpicado de flashbacks da noite com o Doutor Sexy como um pó de fadas adorável e obsceno. Enfim aconteceu!

Mas saber que ele gosta de mim o bastante para dormir comigo suscita um monte de outras inseguranças. Uma delas é: se ele quer fazer isso de novo.

Isso domina meus pensamentos, excluindo todos os outros, exceto quando vejo Tom ao me preparar para a corrida da manhã, quando meus pensamentos voltam-se completamente para ele. Evito olhá-lo nos olhos, e não é difícil. Ele não olha para mim, está concentrado no aquecimento e em conversar com o instrutor espanhol.

Tomo um banho depois da corrida e decido sair para uma caminhada. Oliver está perto da piscina, com o tronco coberto por uma camiseta e olha para o filtro solar. Não consigo entender por que ele parece tão confuso até que o vejo esfregando as pernas com o canto da toalha.

Ele levanta a cabeça, provocando uma onda de pânico em mim. Eu aceno, xingando a mim mesma por parecer tão deselegante ao fazer isso. Mas ele levanta a mão e acena também, conseguindo parecer consideravelmente menos idiota do que eu. Vou ao bar para pegar uma garrafa de água, na esperança de que — mesmo que ele perceba que sou responsável pelas manchas amareladas em seu tronco — venha falar comigo.

Mas ele não vem.

E depois de cinco minutos de esperanças e espera, finalmente vou ao hotel, passando pela espreguiçadeira dele. Mas ele está dormindo. Procuro não exagerar na interpretação disso, ou no fato de que mal nos vimos a manhã toda, mas quando vou ao salão de jantar começo a me sentir levemente inquieta.

A inquietude não é atenuada durante o jantar porque — por acaso ou intencionalmente, não consigo decidir — acabamos em mesas separadas. Depois de comermos, vou à varanda e me sento na mesma cadeira da noite anterior, na esperança de que alguma simetria do destino incite uma repetição da noite de ontem.

Mas quem aparece é Mau, e ela se senta ao meu lado, tagarelando que queria a volta daquelas festas de Tupperware porque era uma boa desculpa para as pessoas se encontrarem, fofocarem e tomarem um porre, e para tanto só era preciso gastar algumas libras em uns potes de plástico vagabundos.

Em vez de irem para a cama um por um como na noite anterior, todos decidem ficar para conversar. Esta noite Tom está em boa forma, divertindo o grupo com uma série de ditos espirituosos que levam Janice a engasgar com o coquetel não alcoólico mais de uma vez. Ele não fala muito comigo — e não é o único. Lá pela meia-noite, Oliver ainda está a duas mesas de mim e prestou menos atenção em mim hoje do que em todo o tempo que o conheço.

Estou olhando para ele, para aqueles lindos olhos, enquanto ele está envolvido numa conversa com Geraldine — e pergunto-me se a noite passada realmente aconteceu ou se alguém batizou aquela única taça de vinho, o que me fez imaginar tudo. Para piorar tudo, ele se vira e me encara. Depois pisca. E sorri. E ergue uma sobrancelha enquanto gesticula para a porta. É um sinal claro — e sinto que posso desmaiar de alívio.

— Muito bem, gente, vocês me deixaram esgotada. — Eu me levanto e bocejo teatralmente enquanto olho diretamente para Oliver. — Vou dormir.

Ele me lança um olhar, um olhar particular, de pura malícia — depois seus olhos se voltam para as portas de novo.

— Bem que eu podia ir também — diz ele sem a menor sutileza. O convite direto não pode ser mais claro. Vou para o elevador e me pergunto se chegarei ao meu quarto antes que ele me alcance.

Capítulo 59

Não apenas chego sem problemas ao meu quarto, sem Oliver seguindo ansiosamente meus passos, como também entro no quarto, visto minha camisola de seda sexy e deito numa pose sofisticada mas casual na beirada da cama.

Deito-me na expectativa, afofando o cabelo, zapeando por um canal espanhol e decido que vou abrir a meia garrafa de champanhe do meu frigobar quando ele chegar. Mas, perto da uma da manhã, estou cochilando e a única coisa na televisão é uma variedade de soft porn de baixa qualidade e sou obrigada a admitir que Oliver não está prestes a vir com uma caixa de chocolates e um desejo insaciável de recriar *As Lavadoras de Janelas Gostosas VI*.

Penso em mandar um SMS, ou voltar ao bar com o pretexto de ter esquecido alguma coisa, mas desprezo as duas ideias. Você pode ser muitas coisas, Abby Rogers, mas desesperada você não é. Peraí, apaga. *Visivelmente* desesperada você não é.

Então durmo sozinha e agitada, sentindo-me imediatamente tensa quando acordo na manhã seguinte. Essa sensação persiste quando saio do elevador para o salão de café da manhã. Será que vou encontrá-lo? O que ele dirá? E onde será que ele *esteve* ontem à noite?

Assim como ontem, hoje trocamos vários olhares fugazes o dia todo — na praia, na corrida; na piscina, à tarde; mais tarde no saguão. E em todas as ocasiões percebo que ele está sempre conversando com uma mulher. Não a mesma, devo acrescentar. *Várias*. Em geral, a turma magra e bronzeada da piscina — aquelas com as quais achei que aprenderia a conviver.

Comento isso com Jess quando conversamos ao telefone antes do jantar.

— Eu te disse que não tinha certeza sobre vocês dois.

— Foi *você* quem nos apresentou — argumento. — Além disso, tenho certeza de que ele não costumava conversar com tantas mulheres assim. Acho que foi depois que eu dormi com ele.

— Abby — continua ela, hesitante —, não percebeu o quanto ele é galinha?

Torço o nariz.

— Mas ele não era no começo — protesto. — Ele era tímido. Só ultimamente é que percebi que ele paquerava... E pensei que era só comigo. — De repente percebo o quanto estou sendo ingênua e quero mudar de assunto. — E como vão as coisas por aí?

— Estão boas. Melhores. Ah, não aconteceu nada... Só estou feliz por estar em casa com o Adam. Olha, vamos conversar quando você voltar.

Apesar da minha conversa com Jess, decido descer para jantar e sutilmente coloco minha bolsa na cadeira ao lado, retirando-a somente quando Oliver entra na sala. Mas ele vai para o lado contrário da mesa e se senta perto de Mau.

Meu rosto fica vermelho e recoloco a bolsa no lugar, mas ela é erguida novamente um segundo depois.

— Está tudo bem? — Tom a coloca no meu colo e se senta.

Dou de ombros.

— Sim.

A verdade é que me sinto envergonhada e ridícula. Tom sabe o que aconteceu entre mim e Oliver — e ele pode ver o que está havendo agora. A ideia me faz encolher.

— Você não me parece bem.

— Estou. De verdade. — Olho em seus olhos escuros e sinto minha coluna relaxar. — Mas obrigada por perguntar.

Conversar com Tom torna o jantar tolerável — só isso. Apesar de tudo, quando todos vão para o bar para nossa penúltima noite, estou tão desanimada com Oliver que penso em fingir que estou me sentindo mal e ir direto para a cama.

Mas ele me encara, sustentando meu olhar por tempo suficiente para que eu sinta uma onda de confusão, frustração e esperança. É uma sensação que me deixa espigada pelo resto da noite — contra meus instintos — com a tensão borbulhando dentro de mim enquanto analiso cada palavra que Oliver me disse. Um por um, o grupo desaparece até que só restam Tom e Oliver de novo.

— Minha vez. O mesmo, Tom? — pergunta Oliver antes de abrir seu sorriso lindo diretamente para mim. — E, Abby, eu odiaria que você pensasse que estou tentando embebedá-la, mas o que vai querer?

— Ah, terá que me convencer. — Eu rio, corando com o comentário. — Vinho branco, por favor.

Ele vai ao bar e Tom seca seu copo.

— Quer que eu desapareça de novo?

Vejo Oliver pedir as bebidas a uma garçonete com cascatas de cabelos pretos e uma blusa de gola alta e gravata-borboleta que pouco ajuda na contenção de seus imensos peitos.

— Hmmm, não sei — respondo, incapaz de me concentrar em qualquer coisa que não seja Oliver olhando a garçonete.

— Bom, decida-se. — Tom parece irritado.

Oliver olha avidamente os peitos da garçonete. Para piorar, sempre que ela o pega no flagra, ele finge estar constrangido. Exatamente como fez comigo quando o conheci no jantar na casa da Jess.

— O quê? Desculpe — digo, despertando de meus devaneios.

— Quer que eu vá embora? — repete Tom.

Olho novamente para Oliver e o vejo lançar à garçonete seu sorriso mais sexy e lindo, seguido por um lampejo de inocência que dá a impressão de que ele não sabe o quanto é atraente. É um ritual que passei a conhecer muito bem.

— Não — digo, decidida, virando-me para Tom. Ele fica surpreso. — Não vá.

O riso da garçonete ecoa pela sala e Oliver pega sua bebida e volta, olhando-me nos olhos.

— Quero dizer, sim.

— Ah, pelo amor de Deus.

Respiro fundo.

— Não, ou talvez sim.

Oliver só está a alguns passos.

— Isso é... Não — eu solto. — Quero dizer, fique. *Definitivamente* fique.

Tom fecha a cara quando Oliver se senta.

— Desculpe, Oliver... Terá que beber você mesmo essa cerveja. Está na hora de eu me retirar — diz ele, levantando-se.

— Ah, fique para mais uma bebida — insisto, tentando esconder meu pânico. — Fique, Tom. Por favor. *Por favor.*

De repente amaldiçoo a situação. Ao olhar nos olhos de Tom, uma percepção me atinge — e não é a primeira vez. Só que agora o impacto é repetido e incansável, como um aríete.

Ao olhar para Tom e seu rosto deslumbrantemente bonito e másculo, sei que não quero ficar sozinha com Oliver. E não é só porque ele está dando mole para outra mulher e praticamente me ignorou por 48 horas.

É porque o homem com quem eu realmente quero ficar a sós está de pé, prestes a ir embora. Entretanto, não posso pensar nisso. Como posso pensar nisso, quando a namorada dele está lá em cima, esperando por ele?

Ai, meu Deus, Abby!

Tom hesita enquanto seu queixo enrijece.

— Não, está mesmo na hora de ir. Boa noite para vocês dois.

Ele me olha brevemente e vira o rosto. A dor aguda que causa em meu coração me diz que tenho de fazer alguma coisa para sair dessa — livrar-me desses sentimentos por um homem que não posso ter.

Tom deixa a sala e Oliver se curva para mim, pega minha mão e me olha nos olhos — deixando suas intenções bem claras. Mas de repente me pergunto se meus sentimentos por ele, em algum momento, foram uma distração deliberada de Tom.

E se for isso, que mal teria? Ao contrário de Tom, Oliver é solteiro. Eu estou solteira. Nós dois somos no mínimo mais do que moderadamente atraídos um pelo outro. A equação devia ser simples.

— Agora, Abby. — Ele sorri. — Que bom que estou a sós com você de novo. Não tivemos chance de conversar direito desde a outra noite. É um problema que pretendo resolver imediatamente.

E assim, pela segunda vez nesta semana, estou sozinha com o Doutor Sexy. Só que desta vez não faço a menor ideia do que vai acontecer.

Capítulo 60

A resposta fica clara antes mesmo de Oliver olhar por sobre meu ombro e abrir seu sorriso mais lindo. Ele faz isso sem pensar e eu não sei se ele acha que não posso ver ou se não se importa.

Viro o corpo para ver o que chamou a atenção dele, como se eu precisasse disso: a garçonete. Ele pelo menos tem a decência de fingir que está envergonhado quando me viro para ele.

— Então, aquela noite — diz ele, fingindo que nada aconteceu. — Aquela noite foi maravilhosa, Abby. Gostaria de repetir um dia desses.

— Gostaria mesmo? — pergunto.

— Claro que sim. Foi divertido, não foi?

Dou de ombros.

— Acho que sim.

— Quero dizer, você sabe que não estou à procura de uma relação estável nem nada, não é?

Abro um sorriso amargurado, sentindo-me entorpecida.

— Então, talvez possamos nos divertir um pouco mais quando voltarmos pra casa.

— E por que não? — digo com indiferença.

Mas minha mente dispara. Penso em Tom, em Geraldine e em como eu pude pensar que Oliver era a resposta. E é exatamente esse pensamento que passa por minha mente quando vejo seus olhos voarem para a garçonete de novo.

— Acho que é hora de dormir — digo decisivamente.

Ele afaga com delicadeza a minha mão, claramente nada incomodado que eu vá embora enquanto a garçonete ainda está por ali.

— Boa noite.

Estou prestes a sair quando ele me olha com ternura, como se lhe tivesse ocorrido alguma coisa.

— O que foi? — pergunto.

— Sabe de uma coisa — diz ele pensativamente —, eu gostei *mesmo* da outra noite.

— Que bom. — Dou de ombros.

— E é estranho, porque... Bom, em geral eu não me interesso por mulheres como você.

— *Mulheres como eu?*

Ele para como se pensasse em como se explicar.

— Sabe como... curvilíneas. — Ele se recosta, aparentemente satisfeito com o eufemismo.

— Como é?

— É sério — continua ele alegremente. — É uma experiência nova. Eu perdi mais de 6 quilos e ele ainda acha que sou curvilínea, porra?

— Olha, não fique tão chateada. — Ele sorri. — Estou te fazendo um elogio. Nem todo mundo pode ser naturalmente atlético e magro. Além disso, eu achei meio... pervertido. — Seus olhos brilham como se eu devesse ficar satisfeita.

— Pervertido? — Meu tom é tão gélido que quase posso sentir estalactites nas amídalas.

Ele percebe minha expressão e se remexe na cadeira, como se agora tivesse lhe ocorrido que eu posso não apreciar a guinada que a conversa tomou.

— É bom ser pervertido — diz ele bem baixinho, depois se curva para me dar um beijo no rosto, acariciando meu joelho ao fazer isso. Em outro momento, isso me deixaria louca de desejo. Agora só me sinto uma merda.

Capítulo 61

Não tenho provas de que Oliver saiu com a garçonete. Mas ninguém precisa ser adivinho para deduzir que a "excursão" em que ele se meteu esta manhã foi até as coxas da mulher. Procuro me convencer de que não me importo, mas é claro que me importo.

Quer meus sentimentos por ele tenham esfriado ou não, ainda é humilhante dormir com alguém e ele se enroscar com outra em menos de 48 horas.

Mais do que qualquer coisa, só consigo pensar em Tom. Quanto mais tento reprimir meus sentimentos por ele, mais eles me engolem. Vou para a última corrida das férias tonta com tudo isso.

— Está tudo bem? — pergunta Tom enquanto estou no aquecimento. Eu nem tirei os óculos de sol a manhã toda e agora estou particularmente feliz com este fato. Tom está tão perto de mim que tenho medo de que se ele me olhar nos olhos, eles imediatamente revelem coisas que prefiro guardar para mim mesma.

— Sim. Claro. — Sorrio, meio desanimada.

Não dizemos mais nada um para o outro o dia todo, e, no início da noite, eu passei tanto tempo tentando não pensar em Tom que minha cabeça chega a doer. Quando Oliver se senta ao meu lado no jantar e entra em modo total de paquera — afagando meu cabelo, piscando, sorrindo — eu fico quase agradecida.

O grupo está mais turbulento do que nas noites anteriores. Não temos corrida amanhã, o que todo mundo toma como carta branca para se abastecer do vinho local. Todos menos Oliver, que desaparece às dez horas para Deus sabe onde. Eu nem consigo me obrigar a me importar.

Enquanto Geraldine se aconchega ao lado de Tom, roçando a cabeça em seu pescoço, eu bebo para esquecer. Atenua a dor de vê-los e ajuda a tornar a lembrança das últimas noites satisfatoriamente nebulosa.

Não leva mais tempo do que de costume para o grupo se retirar para o quarto — mas como em quase todas as outras noites desde que chegamos aqui, um por um desaparece até que Tom e eu ficamos sozinhos. O que sei que não é bom para meu bem-estar espiritual ou emocional, mas não consigo me obrigar a sentir nada além de felicidade com isso.

— Vocês dois pegam pesado mesmo, hein? — diz Mau, colocando a bolsa no ombro.

— Às vezes eu preciso relaxar, Mau. — Ergo a taça de vinho. — Além disso, volto direto aos treinos assim que estiver em casa.

— Ah, divirta-se, meu bem. — Ela sorri. — Além do mais, tenha uma boa conversa com o Tom. Com ele, você vai lembrar que existem caras legais por aí.

— O que ela quer dizer com isso? — murmuro, percebendo que ela sabe sobre mim e Oliver. Todos devem saber sobre mim e Oliver.

— Não se preocupe, Abby. — Ela pisca. — Pelo menos ele chegou em você. Eu devo ser a única que ele nunca procurou.

Tom e eu conversamos enquanto o bar esvazia e um único garçom fica por ali, polindo os copos. Estou morta de cansaço, mas levantar da minha cadeira, entrar no elevador e ir para a cama é esforço demais. Até parece que essa é a única razão. Ainda assim, entre nossas conversas sobre corrida e trabalho, em algum lugar pelo caminho, o papo fica sério.

— Então, por que ficou muito próximo do seu avô? — pergunto, percebendo um leve arrastar em minha voz.

— Além de ele ser ótimo? — Tom sorri e eu sinto uma cachoeira de desejo.

— É, além disso.

Ele olha as próprias mãos.

— Bom, meus pais morreram num acidente de carro há dois anos. — As palavras tropeçam para fora de sua boca com tal rapidez que preciso de um segundo para absorver o que ele disse. — Só me restou o vovô.

— Que coisa horrível — respondo, incrédula.

— É. — Ele suspira, baixando os olhos para a garrafa de cerveja.

Tom levanta a cabeça quando não digo nada e me ocorre que talvez seja por isso que ele, às vezes incrivelmente extrovertido, de vez em quando parece ter um lado mais sombrio. Ele é cheio de contradições — divertido e caloroso, porém com a mais triste história por trás daqueles olhos.

— Eu sinto muito, Tom — sussurro. — E me desculpe por ter levantado esse assunto.

— Você não o levantou. Fui eu — diz ele, com a voz falhando. Ele para e engole um pouco da cerveja. — Eu tinha 29 anos. Não posso ser considerado órfão nem nada.

— Não acho que isso torne as coisas menos dolorosas.

Seu queixo enrijece.

— Sinto uma falta enorme deles, só isso. Até das brigas dos dois. — Ele ri. — Meu Deus, eles eram malucos.

O som de seu riso, embora agridoce, faz com que os pelos da minha nuca se ericem.

— E os *seus* pais? — pergunta ele, claramente querendo mudar de assunto.

— Divorciados. Minha mãe deixou o meu pai. Nunca entendi exatamente por quê. E ele ainda é apaixonado por ela.

— Ah, meu Deus. — Os olhos de Tom se arregalaram.

— É difícil perdoá-la. Mas, como minha mãe sempre me diz, as únicas pessoas que realmente sabem o que acontece em um casamento são quem está nele.

— Ela tem razão — concorda Tom solenemente.

— Acha mesmo? Não tenho tanta certeza.

— Por quê?

— Bom, olhe a minha amiga... A Jane. — Se ele percebe que esse é um pseudônimo ruim para Jess, é educado o bastante para não me interromper. — Há pouco ela teve uma crise prematura de meia-idade.

— Ah, sim? — Ele ergue uma sobrancelha.

— Que resultou numa ficada com um cara do trabalho dela.

— Sei — diz ele, tentando decidir o que pensa disso.

— Ela não sabia se ainda amava o marido. Mas então nós conversamos e eu a fiz se lembrar do homem maravilhoso que ele é. E o quanto ele a ama. E que eles têm uma linda família e... Bom, ela está começando a ficar feliz com o que tem.

— Hmmmm.

— Você parece cético.

— Não estou, não. Sei que tem razão... Sobre sua amiga, pelo menos. É só que... Bem, as pessoas são diferentes, não são?

Ele começa a tirar o rótulo de sua garrafa de cerveja.

— Veja Geraldine e eu. — A menção do nome dela faz meu estômago revirar, como se o lembrete de que Tom é comprometido fosse demais para meu corpo.

— Sim? — digo, hesitante.

— Bom, ela é incrível. — Ele me olha nos olhos de novo. — De verdade, Abby. Quero dizer, quando eu perdi meus pais, sinceramente, não sei o que teria feito se não fosse por ela.

— Ela te ajudou a passar por isso?

— Totalmente. — Ele franze o cenho, pensando no que vai dizer agora. — E ela tem muito a seu favor. É linda. Inteligente. Meio louca com a história de se casar e ter filhos, mas isso não pesa contra ela. — Seu sorriso terno provoca uma pontada de inveja em mim e eu me odeio por isso.

"Estamos juntos há três anos. — Suas palavras são lentas e precisas, como se ele pensasse em cada uma delas antes de pronunciá-las. — Então, eu devo amá-la. Quero dizer, eu a amo. A ideia de magoá-la de alguma maneira... Bom, eu não suporto pensar nisso."

Pergunto-me se ele está dizendo isso a mim ou a si próprio.

— Então qual é o problema? — pergunto, trêmula.

— Não tem problema nenhum — diz ele categoricamente.

Espero um esclarecimento.

Sua expressão é confusa e ele tenta elaborar o que vai falar. E claramente fracassa.

— Então por que eu não a peço em casamento, Abby? Por que eu não dou a ela o que ela quer? Os filhos, o felizes para sempre? Por quê?

Hesito, suas palavras girando por minha mente. Geraldine pode estar deixando que essa obsessão por casamento e filhos suba à cabeça, mas isso não altera o que o próprio Tom acabou de dizer. Ainda acredito que ela é mesmo uma boa pessoa, e isso é reforçado agora que sei que ela ajudou Tom a superar sua perda. Além disso, ela não deve seguir em frente com seus planos — certamente não.

— Talvez... — Mas minha voz falha.

— O quê? — Ele pede com os olhos disparando para o meu rosto, esperando por uma revelação, a resposta à sua grande indagação.

Apesar de tudo me dizendo o contrário, sei que só posso responder com sinceridade.

— Não sei por que não pede, Tom — digo enquanto a tristeza me desarma. — Mas talvez devesse pedir.

A conversa sobre Geraldine é só o começo. Passamos por Oliver, Jess, Mau (Tom se pergunta se devia apresentá-la a seu avô), minha empresa, a moto dele, nossa infância. Falamos sem parar até que mal paramos para respirar.

— Tom. Que loucura... Já viu a hora?

— Quatro e meia — responde ele, olhando o relógio. — E daí? Pensei que sua vida fosse "muito excitante".

— E é — insisto, percebendo agora o calor que sinto ao me levantar. — Por isso vou tomar um ar fresco, depois vou subir.

— Vai sair para caminhar às quatro e meia da manhã? — Ele sorri. — Meu Deus, você sabe mesmo viver.

— Pare com isso. — Eu rio. — Agora, você vem comigo ou não?

Capítulo 62

O resort estava em silêncio quando começamos nossa descida trôpega da escada da varanda. As luzes estavam acesas, mas não havia ninguém — pelo menos, todos tinham ido para a cama havia horas. O ar estava maravilhosamente abafado, denso como melaço.

— O que há de tão convidativo em nadar à noite? — diz Tom enquanto oscilamos, irremediavelmente bêbados, pelos caminhos bem-cuidados dos jardins do hotel. A superfície vítrea da enorme piscina está imóvel, apenas os refletores brilham por baixo.

— É como a neve virgem — digo a ele. — Há algo na natureza humana que faz você querer mergulhar nela e se emporcalhar todo.

— Talvez seja simplesmente a ideia de que não se pode nadar em piscinas de hotel à noite — propõe ele.

— Não pode? — Coço o nariz.

— Claro que não.

— Tem certeza?

— Tenho. — Ele sorri.

— Que estraga-prazeres. Pensei que sempre estivessem vazias porque as pessoas eram sem graça demais para pular nelas quando não tem sol.

— Como você? — Ele me provoca.

— Eu não sou sem graça — declaro. — Eu já te disse...

— Sei, sei... Sua vida é muito excitante. Eu sei. Então vá.

Paro e o olho.

— Fazer o quê?

— Mergulhar — diz ele friamente.

— Não seja ridículo.

Ele ri.

— Eu sabia que não faria isso.

— Se isso é algum tipo de desafio, pode esquecer. Pode me chamar de chata o quanto quiser, mas de jeito nenhum vou mergulhar ali às quatro e meia da manhã. De jeito nenhum. Nunca.

— Ótimo — diz ele, tirando a camiseta pela cabeça. — Não sabe o que está perdendo.

Se 24 horas atrás você me dissesse que eu estaria nadando numa piscina com Tom Bronte às cinco da manhã, sem conseguir reprimir o riso e com nada além de calcinha e sutiã, eu diria que você precisa de ajuda.

Todavia, apesar do trauma dos últimos quatro dias, a montanha-russa de emoções e humilhação, estou me divertindo pra valer. Embora eu tenha a leve sensação de que isso pode ser algo de que eu vá me arrepender de manhã, também fico dizendo a mim mesma que é para isso que servem as férias. E que não estamos fazendo nada de errado. E se estivermos, vou me preocupar com isso amanhã. O resultado é que me sinto uma daquelas mulheres das propagandas de absorvente, como se eu pudesse dominar o mundo.

— Eu só aprendi a nadar aos 14 anos — anuncia Tom, enquanto nadamos pela água em lados opostos da piscina. Está surpreendentemente quente aqui, pelo menos se eu continuar em movimento.

— É mesmo? — digo, cuspindo água de cloro.

Ele nada até mim, um nado de peito rápido e gracioso que não se parece em nada com as braçadas de quem aprendeu tarde. Para a pouca distância, seus ombros musculosos molhados e reluzentes.

— Eu tinha pavor de água, não sei por quê. A coitada da minha mãe costumava me levar à escolinha de natação e eu ficava apavorado.

— O que te fez mudar de ideia?

— Aulas. — Ele dá de ombros.

— É, mas o que te fez tomar essas aulas?

— Ah, não sei. — Ele põe o braço para trás, impelindo-se contra a lateral da piscina. Parece incrivelmente atlético com a água batendo nos contornos cintilantes de seu peito. — Acho que eu gosto de enfrentar os medos. Talvez por isso eu admire você.

Sinto-me ruborizar.

— Eu?

— Você não estava exatamente morrendo de vontade de correr. Mas perseverou. Ninguém pode negar isso... Você perseverou mesmo.

Sorrio. Depois surge uma pergunta em minha mente e eu a solto antes de ter a chance de me controlar.

— Acha que eu sou curvilínea?

— Ah, não. — Ele sorri. — Não vai me meter numa dessas *perguntas de mulher*. Aquelas em que é impossível saber qual é a resposta certa.

— Como assim? — Eu rio com inocência. — Só quero que seja franco.

Nado até Tom e coloco os braços na borda. Assim que chego lá, percebo que estou meio perto demais, próxima o bastante para sentir minhas pernas sendo levadas para mais perto dele quando ele se mexe.

— É sério — insisto.

— Bom — começa ele com cautela. — Você *quer* ser curvilínea?

— Obviamente não vou te dizer isso.

— Por quê?

— Porque seria trapaça. Quero sua opinião sincera.

— Ah, não quer, não. — Ele ri, jogando água no meu rosto. — Só quer me dar um falso senso de segurança.

Jogo água no rosto dele.

— Tudo bem. Então vou entender que você me acha gorda.

— Eu *não* acho você gorda — protesta ele. — Acho que você tem as medidas certas, na verdade.

— É mesmo? — Demonstro mais gratidão do que eu esperava.

— É. — Ele dá de ombros. — Quase perfeita. É essa a resposta certa?

Semicerro os olhos.

— Depende se você disse isso porque achou que era a resposta certa... Ou se realmente falou sério.

De repente, nossa conversa é interrompida por um barulho de passos na porta do restaurante, seguidos por vozes espanholas exaltadas. Meu coração martela, mas estou paralisada de pânico, incapaz de pensar direito, que dirá me mexer.

À medida que os passos ficam mais altos e as vozes, mais animadas, estou convencida de que estamos prestes a ser flagrados. Depois sinto um braço envolver minha cintura e todo o meu corpo ser puxado pela água. Quando paro, minha cabeça está apertada no ombro de Tom, seus braços musculosos em volta do meu corpo — e ficamos fora da vista de quem quer que esteja na varanda do hotel.

As vozes incompreensíveis parecem discutir para sempre. Mas depois de um tempo somem ao fundo, tragadas pelo trovão do meu coração, o som do sangue disparando pelo meu corpo.

Entreouço as vozes, rezando para que saiam logo dali. Mas a maior parte de minha atenção fica concentrada em algo inteiramente diferente — minha posição. A posição de Tom. Nossa proximidade — da qual de repente estou hiperconsciente.

Estamos os dois quase nus, com os corpos pressionados um contra o outro. Nossos braços e pernas estão entrelaçados. Estamos paralisados, agarrados com a força que é possível a duas pessoas.

Levanto a cabeça e no segundo em que nossos olhos se encontram, fica evidente que temos o mesmo pensamento. Meu corpo é bombeado de adrenalina e do fato de que não consigo distinguir se é por medo de ser apanhada ou simplesmente pelas circunstâncias deste abraço, o que torna tudo mais intenso.

Há um silêncio de um segundo e eu penso que quem esteve na varanda já foi. Abro a boca para dizer alguma coisa, mas Tom coloca os dedos nos meus lábios. Posso sentir o toque macio de seu dedo e preciso de toda a minha força para não beijá-lo. Depois as vozes voltam e — quando penso que não consigo mais ficar abraçada a ele — ele passa o outro braço pela base das minhas costas e me aperta mais.

O movimento provoca um efeito de onda pela piscina e eu paraliso, convencida de que seremos pegos. Enterro a cabeça nele, com o rosto apertado na pele escorregadia de seu pescoço, e fecho os olhos. O calor do corpo dele entra em mim por osmose e de repente me sinto inebriada de um desejo mil vezes mais forte do que qualquer coisa que tenha sentido por Oliver.

Estamos num abraço desajeitado e deselegante, mas as sensações que disparam pelo meu corpo queimam minhas veias. Os passos desaparecem e o som da porta da varanda se fechando e se trancando ecoa no pátio. A barra está limpa.

Nenhum dos dois se mexe. Nenhum dos dois diz coisa nenhuma. Ele não afrouxa o aperto e não se afasta. Tem o mesmo olhar que sinto ardendo em meu próprio rosto. Um olhar de desejo incontrolável e irreprimível.

— Eu realmente quis dizer isso — sussurra ele.

Seu rosto se aproxima do meu, lentamente — milímetro por milímetro. Sua respiração acaricia minha face enquanto o hiato entre nós se fecha.

Nossos corpos se fundem embaixo da água até que mal podemos ser vistos como duas pessoas. Fica evidente que ele está prestes a me beijar e eu não consigo pensar nas consequências. Não consigo pensar no certo e no errado, embora sejam terríveis. Só penso que nada um dia foi tão maravilhoso.

Mas com a mesma rapidez com que esse pensamento entra em minha cabeça, outro o empurra de lado. Um ataque de bom senso, que me arranca dele com uma rispidez que choca a nós dois.

— Geraldine está lá em cima — sussurro, querendo chorar. — E eu... Eu não sou sua namorada.

— Eu sei. — Ele engole em seco, esforçando-se para pensar enquanto seus olhos ainda estão fixos nos meus. — Eu sei.

Estou desesperada para beijá-lo. Desesperada para continuar como se nada do que eu disse importasse. Desesperada para deixar que ele me pegue nos braços e sentir seus lábios em meu pescoço a noite toda. Mas não posso.

— Tom — sussurro, virando o rosto. Isso quase me mata. — Não podemos fazer isso.

Ele leva a mão à boca com uma expressão de agonia no rosto.

— Eu sei. — Ele assente. — Eu sei.

E enquanto vagamos, molhados e seminus, contornando o hotel, eu me pergunto o que diabos vamos dizer um para o outro no café da manhã.

Capítulo 63

No fim das contas, eu não fiquei sabendo — preferi ficar na cama e pular o café da manhã de despedida da Sunny Runners.

Não porque eu esteja de ressaca, minha aparência seja horrível e eu lute para me mexer. Este é um exercício de fuga. Entããããão... Quem está na longa lista daqueles que não quero de jeito nenhum encontrar esta manhã?

a. Tom (por motivos óbvios)
b. Geraldine (por motivos mais óbvios ainda)
c. Oliver (também óbvio — embora um *tête-à-tête* com ele agora seja infinitamente preferível a ter um com a. ou b.)
d. Mau (cujo radar é rápido para detectar qualquer coisa)
e. Janice (que vai tentar me empurrar uma promoção antecipada para o ano que vem)

Em vez disso, vou ficar deitada aqui pelo tempo que for possível antes de arrastar meu lamentável traseiro para fora da cama e começar a fazer as malas para a viagem desta noite.

Estou puxando as cobertas sobre a cabeça, quando ouço uma batida na porta.

Ah, meu Deus... Não quero encarar ninguém esta manhã. Nem consigo encarar a mim mesma. Quando fui ao banheiro, uma hora atrás, olhar no espelho me causou dor — e não só porque meu cabelo está tão embolado de cloro e spray que podia servir de palha para uma choça de barro.

Há outro jeito de dizer isso: eu traí Geraldine. Não importa se não beijei realmente Tom. O fato é que eu quis. Muito. E isso antes mesmo de entrarmos naquele longo abraço.

O que piora tudo é que, quando não estou ocupada odiando a mim mesma, eu caio num replay doce e sexy da noite passada. Se eu respirar e fechar os olhos, ainda posso sentir o cheiro dele, provar seu gosto — e é a sensação mais maravilhosa do mundo.

Abro bem os olhos e balanço a cabeça — um movimento de que me arrependo de imediato, porque a ressaca faz meu cérebro parecer que está solto. *Abby: você simplesmente não pode ceder a esta fantasia. Ele é cem por cento comprometido. Com uma mulher que está com ele há três anos. Uma mulher que ele disse que ama.* Esse replay em particular me dói por dentro.

A batida recomeça e eu me arrasto para fora da cama, colocando o roupão, pronta para encarar Janice com seus folhetos. Só que, quando abro a porta, não é Janice parada diante de mim. É Tom.

Ele está de bermuda e uma camiseta cinza escura, que eu reconheço. É a que ele estava usando quando o encontrei com o avô. É tão simples, mas ele consegue ficar espetacular nela. Pergunto-me por um segundo o quanto ele tem consciência de seus atrativos sobre-humanos. Ele dá a impressão de que não percebe nada, mas como isso é possível? E não foi o que Oliver fez?

Mas de algum modo sei que Tom é diferente de Oliver. Tenho certeza disso. Esse não é o problema dele — o problema é que ele é namorado de outra.

— Oi — diz ele.

— Oi — respondo. Sinto um impulso dominador de puxá-lo para mim e continuar o que paramos ontem à noite. Odeio a mim mesma por isso.

— Posso entrar? — pergunta ele num tom sério.

— Não sei se é uma boa ideia — consigo dizer.

— Não podemos conversar aqui fora.

— Nem deveríamos estar conversando — sussurro.

Ele franze o cenho.

— E por que não? Não fizemos nada além de conversar desde que nos conhecemos. Se alguma coisa parece suspeita, é...

— Ah, tudo bem. — Eu suspiro, desconfiada de que ele é capaz de ter mais pensamentos lógicos do que eu hoje.

Sento-me na beira da cama quando ele entra no quarto e fecha a porta. Estou completamente consciente de minha aparência — certamente a confirmação que Tom procura de que ontem ele foi dominado pelas lentes da cerveja.

Se é a essa conclusão que ele chega — que ele não me acha nem remotamente atraente à fria luz do dia — as coisas, claramente, ficarão mais fáceis. Mas tem um bolo no meu estômago que não quer que seja assim. Quero que ele me queira tanto quanto eu o quero.

Ele se senta ao meu lado e eu me mexo, nervosa. Suas sobrancelhas se franzem.

— Hmmm... Ontem à noite — começa ele, mas para de repente.

— Desculpe, Tom — digo.

— Pelo quê? — Ele parece confuso.

— Por tudo. Eu me sinto péssima. Me sinto péssima por Geraldine.

Ele fecha os olhos e esfrega o rosto.

— Você não tem por que se sentir mal. Nós nem nos beijamos.

— Mas foi quase.

— Eu é que deveria me sentir péssimo. Eu é que não deveria ter... Você sabe. — Ele para e olha em meus olhos. — Não sou esse tipo de homem.

— Que tipo de homem?

— Do tipo que... sabe como é. Em piscinas. No meio da noite.

Mordo o lábio.

— Eu sei. E seu segredo está seguro comigo.

Ele levanta a cabeça.

— Não foi por isso que eu vim.

— E *por que* você veio? — pergunto.

Seus olhos adejam pelo meu rosto.

— Não sei.

Um jato de euforia dispara por meu coração, seguido pela esperança desesperada. Obrigo-me a ter controle da situação.

— Tom, posso te dar um conselho? Volte para o seu quarto, encontre Geraldine e finja que a noite passada nunca aconteceu.

— Mas...

— É sério.

Sua expressão endurece com a tensão aumentando em seu rosto.

— Então você não... Sente nada por mim? Nada mesmo?

Tenho uma visão de Geraldine no térreo, sem saber desta conversa. Como eu me sentiria no lugar dela? Tendo minha fidelidade, meu apoio e amor retribuídos desse jeito?

Nunca é fácil fazer o que é o certo. Neste caso, o certo decente é tão impalatável que fico nauseada só de pensar nele. Mas ao olhar nos olhos magoados de Tom, também sei que não poderia conviver comigo mesma se agisse de outra forma.

— Somos amigos, Tom — digo, minhas palavras soam estranguladas e fracas. — Eu estava bêbada ontem à noite e não passou disso. Não, eu não sinto nada por você, é só amizade. E, como meu amigo, eu te prezo muito. Então vamos deixar assim. Pelo bem de todos.

Capítulo 64

Só há uma coisa a fazer quando volto à Inglaterra: me abrir com minha melhor amiga.

— Deixa eu ver se entendi direito — diz Jess ao telefone enquanto eu sigo de carro para jantar com meu pai. Minha despensa estava vazia quando voltei e, em vez de passar a noite comendo uma refeição pronta, decidi fugir. — Você dormiu com Oliver *e* se agarrou com Tom. Nas mesmas férias?

— Nããããão! — protesto. — Não, não, não! Eu não *me agarrei* com Tom. Nem mesmo o *beijei*. Eu só... Quase o beijei.

— Mas acabou seminua numa piscina com os braços em volta dele?

— Parece horrível quando você fala desse jeito. — Eu suspiro.

— E de que outro jeito eu posso falar?

Ela parece muito esquisita ao saber disso — quase me reprovando. Mas eu já devia esperar por isso; ela conhece Geraldine há séculos.

— Mas você dormiu com Oliver, não foi?

— Foi — murmuro como se ela estivesse prestes a me colocar de castigo.

— Então, por qual deles está apaixonada agora?

Fico em silêncio por um segundo, com vergonha de dizer o nome de Tom.

— É pelo Oliver, não é?

— Na verdade, não — respondo. — Você tinha razão sobre ele.

— Oh! — Ela parece surpresa. — O que finalmente fez com que você visse a luz?

— Pode me chamar de antiquada, mas eu teria preferido que fosse o começo de algo mais do que algumas ficadas casuais.

— Hmmmm.

— E... — Penso em contar a ela sobre os fortes sentimentos que tenho por Tom, mas estou envergonhada demais para pronunciar as palavras. — É claro que Oliver deu em cima da garçonete... Aquela do cabelo preto... Na noite seguinte.

— Adriana? Com peitões e olhos lindos, mas uma bunda grande?

— Essa mesma — digo, mas ela não responde. — Você está aí, Jess? Ouço Jamie ao fundo e entendo o que a distraiu.

— Olha, eu tenho que desligar — diz Jess. — Vai ao clube de corrida amanhã? A gente pode conversar direito depois.

Desligo o telefone enquanto paro o carro no estacionamento no quarteirão do apartamento do meu pai, e um lembrete aparece no meu telefone dizendo que minha nova funcionária, Hazel, começa amanhã.

Estou mesmo ansiosa para voltar ao trabalho, o que sei que não é uma sensação comum depois das férias. Mas quero voltar à rotina logo. Além disso, a pressão que fiz sobre os pagamentos atrasados antes de sair começou a cobrir dividendos — e agora que temos Hazel na empresa, podemos começar o trabalho de reposicionamento de marca da Diggles e estou louca para me jogar nisso.

Salto do carro e sigo para a escada quando vejo uma saia de macramê berrante e botas de couro de ovelha lamentavelmente boêmias descendo os degraus. Karen, a namorada do meu pai, tem uma boca que dá a impressão de que esteve chupando um tapete ensopado de gasolina.

— Oi, Karen — digo, animada. — Como foi a conferência na outra semana?

— Abby — responde ela, ríspida, jogando o cabelo para trás. — Eu lamento por você.

— Oh. Hmmm... Lamenta?

— Sim. Sim, eu lamento. — Ela cruza os braços, ofendida, e noto que seus olhos estão vermelhos. — Seu pai tem problemas.

— Ah — digo.

— E eu o estou deixando.

— Oh — digo.

— Não precisa parecer tão satisfeita. — Ela fecha a cara.

— Eu... Não estou — minto. — Sinceramente, pensei que você era... boa para ele. — *Então tá.*

— Bem — diz ela, passando num rompante e quase me derruban-do com as contas do cardigã —, infelizmente, *ele* não acha isso. Pelo menos ele nunca demonstrou.

Ela se vira.

— Abby, acho que tenho que te contar.

— Me contar o quê?

— Uma coisa sobre o seu pai. Desculpe, mas essas coisas não podem ficar em segredo. Vai acabar com você, mas precisa saber.

— Preciso? — Estremeço.

— Sim, precisa. Acho que seu pai ainda gosta da sua mãe.

Se Karen percebesse o anticlímax do que me disse, isso estragaria seu dia. Então decido não contar a ela que sei disso há 16 anos e finjo surpresa e ultraje, por ela. Só ela seria obtusa o suficiente para pensar que é genuíno.

Papai abre a porta e parece um tanto abalado, mas tenta não de-monstrar.

— Oi, querida. — Ele abre um sorriso amarelo. — Entre. Nem comecei o jantar. Surgiu um imprevisto.

— Encontrei a Karen na escada — digo, insegura.

— Ah! Então você sabe.

Concordo com a cabeça.

— Eu acho que não iríamos longe mesmo — murmura ele.

Pedimos comida, que devia ser proibida, mas era isso ou os restos em seu freezer, que equivalem aos piores ingredientes do mundo para uma culinária improvisada: um peru congelado do Natal passado e meio saco de ervilhas.

Depois do jantar, nos sentamos no sofá, conversamos e bebemos várias xícaras de chá enquanto falo dos pontos altos da minha viagem. As partes editadas, é claro.

— Parece que teve ótimas férias — diz ele. — Talvez eu vá com você na próxima vez. — E então ele nota minha expressão. — Não se preocupe, só estou brincando.

Ele pega minha caneca vazia de chá e a coloca no balcão de café da manhã.

— Pai? — Eu me vejo falando como se estivesse prestes a perguntar se posso pegar o carro emprestado.

— Sim?

— Vai sentir falta da Karen?

Ele parece chocado com a pergunta — papai e eu nunca fomos bons em assuntos do coração. Todavia, ele nunca teve uma namorada antes, que dirá ser largado por uma. Ele volta ao sofá e me responde.

— Vou sentir falta dela, sim. Ela não era o amor da minha vida, mas eu jamais quis envelhecer sozinho.

— Até parece que você tem 100 anos. E, além do mais, você não vai envelhecer sozinho. Você tem a mim.

— Você entendeu o que eu quis dizer — fala ele, de forma gentil.

Olho a televisão e de repente sinto uma onda de desejo por Tom. Desta vez não é só sexual. Eu só quero falar com ele. E ser abraçada por ele. Volto a um devaneio que tive há algumas horas: estou deitada no sofá com Tom me abraçando.

— Pai?

— Sim?

— Já pensou que você e a mamãe podiam voltar?

Ele fica surpreso com a pergunta. Não sei por que sinto a necessidade de indagá-lo sobre isso agora, uma vez que nunca perguntei, mas o turbilhão emocional dos últimos dias pode ter alguma coisa a ver com isso.

— Acho que eu tinha esperanças de que voltássemos — responde ele com relutância.

— Mas a mamãe nunca quis. — Eu me esforço para esconder que reprovo a atitude dela desde que eles se separaram.

Ele me olha de cenho franzido.

— Não foi bem isso.

Abro um sorriso amargurado.

— Ah, pai. Por que ainda a defende depois de todos esses anos?

Ele fica perplexo.

— Por que eu precisaria defendê-la? — É como se a ideia de que ela fez alguma coisa errada nunca tivesse passado pela cabeça dele.

— Sei que ainda a ama, pai — continuo. — *Ela* sabe que você ainda a ama. Meu Deus, até a Karen sabe que você ainda a ama.

— A Karen te disse *isso*? — Ele fica ainda mais chocado, mas não consigo me obrigar a me arrepender de ter falado isso.

— Está todo mundo bem, não está? Se dependesse de você, você e mamãe nunca teriam se separado. Não precisa se preocupar, pai. Eu sei que foi culpa dela, e não sua.

Ele levanta a cabeça de repente, como se minhas palavras tivessem jogado um raio em seu coração.

— Culpa da... sua mãe? — repete ele devagar.

— Sim... Por seu casamento ter terminado.

Ele fica lívido. De repente parece doente.

— Não foi culpa *dela*, Abby. De maneira nenhuma.

— Ah, pai, não me venha com a besteira que ela fala... De que vocês "*ficaram distantes*". — Fiz aspas com os dedos, revirando os olhos. — Conheço o papo. Sei que mamãe podia ter ficado. Eu sei...

— Você não sabe de *nada*. — Ele me interrompe tão furioso que eu fico sem palavras de repente, como se alguém tivesse fechado a tampa de uma caixinha de música num baque.

— Pai — sussurro. — O que foi?

Ele passa a mão na testa, pensando no que vai dizer.

— Foi isso que você pensou durante todos esses anos? — Seu rosto é uma tempestade de emoções. — Que foi culpa da sua mãe nossa separação?

— Pai. Você se esqueceu de que eu... Eu estava *lá* — observo. — Lembro o dia em que fomos embora. Aliás... Quando mamãe nos obrigou a ir embora. Eu me lembro de tudo.

As lágrimas se acumulam em seus olhos. E ver as emoções do meu pai assim, à mostra, me choca pra valer

— Tudo bem, Abby. Ela me deixou. Então é o fim da história? — Ele me desafia.

— Como assim?

— Está deixando de fora o *porquê* de ela ter me deixado. Essa é a questão crucial.

— Então... Por quê?

Ele olha pela janela, mordendo o nó do polegar até tirar sangue.

— Fale! — exclamo. — Não pode dizer isso e não falar mais nada. Não pode.

— Sua mãe sempre achou que havia coisas que uma filha jamais deveria saber sobre os pais. Foi ela que não quis que você soubesse.

— Soubesse do quê? Não sou mais criança.

— Mas não posso ficar sentado aqui deixando você pensar que foi tudo culpa dela, quando... — Ele está falando consigo mesmo, e não comigo.

— Pai — digo séria. — Pode falar comigo, por favor?

Ele se vira com os olhos em brasa.

— Eu tive uma... coisa.

A compreensão é um murro no meu estômago.

— Um caso? — pergunto.

— Não foi um caso... Foi uma noite. Foi... idiotice. Meu Deus, foi mais do que uma idiotice! Nós dois nos arrependemos... E temos nos arrependido a cada dia de nossa vida desde então. Mas não era essa a questão e...

— Então você teve uma noite de sexo sem compromisso — digo com raiva. Estou total e completamente boquiaberta com essa notícia — mas minha reação é me agarrar às minhas armas. — Os casais superam esse tipo de coisa. Vocês podiam ter se entendido. Ela não precisava ir embora. Ela podia...

— Abby, pare! — Ele levanta a cabeça enquanto as lágrimas escorrem por seu rosto e seus olhos ficam vermelhos de vergonha. — Eu fiquei com a sua tia Steph. Foi com a irmã da sua mãe.

Capítulo 65

Toda família tem seus segredos. Mas esta não é uma simples bomba — de uma tacada só, deixou em pedacinhos um dos pressupostos mais fundamentais que já tive sobre meus pais.

— Foi sua mãe que não queria que você soubesse. — Papai suspira. — Você só tinha 12 anos quando rompemos, e isso em si já foi complicado demais para você. Acho que nos primeiros dias dissemos a nós mesmos que um dia... se você perguntasse... seríamos francos e contaríamos o motivo. Mas você nunca perguntou.

— Nunca perguntei porque pensei que soubesse o que tinha acontecido — gaguejo. — Mamãe sempre disse que vocês ficaram distantes. Ela dava a entender que foram suas esquisitices, e o fato de você ser do Exército, que estavam por trás de tudo.

— Essa acabou sendo a explicação mais fácil. E acho que tentei não pensar em nada disso. Que covarde eu fui — diz ele, socando a outra mão. — Fui eu quem causou toda essa dor, mas continuei com o engodo de que nosso divórcio de algum modo aconteceu sozinho.

Roo a unha.

— Parte de mim preferia não saber.

— Sim. Mas eu não podia ficar sentado aqui ouvindo você culpar sua mãe. Simplesmente não podia.

Olho minhas mãos e percebo que elas tremem.

— Como foi que aconteceu? — As palavras saem roucas, como se eu lutasse para encontrar minha voz.

— Tenho tanta vergonha — sussurra ele, lívido. Depois me olha e tenta encontrar seu tom. — Foi no verão de 1995, quando eu estava de licença. Estava em casa havia duas semanas quando um amigo, Thommo, ligou no aniversário dele para saber se eu podia sair para tomar uma com ele. Eu nem gostei muito da ideia, mas sua mãe insistiu que eu fosse.

— E?

— Ficamos péssimos e muito bêbados, como jovens tolos que não se veem há algum tempo.

— Mas você não bebe — digo.

— Agora não. Não toco numa gota de álcool desde que isso aconteceu. — Ele para de repente. — Encontramos a tia Steph e uma amiga dela; acho que se chamava Cheryl. Thommo gostou dela... E insistiu que grudássemos nas duas pelo resto da noite. Ele acabou ficando com a amiga de Steph e, bom, nós ficamos zanzando sem eles. O resto da noite é um borrão.

Não sei se isso é verdade ou se ele está me poupando dos detalhes. Ele me olha, sentindo meu ceticismo.

— O que posso dizer é que terminamos na casa da Steph, totalmente bêbados e incapazes de pensar direito. Foi então que, bom... Não me faça continuar, Abby.

Engulo em seco, sentindo-me enjoada.

— Foi só um beijo... Ou mais?

Ele olha as mãos, envergonhado.

— Mais.

As lágrimas escorrem pelo meu rosto.

— Mas *por quê*? Como vocês dois podem ter cometido uma traição dessas?

— Pensei muito sobre isso durante todos esses anos — diz papai com tristeza. — No caso da Steph, nunca foi segredo que ela passou anos à sombra da sua mãe. Ela era menos inteligente, menos bonita, menos carismática. Ela e Gill nunca foram inimigas, mas, pensando nisso agora, os ressentimentos de Steph devem ter estado presentes sempre, borbulhando sob a superfície.

— Mas e você?

Meu pai suspira com as feições marcadas pela infelicidade.

— Essa é uma boa pergunta, querida. Uma pergunta para a qual não há resposta, a não ser que valha algo mais grosseiro, tipo: álcool, tesão e sexo. Esses motivos fugazes e fracos... Motivos para eu ter perdido uma vida de estabilidade e felicidade. — Ele franze o cenho de novo. — Cometi um erro terrível, terrível. Nunca havia sido infiel... Nunca nem mesmo tinha pensado nisso. Mas isso se tornou irrelevante. E paguei o preço em cada dia da minha vida desde então.

— E como a mamãe descobriu?

— Steph contou a ela, duas semanas depois. Disse que ficou atormentada pela culpa e que não podia viver com esse segredo. Não sei o que ela esperava que Gill fizesse: que desse de ombros e dissesse "Deixa pra lá, maninha"? Quero dizer, algumas mulheres conseguem viver com os maridos depois de uma traição dessas... Mas com a própria irmã? Dá para entender por que Gill não teve estômago para isso, não é?

Concordo.

— Claro que sim. Deve ter sido, bom... Imperdoável.

Tantas emoções passam pelo meu coração que eu nem sei por onde começar. Olho meu pai, com o tormento escrito no rosto, e fico furiosa com ele, mas também sinto pena — em igual medida. Depois penso em minha mãe. Minha mãe brilhante e amalucada que podia ter me contado anos antes que não foi culpa dela, mas preferiu me poupar dos detalhes e carregar a culpa nos próprios ombros.

— Steph começou a falar em sair do país pouco antes de tudo isso acontecer, mas ela nunca foi do tipo aventureira, então desistiu. Mas depois acho que ela precisava fazer alguma coisa para escapar de vez. Sua mãe e eu nos separamos assim que ela descobriu, mas levou anos até que nos decidíssemos pelo divórcio oficial.

— E por que isso? — pergunto.

— Ah, não sei. Talvez uma parte mínima de nós tivesse alguma esperança. Eu sei que eu tinha. E acho que até sua mãe talvez preferisse fingir que nada nunca aconteceu. Mas quem consegue?

Passo a mão pelo cabelo, sentindo-me entorpecida.

— Eu não podia estar mais enganada, não é?

— Não espero que você me perdoe, Abby. — Lágrimas grossas escorrem por seu rosto, e meu estômago se contrai. — Eu mesmo nunca me perdoei. Mas se isso vale de alguma coisa, me desculpe. Eu peço mil desculpas.

Sinto uma onda de raiva, nojo e ódio — sentimentos que são mais fortes e mais amargos do que qualquer coisa de que eu me imaginava capaz, especialmente por meu pai. Depois o vejo sentado no sofá, enxugando as lágrimas de um homem que pagou o preço justo por seu erro — e que nunca vai se recuperar.

Vou até o sofá e o abraço, apertando-o enquanto lágrimas quentes ardem em minha pele.

— Numa coisa eu tinha razão, não é? — sussurro, afastando-me dele e olhando em seus olhos injetados. — Você ainda ama a mamãe, não ama?

Ele respira fundo e devagar.

— Mais do que ela jamais vai saber.

Capítulo 66

Só faltam dois meses para a meia maratona, mas o último lugar a que quero ir é o clube de corrida. É traumático demais depois de tudo o que aconteceu durante as férias.

Penso em desistir de vez do clube e treinar sozinha, mas Jess está convencida de que isso terá impacto no meu desempenho — e tudo o que leio em sites de corrida diz a mesma coisa. Então eu vou, mas faço um esforço imenso para evitar Tom e Geraldine; algo que consigo chegando atrasada em todas as sessões e dando uma desculpa para disparar para longe dali assim que o treino acaba.

A única vantagem é que a fofoca sobre mim e Oliver se espalha como um rastilho de pólvora pelo grupo depois das férias, e, assim, se as pessoas perceberam meu comportamento estranho, vão pensar que é porque ele me devorou viva e me descartou como uma caixa de pizza da véspera.

Em circunstâncias normais, eu me sentiria bastante humilhada. Mas estas não são circunstâncias normais, então fico feliz em ser a quatro queijos com cobertura extra. O ridículo nisso tudo é que depois de passar meses de olho em Oliver, eu mal penso nele agora.

Sou obrigada a aceitar algo que neguei desde o primeiro dia: que é por Tom que estou apaixonada. Fisgada com anzol, linha e vara.

Apesar de falar pouco com ele e com Geraldine desde as férias, estou apavorada. Não sei se leio coisas na linguagem corporal deles que não estão ali, mas tenho a sensação de que Geraldine desconfia de alguma coisa. Mesmo de longe, detecto uma sutil mudança em seu humor quando Tom e eu estamos a uns 5 metros de distância um do outro.

Apesar disso, ou talvez por causa disso, passo um tempo ridículo pensando nele. Sinto falta dele como amigo e anseio por tê-lo como amante. Queria que as circunstâncias fossem diferentes, mas elas não são. E se há uma coisa que a revelação do meu pai me mostrou é que eu *não* serei responsável pelo rompimento do relacionamento de ninguém.

Quando estou começando a acreditar que posso conseguir passar pela meia maratona sem nem mesmo ter uma conversa inteira com Tom, recebo um e-mail dele no trabalho e abro com o coração na mão.

Abby,

Eu queria muito falar com você. Odeio que não sejamos mais amigos. Tenho mil coisas que quero dizer e não tenho oportunidade. Me dê uma chance de eu me explicar. Estarei no Keith's Wine Bar depois da corrida amanhã à noite, se quiser conversar. Por favor.
Bjs

Tom

De maneira alguma terei um encontro clandestino. Isso só incitaria os sentimentos que me esforço tanto para reprimir. Além do mais, imagine se Geraldine descobre. Mas não quero brigar com ele; é a última coisa que desejo. Elaboro minha resposta com o maior cuidado.

Tom,

Não posso me encontrar com você amanhã — prometi a Jess que iria ao cinema com ela. E não diga que não sou sua amiga. É só que, para o bem de todos, é melhor ficarmos distantes. Espero que você entenda.

Abby

Passo dez minutos pensando se sigo seu exemplo e mando um beijo no final, um simples "bj". No início acho que um pode ser aceitável, depois apago. Em seguida penso que qualquer coisa menor do que isso seria reticente, mas então excluo. A certa altura chego a bjo, depois digo a mim mesma que preciso de um transplante cerebral antes de eliminar qualquer coisa que se aproxime de um beijo, sedução ou insinuação, e aperto enviar.

A resposta dele chega em menos de um minuto.

Abby,

É aniversário de casamento da Jess amanhã e ela vai jantar fora com o Adam. Ela me disse ontem. Então estarei no Keith's. Se quiser ir, ótimo. Se não, ficarei decepcionado, mas vou entender.
Bjs

Tom

Eu respondo.

Não vá ao Keith's. Eu não estarei lá.

Sua resposta chega em cinco segundos.

Eu estarei, caso mude de ideia, o que espero que faça. Por favor.

Respondo de novo.

Não vou mudar de ideia. E não vou mais abrir nenhum e-mail, só pra você saber.

Verifico meus e-mails o dia todo depois disso, mas não tem mais nenhum dele. Então passo a noite toda e o dia seguinte perguntando-me o que teria acontecido se eu tivesse ido. Mesmo quando saio do clube de corrida e evito meticulosamente o olhar que Tom mantém fixo em mim, preciso de cada grama do meu esforço para entrar no carro e ir direto para casa.

Penso nele a noite toda, enquanto faço o jantar, encho a banheira, visto o pijama e deito na cama. Quando chega um torpedo às dez e meia, meu coração salta pensando que pode ser ele e eu me censuro.

Aparece o nome da Jess.

AIMEUDEUS! Adam acabou de me dar o colar — demais! E um monte de outros presentes tb. Obrigada Abs por todos os conselhos nas últimas semanas. Tenho sido uma boba. Nunca mais vou olhar p/ outro homem, que dirá fazer o que eu fiz. A gente se fala amanhã. Bjs

Coloco o telefone para vibrar e apago a luz da cabeceira. Pelo menos alguém está feliz.

Capítulo 67

Encontro Jess no clube de futebol de Jamie na manhã de sábado e falar que ela está rodopiante por ter ganhado o colar não diz muita coisa.

— Abby, é lindo. — Ela suspira.

— Eu sei. — Sorrio. — E nem te contei quanto o Adam pagou por ele.

— Posso imaginar. Mas não é por isso que eu o adoro. Ele nunca fez nada parecido. Disse que queria me lembrar do quanto me amava. — Ela sorri, mas seus olhos estão vidrados. — Bom, deu certo.

— Que bom — sussurro.

— Mas estou com vergonha... Por eu precisar de uma coisa dessas para me lembrar. Quero dizer, é só um *objeto*, né?

— Um objeto fabuloso.

— É, mas a questão não é essa. O fato é que meu marido é incrível. Não quero ficar sem ele de jeito nenhum. Só queria ter percebido isso antes...

As pessoas no banco começam a aplaudir e, quando erguemos a cabeça, percebemos que Jamie marcou um gol. Jess e eu nos levantamos apressadamente e gritamos. Quando nos sentamos, ela confidencia:

— Estou morta por dentro com o que fiz, Abby. Não consigo dormir. Como pude pensar em transar com outro homem?

— Olha, Jess... Uma noitada boba destruiu o casamento dos meus pais. Mas não vá destruir o seu. Agradeça por ter se ligado antes de fazer alguma coisa *realmente* idiota. Toque a sua vida.

— Desculpe, Abby — diz ela. — Eu nem mesmo perguntei como está se sentindo sobre seus pais desde aquele dia. Você está bem?

Dou de ombros.

— Ainda abalada, para ser franca. E me sinto mal pela minha mãe. Eu guardei essa mágoa dela por metade da minha vida. Se soubesse o que realmente aconteceu, teria entendido sua decisão de ir embora. Talvez eu não gostasse, mas tivesse entendido.

— Você falou alguma coisa com ela?

— Meu Deus, não. Ela não vai gostar que papai tenha me contado.

— Por que, quando ele teve culpa? — pergunta Jess.

— Ela sempre quis que eu fosse poupada dos detalhes do término deles, segundo papai. Ela acha melhor manter a versão deles da história. Ela o mataria se descobrisse que ele me contou.

— Entendo por que ela não queria que você soubesse o verdadeiro motivo — concorda Jess. — Todos os pais querem proteger os filhos de coisas assim. Se Jamie um dia descobrir o que eu fiz... — Ela dá de ombros.

— Ninguém vai descobrir — sussurro. — Fica entre mim, você e John. Você ainda o vê muito no trabalho?

Ela engole em seco.

— Vejo.

— Ainda sente alguma coisa por ele?

— Não sinto mais. Além de ter enxergado Adam, eu vi como ele realmente é. Me sinto tão idiota. E pensar que fui seduzida por palavras estúpidas. Que três meses atrás um cara conseguiu me levar pra a cama me dizendo que eu tinha "olhos de lua de contos de fadas". Que idiota eu fui! — Ela ri.

Meu sangue gela. De repente quero apertar o botão pause da nossa conversa, rebobinar e ouvir de novo.

— O que você disse, Jess? — pergunto em voz baixa.

— Hmmmm? O quê? — pergunta ela, batendo palmas distraidamente para outro gol de Jamie.

— O que você disse? — repito calmamente. — A cantada que ele usou para seduzir você?

Ela me olha e percebe minha expressão. E bastou eu notar seu tropeço para que, com uma observação, a história toda fosse revelada.

Tento permanecer calma enquanto compreendo as implicações do que ela disse.

— Não tem John nenhum, não é?

— Co-como assim? — Ela está assustada.

— Você sabe exatamente do que estou falando, Jess.

— Não, não sei — responde ela, mas seu pescoço está vermelho.

— Pode falar: com que probabilidade acha que dois homens diferentes pensariam numa cantada tão brega e ridícula... Mas até que é original... Como *você tem olhos de lua de conto de fadas*?

— Hmmm... Alguém mais disse isso? — pergunta ela sem nenhum entusiasmo. Antes que eu tenha alguma chance de responder, Jamie corre para nós porque o treino acabou.

— Oi, querido. Você foi demais — gagueja ela. Quando começa a colocar o casaco nele, ela me olha. O pânico aparece em seu rosto e, se eu tinha alguma dúvida antes, minha suspeita acaba de se confirmar.

O homem com quem minha melhor amiga dormiu foi Oliver.

Capítulo 68

Que tal isso para uma vida pessoal enrolada? É quase risível.

Primeiro eu dormi com Oliver — um homem que persegui por quase quatro meses.

Depois quase beijei Tom — um homem que comecei odiando, progredi para o gostar e agora tento não me apaixonar, porque ele tem namorada.

E descubro que, depois de anos pensando que minha mãe simplesmente ficou farta do meu pai e foi embora para mudar de ares, na verdade foi ele quem errou, dormindo com outra. Que por acaso era minha tia.

Agora descubro que não fui a única seduzida pelos encantos ilusórios do Doutor Sexy: minha melhor amiga também foi.

Minha vida não se transformou numa novela, ela é um melodrama épico.

Só o que quero agora é sossego. Estou ávida pelo nada. Assim, nas 24 horas depois de descobrir sobre Jess e Oliver, eu pouco fiz além de ver *Strictly* duas vezes no Sky Plus (embora não fosse assim tão fascinante na primeira vez) e começar a arrumar minha gaveta de meias. Estou agora deitada no sofá, tendo abandonado as duas coisas — as meias e *Strictly* — quando a campainha toca. Arrasto-me até a porta e a abro, ao ver Jess na soleira, com a testa num vinco de aflição.

— Abby, podemos conversar?

Abro a porta para ela entrar.

— Como vão as coisas?

Minha amiga tem olheiras escuras que a fazem parecer frágil de uma forma que não combina nada com ela.

— Eu lamento muito, Abby — diz ela, empoleirando-se no sofá.

— Você não para de dizer isso. Lamenta o quê? Oliver nunca foi meu.

— Eu sei, mas eu sabia o que você sentia por ele. — Ela suspira. — A única coisa que posso dizer é que senti exatamente o mesmo. Tentei resistir... Meu Deus, como eu tentei... Mas não consegui, né? Fracassei com ele assim como fracassei em tudo. Em ser esposa. Em ser amiga.

— Não, não fracassou — protesto. — Não fracassou mesmo.

— Bom, como eu dormi com Oliver, parece que traí você e o Adam... E me odeio por isso, de verdade. Só queria que esses sentimentos por ele desaparecessem... Mas eu não conseguia. Não acha que sou fraca demais? Eu sou uma péssima pessoa.

— Jess, por favor. Você *não* me traiu.

— Queria te alertar sobre o mulherengo que ele era, mas não sabia como fazer isso sem confessar tudo — explica Jess. — Eu me senti tão impotente. Eu a traí tanto quanto...

— Jess, pare! — Eu a interrompo. — Olha, preciso te dizer uma coisa que talvez faça você se sentir melhor.

— Duvido — diz ela. — Mas vá em frente.

— Não sinto mais nada por Oliver.

Ela respira fundo.

— Bom, que coincidência, porque eu também não. Se tivéssemos percebido isso antes, hein?

— É, bom, a coisa piora. Acho que estou apaixonada por Tom.

Seus olhos se arregalam.

— Merda. É sério? Depois do que aconteceu em Tenerife?

Dou de ombros.

— Para ser franca, talvez tenha acontecido muito antes disso.

Jess e eu conversamos pelo resto da noite e é um alívio para nós duas. Quando ela finalmente abre a porta para sair e nos despedimos com um abraço, vários fatos se cristalizam em minha mente.

Primeiro fato: ninguém é perfeito — como provo a mim mesma a cada dia.

Segundo fato: a paixão pode fazer coisas estranhas com uma mulher — como eu provo a mim mesma a cada hora.

E terceiro fato: minha melhor amiga e eu precisamos uma da outra — e sempre precisaremos.

Capítulo 69

Ao cair o frio do inverno em Liverpool, minha decisão de completar a meia maratona é mais forte do que nunca.

Não é apenas o aspecto mental. Apesar dos altos e baixos, que admito serem muitos, eu segui direitinho o programa de treinamento que estabeleci quando entrei no clube de corrida no verão. O resultado é que estou em um patamar físico que nunca pensei ser possível — não para alguém como eu. Pela primeira vez em meses eu acredito — não, *eu sei* — que vou completar a meia maratona. Não tenho mais nenhuma dúvida. Mesmo que eu me arraste, vou completá-la.

É uma noite acre de quinta-feira com o céu da cor de melaço, e o suor em meu corpo vira gelo no segundo em que paro de correr. Levo um momento para me recuperar e estou prestes a entrar direto no carro, quando Mau começa a tagarelar.

— Essa meia maratona será moleza se você correr como esta noite. — Ela sorri. Apesar da temperatura abaixo de zero, Mau tem um decote enorme e está enfeitada com tanto metal precioso que fico surpresa de nada disso grudar nela.

— Duvido muito. — Eu rio.

— É sério. Você logo estará no grupo mediano e deixará as velhas aqui.

— Acho que não, mas obrigada pelo estímulo.

— Bom, haverá espaço para você, eu tenho certeza. Geraldine tem coisas mais importantes em mente do que correr.

Esta declaração é um convite claro a perguntar mais. Minha força de vontade dura cerca de três segundos.

— Ah, e por quê?

— Bom — diz ela, olhando de um lado para o outro, como se fosse a Pantera Cor-de-Rosa —, eu não devia dizer nada, mas ela e Tom *finalmente* vão se casar.

Pronto.

Assim que as palavras de Mau são ditas e estão flutuando entre nós no ar frio e escuro eu percebo que esta é a notícia que eu temia desde o dia em que voltei de Tenerife.

Com o estômago afundando, me esforço ao máximo para não reagir; transformar meu rosto em pedra. Sinto meu lábio tremer, mas felizmente Mau está ocupada demais verificando sem sutileza nenhuma se a barra está limpa para perceber.

— Eles ainda não anunciaram — sussurra ela. — E você não pode dizer nada, porque não é estritamente oficial... Ainda. Mas eles tiveram uma longa conversa e Tom aparentemente decidiu que quer dar esse passo. Eu adoro um casamento! Espero que eles se casem no verão. Meu cabelo fica frisado demais nessa época do ano e isso sempre aparece nas fotos.

Eu a encaro sem enxergar, sem ouvir nada, só o trovão do meu coração contra o peito.

— Geraldine está grávida? — solto. Não sei que resposta quero ouvir: que Tom foi ludibriado a pedi-la em casamento — ou que ele simplesmente decidiu por si mesmo que a ama o suficiente para se casar com ela.

Mau revira os olhos.

— Meu Deus, ela não falou dos planos birutas com você também, falou? — Não respondo, deixando que ela continue. — Não, não está... Mas não foi por não tentar. Ela é terrível, não? — Ela diz isso com um tom de afeto e estou ciente de que os outros podem não considerar Geraldine digna disso, nas circunstâncias. — Pelo menos ele tomou a decisão sem chegar a esse ponto, é só o que posso dizer.

Como não respondo, ela se vira para mim.

— Você está bem, querida? Ah, não vai contar nada, não é? Vou me meter numa grande encrenca se isso se tornar público antes que eles queiram.

— Não, Mau. Não vou contar nada a ninguém.

Até porque não preciso, uma vez que Jess ouviu o mesmo boato — não da própria Geraldine, mas das mulheres do grupo mediano. No início, não sei como reagir. Depois percebo que não preciso reagir. Continuo como sempre: apareço, corro e vou para casa.

Tom, porém, não entende.

Ele pensa que podemos retomar nossa amizade como se nada tivesse acontecido e que nos comportemos como antes dos eventos em Tenerife. Bem que eu gostaria, mas não é possível; na verdade, não consigo nem pensar nisso.

Em suas tentativas de retomar nossa amizade, ele procura inutilmente arrancar um sorriso de mim antes ou depois do clube. E até volta a me mandar e-mails constantemente. É claro que eu os ignoro, fingindo, quando ele pergunta, que tenho tido problemas técnicos.

Um e-mail dele chega numa manhã comum de terça-feira, quando estou no trabalho, e abro com as palmas das mãos suadas e o pescoço avermelhado. Percebo rapidamente, ao passar os olhos pelo corpo do e-mail, que é apenas outra desculpa esfarrapada para entrar em contato... *Blá-blá-blá, outra oportunidade...* É o pós-escrito que chama a minha atenção.

P.S.: Sua vida ainda é muito excitante? Sinto falta de estar nela.

Vou conversar com Hazel sobre o último trabalho que ela fez para o reposicionamento de marca Diggles. Nossa nova funcionária é mais calada e menos experiente do que os outros, mas o trabalho que ela fez até agora é muito promissor — e a Diggles está encantada. Depois disso, tenho uma rápida reunião com Heidi e Priya sobre nosso último movimento de arrecadação de dinheiro — um ligeiro e bem-vindo alívio de minha vida amorosa inexistente mas estranhamente complicada.

Já passamos de 9 mil libras, um número que eu jamais acreditei ser possível quando comecei. Estou particularmente satisfeita porque isso tem dado foco a Heidi numa época em que podia ter acontecido o contrário. Ela não tem crises há meses, o que é incrível — mas isso não a impede de ser consumida pela ansiedade. Dá para ver em seu rosto.

— Recebemos outra carta do Condomínio — anuncia Priya, abrindo a correspondência.

— Mas que droga, eles não sossegam, né? — diz Heidi.

Priya limpa a garganta.

— "É de conhecimento do Síndico do Condomínio que certos membros de Certa Empresa no quarto andar andam utilizando uma Substância Proibida."

— Como é? Agora estão nos acusando de usar drogas? — pergunto.

— Espere aí — continua Priya. — "Como Todas as Empresas foram informadas pelo Condomínio no início do ano, é inteiramente proibido fazer uso de adesivos reutilizáveis sensíveis à pressão — comumente conhecidos como "fita crepe". Isso porque, como o Condomínio declarou no início do ano, faz sujeira quando é retirado das paredes. Qualquer outra prova de utilização futura por Certa Empresa do quarto andar será tratada como alta gravidade."

— Parece que dessa vez pode colar — diz Matt.

Heidi geme e atira um bloco de Post-It nele.

Priya meneia a cabeça levemente.

— Você está piorando tudo. — Ela sorri, olhando-o nos olhos. Essa foi a reação mais tolerante que já vi dela em relação às piadas infames de Matt.

Ele sorri também. — E pisca.

— Espero que não.

Olho meus documentos e no alto da pilha está um extrato bancário, no qual dou uma olhada rápida. Estou usando mais o especial do que no mês passado, mas isso não é motivo de preocupação porque, depois que começarem a entrar os pagamentos maiores da Diggles — e o primeiro será feito amanhã —, eu mal precisarei usar esse crédito. Só vou me encontrar com Egor pouco antes do Natal, mas sei que ele ficará feliz com o andamento das coisas.

Dito isso, ficarei mais à vontade depois que terminar a meia maratona em janeiro. Então poderei reduzir minha corrida a níveis mais normais — duas vezes por semana, talvez — e me concentrar totalmente em tocar a empresa, em vez de ter de intercalar uma vida normal com reuniões de arrecadação e treinamento.

Até que isso aconteça, porém, tenho muito a fazer. Então, hoje à tarde vou tomar um café com um dos solteiros mais ricos e cobiçados do noroeste. Como todas as solteiras com quem ele saiu, eu quero seu dinheiro. A única diferença é que não é para mim.

Capítulo 70

O saguão do Hard Days Night Hotel está mais cintilante do que nunca, sua iluminação que em geral é baixa agora está repleta de enfeites de Natal. Vou para o bar movimentado, afundo numa poltrona e peço um café enquanto espero.

Daniel Whale tem 35 anos, é dono e diretor-executivo da Whale Insurance e marcou uma reunião comigo para uma possível doação filantrópica. Aparentemente ele esteve em nosso baile, ouviu nossos discursos e pretendia entrar em contato comigo desde então, mas só apareceu na semana passada.

Eu soube muita coisa de Daniel, mas nunca o encontrei pessoalmente porque a empresa dele tem sede em Leeds, com apenas um pequeno escritório em Liverpool. O que sei é que ele é um homem rico, pois herdou do pai a empresa que administra — e triplicou seu patrimônio em cinco anos.

Conheci um monte de gente como Daniel desde que criei a empresa e sei exatamente o que esperar: terno elegante, relógio incrível e muita petulância. Mas minha opinião muda completamente no segundo em que ponho os olhos nele.

— Abby, não? Eu sou o Daniel. — Seu rosto é alegre, com feições suaves e atraentes e tufos algodoados de cabelo claro. Veste-se com roupas caras, mas com discrição, e sua voz é doce e generosa.

—· Daniel, é um prazer conhecer você. — Aperto sua mão e ele se junta a mim à mesa. — Obrigada por entrar em contato.

— Só lamento ter demorado tanto. — Ele sorri. — Eu queria falar com você há séculos... Bom, você administra uma empresa. Sabe como pode ser complicado.

— Minha empresa não se compara à Whale Insurance — digo.

— Todos nós temos que começar de algum lugar. E, no meu caso, tive uma dianteira graças a meu pai.

Daniel não teve muito a ver com a empresa do pai até cinco anos atrás, quando, depois de se acomodar na Flórida como consultor administrativo de uma grande empresa de tecnologia da informação, finalmente foi convencido a tomar as rédeas enquanto o Sr. Whale Sênior se aposentava no campo de golfe.

Tenho a sensação de que foi o dever sobrepujando o desejo: a empresa, pelo menos no papel, não parece muito interessante — é uma corretora de seguros corporativa —, mas ele claramente aproveitou a oportunidade. E é evidente que isso teve suas compensações.

— Minha ideia — diz ele —, embora eu fique feliz em doar algum dinheiro, é de matar dois coelhos com uma cajadada só.

— Oh, sim? — Beberico meu café.

— Estamos tentando conquistar mais clientes corporativos em Liverpool, então gostaria de saber se a River Web Design estaria disposta a dar alguma contrapartida: algumas indicações. É claro que você conhece todos que vale a pena conhecer na cidade e pode ser de muita ajuda para nós.

— Tudo bem — concordo. — Ficarei mais do que feliz em fazer uns contatos para vocês. Quem faz seu site, aliás?

Ele ri.

— Desculpe, mas estou muito satisfeito com nosso site.

— Isso não vai contar contra você. — Eu sorrio.

Ele para e toma um gole do café.

— Na verdade, Abby... Não estou sendo completamente sincero. Eu devia colocar as cartas na mesa.

Ergo uma sobrancelha.

— Por favor.

— São três coelhos que quero matar.

— Nesse ritmo, você vai arrumar encrenca com os ambientalistas.

Ele ri.

— Não tive a chance de conversar direito com você no baile. Se tivesse, teria perguntado na época.

Ele baixa a xícara e diz:

— Será que gostaria de jantar comigo?

Capítulo 71

Passei a vida toda aflita com um problema psiquiátrico que vem à tona uma vez por ano: o Distúrbio Obsessivo Natalino. Tenho a mesma empolgação de quando tinha 5 anos, gasto demais e decoro a casa com tal extravagância que já me sugeriram que se eu colocasse uns elfos aqui e ali, poderia até cobrar das pessoas para levar seus filhos. Mas pela primeira vez na vida a semana do Natal parece maçante e sem brilho. Em parte porque, apesar da perspectiva de um encontro com Daniel pouco depois do Natal, há uma série de probleminhas para resolver antes que eu possa fechar o escritório para a temporada de festas — inclusive a descoberta de que, pela primeira vez na vida, a Diggles atrasou o pagamento. Não é motivo de preocupação — um defeito no novo sistema financeiro instalado depois da aquisição de outra empresa —, mas ainda assim é doloroso.

Minha reunião com Egor, quatro dias antes do Natal, também não é exatamente cheia de frivolidade festiva.

— Fiz a contabilidade até o fim de novembro — diz ele —, e precisamos dar uma olhada nuns trabalhos novos que você assumiu recentemente.

Até o momento, quando ele empurra os óculos pelo nariz e torce os lábios, estou convencida de que ele vai me dar os parabéns pelo aumento nos novos negócios.

— A questão é que alguns não parecem tão lucrativos como você pensava.

— Como assim? — pergunto na defensiva, brincando com a ideia de comer uma das tortinhas que Priya deixou para nós.

— Bom, o trabalho envolveu muito custo extra... O material para o marketing impresso, por exemplo, além de pessoal a mais. Você só está cobrindo isso... É por isso que usa cada vez mais o limite de crédito.

— É uma medida temporária. — Às vezes Egor parece uma velha. — Temos alguns pagamentos para receber que resolverão isso.

— Tudo bem. Mas você não concordou em pagar à equipe dois dias antes do Natal, em vez de na data normal? Isso a levará ao limite do especial.

— Sim, eu sei. Mas estamos prestes a receber um pagamento imenso da Diggles que vai cobrir *tudo*. E não há por que se preocupar.

— Quando será isso?

— Qualquer dia desses... Está meio atrasado, só isso. — Eu o tranquilizo. — Meu Deus, não fique tão preocupado! É a empresa mais confiável do mundo... Só tiveram alguns problemas de adaptação desde a fusão, e só.

— Muito bem. Isso parece ótimo. Pelo menos a curto prazo. Mas você tem um problema de longo prazo com o orçamento real desses trabalhos antes de assumi-los.

Ele vê que eu o olho feio.

— É só uma sugestão. — Ele sorri, nervoso.

Eu suspiro.

— Não, tem razão. É um bom argumento... Considere aceito.

— Muito bem — diz ele, mexendo em seus papéis. — Então temos que discutir o ISS e o imposto de renda. Oito mil pelo ISS, com vencimento em 31 de dezembro, então este é o mais premente. Se tem certeza de que o dinheiro da Diggles vai entrar, posso falar com a Receita e dizer que o cheque está a caminho. Vamos conseguir uma prorrogação de alguns dias. E esse pagamento cobrirá o imposto de renda também?

— Com toda a certeza.

— Que bom. Agora, será que tem mais alguma coisa? — Ele reflete.

— Tortinha? — digo, erguendo o prato.

— Oooh. — Ele sorri. — Bem que eu gostaria.

Capítulo 72

A temporada de festas é a mais tranquila que já tive. Passo o Natal na casa da minha mãe, onde tem uma árvore que parece ter vindo de Yosemite, e ela insiste em me arrastar à casa de Francine e Jon — seus vizinhos — para o jogo mais competitivo de Trivial Pursuit de que já participei. Se você imaginasse Francine como Júlio César e mamãe como Brutus, nem assim chegaria perto da determinação de vencer que as duas mulheres têm.

— É sempre assim. — Mamãe está uma fera ao voltarmos para casa depois de nossa derrota por pouco. — Fomos bombardeadas com perguntas sobre física. Eles só tiveram de dar o nome do cachorro de *EastEnders*.

Até a véspera de Ano-Novo é tranquila na casa de Jess, onde pelo menos fico satisfeita em ver que as coisas voltaram aos trilhos com Adam. A centelha nos olhos deles enquanto se beijam à meia-noite é uma reafirmação tão grande da vida quanto tem sido ultimamente.

Volto ao escritório no Ano-Novo com uma sensação boa de começo. Estou mil por cento mais condicionada fisicamente do que na mesma época do ano passado e minha empresa cresceu — apesar de não tanto quanto eu gostaria. E embora eu não queira que meu encontro iminente com Daniel seja tratado com mais atenção do que deveria, não posso deixar de esperar que marque um novo capítulo em minha vida também.

Sair com alguém que não seja Tom, Oliver e que não tenha *nada* a ver com o clube de corrida é exatamente do que eu preciso. Daniel não podia ter entrado em meu mundo num momento mais perfeito. Sei pouco dele, mas ele claramente é confiável, gentil e, apesar de ser muito rico, é decididamente discreto.

O encontro cai na primeira semana de janeiro e vamos ao Chilli Banana, um restaurante tailandês bem legal mas não muito caro na Lark Lane. Eu curto de verdade. Adoro a ausência de jogos tímidos de sedução — ao contrário de quando estou com Oliver. Adoro o fato de que ele seja solteiro, ao contrário de Tom. Nossa conversa flui tranquilamente e *sem complicações*. Como eu adoro essa expressão.

— Acho que você pediu arroz demais — diz Daniel quando uma garçonete espreme uma enorme tigela na mesa.

— A gente não devia lavar esses pratos depois da refeição?

Ele ri.

— Talvez eles nos deem um saco pra viagem.

— Está brincando que vai pra casa a pé com um saco cheio de arroz debaixo do braço. — Eu rio.

A noite segue assim; conversa envolvente, risos frequentes. Tenho quase certeza de que Daniel gosta de mim. Ele ri das minhas piadas não tão engraçadas, demonstra entusiasmo quando minhas histórias não são as mais emocionantes. No fim da noite, saio do restaurante com a agradável vertigem de uma taça e meia de vinho e vou chamar um táxi. Ele se antecipa.

Ao abrir a porta do táxi para mim, ele me olha com avidez.

— Essa noite foi muito boa, Abby.

— Eu também gostei. — Estou consciente de que ele está pensando em me beijar e entro em pânico. Meu coração martela quando ele avança para mim, mas no último minuto ele muda de ideia e me beija no rosto.

Seus lábios são finos mas macios, e sinto um arranhão agradável da barba por fazer que permanece mesmo depois de ele se afastar.

— Posso te telefonar? — pergunta ele.

— Sim — respondo, satisfeita por ele ter perguntado. — Então boa noite. A gente se vê... Em breve?

— Claro que sim. — Ele sorri.

Ao entrar no táxi, recosto-me e penso. Levo a mão ao rosto, onde ele me beijou, e me pergunto se isso pode ser o começo de alguma coisa. Daniel é confiável, amável e estável — o tipo de cara com quem as mulheres sonham em ter um relacionamento.

A ideia me faz lembrar de Geraldine e Tom — e percebo que não é a primeira vez que isso acontece esta noite. Xingo a mim mesma por ainda pensar nele, por não conseguir tirá-lo de meus pensamentos.

Distraída, abro a bolsa para ver a hora em meu celular e percebo que tenho uma nova mensagem de voz.

"*Abby!*" A urgência da voz me assusta. "*É o Matt. Desculpe incomodar você a essa hora, mas você já soube de... Ah, olha, pode me dar uma ligada?*"

Telefono para ele imediatamente, preocupada que algo tenha acontecido com Heidi.

— Matt — digo enquanto pago ao taxista. — O que foi?

— Abby, como sabe, eu não sei realmente do lado empresarial das coisas.

— Sim. E daí?

— É só que... Bom, eu soube de uma coisa no noticiário local esta noite que... Não parece boa. Não sou especialista nem nada, mas...

— Matt, do que você está falando?

— A Diggles — diz ele, infeliz.

— O que tem?

— Disseram no noticiário que eles decretaram falência.

Capítulo 73

Estou tentando não chorar, para meu próprio bem, de Egor e de meus quatro funcionários que terei de enfrentar nesta reunião de emergência. Estou tentando não desmoronar. Me esforço para parecer profissional, calma e controlada. Mas Egor não se deixa enganar. Ele pode ver meu lábio tremer. As palmas das minhas mãos transpirando. Meu olho direito com um tique. Ele vê tudo — e não há nada que possa fazer para me tranquilizar. Minha empresa está na merda. Oficialmente.

Eu soube disso no segundo em que recebi a ligação de Matt, mas só agora começa a ficar evidente o quanto afundamos nessa merda.

Meu ISS de 8 mil libras agora vai atrasar. Tenho outro imposto grande — de renda — que vai vencer daqui a três dias. O dinheiro que eu pretendia usar para pagar os dois era do meu maior e mais confiável cliente — a Diggles —, que agora decretou falência. Assim, depois de contratar mais uma funcionária para fazer o trabalho deles, gastar centenas de libras em material, dedicar horas e mais horas de trabalho no reposicionamento da marca do site deles e criar um novo material impresso de publicidade, estamos prestes a receber o total de... zero libras.

O resultado é simples. Estou a ponto de falir.

— Eu nem mesmo falei com Jane Bellamy, a diretora de marketing — desabafo. — Tratei com ela por mais de um ano. Um *ano*!

Egor me passa um lenço. Assoo ruidosamente o nariz.

— O telefonema — eu fungo — foi desviado para uma empresa chamada Lawrence Hugh and Company.

— Os administradores judiciais — Egor assente.

— Me colocaram para falar com o Sr. Pugh...

— Hugh — corrige-me Egor.

— Sabe o que ele me disse?

— Posso imaginar.

— Ele me disse que eu era... literalmente... "uma credora sem garantias". — Cuspi cada sílaba da frase. — E sabe o que mais?

Egor ergue uma sobrancelha.

— Ele disse que se eu quisesse receber pelo trabalho que fizemos, a única opção seria...

— Requisitar judicialmente — conclui Egor.

— Isso. E sabe o que mais?

Egor abre a boca, mas eu falo primeiro.

— Ele disse que havia uma lista de pessoas que tinham que receber antes de mim. Não vai adivinhar quem estava no topo.

— Ele? — arrisca-se Egor.

— Sim! Depois os "credores com garantia" — eu disse numa voz de debiloide. — Depois os funcionários. Depois, no final desse horrendo sistema de castas financeiro, vinha... Adivinhe só: euzinha. *Uma credora sem garantias.*

Eu sabia que nada disso seria novidade para Egor. Para ser franca, nada disso era novidade para mim. Sei como funciona o sistema, mas de algum modo estar na ponta do iceberg torna a coisa toda tão chocante que mal consigo me expressar direito.

— Perguntei a ele quando achava que teríamos o dinheiro que nos devem. Sabe o que ele me disse?

Antes que Egor possa falar, eu continuo.

— Ele disse que eu podia passar pelo devido processo legal e cada caso seria considerado com cuidado. Mas, extraoficialmente, eu não teria a menor chance de receber. Nunca. Dá para acreditar nisso?

Parece que Egor consegue acreditar nisso com muita facilidade.

— Isso por um trabalho que já fizemos! — Solto um gemido. — Por material que já compramos! Eu contratei mais uma funcionária por isso. Mais uma funcionária! Eu disse a Lawrence Pugh...

— Hugh.

— Hugh — sibilo. — Eu falei com ele nos termos mais taxativos possíveis: eles simplesmente têm que nos pagar. Eles TÊM que pagar. — Bato com a mão fechada na mesa.

Egor me olha com pena. Eu olho pela janela e sinto novamente os olhos pesados de lágrimas.

— Eles não vão pagar, vão? — choramingo.

Egor meneia a cabeça.

— Lamento, Abby.

— Me diga que deixei passar alguma coisa — peço. — Diga que existe um número que entendi errado; ou um fato que interpretei mal. Diga que o ISS e o imposto de renda não caem na mesma época em que minha maior cliente decreta falência e se recusa a me pagar, sem me deixar dinheiro nenhum no banco... — Eu paro para puxar o ar. — Me diga que isso não significa o que estou pensando.

Ele se encolhe.

— O que acha que significa?

— O fim da River Web Design.

Seu rosto está marcado de compaixão.

— Eu queria poder te tranquilizar, Abby.

Levanto os braços, frustrada.

— O que vai acontecer?

— Quando você falir? Bom — começa ele solenemente —, você viu como as coisas aconteceram com a Diggles. Será idêntico com a sua empresa.

— E a equipe? — consigo perguntar.

— Todos sairão do trabalho imediatamente e terão que solicitar os salários ao administrador judicial. Todo o trabalho para os clientes cessará. Seu senhorio pedirá judicialmente o aluguel devido e provavelmente proibirá seu acesso ao prédio. Depois tem o banco e o crédito especial... Eles vão reivindicar isso. Então qualquer credor que você tiver estará batendo na sua porta.

Nada disso me surpreende, mas quando Egor enumera a lista, minha garganta se fecha até que mal consigo respirar.

— E se eu não pagar essas duas contas? — digo sem pensar. — E se eu seguir em frente na esperança de algo aparecer e... — Mas minha voz falha, sabendo que essa alternativa não é possível.

— Esta empresa é insolvente — diz Egor com firmeza. — Você simplesmente não tem entrada de receita suficiente para pagar pelo que deve. Continuar nos negócios por mais tempo nessas circunstâncias... Bom, é ilegal e é imoral. Você sabe disso. Você deve a si mesma e aos clientes parar antes que o buraco fique maior.

Meu coração parece ter sido esmagado.

— Você tem que fechar essa empresa, Abby — continua ele. — É a única opção. Posso colocá-la em contato com um especialista em insolvência que pode...

— Tem que haver outro jeito, Egor — eu digo com amargura. — Não posso deixar que isso aconteça. Eu *não vou* deixar que isso aconteça.

Faço esse discurso com o zelo de Elizabeth I antes de navegar contra a Armada Espanhola. Mas na verdade tenho vontade de ir para casa e me matar.

Ele meneia a cabeça.

— A única maneira de sair dessa é com uma injeção enorme de dinheiro. Só posso presumir que você não tenha acesso a esse tipo de recurso, já que falou no assunto.

— Obviamente — grasno.

— Então, a não ser que apareça de uma hora para outra um parente muito rico...

Eu viro e o encaro.

— O que foi? — Ele me olha, chocado. — Você *tem* alguém com esse dinheiro pra arrumar?

— Eu... Não poderia — murmuro.

— Não poderia o quê? — pergunta Egor.

— Pedir a minha mãe para me salvar. Isso significaria que fracassei. Completamente.

Ele entende o que estou dizendo e sua expressão muda quando percebe que a resposta à pergunta dele é sim.

— É a sua empresa, Abby — diz ele com urgência. — Cabe a você decidir se quer mesmo salvá-la. Mas o sustento das pessoas está em jogo, para não falar da sua reputação... Tudo pelo qual você lutou nos últimos dois anos. Precisa fazer o que puder para continuar sobrevivendo. Qualquer coisa.

— Não está sugerindo mesmo que eu procure a minha mãe correndo, não é?

Mas mesmo enquanto digo isso, sei que terei de fazer o que jurei que jamais faria quando fundei esta empresa. Terei de trapacear. Nunca me senti mais digna de pena em toda a minha vida.

Capítulo 74

Pelos padrões de qualquer um, minha mãe é uma executiva de muito sucesso. Faz negócios em todos os cantos do mundo, por toda parte, de Milão a Tóquio. Então é difícil descrever como é bater à porta dela depois de tão pouco tempo de abrir minha empresa para pedir dinheiro e me salvar.

Na verdade, sei que não teria de implorar. Eu mal preciso perguntar e ela já preencherá um cheque. Mas a questão não é essa. Minha mãe conseguiu estruturar a empresa dela sem isso — e muita gente também. A grandeza da minha humilhação, combinada com a urgência do problema, atinge meu cérebro como uma panela de pressão quando entro em sua sala.

— Você estava esquisita no telefone, querida. — Ela me beija no rosto. — Não está ficando com aquelas sensações estranhas na mão, está?

— Não, eu...

— Que bom, porque não deve ignorar sintomas assim.

— Eu sei.

— Pode ser algum nervo. Tive isso uma vez. Me deu uma dor terrível quando eu estava em Hong Kong tentando fechar um negócio com uma loja de departamentos. Tente usar hashi sofrendo da síndrome do túnel do carpo... Vou te contar, voou bolinho para todo lado! — Ela dá uma gargalhada.

— Mãe — começo, sentando-me de frente para ela.

— Café? — pergunta ela.

— Não, eu...

— Não se importa se eu tomar, não é?

— Claro que não, mas...

— Isabella — diz ela, interfonando. — Me prepare um cappuccino, sim, querida? O de sempre. Mas com pouco chocolate. Meus pneus podem explodir. Chocolate recheado com geleia? — Mamãe abre a gaveta da mesa.

— Não. Obrigada.

— Bom, eu tenho passas com abacaxi, doces de caramelo, umas balinhas explosivas e... Oooh, esqueci que comecei por esse mais cedo. — Ela pega um Candy Whistle e dá uma mordida tão barulhenta que quase perfura meus tímpanos. — Não resisto. E então, o que aconteceu?

— Muito bem — começo. — Bom... — Minha voz falha e eu a vejo olhar o relógio.

— Tem tempo para mim? — pergunto, inquieta.

— Sempre terei tempo para você, querida.

— Tudo bem, bom...

— Mas se puder terminar em 15 minutos, seria de muita ajuda.

— Quinze minutos?

— Tenho uma teleconferência com Sydney.

— Que Sydney?

— Não... Sydney, na Austrália.

— Ah, sim. Bom, o caso é o seguinte, mãe. Tem uma coisa que preciso discutir com você. Ou melhor, algo que preciso te contar.

Ela sorri e cruza os braços.

— Manda.

E então, olhando em seus olhos, sai de minha boca algo que eu não pretendia nem esperava. Não sei por que acontece. Não sei como acontece. Só sei que é assim.

— Eu sei sobre o papai e a tia Steph.

Nos 29 anos em que a conheço, nunca vi minha mãe chorar. Não que ela seja fria — longe disso. Ela costuma ser expansiva, às vezes é o ser humano mais efusivo que conheço. Acho que, como o fato da traição de papai, há algumas coisas que ela preferia esconder de mim. Esteja ela certa ou errada. O resultado é que, vendo as lágrimas escorrerem por seu rosto, eu não sei o que fazer, só quero abraçá-la e ouvir o que tem a dizer.

Ela me conta toda a história da perspectiva dela. O choque. Como ficou arrasada. A fúria que a dominou. E ela me esconde algo mais que não consigo identificar. Arrependimento?

— Geralmente eu me pergunto o que teria acontecido se eu o tivesse perdoado e tal. — Ela funga, pegando um lenço de papel, e me olha nos olhos. — Mas eu não podia, Abby. De verdade. Minha *irmã*. Ele dormiu com a minha irmã. Como eu poderia conviver com isso?

— Não poderia. — Eu a tranquilizo. — Eu entendo.

— Sempre que eu olhasse para ela... ou para ele... lembraria daquilo. Eu tentei por algumas semanas, mas há coisas que nem os mais fortes conseguem fazer.

Concordo com a cabeça.

— Então eu fui embora. *Nós* fomos embora...

Agora há mais do que lágrimas. Seus soluços são incontroláveis, e ela se esforça para se recuperar e continuar falando.

— Alguns meses depois que nos mudamos, pensei em voltar. Mas isso teria significado enfrentar tudo de novo. Parece algo tão fraco, mas foi mais fácil não fazer. Era mais fácil convencer a mim mesma de que o que eu dizia a todos era a verdade. Que nós nos distanciamos.

— Então vocês *não tinham* ficado distantes? Antes de acontecer isso tudo, quero dizer.

Ela está entorpecida, encarando o nada.

— Passamos por uns meses difíceis... Nós dois estávamos sob estresse no trabalho, e sua avó Cilla tinha falecido havia pouco. Mas basicamente eu achava que seu pai me venerava. Que o que estávamos passando não era nada de mais. Eu não poderia estar mais enganada, não é? Se fosse verdade, ele não teria feito isso.

Ela olha as mãos de olhos vidrados e vazios.

— Foi um grande choque, Abby. O maior de todos. Pensando nisso agora, talvez eu tenha me precipitado; devia ter feito alguma coisa pra manter a família unida... Mas não consegui. Então, em vez disso, com o passar dos anos, eu dei a você e a todo mundo um monte de "motivos" irrelevantes para minha partida, e nada disso era verdade. Sim, seu pai não ajudava a pagar as contas e todas as outras coisas. E às vezes *era mesmo* difícil estar casada com alguém que morava fora por longos períodos de tempo. Só que nada disso importava pra mim. Mas isso, sim.

— Mãe, no seu lugar eu teria feito a mesma coisa.

— Teria? — Ela funga. — Desconfio de que você é mais capaz de perdoar do que eu, Abby. E é mais sincera.

Enrijeço.

— Eu não diria isso.

— Sim, você é. — Ela sorri. — Você não guarda segredos. É sincera e esforçada e...

— Ah, meu Deus, mãe... Pare.

— O que foi?

Engulo em seco e coloco a cabeça entre as mãos.

— Eu nem vim aqui para falar desse assunto. Eu... Não sei como te dizer.

Ela respira fundo.

— Ah, meu Deus, minha filhinha está grávida! Desta vez é verdade... Minha filhinha está...

— Mãe! — exclamo, descontrolada. — Não estou grávida. Por que sempre pensa que estou grávida?

— O que é, então?

Tento me recompor e depois digo com ousadia.

— Eu ferrei tudo com a empresa.

— Está exagerando.

— Não estou. Tenho dois impostos imensos pra pagar e pretendia usar o dinheiro da minha maior cliente. Só que eles acabaram de decretar falência. — Olho em seus olhos. — Estou a ponto de falir, mãe.

Ela me olha por um momento. Quando fala, é completamente seca — como se a simples alternativa não fosse uma possibilidade.

— Não está, não. Você não vai falir.

Suspiro.

— Sei que você vai querer me preencher um cheque e dizer que tudo vai passar e...

— Eu não vou preencher um cheque para você — responde ela, para minha surpresa.

— O quê?

— Eu disse que não vou preencher um cheque para você. Nem te dar dinheiro nenhum.

— Oh!

Isso não foi o que eu imaginei. Não posso dizer que estou tranquila com isso.

— Muito bem. Então, fico muito feliz. É óbvio. Porque eu na verdade queria ficar de pé sobre meus próprios pés e... — Uma centelha de pânico aparece em meu cérebro. — É isso mesmo? Você não vai me dar dinheiro nenhum? Nem mesmo me *emprestar* nada?

— É isso mesmo — diz ela com firmeza.

— Mas o emprego das pessoas está em jogo e a empresa e meus clientes e... — Noto que minha voz se elevou várias oitavas desde que comecei esta conversa.

— O que vou fazer é me sentar com você e com seu contador... Como se chama mesmo?

— Egor.

— Egor. E vamos pensar numa solução. Uma solução que envolva *você* resolver isso. Sozinha.

Capítulo 75

Egor e minha mãe se entenderam muito bem. Não sei por que, mas isso me surpreende. Talvez ele seja simplesmente menos pretensioso do que os funcionários dela, como demonstram os sapatos dele hoje, cujas pontas parecem ter tido um encontro com um cortador de papel.

Eles concordam em quase tudo — inclusive, estranhamente, com meu papel nisso tudo. Eu esperava ouvir uma bronca, mas eles foram muito solidários.

— Escute, Abby. — Mamãe está de frente para mim, com as mãos nos meus ombros, parecendo um policial prestes a me dar uma dura. — De acordo com as estatísticas, cinquenta por cento das empresas fracassam no primeiro ano, e noventa por cento no quinto. E *não* porque a maioria das pessoas que funda empresas seja de imbecis.

Ergo as sobrancelhas.

— É porque é difícil pra caramba.

Ela me solta e anda pela sala enquanto assistimos a força de sua habilidade de oratória.

— Você precisa aprender fazendo. As chances estão *completamente* contra você... Em particular em uma recessão, quando as empresas como o seu pobre centro de jardinagem desmoronam em toda parte... Levando outras empresas com elas.

— Não pode estar falando sério que não há nada que eu pudesse ter feito.

— Bem, não, não estou dizendo isso — concorda minha mãe. — E quando sairmos dessa bagunça, vamos pensar em algumas técnicas lucrativas para o futuro e impedir que isso aconteça de novo. Mas você não é a primeira pessoa a administrar o que é um negócio fundamentalmente sólido... Não, fundamentalmente *ótimo*, apenas pra se tornar uma vítima de uma situação dessas.

— Sua mãe tem razão — acrescenta Egor. — Acontece o tempo todo. Simon Cowell faliu e agora está na fila da sopa dos pobres. E o cara do *Dragons' Den*... Peter Jones.

— É?

— É — diz mamãe com firmeza. — Mas essa empresa *não* vai falir, não é, Egor?

Ele sorri, inquieto.

— Hmmmm, não. — Egor fala como se respondesse a uma pergunta de um dos generais de Stalin.

Não sei bem quem teve a ideia primeiro — se ele ou ela —, mas os dois concordaram que era a melhor atitude a tomar. É muito simples: eu preciso rever cada projeto de trabalho dos últimos 12 meses... E reanimá-los.

Seja um possível cliente que nunca retornou sobre uma proposta, ou outro que não deu continuidade ao projeto, preciso ganhar alguns negócios — negócios lucrativos — e rápido. Então vamos usar a promessa de ganhos futuros para ir ao banco e pedir especificamente para que eles estendam temporariamente meu especial por tempo suficiente para que eu ganhe solvência enquanto recoloco a empresa de pé.

Explico que já falei com o banco e pedi exatamente isso, mas eles se recusaram a me ajudar. Porém, minha mãe e Egor estão certos de que será uma situação diferente *se* eu tiver alguma renda futura garantida.

— Tudo isso parece maravilhoso — digo. — Só tem um problema.

— Qual? — Mamãe sorri.

— Eu *não* tenho projetos na gaveta! — Eu estouro. — Nada que vá pagar esse tipo de dividendo. Mesmo se eu conseguisse transformar alguma coisa rápido, a probabilidade de ser grande o bastante é quase nula.

Mamãe solta um muxoxo. É de se pensar que eu era uma garota de 4 anos me recusando a tentar nadar sem boia.

— Tenha dó, Abby — diz ela alegremente. — Está na hora de pensar criativamente. *Pense.*

Eu arrio na cadeira e fecho os olhos. Pense, diz ela.

Então decido fazer uma coisa que, nos últimos nove meses, passou a me levar a pensar. Não sei como, mas é assim.

Eu vou correr.

Capítulo 76

Hoje não uso o iPod quando vou correr; quero minha mente limpa para qualquer ideia, resposta ou solução.

Vi isso nos filmes: a protagonista, numa época de crise, usando seus sapatos de corrida, corre por uma bonita rua e, livre de toda ansiedade, pensa num jeito de salvar o dia.

Pessoalmente, nunca engoli essa. Mas enquanto meus pés batem na calçada, o céu parece de chumbo e as nuvens disparam, tenho uma onda improvável de otimismo. Subo a montanha que é a Rose Lane com a parte de trás das pernas ardendo ao me arrastarem para o cume. Quando começo a descer para o Sefton Park, passando por pessoas de capas de chuva ensopadas, estou sem fôlego e encharcada. Mas estou também estranhamente eufórica, minha mente zumbe de possibilidades com empresas que podem me dar a resposta.

Penso no contrato antitabagismo da NHS para o qual me candidatei em setembro, sabendo depois que eles estavam adiando uma decisão até o início deste ano. Penso na empresa de lingerie que adorou minha apresentação, mas queria segurar até eles terem a resposta de um contrato com a China. Penso na empresa de móveis que deu feedback positivo, mas queria esperar até que um novo gerente de marketing estivesse instalado antes de seguir em frente. Todas valiam um telefonema.

Passo pelo lago do pedalinho enquanto a chuva fica mais forte, batendo na superfície da água quando corro por ali.

É só quando pego o caminho de casa que a dúvida toma conta de mim. Apesar do número de possibilidades, apesar de saber que vale a pena entrar em contato com todos, é muito improvável que tomem uma decisão com a rapidez que preciso.

Além disso, nenhum deles é tão grande assim. Eu precisaria que pelo menos três assinassem um contrato no fim da semana.

Depois de correr por quase uma hora, a chuva diminui e um sol radiante de inverno aparece entre as nuvens, mas meu otimismo, ao contrário, começa a evaporar.

Entro na Allerton Road, minhas pernas fracas e cansadas reduzindo o ritmo para andar antes que eu desmaie feito uma boneca de trapos.

Esta é uma das ruas mais vibrantes do sul de Liverpool e eu estou completamente deslocada — ensopada, de rosto vermelho, tão desgrenhada que seria confundida com o conteúdo de um tambor de uma máquina de lavar roupas, se eu estivesse menos suja. Meu peito sobe e desce e olho o céu carregado, recuperando o fôlego enquanto lágrimas quentes escorrem pelo meu rosto.

A porta do restaurante se abre, eu me viro e começo a andar, constrangida por um estranho me ver desse jeito.

— Abby.

Meu estômago dá um nó. O vento assovia por meu cabelo, tragando o barulho, mas ainda sou capaz de reconhecer a voz de Tom Bronte em qualquer lugar.

É a primeira vez que nos falamos desde Tenerife, longe das distrações do clube de corrida, do barulho e de toda a fofoca. Pode ser que isto me mantenha concentrada, ou simplesmente a luz leitosa lançada em seu rosto, mas ele nunca pareceu mais enlouquecedoramente bonito. Seus olhos são iridescentes, os lábios cheios e perfeitos. Mas sua expressão é de apreensão.

Não tenho alternativa a não ser ir a seu encontro, enquanto ele se aproxima de mim. Parece levar um século antes de finalmente estarmos a uns 30 centímetros, lendo os pensamentos um do outro.

— Vi você passando. Como vai? — diz ele.

— Bem. — Abro um sorriso fraco.

Sua expressão se dissolve em preocupação.

— Está tudo bem?

Hesito, perguntando-me se deveria contar. Quero contar a ele — mas tenho medo do que ele vai pensar de mim. A vergonha que sinto pela minha empresa estar tão perto da falência é aumentada dez vezes só com a ideia de Tom saber.

— Tá — murmuro.

Ele toca meu braço e isso provoca ondas de calor por meu peito.

— Quer tomar um café com a gente?

Quando abro a boca para falar, não tenho ideia se digo sim ou não, mas no momento não preciso responder.

— Ah, vamos — diz alguém. — Dê essa alegria ao rapaz.

— Olá — digo a seu avô, me recompondo. — Como tem passado?

— Eu? Estou bem. Escrevi um tweet para você outro dia, mas você não respondeu.

— Desculpe. Estive ocupada.

— Não se preocupe. — Ele sorri. — É uma prerrogativa feminina não responder.

— Estou mesmo muito enrolada — protesto. — Por isso não posso parar pra um café, apesar de querer muito.

— Você teve tempo para correr — observa o vovô.

— Eu estava procurando inspiração, só isso.

— E achou? — perguntou Tom.

— Não exatamente — confesso. — Por isso preciso voltar ao trabalho.

— Iiiih! É o último lugar onde vai encontrar inspiração — diz o vovô e, enquanto ele me conduz para o restaurante, desconfio de que não tenho como escapar.

O avô de Tom tira o gorro e o coloca sobre a mesa. Estávamos ali por uma meia hora e só agora ele o tira, revelando uma careca que parece uma bola de bilhar jateada.

Estamos sentados ao lado da janela falando do laptop do vovô, de Glee e do clima ruim. Este último é brando se comparado ao tornado que se forma em meu estômago sempre que pego o olhar de Tom.

— Fazem um latte desnatado muito bom aqui — diz vovô, tomando um gole de seu segundo. — Melhor do que no Starbucks e por metade do preço. Mas não vou muito ao Starbucks ultimamente.

— Está preocupado com a globalização? — pergunto com malícia, vendo se meu casaco de chuva já secou. Minhas leggings — que, ao contrário do casaco, ainda estão no meu corpo — estão molhadas.

— Não, com o açúcar — responde ele, metendo um punhado de sachês no bolso do paletó. — Eles têm aquelas latas idiotas, então não posso levar nenhum pra casa.

— Por que os aposentados têm essa compulsão por pegar açúcar? — questiona Tom.

— Eu pego porque eles são *práticos*. — O avô o repreende. — Não tem nada a ver com ser aposentado.

— Não me lembro de você fazendo isso há alguns anos. Não estou criticando. Só parece ser uma maldição universal de todos que têm mais de 65 anos. — Ele me olha e sorri.

Vovô franze o cenho.

— Não pense que não vi vocês dois trocarem um olhar de conspiração.

Ele cutuca Tom, que pede licença para ir ao toalete. Vovô mexe seu café.

— Conhece a Geraldine? — pergunta ele, do nada.

O calor toma conta do meu pescoço e eu bebo um gole de água na esperança de que minhas bochechas não fiquem vermelhas.

— Sim, do clube de corrida. Ela é... Adorável.

— Ah, ela também é bonita — diz o ancião, depois para e pensa. — Sabe de uma coisa, você pode achar difícil de acreditar, mas meu pai era romântico. Não existem muitos homens de quem se possa dizer isso hoje em dia.

Estou confusa com o rumo da conversa.

— Ele costumava dizer: "Filho, pode-se saber quando um homem está apaixonado por uma mulher pelo modo como ele *brilha* quando ela está por perto."

— Brilha? — repito.

Ele assente, sorrindo como se soubesse de algo que eu não sei.

— Ora, Abby — continua ele animadamente —, podemos tentar você com outra garrafa de água? Ou comemoramos e pedimos uma xícara de chá?

— Não, é sério — digo, olhando o relógio.

— Algo mais forte? Fazem uns coquetéis de tequila aqui do lado.

— Não, sinceramente. — Eu sorrio quando Tom se aproxima da mesa. — Preciso ir. Foi ótimo ver vocês.

— O prazer é todo nosso — responde o vovô.

Tom me leva até a porta e a mantém aberta enquanto uma lufada de vento bate em meu rosto. Ele me acompanha até lá fora e nos aproximamos um do outro.

— Eu te dou uma carona para casa — diz ele.

— Não, de verdade. Quero continuar correndo — respondo.

Ele para.

— Você não respondeu os meus e-mails — diz ele.

— Desculpe — respondo. — Problemas técnicos de novo.

Sua expressão deixa claro que ele não engoliu essa desculpa desde a primeira vez.

Eu suspiro.

— Também pensei que, na atual circunstância... Sabe como é. — Mas não consigo me decidir se falo ou não que sei sobre seu noivado com Geraldine.

— Eu sei — concorda ele, poupando-me. — Claro. Mas podemos ser amigos de novo, não é?

Olho a rua, os carros que passam zunindo, provocando um maremoto de água da chuva na calçada. Meu pescoço cora de novo.

— Ah, Abby. — Antes que eu perceba o que está acontecendo, ele pega minha mão e aperta meus dedos, o toque de sua pele dispara correntes elétricas pelo meu braço. — Sei que as coisas ficaram esquisitas em Tenerife. Mas é uma pena jogar fora uma amizade perfeita.

A repetição da palavra *amizade* me faz encolher.

A realidade é que eu quero que ele seja muito mais do que um amigo — um desejo a que não posso nem pensar em ceder. Como sempre, há mil coisas que quero dizer, mas nenhuma é adequada. Então, pego o caminho mais fácil.

— Claro — murmuro. — Tudo bem... Eu preciso mesmo voltar.

Ele solta a minha mão.

— Ah, sim... Suas coisas do trabalho. Algo em que eu possa ajudar?

— Acho que não.

Viro-me para a rua quando ele toca meu ombro de novo.

— Eu queria dizer que alguns e-mails que foram vítimas de suas "dificuldades técnicas"... Bom, eles realmente eram sobre uma coisa importante.

— Ah, sim?

— Tentei entrar em contato com você para falar sobre uma coisa que aconteceu no trabalho. Talvez uma oportunidade para você.

A palavra "oportunidade" incita minha memória — e me lembro do e-mail a que ele se refere: aquele com o P.S. que perguntava se minha vida ainda era *muito* excitante. Foi só nessa parte que consegui me concentrar.

— Aquela empresa de web design e marketing que contratamos — continua ele.

— A Vermont Hamilton?

Ele assente.

— Eles foram um desastre.

Isso não me surpreende, mas resisto à tentação de falar isso.

— É mesmo?

— Você tinha razão sobre a falta de experiência deles. Eu não lido com eles pessoalmente... É tarefa de Jim Broadhurst. Mas ele se desentendeu com três dos executivos de lá. Eles parecem amadores.

— Lamento saber disso — digo.

— Bom, não diga que não nos avisou.

Eu dou de ombros.

— Talvez, quando o contrato vencer, daqui a dois anos, eu possa me recandidatar.

— O problema é esse. Olha, isso é confidencial, mas Jim os dispensou. Isso nos deixou num completo buraco. Não há ninguém cuidando das nossas coisas on-line, mas não havia alternativa.

Minha mente começa a zunir.

— Vocês vão recontratar?

— Era sobre isso que queria te falar por telefone. Nosso departamento de marketing está num limbo, procrastinando desesperadamente enquanto decide o que vai fazer. Se você apresentar para eles uma proposta melhor, acho que terá uma chance de aproveitar essa brecha.

— Mas como? Quero dizer, eles iam saber que você falou comigo dos problemas internos da Caro and Company e...

— Deixa isso comigo — diz ele. — Se eu conseguir uma reunião com David e Jim esta semana você pode ir?

Meu coração bate loucamente quando começo a pensar nas implicações desta oportunidade.

— Sim — solto. — Mas que droga, *SIM!*

Ele ri enquanto a porta do café se abre.

— Vocês dois gostam de um papo, não? Terminei meu latte há séculos — reclama o vovô, ajeitando o gorro.

— Já terminamos. Vamos, vou levar você pra casa, vovô. Então — acrescenta Tom, virando-se para mim —, é um sim?

— Sem dúvida nenhuma — digo, transbordando de emoção.

— Que bom. Vou telefonar pra eles hoje à tarde e te ligo logo depois.

— Vamos, rápido, rapaz. — Vovô pega Tom pelo braço. — Acho que preciso tirar você desse frio.

Tom o olha assombrado.

— Eu? Por quê?

— Ah, sei lá. Você tem um *brilho* estranho no rosto — diz ele, lançando-me um olhar malicioso.

Capítulo 77

Tom me manda um SMS uma hora depois para dizer que Jim Broadhurst irá me ver às dez horas da manhã seguinte. De maneira nenhuma posso estragar as coisas: por minha empresa, meus funcionários, por mim mesma... E por Tom. Depois de ele arriscar o pescoço por mim, simplesmente não posso aparecer como se tivesse queijo cottage no lugar do cérebro, como da última vez.

Vou direto para casa, tomo um banho rápido e ligo o laptop. Ler toda a minha apresentação original é uma experiência assustadora. Não porque seja irremediavelmente medonha — na verdade, a ideia é muito boa. Mas cinco ou seis pontos se destacaram, revelando uma apresentação padrão e não feita sob medida para a Caro & Co. Eles devem ter visto isso a quilômetros de distância.

Passo a noite estudando a empresa: examinando seu site, lendo artigos na imprensa e pesquisando seus concorrentes, suas aquisições e seus mercados-alvo.

Já passa das duas da manhã quando vou para a cama, convencida de que não vou conseguir dormir, dadas as estatísticas dando cambalhotas em minha cabeça. Na verdade, caio no sono de imediato, mas é um sono superficial e agitado. Meus pensamentos se dispersam para todo lado: meus pais, minha empresa, a apresentação e... Tom. De novo Tom. Apesar da explosão de estresse que suporto, minha mente ainda vaga para o doce sabor de seu hálito quando quase nos beijamos na piscina.

Sei que é inútil e sei que é um erro. Mas a lembrança daquela noite é como uma droga; uma onda imediata de prazer, uma viagem — embora sem sentido — garantida.

Não sei se essa é uma das coisas que mantêm meus nervos sob controle quando entro nos escritórios da Caro & Co. às nove e cinquenta da manhã seguinte, mas me sinto estranhamente calma.

Não é confiança que está incitando isto — nem mesmo consigo pensar no resultado, só no aqui e no agora. Além do mais, se eu parar para considerar as ramificações de um fracasso hoje, ficarei despedaçada. Assim, empurro tudo para o fundo da minha mente e canalizo meus pensamentos num único objetivo: quero ser tão convincente que poderia até vender alho a um vampiro.

Jim Broadhurst só chega quase às dez e dez, hora em que estou me sentindo fisicamente trêmula. A única vantagem disso é que, sem uma saia coberta de gordura velha de salsicha, Dusty fica inabalável na minha presença.

— Jim. — Sorrio, estendendo a mão e a vendo tremer. — Como vai?

— Muito bem, Abby — responde ele. — Mas estaria melhor se não tivesse passado por toda aquela trabalheira com nossa agência anterior. Acho que Tom te contou, não?

Hesito, sem saber qual seria a resposta adequada, uma vez que isto deveria ser confidencial.

— Bom, na verdade não — digo. — Ele só disse que você queria rever as propostas originais.

— Muito diplomático. — Ele ri. — Vou contar o que aconteceu.

Jim passa vinte minutos repetindo a história que Tom me contou ontem e eu respondo com ooohs, aaahs e soltando muxoxos nas horas certas, como se tudo fosse novidade. No fim da conversa, estou começando a pensar que mereço um Globo de Ouro.

— O resultado é que preciso de uma nova agência, por isso queria ver você hoje. Pretendemos colocar outro anúncio — avisa ele. — Nenhuma das três agências finalistas nos encantou... e isso inclui você. Sem ofensas.

— Não me ofende — respondo. — Sei que o que apresentei não foi satisfatório.

— Bem, é o que David e eu sentimos — concorda ele. — Tom tentou nos convencer de que era uma crise temporária, mas todos os outros tiveram uma chance, então achamos que era justo te dar o mesmo tratamento.

Meus olhos se arregalam.

— O Tom tentou convencer vocês a me aceitarem? Pensei que tinha dito que a decisão foi unânime.

— Eu disse? — Ele dá de ombros, claramente sem gostar da nova perspectiva que isso conferia a tudo. — Força de expressão. Você tem muito a agradecer a Tom. Ele pode não ter conseguido nos convencer a aceitar você antes, mas nos perturbou muito para reconsiderarmos desde que começou o problema com a outra agência.

— Foi, é? — grasno.

Jim assente.

— Então, gostaria que você fizesse outra apresentação. Sei o trabalho que essas coisas dão, mas acho que se você concordar em preparar alguma coisa...

— Sim — interrompo. — Claro que sim.

Ele ergue a cabeça.

— Quer fazer outra apresentação?

— Sim — digo com ansiedade. — Já preparei... Se me permitir, posso mostrar agora.

— Agora? — Ele olha o relógio. — Estou sem tempo... Podemos marcar para daqui a duas semanas?

O pânico toma conta de mim. Não posso dizer a ele que daqui a duas semanas a River Web Design nem vai existir!

Curvo-me para a frente.

— Vai durar no máximo dez minutos — digo com urgência, perguntando-me o que posso fazer para editar minha apresentação de vinte minutos em cima da hora.

Ele se retrai. Tomada de pânico, percebo que estou começando a parecer uma mulher que usaria algema, se tivesse alguma por perto.

Ele se recosta na cadeira com uma expressão meditativa.

— Quando eu soube que vocês poderiam ficar sem apoio de internet, pensei que o tempo era essencial — tagarelo. — Não há melhor momento que esse. Vamos deixar de rodeios. Mais vale um pássaro na mão do que três voando... Quero, dizer, quatro... Ah, meu Deus!

— Pode continuar, então — concorda ele. — Mas não passe de dez minutos.

Quando saio do escritório deles meia hora depois, tenho sentimentos bastante confusos. Foi bom — eu acho. Mas eu precisaria ter feito mais do que o bom. Preciso convencer Jim Broadhurst não só de que ele tem de me contratar, mas que ele tem de me contratar JÁ.

Mesmo levando em consideração meu argumento de que eles não deveriam ficar sem apoio de internet por mais de uma semana, as empresas podem levar meses para tomar uma decisão dessas.

Ando pela cidade e volto ao escritório com medo de encarar minha equipe. Eles sabem que as coisas não estão boas depois que a Diggles faliu, mas não sabem *o quanto* estão ruins. Estou abrindo a porta do escritório quando o telefone toca e vasculho minha bolsa para atendê-lo.

— Abby Rogers — digo.

— Abby. Jim Broadhurst.

Meu coração quase voa até o teto de minha caixa torácica. Isso é mais rápido do que eu poderia sonhar.

— Sim? — Minha voz oscila histericamente.

— Você deixou seu cachecol na minha sala.

— Oh! — Fecho os olhos, desapontada.

— Mas não foi por isso que telefonei.

— Não?

— Já decidi sobre a sua proposta.

Capítulo 78

Já passa das nove da noite quando me encontro com Daniel depois do trabalho. Na realidade eu só quero ir para casa e tomar um banho quente, mas estou ciente de que se não fizer um esforço para vê-lo ele pode pensar que não estou interessada. E eu *estou* interessada.

— Mas por que você ficou no trabalho até essa hora? — Ele sorri, beijando-me no rosto quando nos encontramos no bar. — Pensei que o workaholic fosse *eu*.

— Sabe às vezes em que você tem que fazer o possível e o impossível pela empresa? Estou numa dessas épocas.

— Ah. Então vai querer isso. — Ele coloca uma taça de vinho na minha mão. — Está se preparando para uma grande apresentação?

— Não... Já fiz uma hoje. Amanhã terei uma reunião com o banco.

— Sei. Então, quando vai ter resposta para sua apresentação?

— Já tive. — Bebo meu vinho.

Ele fica surpreso.

— E?

— Eu consegui.

Ele balança a cabeça, rindo.

— Devo dizer que você trata isso com *muita* frieza. Quando eu comecei, ficava correndo pelo escritório como um louco sempre que ganhava um negócio. Depois de alguns segundos estava ofegante, imagine só. Não se ganha uma barriga dessas por nada. — Ele passa a mão em sua barriga mediana — e muito linda — enquanto eu reprimo o riso.

— Bom, eu já corri muito — confesso. — Mas ainda tenho que resolver algumas dificuldades esta semana antes de poder relaxar.

Claramente, estou minimizando o problema. O fato de que agora estou de posse de uma carta de Jim Broadhurst comprometendo-se a um contrato que vale milhares de libras a partir do mês que vem parece um milagre. Mas nós não saímos de perigo.

Depois da crise econômica dos últimos anos, os bancos não emprestam mais dinheiro às empresas — inclusive à minha. Embora eu saiba que não será fácil, é nossa última esperança. E estou decidida a fazer com que isso dê certo.

Eu tinha avisado a Daniel que seria só um drinque rápido, e, com a reunião de amanhã pairando em minha mente, cumpro minha palavra. Ele me acompanha até meu carro e me sinto bem em sua presença. A sensação não é nada parecida com a pulsação acelerada que experimento quando penso em Tom, mas estou decidida a *não* pensar nele.

Em vez disso, penso nesse cara adorável, divertido e envolvente. Que é solteiro. Talvez seja arrogância, mas eu suspeito que será meu, se eu quiser.

Chegamos ao carro e, quando abro a porta, viro-me para me despedir. Uma expressão de incerteza aparece em seu rosto quando ele olha em meus olhos. Percebo que ele tem um rosto bastante agradável: de pele macia e feições delicadas. De repente este homem confiante e super bem-sucedido tem o ar de alguém muito mais novo.

O que realmente quero fazer é lhe dar um beijo na cabeça e um abraço, mas faço o que sei que ele quer. Curvo-me um pouco e o beijo na boca.

Encorajado pela minha aproximação, ele me puxa para mais perto e eu posso sentir sua ansiedade. Mas não fico nervosa — nem um pouco. Parte de mim quer sentir: quer poder recriar a sensação intensa, desesperada e mágica que tenho quando Tom apenas olha para mim. Isso não quer dizer que não seja bom, porque é. É acolhedor, reconfortante e doce. Tudo o que um beijo deve ser.

E Daniel cresce no meu conceito. Cada vez mais.

Graças ao fato de que Gary, meu "gerente de conta empresarial", se imagina como um painelista de *Dragons' Den*, é impossível interpretar essa reunião.

Pior ainda, parece que os bons velhos tempos, quando um gerente de banco podia tomar uma decisão aqui e ali, acabaram; assim, Egor e eu sabemos que nossos esforços para convencê-los a emprestar mais dinheiro não serão recompensados com um sim ou não imediato.

Apresentamos o caso juntos com a maior convicção possível — o que, no caso de Egor, significa destacar a solidez fundamental da minha empresa e, no meu caso, quer dizer paquerar descaradamente em qualquer oportunidade.

Sem o contrato da Caro & Co. eu teria afundado — disso não há dúvidas. E embora Egor e eu nos esforcemos ao máximo, Gary procura transmitir um ar de mistério sobre nossa probabilidade de sucesso que só pode ser comparada ao cenáculo da Opus Dei.

— Bem, terei que consultar o diretor antes de tomarmos uma decisão. — Ele sorri com arrogância enquanto eu me levanto para ir embora.

— Ah, obrigada, Gary! — digo entusiasmada, apertando sua mão. — Não se importa de eu te chamar de Gary, não é?

— De maneira nenhuma. — Ele sorri. — Até porque eu mesmo disse isso no início da reunião.

— Disse? *Desculpe!* — Pedante desgraçado. — Sabe quando teremos uma resposta?

Ele chupa os dentes como aqueles empreiteiros inescrupulosos da TV.

— Bem, na sexta-feira estarei no treinamento de equipe, normalmente seria no final da semana. Assim, você deve ter uma resposta no início da semana que vem. Mas tenho uma hora com o dentista na segunda cedo. Tratamento de canal. Você nem *acreditaria* no tempo que isso leva.

Sinto meu sangue gelar.

— E outra pessoa pode me telefonar? — Abro um sorriso luminoso. — Estou *muito* ansiosa para saber qual será a decisão, é só isso.

— Verei o que posso fazer. — Ele dá uma piscadela prolongada. — Mas não prometo nada!

Então é assim que ficamos. Ele verá o que pode fazer. Sem promessas.

Mas que *droga*.

Enquanto Egor e eu atravessamos a Water Street, viro-me entorpecida para ele.

— Estou num limbo.

— Eu sei, Abby. — Ele assente com solidariedade. — Vou telefonar para a Receita quando voltar ao escritório para dizer a eles que o banco deu sinal de que provavelmente vai ampliar seu limite de crédito. Com sorte, eles nos darão alguns dias.

Levanto a cabeça, surpresa.

— Foi assim que você interpretou essa reunião? Que provavelmente será um sim?

— Bem... Não — confessa ele. — Mas ninguém mais precisa saber disso, não é?

Volto ao escritório e o pânico me domina. Não consigo me concentrar em nada. E, apesar de ter mil e uma coisas para fazer, decido passar a tarde organizando meus clipes de papel.

— Abby! — diz Priya quando entro. — Acabamos de receber outra doação de 200 libras. O dinheiro não para de entrar.

— Que ótimo. — Forço um sorriso enquanto me sento.

— Ah, e eu marquei minha primeira reunião com Jim Broadhurst da Caro & Co. para a semana que vem — diz Heidi. — Que empresa empolgante.

— Matt já deu uma olhada em um monte de ideias para o site dele — acrescenta Priya, depois vira o rosto de um jeito que eu quase descrevo como tímido, se não partisse dela.

As ideias não são nada menos do que inspiradoras. Minha equipe está explodindo de entusiasmo e determinação e eu sei que o trabalho vai deixar Jim Broadhurst maravilhado.

O que torna ainda mais dolorosa a pergunta que surge em meu cérebro: será que algum deles terá emprego no final da semana que vem?

Capítulo 79

De um jeito estranho, essa crise prolongada é uma distração útil da bagunça que é minha vida amorosa. Concentro cada grama de energia no trabalho, deixando de lado minha obsessão indesejada por Tom e a ternura crescente por Daniel, junto com a — ainda pendente — decisão do banco.

Com os clipes organizados, a equipe e eu trabalhamos direto no contrato da Caro & Co. e mostramos uma energia e um entusiasmo renovados pelos projetos que já temos. Isso tem suas compensações: nosso trabalho é mais vibrante, mais excitante e original do que qualquer coisa que fizemos por meses. O que torna ainda mais horrenda a possibilidade de que tudo possa ser destruído pela decisão errada do banco.

Ainda assim, nos três dias que se seguem à minha reunião com Gary, tenho uma prova do que podia ser a vida se ela fosse um pouco mais estável. A equipe é primorosa no trabalho e meu relacionamento — com um homem que me faz bem de verdade — é... Bom, é adorável. Daniel telefona quando promete, nunca olha para outras mulheres, não se importa que eu ronque como uma cabra com congestão nasal quando durmo em seu sofá depois de um dia atribulado no trabalho (mas eu ainda preferia não ter feito isso).

Na quinta-feira à noite, vou de carro ao clube de corrida para uma sessão de ladeiras. Estou no final da contagem regressiva para a grande corrida e agora tenho certeza de que posso correr 45 quilômetros. Paro o carro e estou a caminho do vestiário, quando meu telefone toca.

— Srta. Rogers? — É Gary, meu gerente do banco.

— Sim? — Meu coração se pulveriza na caixa torácica.

— Aqui é Gary Majors. — Prendo a respiração enquanto espero pelo veredito. — De seu banco. — continua ele.

— Gary! Como vai você?

— Ah, bem, obrigado. Acho que estou com uma inflamação na garganta, mas vai passar.

Não digo nada, no mínimo porque não tenho a menor vontade de discutir sobre a garganta de Gary — com a possível exceção de uma ou duas partes de seu corpo.

— Além disso, deviam me entregar uma máquina de lavar esta manhã, mas eles nem apareceram. Não odeia quando isso acontece? E minha sogra ficou no telefone tagarelando sobre o... — Ele para. — Srta. Rogers?

— Estou aqui — digo com ansiedade.

— Ah, que bom. Às vezes a linha fica meio ruim — continua ele. — Temos de reclamar com a empresa de telefonia e...

— *Vocês tomaram alguma decisão?* — solto. — Sobre o crédito? Desculpe interromper, mas... Bom, por algum motivo isso não me sai da cabeça.

— Ah, não fique pensando nessas coisas — responde ele. — Isso provoca um estresse terrível. Temos uma terapeuta ocupacional aqui no banco e ela nos disse que...

— Gary! — Dou um grito, depois me recomponho. — Por favor... Me livre do meu sofrimento. Vocês tomaram uma decisão?

— Ah, a decisão! Claro — diz ele, como se o futuro de minha empresa fosse menos importante que uma conversa mais crucial sobre suas pressões profissionais e domésticas. — Bem, Srta. Rogers, nós, do Barwest Bank, trabalhamos arduamente com pequenas empresas como a sua. — Ouço um farfalhar de papéis ao fundo, como se já não fosse óbvio que ele lê um roteiro. — Mas com as dificuldades econômicas dos últimos tempos, tem sido complicado manter o nível de empréstimos que gostaríamos.

— Sim. — Meu coração afunda.

— Dito isso — continua ele, claramente adorando o nível operacional de drama —, a senhora e seu contador, o Sr. Brown, me apresentaram um caso bastante convincente.

— Obrigada.

— E embora para muitos bancos isso não seja realmente um problema...

— Gary...

— Sim?

— Posso, por favor, saber qual foi a decisão? Vocês vão me emprestar o dinheiro ou não?

Meu coração martela nos ouvidos quando percebo o que isto é: a hora H. Quando a River Web Design vai afundar ou nadar.

— Sim, Srta. Rogers. — Ele ri como se fosse a última cena alegre de uma pantomima. — Sim, nós *vamos* emprestar o dinheiro. A senhora tem uma superempresa e temos prazer em ajudar. Meus parabéns!

Capítulo 80

É claro que estou louca para contar a minha mãe. E a Egor. E a Jess. Mas, depois de descobrir que minha empresa tem futuro — e um futuro seguro —, há outra pessoa que eu simplesmente preciso ver. Agora.

Se não fosse por Tom, eu estaria em casa, falida e afogando minhas mágoas em uma garrafa de Listerine, com o emprego de quatro pessoas pesando na consciência.

Eu devo tudo a ele. Entretanto, estranhamente, ele não tem a menor ideia disso.

É uma noite de neblina e, disparando até os outros corredores no aquecimento sob os refletores do centro esportivo, procuro-o com a euforia correndo pelo meu corpo.

Ele está conversando com Mau enquanto espirais de ar frio parecem cercar suas pernas musculosas, subindo por seu corpo.

Ao olhar para seu rosto, as belas feições, os olhos brilhantes, eu percebo que nunca na vida desejei tanto tocar alguém. Afundar em seus braços e sentir a força de seu abraço. Consigo reprimir esses pensamentos, mas ainda não sou capaz de impedir que meu coração acelere ao me aproximar.

— Tom — digo com suavidade. Ele se vira e me olha no mesmo instante, interrompendo a conversa com Mau. Quando nossos olhos se encontram, ele parece paralisar. Depois relaxa e sorri.

— Abby.

— Tem um minuto? — Estou sem fôlego, mas só corri alguns metros.

— Claro — diz ele, assentindo para Mau.

Vamos até a lateral da trilha enquanto os outros continuam o aquecimento. Ele agora está longe dos refletores e a luz da lua lança sombras nos contornos de seu rosto enquanto eu luto contra meu desejo.

— Algum problema? — pergunta ele.

— Não. Sim. Quero dizer... — Viro o rosto, tentando me recompor, mas não consigo evitar um imenso sorriso ao me voltar para ele. — Tom, eu tenho muito que te agradecer. É sério. Sei que você lutou para que eu pudesse me recandidatar ao contrato da Caro & Co. e bom, olha... Ganhar o contrato foi um grande negócio.

— Que bom — responde ele, olhando por sobre o ombro.

— É sério, você nem sabe o *quanto* é grande, Tom.

Ele sorri, sem jeito.

— Estou satisfeito que tudo tenha dado certo para você, Abby.

Não posso dizer a Tom que estávamos com problemas porque não quero que ninguém da Caro & Co. descubra — nunca. Mas tenho de enfatizar o quanto isso significa para mim.

— E deu. Muito certo — continuo. — Eu... Meu Deus, não sei o que dizer, a não ser obrigada. Do fundo do coração.

Cada osso do meu corpo quer pular nele e beijá-lo, realizar a paixão insaciável que experimentamos na piscina. Digo a mim mesma para apertar sua mão, como amigos, enfatizando meu apreço. E sinceramente estou prestes a fazer isso.

Mas então meu corpo faz algo que meu cérebro não mandou. Fico na ponta dos pés e lhe dou um beijo no rosto. Quando meus lábios tocam sua pele, é como se um raio tivesse disparado entre nós e eu me vejo fechando os olhos, sentindo seu cheiro, seu gosto. Sinto que ele se demora, o corpo parecendo derreter. Tenho de me obrigar a me afastar.

Olho em seus olhos e ele parece quase abalado, levando a mão ao rosto. Eu o fito, constrangida, em silêncio, perguntando-me o que ele estará pensando. Não tenho ideia do que vai acontecer e por um segundo fico ali querendo dizer alguma coisa, mas sem encontrar as palavras. Depois algo muda.

Sinto Geraldine parada ao nosso lado antes mesmo de vê-la.

Quando me viro para olhar, ela nos encara com olhos frios e implacáveis e por um segundo é como se ela tivesse nos flagrado na piscina. Se ela tem alguma ideia do desejo e da culpa que são bombeados para minhas veias agora, bem que pode ter visto mesmo.

Olho para meus sapatos, pensando no que dizer, mas levanto a cabeça e ela se afasta a passos pesados.

— Preciso ir atrás dela — diz Tom.

— Desculpe. Eu não pretendia criar problemas.

— Está tudo bem. — Ele suspira. — É só que... Bom, Geraldine e eu não queremos anunciar nada. Não ainda, mas eu gostaria de te contar... Se puder guardar segredo, pelo menos por enquanto.

— Ah. O que é? — Evidentemente sei que ele está falando do noivado, mas, fiel à promessa que fiz a Mau, finjo ignorância.

— Geraldine e eu tomamos uma decisão. — Ele parece saber que esta novidade será devastadora para mim, então não quer fazer estardalhaço.

— Finalmente percebi o que quero da vida, Abby. — Ele engole em seco e olha nos meus olhos. — Muito do que você disse em Tenerife fez sentido.

Fecho os olhos, ferida pela lembrança do que eu disse: eu insisti que ele se casasse com Geraldine.

— Que bom — murmuro com as entranhas se contorcendo.

— Você sabe o quanto Geraldine quer se casar e ter filhos — continua ele.

— Sim.

— Bom, acho que enfim percebi que a mulher por quem estou apaixonado está bem diante de mim e eu... Não consegui pegar o touro pelos chifres. Até agora. — Ele passa a mão no cabelo. — Estou enrolando, não é?

— Não — digo, reprimindo as lágrimas nos olhos. — O que diz faz total sentido.

Ele assente.

— Que bom. Porque... Olha, é difícil falar aqui. Podemos nos encontrar depois?

Eu sempre soube que amava Tom, mas ouvi-lo confirmar o noivado com Geraldine é mais do que posso suportar.

— Não acho que seja uma boa ideia — consigo dizer, determinada. — Vou encontrar meu namorado.

Ele não diz nada.

— Ele se chama Daniel — digo a ele.

— Oh!

Os aplausos do restante do grupo rompem o feitiço e eu sacudo os braços como se os aquecesse.

— É melhor irmos para lá — digo, disparando dali. — A gente se vê depois.

— É — diz Tom. — Até mais.

Meu peito parece em carne viva quando respiro o ar gelado. Tantos pensamentos passam pela minha mente quando corro que mal consigo enxergar direito. Ouço meus pés batendo no calçamento, mas não os sinto. Imagino a expressão de Geraldine quando me olhou mais cedo e sinto o estômago embrulhar.

A animosidade em seus olhos só pode significar uma coisa: ela sabe do que aconteceu na piscina. Não admira que me odeie. Eu estava seminua numa piscina com o homem com quem ela vai se casar.

Então me vem um pensamento. Eu devia ter dado os parabéns. Agora devo parecer mesquinha e invejosa, quando na verdade meu sentimento dominante é simplesmente de tristeza. Como posso olhar para Tom e Geraldine de novo?

Estou a menos de um quarto do percurso quando decido voltar. Não aviso a ninguém, abandono o grupo e corro para o vestiário, e em seguida para o meu carro, o mais rápido possível, sentindo um vento gelado no rosto. Abro a porta com as mãos atrapalhadas enquanto o suor do meu corpo parece gelo assim que paro de me mexer. Ligo o motor, engreno o carro e depois dou ré — direto no poste.

— Ah, que ótimo — murmuro, saindo para ver o estrago. Felizmente, é só um arranhão e eu volto para o carro e bato a porta.

Minha mente é um turbilhão de confusão, mas enquanto o para-brisa embaça e lágrimas quentes escorrem pelo meu rosto, tenho certeza de várias coisas.

Estamos em 19 de janeiro.

Falta uma semana e meia para a grande corrida.

E esta noite é minha derradeira sessão no clube.

Capítulo 81

Da última vez que as coisas ficaram estranhas entre mim e Tom, ele me bombardeou de telefonemas e e-mails. Mas nos dias depois da última vez que o vi, o silêncio é ensurdecedor. Só o avô dele me mandou um tweet, dizendo que enfim se recordou de quem eu o lembrava, e que não era Reeny, mas uma vizinha de seu primo Billy que defendia a ideia de lavar o cabelo com sabão em pó.

Nem isso me fez sorrir. Estou tomada de sonhos mórbidos em que estou na igreja, no casamento de Tom e Geraldine. O padre pergunta se alguém sabe de algum impedimento legítimo e eu me levanto, tentando parar a cerimônia no estilo *Quatro casamentos e um funeral*, mas tropeço em uma bolsa e disparo pela nave central como uma bola de boliche, derrubando damas de honra e padrinhos.

Depois acordo suada e me censuro: seja *feliz* por eles, Abby! Tom é seu amigo. Geraldine é sua amiga. É como ele disse: ela é a mulher por quem ele é apaixonado.

Então, *esquece*.

— Abby? Abby! — Priya me olha por cima do computador. — Ouviu o que eu disse sobre a meta de arrecadação?

— Hmmmm? O quê? Não, desculpe, Priya — murmuro.

— Nós batemos! — diz Matt.

— É mesmo?

— Graças às últimas 50 libras do síndico do condomínio — Priya sorri. — Ele mandou um e-mail dizendo que, apesar de sua desconsideração imprudente por seu novo sistema de empilhamento de copos descartáveis no bebedouro, ele queria ajudar.

— Caramba. — Balanço a cabeça. — Retiro tudo o que disse sobre esse cara. E nunca mais vou desconsiderar seus editais. Qual é o total?

— Que rufem os tambores. — Matt sorri.

Priya lê o site.

— Dez mil, quatrocentas e vinte e duas libras.

Meus olhos se arregalam de incredulidade.

— O quê?

— E quarenta e sete centavos.

— Inacreditável, né? — diz Matt.

— Eu... Eu... Sim. — Surpreendentemente, meus olhos se enchem de lágrimas, e tenho um bolo na garganta.

— Está tudo bem? — pergunta Matt.

— Tá — digo numa voz sufocada.

— Então, decidiu se vai a Paris ou não? — pergunta Priya.

— Ah, sim, Paris.

Não falei nisso, falei? Daniel me perguntou se quero ir com ele numa viagem de negócios.

A ideia é que a gente pegue um avião no sábado e passe duas noites curtindo a cidade, antes de ele ter uma breve reunião na manhã de segunda-feira. O único problema é que teremos de pegar o voo na tarde da meia maratona, e meus planos para isso já foram feitos há muito tempo: desmaiar. Mas sei que é exatamente o que preciso para tirar Tom da cabeça.

— Hmmm, sim, eu vou — eu grasno. Mas enquanto uma lágrima escorre por meu rosto, empurro a cadeira para trás e saio da sala.

Chego ao banheiro feminino em segundos, seguida por Priya.

— O que foi, Abby? — pergunta ela, me abraçando.

— Nada, sério. — Eu fungo. — Estou feliz com o total, é só isso. E...

— E o quê?

Pego um pedaço de papel higiênico e assoo o nariz.

— Não quero falar nesse assunto. Mas eu estou bem. — Depois vejo pelo espelho as manchas em meu rosto. Estou extremamente pálida. — Ah, meu Deus, eu tenho uma apresentação daqui a uma hora.

Ela me passa outro pedaço de papel.

— Nada que uma base não possa esconder.

— Vou precisar de bastante para encher uma betoneira — eu fungo. E depois: — A Heidi vai ficar emocionada com o dinheiro que levantamos, não é?

— É melhor que fique — Priya sorri. — Ou terei que ter uma conversinha com ela.

Eu paro.

— Ela telefonou dizendo que está gripada, não foi?

— Foi o que ela disse.

— E você acreditou? Ela não está escondendo alguma coisa, está? Priya fica pensativa.

— Acho que não. Ela tem sido muito franca sobre a esclerose múltipla, então tenho certeza de que deve ser isso mesmo.

— Não pode dar uma passada na casa dela esta noite, só para verificar? Eu mesma iria, mas tenho que correr e ensaiar para uma apresentação a que terei de dar minha total atenção.

Priya tem uma expressão estranha, depois responde.

— Tudo bem. Sim. Sim, eu vou.

— Se tiver outra coisa para fazer...

Ela meneia a cabeça sem me convencer.

— Priya! Você tem algum compromisso?

A lateral de sua boca se retorce, reprimindo um sorriso. Ela assente.

— Um encontro?

Ela assente de novo. Há algo em sua relutância que me deixa desconfiada.

— Ora, com quem? Anda logo, solta.

— Eu... Não posso. Mas vou ver a Heidi, como você pediu.

— Não, eu quis dizer para ir se não tiver mais nada para fazer. Além disso, você tem razão; Heidi está gripada. Ela nos contaria se fosse outra coisa.

— Tudo bem — murmura ela.

— Priya, com quem é o seu encontro?

— Ah, sim. Meu encontro. — Ela visivelmente se prepara. — Matt.

Meu queixo de repente fica a milímetros do chão.

— Tá brincando? — Mas no segundo em que digo isso, lembro que eu tinha notado alguma coisa entre eles recentemente. E as brincadeirinhas entre os dois tinham ficado mais tímidas do que o de costume. Droga.

Ela morde o lábio.

— Não está chateada, está?

— Por que eu ficaria chateada?

Ela dá de ombros.

— O Matt pensou que você ia achar estranho nós termos um namoro de escritório, com apenas cinco pessoas na empresa.

— De jeito nenhum! — protesto, depois paro e penso melhor. — Mas como você vai se sentir se ele... — Não consigo me obrigar a pronunciar as palavras cruéis.

— Terminar comigo? — diz ela.

Assinto com relutância.

— É um risco que terei que correr, Abs. Eu... Bom... Eu sou louca por ele.

Minha expressão se abre num largo sorriso.

— Se é assim, então não deve permitir que nada nem ninguém a atrapalhe.

Sei que é um bom conselho. Só queria que fosse possível aplicar no meu próprio caso.

A apresentação é toda certinha — como todas as minhas apresentações no último mês. É como se depois de me jogarem uma boia salva-vidas com os esforços combinados do meu banco e a Caro & Co., eu tivesse um fogo na barriga que faria o calor de um vulcão parecer uma brasa de churrasco de fundo de quintal.

Se todas as apresentações que fiz recentemente derem frutos, poderei pagar minha dívida do especial em dois meses e recolocar a empresa onde deveria estar.

E não é a única coisa que vai bem.

Eu tinha consciência do efeito que teria sair do clube de corrida, portanto me prendi meticulosamente ao programa de treinamento, embora não possa dizer que acho que seja fácil. À medida que o grande dia se aproxima, apesar de eu não poder dizer que vai ser moleza, também sei que estou preparada e forte. Tenho feito tudo o que posso.

Vou ao trabalho para deixar meu material da apresentação, pretendendo ir direito do escritório para a corrida. O resto da cidade já entrou no modo sexta-feira à noite, anunciando o início do fim de semana.

Disparo pelas vitrines com a postura que adotei desde minha última noite no clube — cabeça baixa, braços pendendo ao lado do corpo, recusando-me a olhar qualquer um nos olhos. Só este mês notei que o bairro comercial de Liverpool é pequeno demais para meu gosto; em cada esquina, receio encontrar Tom — e francamente não sei o que vou fazer se isso acontecer.

Sei que é inevitável que um dia aconteça. É um milagre que não tenha acontecido até agora, dado o número de reuniões que tive com o pessoal da Caro & Co. Isto em si incitou uma leva de paranoias, no mínimo a desconfiança de que ele está me evitando deliberadamente.

Fico irritada comigo mesma sempre que Tom invade meus pensamentos. Irritada por ele se misturar ao homem em quem eu *deveria* estar pensando. Tive tanto para fazer no último mês que só vi Daniel uma ou duas vezes por semana. Mas quando o vi, ele foi gentil, doce e imensamente divertido.

Nós não dormimos juntos nem nada, mas ainda é fácil aceitar sua proposta de ir a Paris, apesar de ser um pesadelo logístico. Não haverá nenhuma saída depois da corrida para eu comemorar — terei de disparar para casa, tomar um banho e trocar de roupa antes de pegar um táxi direto para o aeroporto.

Quando ando pela Castle Street, alguém passa por mim, desculpando-se pela pressa enquanto esbarra em meu ombro, obrigando-me a me virar e parar perto da vidraça de um movimentado restaurante.

Levo um segundo para meus olhos se desviarem do brilho sociável de dentro — e se fixarem no casal bem à minha frente, atrás do vidro.

O casal se entende bem — como todos os outros que curtem um primeiro ou segundo encontro. A mulher joga a cabeça para trás, rindo incontrolavelmente, enquanto o homem tem um sorriso largo nos lábios, incapaz de reprimir seu prazer com o riso.

Quando ela olha de novo para ele, o riso esmorece e eles se olham fixamente. Ele estende a mão, a expressão da mulher fica séria e o espaço entre seus dedos se fecha.

As mãos estão a milímetros de distância, muito próximas, quando ele fica consciente de minha presença atrás da vidraça. Ele se vira para mim — e ela faz o mesmo, com o choque imediatamente aparente.

Mas não consigo me mexer. Não consigo fazer nada. Só o que posso fazer é sentir a força de um redemoinho dilacerar minhas entranhas enquanto encaro o casal.

Minha mãe e meu pai.

Capítulo 82

— Seu pai e eu queríamos discutir a situação da sua empresa — explica mamãe, de maneira forçada demais, enquanto olho as bolhas estourarem na superfície da minha água com gás.

— Sei. — Retiro o limão do copo e o coloco num prato. — Bom, vocês não têm com o que se preocupar. Pode verificar minha contabilidade, se quiser. Consegui seis propostas e, se duas derem certo, vou me livrar do cheque especial.

— Fico feliz em ouvir isso. — Papai tosse, numa contribuição patentemente emblemática.

Semicerro os olhos.

— Vocês não têm muita fé em mim.

— Não é isso — responde mamãe. — Você viu a facilidade com que teve problemas. Seu pai e eu simplesmente pensamos que devíamos deixar nossas diferenças de lado e nos unir para discutir maneiras de ajudar... Se novamente for necessário. Mas tenho certeza de que não será.

— Certo. — Estou tentando ser receptiva, mas não posso deixar de sentir meu coração murchar um pouco. A explicação de mamãe, por mais que eu odeie admitir, não só é viável como provável — exatamente o tipo de coisa que eles fariam numa situação dessas.

Entretanto, quando os vi pela vidraça, será que eles pareciam duas pessoas falando de negócios? Será possível que seja tão divertido assim deliberar sobre perdas e ganhos?

— E qual foi o veredito? — pergunto, de algum modo tendo adquirido o tom de um investigador do FBI. — O que vocês irão fazer se eu me enrolar de novo?

Eles se mexem na cadeira, pouco à vontade, como se eu tivesse pedido a solução para uma equação de álgebra.

— Bem, ainda não chegamos a nenhuma conclusão — diz mamãe. — Quero dizer, há muito que conversar. Só estamos começando.

Bebo a água, coloco o copo na mesa e pego meu casaco.

— Muito bem, então. Se têm muito o que discutir, a última coisa que quero é atrapalhar.

— Não precisa ir embora! — protesta minha mãe.

— Eu estava indo mesmo pra casa — diz papai.

Olho de um para o outro.

— Pensei que tivessem dito que estavam começando.

Papai hesita.

— A questão é que você é bem-vinda aqui.

Coloco minha mão em seu braço e me levanto.

— Não. É minha última semana de treinamento antes da meia maratona. Tenho que correr.

Antes que eles possam dizer mais alguma coisa, visto o casaco, incapaz de reprimir um sorriso. Nem mesmo importa se não houver mais no *tête-à-tête* dos dois do que minha mãe alega. Este é um imenso passo para eles, que mal se falavam.

Estou prestes a me virar e sair, quando algo me ocorre.

— A propósito, de quem foi a ideia de vocês se encontrarem e terem essa conversa?

Os dois parecem inquietos, como se tivessem sido flagrados roubando uma loja. Depois trocam um olhar, perguntando-se que resposta seria a certa. Quando respondem, é num perfeito uníssono.

— Minha!

Sorrio e saio do restaurante, mais feliz do que me sinto em semanas.

Capítulo 83

A noite anterior à meia maratona parece a véspera do meu casamento. Não que eu saiba como é isso, mas posso imaginar. Estou me esforçando tanto para relaxar que acho que posso estourar um vaso sanguíneo. E a grande corrida de amanhã não é a única coisa que tenho em mente.

Primeiro, tem meus pais. Talvez minha interpretação de seu encontro seja mero desejo meu. Quem sabe? Mas eu cedo à fantasia, no mínimo porque minhas outras fantasias insistentes — sabotar o casamento de Geraldine e Tom — fazem com que eu me sinta uma perfeita vilã.

Eles não anunciaram oficialmente o noivado ao restante do grupo. Jess sabe que é dever dela me contar no segundo em que anunciarem, mas ela me disse que Tom mal tem aparecido ultimamente. Mas ainda é a primeira coisa em que penso sempre que o telefone toca e o número dela aparece.

Entro no banho, uma tentativa de acalmar meus nervos, mas, com a cabeça em outro lugar, sem querer derramo meio frasco de óleo aromático e saio com a pele de um leão-marinho. Depois de uma chuveirada rápida, vou à sala de camisola para procurar alguma coisa leve na televisão. A única coisa é o gameshow *Take Me Out*, que eu não posso negar que se encaixa na categoria de leve — na realidade, faz com que *Ant & Dec's Push the Button* pareça *The South Bank Show* — mas não consegue prender minha atenção. Estou zapeando pelos canais quando o telefone toca.

— Abby! — A voz é conhecida, mas não consigo identificá-la. — É Bernie. Da Diet Busters.

— Ah! Oi, Bernie. Como vai?

— Bem, querida, bem. Estou telefonando porque tenho uma oferta especial para você. Pode voltar a ser sócia da Diet Busters inteiramente de graça, e se você apresentar um amigo, receberá um pacote gratuito de Sugar-Free Liquorice All Sorts... Preço de varejo de uma libra e quarenta e dois... E um zedômetro.

— Um zedômetro? O que é isso?

— Parece um podômetro, só que em vez de contar seus passos, você faz essa parte sozinha. É bem básico, mas muito mais barato.

Entro no banheiro.

— Vou ter que passar, Bernie. Perdi muito peso ultimamente.

— Ah, sim? Quanto?

Subo na balança e vejo o ponteiro oscilar.

— Meu bom Senhor!

— Você está aí, querida?

— Perdi 9 quilos, Bernie. Nove quilos completos! Sem nem mesmo me esforçar.

— Maldição. — Ela suspira, resignada. — Você se bandeou para o Slimming Universe? Estou perdendo todo mundo pra eles ultimamente. São as colheres de medida de brinde. Não posso competir com isso.

Vou para a cama bem cedo, na esperança de que uma bebida quente e um bom livro possam aquietar meus nervos o suficiente para induzir o sono. Estou no meio da escada quando o telefone toca de novo. Desço novamente, com as palavras já se formando nos lábios. "Bernie, sinto muito... Pode me oferecer balanças de precisão de vidro e dez por cento de desconto em minhas próximas trezentas reuniões. Ainda não ficarei tentada."

Mas não é Bernie.

— Abby? — Meu nome saiu num soluço, em vez de uma palavra formada, mas sei de quem é.

— Jess? O que foi?

— É Adam. Ele sabe que dormi com Oliver.

Abro a boca, mas não sei o que dizer. De qualquer modo, Jess é mais rápida.

— Ele me deixou, Abby. Ele foi embora e me deixou.

Capítulo 84

Há poucas coisas nesta situação pelas quais agradecer, mas o fato de que Jamie e Lola foram para a cama horas antes e estão dormindo, ignorando solenemente o furacão que separa seus pais, é uma delas.

Jess está pra lá de agitada. Sento-me em seu sofá e a vejo andar de um lado para o outro — com o cabelo desgrenhado, a maquiagem arruinada — e quero abraçá-la. Só que não posso. Ela está tensa demais para parar, marchando pela sala de estar, depois voltando, murmurando feito uma maluca.

De vez em quando para, pega o telefone e tenta o celular de Adam. Fez isso umas vinte vezes desde que cheguei, mas novamente cai na caixa de mensagens, o que a leva a gemer e a jogar o telefone no sofá com raiva.

— Jess, sente aqui, por favor — peço. — Venha. Vamos pensar numa solução.

No início acho que ela vai fazer o que pedi. Mas ela pega a taça de vinho — a terceira desde que cheguei — e a vira goela abaixo, como se estivesse despejando água sanitária numa privada.

— Uma solução? — Ela chora. — Que solução? Meu marido me deixou. Ele sabe que dormi com outro homem. Ele nunca vai voltar. O que posso fazer?

Ela diz isso entre lágrimas, mas sei que não está brava comigo. É dela mesma que tem raiva, embora *raiva* não descreva bem o que sente. Jess desaba no sofá, com a cabeça entre as mãos.

— Ele viu o torpedo que mandei pra você sobre o colar. Não dizia especificamente que eu dormi com Oliver, mas era suspeito o suficiente pra ele começar a bisbilhotar minhas outras mensagens. — Ela funga. — Depois ele achou uma que Oliver mandou um dia depois de irmos para a cama.

— O que dizia?

— Ah, imagine só — diz ela com sarcasmo. — Que eu tinha os olhos de uma...

— Lua de conto de fadas — termino numa voz monótona.

— Infelizmente, não dizia só isso. Ah, meu Deus, fico tão sem graça de te contar. Falava de... — Ela se encolhe. — Olha, qualquer um que lesse não teria dúvida nenhuma do que aconteceu.

Engulo em seco.

— Por que não apagou?

— Boa pergunta! Como pude ser tão idiota? O fato é que depois disso... Antes de eu enxergar a razão... Eu tive vontade de ler. O que é uma ironia, porque agora me deu enjoo.

Mordo o lábio.

— Depois que as coisas melhoraram com Adam, eu me obriguei a esquecer Oliver — continua ela. — Pensei que no início seria complicado porque ele era do clube, mas sabe de uma coisa? Foi *fácil*. Especialmente depois de descobrir que ele dormiu com você também. Sem querer ofender.

— Não ofendeu. *Eu acho.*

— O caso é que foi fácil esquecer porque eu vi quem ele realmente era. Não o Sr. Gente Boa tímido que pensávamos que fosse, mas um galinha... Um galinha que sabe disfarçar. Eu tenho um marido, e um marido maravilhoso, amável, incomparável. Depois de perceber isso, nunca mais pensei em Oliver e em seus torpedos. Inclusive neste.

— Então você se esqueceu do assunto.

A infelicidade marca suas feições enquanto ela se senta ao meu lado no sofá.

— Inacreditável, não? Sim, eu me esqueci disso. Como se fosse algo que eu tivesse deixado passar numa lista de compras.

— Mas por que Adam estava fuçando seu telefone?

Ela suspira.

— Tínhamos que pegar o trem para visitar a irmã dele em Durham. Adam queria ver a que horas íamos chegar e o número de referência foi mandado pro meu telefone quando comprei as passagens. Na hora eu estava dando comida a Lola e tentando fazer com que Jamie terminasse de almoçar... Então, em vez de ver eu mesma, pedi que ele visse. — Ela meneia a cabeça. — Que idiotice. Quanto descuido. Mas não é só nisso que se resume, Abs? *Descuido*. Eu tinha um homem incrível, uma vida fabulosa... E consegui perder tudo.

Seus olhos explodem de emoção quando eu a abraço e a aperto com força.

— Eu não diria que ele não vai voltar. Talvez, depois que ele se acalmar...

— Ele não vai voltar — diz ela com tristeza. — Conheço o Adam. Cada grama de seu corpo é decente... E ele acredita piamente na santidade do casamento. Aos olhos dele, isso é imperdoável.

Franzo o cenho.

— Mas Adam ama você.

Ela suspira, resignada.

— Adam amava a mulher que ele pensava que eu era. O que ele tinha era bem diferente.

— Você cometeu um erro, Jess. Isso não quer dizer...

— Vou te dar um conselho, Abby. — Ela me interrompe com os olhos em brasa. — Se um dia encontrar alguém como Adam, se um dia encontrar alguém nobre, amoroso e divertido, alguém que estará ao seu lado e que acreditará em você quando os outros não acreditam...

Levanto a cabeça com os olhos se enchendo de lágrimas de novo.

— Não o perca de vista.

Decido ficar na casa de Jess, reconfortando-a o máximo de tempo que posso, até que finalmente a levo para a cama, bêbada, às três da manhã, e a cubro.

Vou para o quarto de hóspedes, tiro a camiseta e a calça e olho para o teto. Tenho oito horas até me postar na largada do evento mais fisicamente desafiador da minha vida. Minha mente está em tamanho turbilhão que não há como dormir. E as palavras de Jess me vêm à cabeça o tempo todo, martelando em meu cérebro: "*Nobre. Amoroso. Divertido. Que acredita em você quando os outros não acreditam.*"

Tom.

Ah, Tom.

Algum dia você teve certeza de que alguém seria o Cara Perfeito se ao menos tivesse uma chance?

Meus sentimentos por Tom não são nada que eu conhecesse na vida: sentimentos tão fortes que eu nem sabia que era possível sentir.

O que me apavora é pensar que eu talvez nunca seja capaz de esquecê-lo, por mais que tente. Que ele sempre continuará sendo o verdadeiro amor da minha vida — mas de um jeito triste, indesejado, de uma velha-que-acaba-dona-de-um-monte-de-gatos.

A alternativa, eu sei, é mais tentadora. E está ao meu alcance, só preciso pegar. Daniel é atencioso, atraente e está *disponível*. Ele está na minha vida há muito pouco tempo, mas já atenuou mais do que eu posso medir a dor de Tom *não* estar disponível.

Fecho os olhos e imagino os dois homens amanhã de manhã — Tom na linha de largada como eu, Daniel acenando fielmente na lateral. A imagem me deixa tonta. Exausta. E inteiramente incapaz de correr mais de 45 quilômetros.

Capítulo 85

Jess desistiu da corrida. Se houvesse menos em jogo, eu faria o mesmo, mas com 10 mil em doações envolvidos, para não falar em quase um ano de treino, isso não é uma opção para mim.

Então passo a manhã toda na casa de Jess, tentando juntar alguma energia, e, nesse meio-tempo, sem conseguir falar com Adam pelo celular. Certamente, se eu explicasse o quanto Jess está perturbada, quem sabe eu o convenceria a mudar de ideia?

Sei que este pensamento é muito otimista para a realidade — e só preciso pensar em como me sentiria no lugar dele. Mas isso não me impede de tentar, mesmo que eu só consiga deixar recados sussurrados pedindo que ele me ligue. Sempre que desligo o telefone e entro na cozinha com uma despreocupação forçada, sinto-me menos confiante de minhas chances de sucesso.

— Por que não vai fazer a corrida hoje, mamãe? — pergunta Jamie, fazendo uma bagunça ao mergulhar um soldado no ovo quente. — Papai e eu íamos assistir.

Os lábios de Jess tremem, mas ela se segura.

— Papai teve que viajar a negócios, querido. E não estou me sentindo bem.

— Você pegou uma gripe? — pergunta ele.

Ela assente.

— Sim, peguei gripe. — Seus olhos ficam vidrados de novo, mas ela se afasta antes que Jamie possa ver.

— Sabe de uma coisa, Abby — diz ele —, Callum MacKenzie tem papel de parede do Ben 10.

Eu não conheço Callum MacKenzie, o novo amigo de Jamie, mas já ouvi falar tanto dele esta manhã que me sinto apta a ser sua avó.

— E ele tem cortinas do Ben 10. E uma caixa de lápis do Ben 10. E um Shaker Maker do Ben 10.

— Meu Deus — digo, como se soubesse o que é um Shaker Maker. — Callum MacKenzie deve gostar muito do Ben 10.

— Na verdade, não. — Ela dá de ombros. — Ele prefere os Transformers.

Convenço Jess a assistir à corrida — principalmente para tirá-la de casa, mas desconfio de que ela não seria uma torcedora menos eficaz hoje se estivesse atacada de laringite.

Ela, Jamie e Lola me seguem no carro dela enquanto vou à minha casa pegar o traje de corrida e minha mala para Paris, embora eu esteja pensando se não seria melhor cancelar a viagem.

Por um lado, quero provar a Daniel, e talvez a mim mesma, que estou comprometida em dar uma chance a nosso relacionamento. Mas não posso deixar de sentir que abandono Jess numa hora de necessidade, apesar de seus fervorosos protestos de que não devo pensar em cancelar nada.

Meu fio de raciocínio se interrompe quando o telefone toca. Coloco no viva voz e atendo.

— Alô?

— Abby. — A voz é rouca e triste, mas reconheço seu dono de imediato. — É o Adam.

A adrenalina dispara pelo meu corpo quando paro o carro, esbarrando na calçada com uma violência maior do que a que pretendia, enquanto Jess passa por mim. Não é uma conversa que eu possa ter enquanto dirijo, em especial com o histórico que eu tenho.

— Adam... Graças a Deus você telefonou.

— O que é? — diz ele monotonamente. — Você me deixou um recado.

— Escute, Adam. Jess está arrasada — digo com urgência. — Ela sabe que o que fez foi inacreditável e estupidamente errado e está fora de si de vergonha. Ela *ama* você, Adam. Ela precisa de você. Tem que dar uma segunda chance a ela.

— Ela não me ama, Abby. Mas não a culpo. Sempre soube que ela era boa demais para mim.

— Mas ela é perfeita para você. Vocês são perfeitos um para o outro.

— No momento em que ela concordou em sair comigo, eu entendi que isso um dia iria acontecer. — Era como se ele não ouvisse uma palavra do que eu dizia. — Eu não acreditava que alguém como a Jess um dia ia querer ficar com uma pessoa como eu.

— Mas *é claro* que ela quer ficar com você. Ela cometeu um erro terrível e idiota. Mas não faça com que ela pague por isso pelo resto da vida. Além do mais, pense em Jamie e Lola.

Há um silêncio, os segundos torturantes passando antes que ele fale.

— Levei anos pra acreditar que ela podia se apaixonar por mim. Anos pra pensar que ela não ia acordar numa manhã e ver quem eu realmente sou.

— Adam, você é...

— Sabe qual é a ironia disso? — Ele continua antes que eu possa terminar minha frase. — Justo quando comecei a acreditar, quando finalmente me convenci, ela concretiza um dos meus piores pesadelos.

— Você tem que voltar para ela. Vocês foram feitos um para o outro. Eu... Sinceramente, Adam, não imagino vocês dois separados.

— Não? — diz ele. — Bom, não precisa imaginar. Já está acontecendo.

Assim que paro o carro no estacionamento, desligo o motor, saio e vou correndo para Jess, antes que ela possa sair de sua minivan.

— Adam telefonou agora — sibilo, baixo o bastante para que as crianças no banco de trás não ouçam. — O telefone dele está ligado. Vai. Eu cuido das crianças.

Ela sai do carro e disca o número com as mãos tremendo violentamente. Mas depois de alguns segundos vira-se para mim e meneia a cabeça solenemente.

— Deixe um recado — insisto.

Ela assente e se vira, falando baixo mas com coerência — pronunciando a frase mais doce e mais curta em nossa língua.

— Adam — sussurra ela, com uma cascata de lágrimas escorrendo por seu rosto. — Eu te amo.

É de se pensar, dado o volume e o entusiasmo, que as pessoas que torcem por mim estão na final do campeonato inglês de futebol. O que seria ótimo se eu não estivesse só no aquecimento.

A torcida é liderada por Priya, Matt e Heidi, que chegaram com um banner do tamanho de um paraquedas modesto dizendo: *ABSOLUTAMENTE FABULOSA!* — algo que não posso deixar de pensar que não é especialmente impressionante, considerando que eles trabalham no setor de criação.

Depois tem minha mãe e meu pai, que chegaram juntos — mas só porque o carro do papai deu defeito, minha mãe se apressa em explicar enquanto seu rosto fica de uma cor mais forte.

E tem Daniel, que colocou minha mala em sua BMW e agora conquista todo mundo com quem fala, graças ao seu encanto simples e à sua amabilidade discreta.

Finalmente tem Jess e as crianças. Jess é a única que não está torcendo, encarando, vidrada, à meia distância com os olhos vagos. Ainda estou feliz por ela ter vindo; tê-la aqui atenua um pouco minha forte ansiedade.

A meia hora da largada, todos os competidores estão no gramado do Sefton Park e a atmosfera é eletrizante. Sem querer parecer ingrata pela torcida barulhenta, vou temporariamente para o fundo da área de aquecimento, fora de vista de todos que conheço, inclusive de quem eu mais temia ver: os integrantes do clube de corrida.

Depois de mais ou menos 15 minutos, estou ingenuamente pensando que me safei dessa, quando sinto alguém me olhando. Por instinto, viro-me — e olho nos olhos de Geraldine.

Antes que eu consiga pensar, viro o rosto, fingindo não tê-la visto... Depois xingo a mim mesma por ser tão covarde. Com relutância, olho para trás e a vejo me olhando. Agora não há fingimento nenhum. Respiro fundo e me aproximo dela.

— Geraldine. Oi! Que bom ver você. — Colo no rosto a expressão mais feliz que posso invocar. Faz com que os músculos de minhas bochechas ardam.

— Oi, Abby — responde ela, mas não entendo sua expressão. — Como está?

— Ótima, obrigada, Geraldine. — Meu estômago se contorce e dá um nó, por mais que eu diga a mim mesma para não ser idiota.

Esta mulher era minha amiga. Bom, quase. Certamente me entendi muito bem com ela por meses — e ela não fez nada de errado além de ser a mulher com quem Tom vai se casar. Ela não pode evitar isso mais do que eu.

— Escute — continuo. — O Tom me contou a novidade e eu queria dizer... Bom, eu não poderia estar mais feliz.

Ela para de se alongar e franze o cenho.

— *O quê?*

— Você e Tom. A novidade dos dois. Estou emocionada pelos dois. É sério.

Sua expressão fica dividida entre irritação e diversão. Nunca pensei que Geraldine fosse capaz de dar medo em alguém, mas o modo como ela me olha agora me mata de pavor.

— Você sempre dá os parabéns às pessoas que se separam, Abby?

Olho-a boquiaberta enquanto o ambiente entra e sai de foco. Porque basta isso. Uma frase. E meu coração quase para de bater.

Capítulo 86

Quando enfim me recupero do choque e Geraldine entende que viajei legal e que não queria tripudiar, ela explica.

— Foi uma decisão nossa — diz ela.

— Mas e o casamento de vocês? — pergunto. — A proposta dele?

— Se eu ficasse com Tom, teria que esperar até os 100 anos — diz ela, mas não parece arrasada por esta revelação nem metade do que eu teria esperado.

— Mas ele me disse... Pelo menos acho que ele me disse... — Penso em nossa conversa no clube de corrida e tento me lembrar das palavras exatas.

— O que ele te disse? — pergunta ela.

Meneio a cabeça tentando me recompor.

— Sei lá. Quando falei com ele da última vez em que o vi no clube, tive a impressão... — Pergunto-me como dizer isso com delicadeza. — Pensei que vocês ainda estavam bem. E também rolava uma fofoca de que vocês iam ficar noivos.

— Meu Deus, eu me sinto tão idiota por isso. Acho que posso ter sido a origem da fofoca. Mostra o quanto eu sou perceptiva, não? — Ela ri, constrangida. — Tom estava se preparando para terminar e eu interpretei que ele estava ajeitando o terreno para me fazer o pedido.

— Pensei que você tinha dito que a decisão foi dos dois.

— Na hora, foi — diz ela filosoficamente. — Mas eu podia ver isso a quilômetros, Abby. Mesmo antes de termos *a conversa*, eu me fiz várias perguntas difíceis e a maior de todas era: "Tom e eu *realmente* temos que ficar juntos?" Quanto mais eu perguntava a mim mesma, mais convencida ficava de que não tínhamos.

— Eu lamento muito, Geraldine — digo com sinceridade.

— Não lamente — fala ela. — Por muito tempo, eu disse a mim mesma: "Já tenho 30 anos, preciso me casar... e Tom é o homem pra mim." Ele era a opção mais conveniente porque estava *ali*. Mas não parei para considerar se era mesmo a opção certa.

— Eu... Entendo.

— Não me entenda mal, eu amava o Tom — continua ela. — *Ainda* o amo. Mas ele se tornou um irmão, e não um marido. Nem mesmo um namorado. Não digo que não fiquei chateada quando terminamos. Quando você fica três anos com alguém, é inevitável. Mas nós nos distanciamos. Eu sabia disso havia muito tempo, mas fingi que não estava acontecendo porque não era o que meu relógio biológico mandava. No fim, fiquei com ele pelos motivos errados. Somos amigos, Abby. Mais nada. Você não pode se casar com alguém quando é só isso que sente, não é?

— Acho que não — sussurro. — E ainda há muito tempo pra você se casar e ter filhos e...

— Cherie Blair teve um filho aos 44 anos. — Ela sorri. — Mais importante é encontrar o cara certo primeiro, não acha?

— Claro que sim — concordo num torpor. — Quando foi que tudo isso aconteceu?

— Pouco antes de você sair do clube. Pensando bem, na mesma semana. Mas só comecei a falar nisso agora. A última coisa que queríamos era fazer um alarde. Você sabe que o pessoal do clube gosta de uma fofoca.

— E... Como está o Tom? — arrisco.

— Sabe que eu não sei? — diz ela timidamente. — Acho que ele está bem... Afinal, tecnicamente foi ele que quis terminar, antes de mais nada. Mas não o vejo muito desde então, nem no clube. Nós conversamos por telefone uma ou duas vezes, mas ele foi muito evasivo.

— Sei. — Olho ao longe.

— Espero que ele esteja bem. Independentemente do que tenha acontecido entre nós, ele sempre será um amigo. E um dia dará um marido incrível... Mas não pra mim — Ela sorri. — Ah, olha, tenho de encontrar o restante do grupo... Você devia vir comigo. Não importa que não esteja mais no clube. Você é uma de nós.

Titubeando com suas revelações, o último lugar em que quero estar é com o restante do grupo. Mas Geraldine já me pegou pela mão e me arrasta na direção deles.

Ao nos aproximarmos, a primeira pessoa a se virar e olhar é Oliver.

— Abby. — Ele sorri, plantando um beijo demorado em meu rosto. — Como está minha relutante corredora de meia maratona? Ainda relutante?

— Estou aqui, não estou? — respondo.

— E está linda — acrescenta ele, abrindo o sorriso gracinha que costumava me deixar em êxtase... E que agora não tem efeito nenhum.

Reprimo um sorriso.

— Você nunca vai mudar, não é, Oliver?

— Vou me esforçar para isso — diz ele com inocência.

— É, mas cuidado, ou alguém pode aparecer e dar um murro nesses seus olhos de lua de conto de fadas.

Sinto um tapinha no ombro e me viro. É Mau. Sua roupa é ainda mais espetacular — uma camiseta sem mangas num vermelho bombeiro e leggings Olivia Newton-John.

— Eu estava torcendo para que você não desistisse tão perto da corrida, Abby — diz ela.

— Depois de todo aquele treino? Deve estar brincando — respondo. — Eu precisava de um tempo do clube, só isso.

Ela assente e para, olhando-me como se algo lhe ocorresse.

— Exatamente como Tom.

Eu devo ter corado, porque ela coloca a mão no meu braço e se curva, sussurrando.

— Não o deixe escapar, meu bem... Sim?

Meu estômago é um redemoinho quando a hora da largada se aproxima — e não só por causa do que estou prestes a fazer.

Também fico repassando a frase: as palavras de Tom quando o vi pela última vez.

A mulher por quem estou apaixonado está bem diante de mim.

Nem consigo pensar nas implicações disso, do que pode significar. Eu sei que *torço* por seu significado, mas a ideia de que ele podia estar se referindo a mim ainda parece tão inviável que nem me atrevo a desejá-la.

O alto-falante anuncia que os competidores devem se preparar para a largada. Seguindo a multidão para entrar em posição, vejo-me reprimindo lágrimas de frustração e confusão. Depois ouço um grito.

— Vamos lá, Abby! Estou muito orgulhoso de você!

Olho para o lado e vejo Daniel, meu lindo e leal Daniel, torcendo por mim. Consigo acenar — e seu rosto se ilumina. A ideia de dar as costas a ele e procurar Tom, quando ele está prestes a me levar para Paris, é impensável. Mas também não consigo deixar de pensar nisso. Estupidamente. Porque, pelos padrões de qualquer um, estou me precipitando demais. Só porque Tom e Geraldine não estão mais juntos, não quer dizer que ele seja meu.

Faltam trinta segundos para a largada e, com as entranhas se sacudindo de energia nervosa, olho para a frente e vejo um borrão de corredores, a postos e prontos.

A vinte segundos, a atmosfera fica um pouco mais carregada e assim, quando começa a contagem regressiva de dez segundos, a adrenalina explode de cada célula do meu corpo.

Meus olhos começam a focalizar os corredores, todos olhando fixamente à frente.

Isto é, todos, menos um.

Um deles está a 20 metros, olhando para o lado errado. Tem um rosto solitário num mar de cabelos e seus olhos encontram os meus por três segundos que duram uma eternidade.

Soa o tiro de largada.

E Tom Bronte se vira e corre.

Capítulo 87

Talvez seja a adrenalina que toma cada corredor na pista. Talvez seja o sol de inverno atravessando as nuvens que voam no céu. Talvez seja só porque meu cérebro decidiu que estou sobrecarregada demais de pensamentos, problemas e enigmas para processar por um minuto a mais que seja.

Seja o que for, quando começo a correr, minha mente se livra de tudo, exceto do sangue bombeando por minhas veias, alimentando os músculos das minhas pernas. Ao avançar, fico admirada com meus mecanismos físicos impelindo-me para a frente.

Há algo de primitivo nisso. Estou fazendo uma das coisas mais simples e belas das quais meu corpo é capaz, algo que as pessoas fazem desde a aurora da civilização. Estou correndo.

Os primeiros 8 quilômetros passam antes que eu me dê conta, e quando pego uma garrafa de água de uma estação de bebidas, mal acredito que corri tudo isso.

Os três seguintes são mais desafiadores; meus pulmões ardem um pouco, como se me lembrassem de continuar firme.

Os quilômetros 12 e 13 me permitem estabelecer um ritmo; corro mais lentamente do que no início, deixando meu corpo se recuperar ao me aproximar do último terço da corrida. Depois, obrigo-me a acelerar. Minha intenção era apenas terminar esta corrida, mas estou otimista e devo a mim mesma me esforçar um pouco mais.

No quilômetro 17, percebo que meu impulso está rápido demais. O vento arranha ao bater em minha garganta e uma bolha começa a se formar entre dois dedos dos pés.

No quilômetro 18, quero desistir. Daria qualquer coisa para parar. Pensamentos idiotas invadem minha mente como veneno...

Ora, Abby, você não foi feita pra isso. O que a fez pensar que era?

Já chega; você já provou do que é capaz. Dezoito quilômetros está ótimo... E todo mundo ainda terá as doações assim mesmo.

Pode desistir. Ninguém vai julgá-la por isso.

Tudo isso é verdade. Ninguém me *julgaria* mal. Exceto eu.

Respiro fundo e em algum lugar encontro uma energia que nunca soube que tinha. Desligo-me de tudo, concentrando-me apenas em manter as pernas em movimento, minha respiração constante, os braços me impelindo para a frente.

Estou tão concentrada na corrida que, quando ouço Daniel gritar do meu lado, nem acredito que faltam menos de 800 metros para a linha de chegada, bem ao lado de onde comecei.

— Corra, Abby, corra!

Saber que estou perto do fim renova minhas energias. Depois ouço outras vozes gritando meu nome.

— Vai, tia Abby! — Jamie grita no volume que seus pequenos pulmões permitem. Consigo acenar antes de perceber por que Jess não está gritando também: está atrás de Jamie, conversando com... Adam.

Meu coração já hiperativo acelera, mas não posso me concentrar neles. Tenho de continuar correndo. Só preciso continuar correndo. Cada passo agora dói — doem meus pés, meus pulmões, meu peito. Todo o meu corpo implora por misericórdia.

E então ouço os tons doces da minha mãe sobrepondo-se aos do meu pai:

— Vai... Essa é a nossa menina! Vai, Abby!

Sou dominada pela emoção quando passo por uma placa dizendo que estou a 400 metros da chegada — tão perto que posso vê-la agora, meio embaçada, de longe.

Estou prestes a dar minha gloriosa e derradeira arrancada, quando vejo algo que deixa meus pés lentos antes que eu possa pensar. Priya e Matt estão ao lado da pista, mas ao contrário de outros amigos e familiares por quem passei, estão ajoelhados no chão, enquanto outros espectadores se juntam em volta deles.

Por instinto, reduzo o passo a um caminhar enquanto outros corredores passam, esbarrando em meus ombros.

— O que aconteceu? — grito, com o peito subindo e descendo. — Matt... O que foi?

Ele se vira e me olha com angústia.

— Heidi — murmura ele.

Disparo entre os corredores até chegar a eles.

— Já chamaram uma ambulância? Meu Deus. Alguém chamou uma ambulância? — Priya está histérica, com as lágrimas escorrendo pelo rosto.

— Sim. — Matt a tranquiliza, depois se vira para mim. — Foi uma luta conseguir sinal aqui, mas uma moça saiu para ligar. Sei que ela não vai nos deixar na mão.

— Mas e se ela não conseguiu? — grita Priya. — Eu mesma devia fazer isso.

— Vá agora. — Matt a instrui. — Eu fico aqui. Vou ficar com ela.

Enquanto Priya dispara para tentar chamar uma ambulância, olho para Heidi, sentada no chão, com o rosto lívido, tomado de lágrimas.
— Heidi, o que foi? — pergunto.

Quando levanta a cabeça, vejo sangue colado no cabelo dela.

— É a minha perna — responde ela, frustrada.

— Sua *perna*? — pergunto.

— Ficou esquisita, Abby. — Ela chora. — Eu perdi o controle. Foi como se alguém tivesse aparecido e me chutado na parte de trás do joelho... E eu simplesmente... caí. Bati a cabeça no poste ali.

Curvo-me e examino sua testa, tentando manter a calma.

— Parece feio. — Ouço a mim mesma murmurando.

— Não é com a cabeça que estou preocupada, Abby. Se você soubesse como está a minha perna... É tão estranho.

— Está... paralisada?

— É difícil descrever... Não consigo controlar direito. Parece que está oca. É horrível.

Os cinco minutos seguintes parecem uma hora. Não há sinal da ambulância e Heidi em pânico chama pela mãe. Por fim, convenço Matt a ir atrás de Priya para ver se ela teve sorte e tento ligar para a mãe de Heidi enquanto ele sai.

— Mas você tem que terminar a corrida — argumenta Matt ao ir para a rua. — Só faltam 400 metros.

Viro-me para Heidi e a abraço enquanto ele desaparece.

— A ambulância não vai demorar, eu juro.

Alguns minutos depois aparece um paramédico, que atravessa a multidão e começa a fazer perguntas a Heidi. Seus olhos arregalados procuram os meus quando ela é erguida na maca.

Olho para o lado, os corredores zunindo por ali, direto para a chegada. Depois olho de novo para Heidi, tomada de medo, e sei que só tenho uma alternativa.

Capítulo 88

Seguro a mão de Heidi enquanto a ambulância segue em alta velocidade para o hospital.

— Como está se sentindo? — pergunto.

— Não muito bem — sussurra ela. — Queria saber o que está acontecendo comigo.

— Nem acredito que isso aconteceu tão rápido — digo. — Parece que veio do nada.

— Não foi completamente do nada. Andei esbarrando nas coisas e me sentindo desajeitada por alguns dias. Eu tentava fingir que não era nada... Mas é um dos sintomas clássicos da esclerose múltipla.

— Por isso você não foi trabalhar?

Ela assente e seu rosto se contorce.

— Ah, meu Deus, Abby... Isso é só o início. Como a minha vida vai ser?

Aperto sua mão. É pequena e está fria.

— Você vai ficar bem, Heidi.

As palavras escapolem da minha boca e eu me arrependo de sua frivolidade. Depois paro, examinando minha declaração, pensando em cada palavra. E digo novamente — devagar, mas com convicção.

— Você vai ficar bem.

Tenho um forte pressentimento de que minha afirmação é absolutamente verdadeira.

Heidi sente a mudança em minha atitude.

— Como sabe disso, Abby? Você não é médica.

Ela tem razão, é claro. Mas eu sei, eu sei, de verdade. Tenho consciência de que Heidi tem esclerose múltipla, uma doença debilitante e incurável. Ela não sabe o que o futuro lhe reserva, só vê incertezas. Também sei que ela está a caminho do hospital, tendo vivido alguns sintomas físicos desesperadores. E embora não saiba o que os médicos dirão, de uma coisa eu tenho certeza.

— Heidi, você tem razão. Eu não tenho ideia... do ponto de vista médico... do que vai acontecer com você. Mas de uma coisa eu sei: você não vai deixar que essa doença vença.

Ela recebe minhas palavras, prendendo a respiração.

— Você nunca deixou que *nada* te derrubasse e isso não vai mudar agora — continuo. — Como poderia? Você ainda será essa mulher inteligente, linda, cheia de energia e determinada que sempre foi. E sua vida será *linda*, exatamente como você merece.

Seus lábios param de tremer.

— E sabe como eu sei disso? — pergunto. — Eu sei porque você, Heidi Hughes, não poderia ser diferente.

Ela fecha os olhos e as lágrimas escorrem por seu rosto. Quando os abre, segundos depois, ela está sorrindo.

— Tem razão.

Eu sorrio também, mas, ao fazer isso, percebo que meu rosto está molhado.

— Desculpe — murmuro.

Ela ri, um tanto histérica.

— E por que você está chorando? Não é você que não pode ficar em pé direito.

Meneio a cabeça.

— Não sei como responder.

— Eu sempre soube que um dia ia achar um jeito de calar a sua boca — brinca ela meio triste. Depois me olha, de repente se dando conta de algo muito importante. — Você não terminou a corrida.

Dou de ombros.

— Nunca pensei que terminaria mesmo.

— Não me venha com essa. Você não pensava assim seis meses atrás. Devia estar a um minuto da chegada hoje.

— As pessoas vão honrar as doações.

— Não é isso o que quero dizer. Lamento que você não tenha terminado... Por você.

— Tem coisas mais importantes do que uma corrida idiota, não?

Antes que ela tenha a chance de responder, a ambulância para e estamos no hospital. Os minutos seguintes são uma correria só: medem a temperatura dela, monitoram sua frequência cardíaca. Uma confusão de médicos e enfermeiros — que, por acaso, estão mais concentrados em se certificar de que a lesão na cabeça de Heidi não seja tão grave quanto a recaída na esclerose múltipla que ocasionou tudo isso. Por fim, Heidi é levada e eu saio para dar uns telefonemas.

Primeiro para Jess. Quero explicar por que não estou lá e ela me conta por alto que Adam apareceu depois de receber o recado, pensando que ela estaria correndo a meia maratona.

A conversa deles foi curta, e Jamie não ficou sabendo de nada, mas Adam acabou sussurrando: "Se estiver tudo bem pra você, eu queria ir lá em casa hoje à noite."

— Vai pegar suas coisas? — perguntou ela.

— Não — respondeu Adam. — Estou sentindo muito a sua falta.

Eles têm muito o que resolver, disso não há nenhuma dúvida. Mas pelo menos estão conversando. E rezo para que fique tudo bem.

Meu telefonema seguinte é para Priya, contando sobre o estado de Heidi. Ela está com Matt num táxi a caminho do hospital e está descontrolada. Ouço Matt tentando acalmá-la ao fundo, mas sem muito sucesso.

— Priya, por favor, não se preocupe. Não vou perder Heidi de vista.

— Abby, não — responde ela. — Você tem um voo para Paris em menos de uma hora.

Ah, Deus. Paris. Daniel. Eu me esqueci de tudo.

— Daniel levou sua mala para o aeroporto e disse para você ir direto do hospital. Ligue para ele no caminho, se conseguir. Matt e eu chegaremos em menos de cinco minutos e cuidamos de tudo aí.

— Tudo bem — digo.

Estou prestes a desligar quando Priya me impede de novo.

— Ah, Abby? Aquele cara da Caro and Company estava procurando você.

— Da Caro and Company?

— É... Sem ser o Jim Broadhurst, o outro. Ele disse que era do clube de corrida.

Eu me ouço ofegar.

— Tom.

— Esse! Ele parecia muito ansioso pra te ver. Eu disse onde você estava e ele ficou todo esquisito. Espero não ter feito besteira.

Levanto a cabeça no exato momento em que um moreno alto entra no corredor do hospital e anda decididamente na minha direção ao tirar o capacete da moto.

— Não, Priya — digo, com o coração batendo no peito. — Você não fez nenhuma besteira.

Mas eu não sei se isso é verdade ou não.

Capítulo 89

— O que você está fazendo aqui?

Gostaria de dizer que faço a pergunta meio fria e indiferente. Em vez disso, estou tão nervosa quanto se fosse saltar pela primeira vez de paraquedas — e não tenho tanta certeza de que sou capaz de formar uma frase coerente.

— Queria passar para dar um alô. — Sua expressão é séria, como se temesse minha resposta.

— E por quê? — pergunto, antes de ter a chance de pensar.

— Não sei. — Ele franze o cenho como se isso fosse um mistério tão grande para ele como é para mim. — É só que faz muito tempo que não nos falamos e... quando eu te vi hoje... correndo o risco de me repetir... eu não sou de assediar ninguém, mas...

Não posso deixar de sorrir, no mínimo porque ver Tom menos controlado é uma experiência estranha.

— Quero ser seu amigo de novo, Abby — diz ele por fim.

Percebo que estou prendendo a respiração e olho em seus olhos.

— Isso é possível, não é? — continua ele. — Mesmo que você não sinta nada por mim. Mesmo que tenha namorado.

— Amigo? — consigo soltar pelos lábios trêmulos.

— Quero que você saiba — diz ele — que você não tem por que se preocupar.

— Não tenho? — Minha voz aumentando espontaneamente uma oitava.

— Eu não pretendo tentar te seduzir.

— Não?

— De jeito nenhum — responde ele, claramente acreditando que isso é tranquilizador. — Não tanto como queria antes.

Fico paralisada com essas palavras.

— O quê?

— Mas eu gostaria de reatar nossa amizade. Se estiver tudo bem para você. — Ele examina meu rosto. — Está tudo bem?

O nó de emoção em meu estômago se desfaz quando olho em seus olhos.

— Tom — digo —, não sei por onde começar.

Somos interrompidos por um barulho de passos e levanto a cabeça, vendo Priya e Matt correndo até nós.

— Onde ela está? — pergunta Priya.

— Ah, Heidi está com um médico em uma sala perto da recepção — respondo. — A enfermeira disse que vai avisar quando pudermos entrar.

— Tudo bem — diz Priya com ansiedade. — Tudo bem. — Então ela olha o relógio. — ABBY! Você precisa ir!

— O quê?

— Daniel está te esperando! No aeroporto! Meu Deus, Abby... Um táxi não vai conseguir chegar a tempo.

Matt olha o relógio.

— Priya tem razão, Abby. Você está em cima da hora.

Olho o telefone e vejo que há duas chamadas não atendidas do Daniel e um recado de voz que ele provavelmente deixou enquanto eu falava com Jess e Priya.

Olho para Tom, as palavras dele girando por minha cabeça.

— É tarde demais – anuncio, desesperada para continuar minha conversa com ele. E que fossem para o inferno as consequências. — Tenho que telefonar pro Daniel e dizer que não vai dar. Um táxi não chegaria a tempo.

— Um táxi, não — diz Tom, pegando-me pela mão. — Mas eu sim.

— Como assim? — digo, lutando para acompanhá-lo enquanto marchamos pelo corredor do hospital.

— Quero dizer — diz ele se virando e sorrindo — que você está prestes a andar de moto pela primeira vez na vida.

Capítulo 90

A parte interna das minhas coxas se agarra ao traseiro de Tom, uma posição que podia parecer, a qualquer um que não testemunhasse aquilo, absolutamente deliciosa.

Mas não é nada disso.

Enquanto sua moto dispara entre os carros, vira as esquinas zunindo e zumbe pelos sinais amarelos, eu não me sentiria menos relaxada se estivesse num encontro às escuras com Hannibal Lecter.

Tom entra numa rotatória — sem a menor consideração pelo limite de velocidade — e eu gostaria que seu veículo preferido fosse um carrinho de golfe. Mas com os braços agarrados ao seu tronco musculoso, minha cabeça de capacete apertada em suas costas, inúmeros pensamentos passam pela minha cabeça.

Sobre esta carona ser horrível. É terrível. É simplesmente um erro. Entretanto, devo admitir que há momentos em que também é eletrizante. E — em particular quando fecho os olhos e sinto os contornos do corpo de Tom no meu — é inegável e gloriosamente... *certa*.

Minha recompensa por estar naquela moto é uma só: eu posso sentir cada músculo do tronco de Tom se contrair e relaxar enquanto ele se movimenta. E isso antes de considerarmos minhas emoções, que vão de um extremo a outro.

Primeiro, tenho medo de que soframos um acidente, ou eu caia, ou aconteça algo horrível. É uma sensação da qual simplesmente não consigo me livrar, por mais que Tom tente me tranquilizar.

Depois há o desejo desesperado e insaciável — um desejo que acaba com todos os desejos — de que esta não seja a última vez que eu fique tão perto dele. Por mais que eu me esforce, não consigo aceitar a ideia de ele não ser uma parte importante do meu futuro.

E então penso em Daniel — o adorável e perfeito Daniel; inocente nesta confusão, — que está esperando por mim no aeroporto, pronto para me presentear com um fim de semana em Paris. Que me trata como todas as mulheres querem ser tratadas. Como *eu* quero ser tratada.

E no meio disso tudo estão as palavras de Tom. "Eu não pretendo te seduzir. Não tanto quanto eu *queria antes*."

Então... Antes ele me queria — mas agora não quer mais? Foi isso que ele quis dizer?

— Qual terminal? — pergunta Tom, olhando para trás por um segundo.

— Um. — Engulo em seco, agarrando-me com mais força.

A moto para na área de embarque. Em tese, estar imóvel deveria acalmar meu sistema nervoso hiperativo, mas nada disso acontece. Tom tira o capacete e me ajuda a descer da moto, mas minhas pernas parecem gelatina.

— Obrigada — murmuro, tirando o capacete e entregando-o a ele. Ele assente.

— Foi um prazer — responde, depois não diz mais nada.

Ficamos nos olhando. Depois eu olho para o terminal e vejo Daniel andando de um lado a outro perto de nossa bagagem, olhando o relógio.

— É melhor você ir — insiste Tom.

Concordo, mas não consigo dizer nada. Nadinha.

Eu me viro para o terminal, sabendo que esta é a única coisa decente a fazer. Simplesmente não posso dar bolo num homem no aeroporto quando ele está prestes a me levar para Paris. Eu não poderia viver com esse peso na consciência.

Sigo para as portas giratórias, tentando desesperadamente reprimir as lágrimas em meus olhos. Estou a centímetros de entrar quando sinto a mão em meu braço.

— Abby — diz Tom com urgência. — Venha cá. Preciso te dizer uma coisa. Preciso desabafar. — Ele me puxa para a lateral do prédio, onde ficamos fora de vista. — Olha, isso não está certo.

Engulo em seco.

— O que não está certo?

Ele respira fundo.

— Por meses, eu fingi que não estava acontecendo. Não posso mais fazer isso. E embora eu consiga manter o que prometi sobre não querer fazer nada desonroso, não posso ver você pegar um avião com outro homem sem te dizer o que eu sinto.

Eu mal consigo respirar.

— E *o que* você sente?

Ele vira o rosto e ri.

— Eu me saí muito mal da outra vez em que tentei te falar, então desta vez vou deixar bem claro.

— S-sim?

Seu queixo se cerra, como se parte dele ainda se contivesse. Depois, com os olhos em brasa, ele pega minhas mãos.

— Eu te amo.

— O q-quê? — solto.

— Eu te amo, Abby. — Ele abre um largo sorriso, como se simplesmente dizer isso arrancasse um peso de seus ombros. — Nem eu acredito no quanto amo você.

— É mesmo?

Ele assente.

— Olha, você tem um namorado esperando ali. E eu... não sei qual é a resposta. Mas sei de uma coisa. Pelo que sinto agora, não quero ficar nem mais um minuto da minha vida sem você.

Olho em seus olhos e penso em minha decisão.

Tom ou Daniel.

A decisão me vem com muita clareza. Não há outra opção.

— Lamento, Tom — digo. — Mas acho que terá que ficar.

Capítulo 91

Tom desmorona.

— O que eu quero dizer é... Só por um minuto — digo apressadamente. — Nem um segundo a mais. Quero que espere aqui. Não se mexa, Tom. É sério.

— Eu não vou a lugar nenhum — responde ele, e eu corro.

Daniel sabe que tem alguma coisa errada no segundo em que me vê.

— Abby. — Ele sorri, inquieto. — Você chegou a tempo.

— Sim — digo.

— Não esperei na fila do check-in — continua ele. — Se formos pra lá agora, podemos passar direto.

— Sim — respondo, baixando os olhos. — Mas é que...

— Não. — Ele me interrompe, olhando em meus olhos.

— O quê?

— Não precisa dizer nada, Abby — sussurra ele. — Você não vai, não é?

Fecho os olhos.

— Me desculpe.

Ele bufa.

— Tem outro. — Não é uma pergunta, e sim a constatação de um fato.

— Eu não estava saindo com ninguém enquanto estávamos juntos — explico. — Mas... Sim, existe.

— Tom? — pergunta ele.

Franzo o cenho.

— Como você...?

— Você falou dormindo. — Ele sorri com gentileza. — No dia em que apagou no meu sofá.

Estou prestes a dizer alguma coisa quando o sistema de som anuncia a última chamada para o voo.

— É melhor eu ir... Ainda tenho uma reunião em Paris. E é melhor você pegar sua bagagem de volta. — Ele me entrega minha mala.

— Obrigada, Daniel. — Dou-lhe um beijo no rosto. — Boa viagem e... Se cuide, sim? É sério.

Enquanto Daniel vai para o balcão do check-in, eu corro para fora, puxando a mala. Vou o mais rápido que posso com uma mala grande na mão, mas uma ideia terrível surge em minha mente — a de que Tom talvez não esteja lá.

Ao passar pelas portas, porém, eu o vejo ao lado da moto. Ele levanta a cabeça e vem na minha direção, todo lindo, como da primeira vez que o vi, há um ano. Na verdade, mil vezes mais lindo, em particular porque desta vez ele não está inconsciente.

Largo a mala no chão e fico na ponta dos pés para passar os braços pelo pescoço dele. Ele olha em meus olhos e gruda seus lábios nos meus; sinto o gosto de seu hálito doce antes de nos tocarmos.

Quando nos beijamos — pela primeira vez desde que lhe fiz um boca a boca no estacionamento — é a experiência mais extraordinária que tenho na vida. Dura para sempre e passa como um raio.

Depois passo a boca pela sua orelha e sussurro.

— Eu também te amo. Mas tem alguma chance de a gente pegar um táxi para casa?

Epílogo

Eu não teria culpado Daniel se ele nunca mais falasse comigo. Entretanto, sendo o homem adorável que é, ele ligou para o escritório um mês depois para me dizer que um de seus clientes estava procurando uma empresa de web design.

Eu não estava, então Heidi anotou o recado — cuja menção provoca a mesma reação de Matt sempre: "Não foi só isso o que ele conseguiu, pelo que eu soube."

A observação é maldosa e equivocada, porque a relação de Heidi e Daniel não é um caso passageiro. Eles estão apaixonados como dois periquitos alimentados com uma dieta de afrodisíacos — e é lindo de se ver. Quanto à esclerose múltipla, o surto de Heidi passou uma semana depois, do nada, assim como veio. Ela agora está em remissão, toma vários remédios e se sente completamente normal de novo.

É claro que o fato de que as recaídas estão piorando e durando mais não é uma boa notícia, algo do qual ela está bastante consciente. Mas ela está bastante determinada e se recusa terminantemente a deixar que a doença a derrote. Ela ressalta constantemente a inspiração que os outros integrantes do grupo de apoio da esclerose são. Não acho que ela perceba a inspiração que ela própria é.

Priya e Matt ainda estão namorando. Já são quatro meses, o que, nas palavras de Priya, não é só um recorde, e sim um milagre. Mas agora que eles estão juntos, não dá para imaginar os dois separados. Matt é perfeito para Priya, assim como seu cabelo luminoso — e, depois de outro *blackout* no escritório na semana passada, espero que continue assim por muito tempo.

Geraldine está namorando um lindo ortodontista que não é do clube de corrida, despreza exercícios e a venera. Está no início, algo que ela afirma constantemente, mas eu a peguei folheando um livro para futuras mamães algumas semanas atrás.

Adam voltou para casa no dia da corrida. Jess irá se torturar pelo resto da vida pelo que fez, e podemos afirmar que ela nunca mais será lembrada da sorte que tem. E é provavelmente por isso que ela diz três palavrinhas ao marido toda manhã; palavras que não custam nada, mas significam tudo — e dão a Adam um lembrete constante de que ele realmente tem a mulher de volta.

Mamãe contratou Egor. O que me irritou muito, porque ele era o melhor contador com quem já trabalhei. Tudo bem, ele foi o único contador com quem trabalhei, mas a questão não é essa. Ele era meu. Mas não posso ficar amargurada, porque sei que ela está pagando muito mais do que eu poderia pagar e ele agora usa os calçados mais revoltantes que já vi fora de um catálogo da Louboutin.

Mamãe e papai estão namorando. Claro que eles negariam isso categoricamente se me ouvissem falar assim — mas não há como negar.

Esses são os fatos e você pode julgar: eles saem para jantar a cada duas semanas e falam constantemente um do outro — com todo mundo, menos comigo. Acho que eles têm medo de que eu venha a ter esperanças demais. Jess até os viu *agarradinhos*! Foi num canto escuro de um bar no centro da cidade, num sábado, tarde da noite, quando ela e Adam pararam para um drinque depois do teatro. E lá estavam eles no bar — inequivocamente *namorando*.

A outra grande notícia é que mamãe irá a Sydney a negócios no mês que vem — e marcou de almoçar com a tia Steph. Ela tenta fazer parecer que não é nada, é claro, mas eu não — no mínimo porque mostra, de uma forma linda, a força de caráter incrível de mamãe. Mesmo que ela seja um pé no saco. Fiquei mais familiarizada com essas virtudes desde que ela se tornou membro não executivo do conselho da River Web Design.

Enfim percebi que uma ajudazinha nos lugares certos não é motivo de vergonha — mas, como chefe, às vezes tenho de segurar as rédeas dela. O que não posso negar que tem sido fonte de alguma diversão nas últimas quatro semanas: desprezar sua sugestão sobre a cor das cortinas do escritório se provou mais satisfatório do que eu imaginava.

Vamos muito bem, obrigada! O cheque especial está pago e estamos prestes a dominar o mundo. Bom, mais ou menos. Mas estamos nos saindo muito bem, temos vários novos clientes a bordo e mais um funcionário.

O que é particularmente satisfatório, porque eu não consegui desistir do meu programa de treinamento como planejava. Como previsto, todos honraram suas doações, embora eu não tenha completado a meia maratona. Porém, ainda me parece um assunto inacabado, então fiquei emocionada quando concluí minha primeira meia maratona na vida, no parque Yorkshire Dales, um mês depois de quase ter completado a primeira vez.

Quase me matou. E eu jurei que nunca mais faria isso de novo, no mínimo porque eu me recuso a me transformar numa daquelas horrorosas fanáticas por fitness, Deus me livre. Mas vai ter uma corridinha leve de 10 quilômetros em junho — e é claro que a Great North Run em setembro. Jess está treinando para a maratona de Nova York no ano que vem, mas é claro que isso é ridículo. Mas eu sempre quis ver a Estátua da Liberdade...

Já tenho planos de viagem para o futuro próximo. Vou com minha mãe para a Austrália. Depois de passar meses implicando com Tom por ele ter secado sem pena nem dó meu Fundo da Austrália para consertar aquela moto — que eu ainda odeio —, fiquei superfeliz com os acontecimentos da noite passada.

Meu namorado de quatro meses apareceu em casa numa noite comum de quarta-feira e me presenteou com um envelope com duas passagens — para Sydney.

E este é só um dos motivos para eu o amar mais do que jamais imaginei ser possível. Mesmo que eu esteja decidida que minha ida até o aeroporto seja consideravelmente mais tranquila do que da última vez.

Este livro foi composto na tipologia Sabon
Lt Std Roman, em corpo 11/16, e impresso
em papel off-white no Sistema Cameron da
Divisão Gráfica da Distribuidora Record.